Sometimes pain is the only thing that proves your heart is still beating.

DIE AUTORIN

Bobbie Kitt ist eine erfolgreiche deutsche Autorin, die sich überall auf der Welt zu Hause fühlt. Wenn sich Bobbie beschreiben müsste, würde sie sagen: »Chaos ist mein zweiter Vorname und ich habe mindestens dreihundert Schwächen.« Zum Beispiel hat sie eine Schwäche für Paris, die Stadt der Liebe, oder für Parfums von Yves Saint Laurent. Sie hat eine Schwäche für Schaumbäder bei Kerzenschein, für Channing Tatum und für romantische und sinnliche Bücher, die sie bevorzugt eingekuschelt vor dem Kamin liest – oder selbst in ihrem Lieblingscafé schreibt.

Mit »Palace of Pleasure – Club der Milliardäre« erscheint ihr erster Erotikroman bei Romance Edition. Für die Geschichte unternahm sie aufregende Rechercheреisen, erlebte ein paar skurrile Situationen und lernte einen Haufen interessanter Menschen kennen

Weitere Titel der Autorin:

Palace of Pleasure: Club der Milliardäre
Palace of Pleasure 2: Kingston
Palace of Pleasure 3: Lucas (erscheint im November 2017)

BOBBIE KITT

PALACE OF PLEASURE

CLUB DER MILLIARDÄRE 2
KINGSTON

Erotic Romance

ROMANCE EDITION

PALACE OF PLEASURE: KINGSTON

Bobbie Kitt

8712 Niklasdorf, Austria

1. Auflage
Covergestaltung: © Sturmmöwen
Titelabbildung: © sakkmesterke
Korrektorat: Melanie Reichert

ISBN-Taschenbuch: 978-3-903130-32-6
ISBN-EPUB: 978-3-903130-33-3

www.romance-edition.com

1. KAPITEL

Kingston

Der Mensch, der das Gerücht in die Welt setzte, bei der Hochzeit des besten Freundes den Trauzeugen zu geben, wäre eine ehrenvolle und spaßige Angelegenheit, muss definitiv am Münchhausen-Syndrom gelitten haben. In Wahrheit ist das Wort *Trauzeuge* nur eine charmante Umschreibung für *niederer Handlanger* oder *Mädchen für alles*. Man muss sich den Hintern aufreißen, hat die Verantwortung dafür, dass der Tag bis ins kleinste Detail glatt läuft, niemand aus der Reihe tanzt und keiner der Anwesenden Ärger macht. Man ist der Kerl, der dem Heiratskandidaten die Fliege bindet, die Manschettenknöpfe ansteckt und der beruhigende Worte findet, falls die Nervosität des Bräutigams überhandnimmt – oder die der Braut. Der Trauzeuge hat darauf zu achten, dass der Pastor und die Geigenspielerinnen pünktlich sind, ob die Torte rechtzeitig geliefert wird, und er ist das arme Schwein, das die hundertsiebzigtausend Dollar teuren Ringe in der Innentasche seines Jacketts aufbewahrt, nachdem er sie in den letzten drei Wochen zu Hause schon fünfmal verlegt hatte. Und wenn das Brautpaar dann endlich vermählt ist, übernimmt er den Job der Sicherheitsfirma, die engagiert wurde, damit sich keine unerwünschten Leute unter die Gäste mischen und die Presse draußen bleibt, da es sich in meinem Fall bei dem Frischvermählten zufällig um einen der reichsten Männer Texas' handelt, für den Journalisten eine lästige Plage sind. Ach ja, und obendrein erledigt der Trauzeuge noch die Aufgaben der Eventplanerin, obwohl diese Leute allesamt einen Haufen Kohle für ihre Arbeit sehen. Es grenzt an ein Wunder, dass die Band vor fünf Minuten die Bühne betreten hat, und man nicht auch noch von mir verlangt, ihren Platz dort oben einzunehmen.

Mein Tag hat schon ein paar Stunden zu viel auf der Uhr, als ich zum ersten Mal an diesem Abend mit einem Glas Bourbon in der linken und einem Teller mit Lachspasteten in der rechten Hand auf einen freien Stuhl neben Lucas McVeigh – den Bruder des Bräutigams – sinke, mein Zeug auf dem Rundtisch abstelle und ausatme. Der organisatorische Teil der Hochzeit liegt hinter mir, und ich hoffe, beim spaßigen angelangt zu sein. Ich will mir den Bauch vollschlagen, ein paar Drinks nehmen und damit die nicht zu vermeiden gewesene Konfrontation mit meinem Vater hinunterspülen.

»Du siehst aus, als hätte meine Großtante Rosy versucht, dir beim Tanzen in die Hose zu greifen. Ich habe dir gesagt, du sollst dich besser von ihr fernhalten. Sie ist ein verdammter Puma«, sagt Lucas, während er mich amüsiert mustert.

Sein älterer Bruder Hunter hat seine Angetraute soeben auf die Tanzfläche gezerrt, die ersten Gäste folgen bereits, was für etwas mehr Freiraum im Saal sorgt. Ich schätze, es sind ungefähr zweihundert Leute gekommen.

»Rosy? Mich hat es weit schlimmer erwischt. Ich habe meinen Vater am Buffet getroffen.« Leider hat sich Hunt nicht bestechen lassen, als ich ihm anbot, die Kosten für das Aufgebot zu übernehmen, wenn er im Gegenzug dafür sorgt, dass die Einladungskarte meiner Eltern auf dem Postweg verloren geht.

Den Jungen hat es so übel erwischt, dass er die Antwort, die er mir gab, vermutlich selbst glaubte: *An so einem Tag wird niemand in der Stimmung sein, irgendwelche Streitigkeiten fortzusetzen, King.*

Tja, allerdings kenne ich meinen alten Herrn inzwischen seit neunundzwanzig Jahren und weiß, dass Anton Everett dreihundertfünfundsechzig Tage im Jahr in Streitlaune ist. Die Anspielung, dass ich selbst in dem dunkelblauen Smoking heute keinen kompetenteren Eindruck abgebe als in Jeanshosen, hätte er sich sparen können. Es war unnötig, mir zum wiederholten Mal zu bestätigen, dass er den Rest seines Lebens wütend auf mich und von mir enttäuscht sein wird.

Lucas schiebt seinen Teller von sich, auf dem noch Reste des Tortenbodens kleben, und wischt sich mit einer Serviette den Mund ab. »Zum Teufel mit euch beiden, wenn ihr es nicht mal auf einer Hochzeit schafft, euch zusammenzureißen. Ich warte auf den Tag, an dem ihr euch durch zwei Mandanten vor Gericht begegnet und deren Auseinandersetzung zu eurem persönlichen Krieg macht. Falls das jemals passiert, gib mir früh genug Bescheid. Ich würde auch eine Zeugenaussage faken, falls die Verhandlung geschlossen ist, nur um live auf dem Schlachtfeld dabei zu sein.«

»Wenn du so scharf darauf bist, verklag doch mit eurer Firma einen seiner Stammklienten. Ich kann dir die Namen auflisten. Da lässt sich bestimmt was basteln, denn wahrscheinlich ist einer darunter, der sich schon mal in irgendeiner Form mit euch angelegt hat. Das Ölimperium der McVeighs hat doch fast überall ein paar Feinde.« Ich hätte nichts dagegen, mich mit meinem Vater vor Gericht zu duellieren. Vielleicht würde ihm das die Augen dafür öffnen, dass ich ein brillanter Anwalt bin, obwohl ich in der Rechtsabteilung der *McVeigh Corporation* anstatt für seine Erfolgskanzlei arbeite. Er wird sich nie damit anfreunden können, aber wenigstens müsste er sich ein paar neue Sticheleien einfallen lassen, wenn ich ihm während eines Prozesses die Hosen ausziehe. Die Leier über verschwendete Studiengebühren würde danach nämlich nicht mehr ziehen.

»Das wäre tatsächlich eine Überlegung wert«, meint Lucas. »Aber lass uns ein anderes Mal darüber reden. Brautjungfern auf drei Uhr.«

Mein Blick folgt seinem nach rechts, von wo aus sich Schneewittchen und die hübsche Samuraikriegerin nähern. Natalie – die Braut – hat den beiden gleich nach der Trauung den Tabu-Stempel verpasst und Lucas und mir eingebläut, die Finger von ihnen zu lassen. Nicht, dass das nötig gewesen wäre. Giulia macht nicht gerade den Eindruck, als würde sie sich von einem Mann etwas sagen lassen. Dafür ist sie viel zu temperamentvoll und extrovertiert, und ich kann es nicht leiden, wenn Frauen in gewissen Situationen den Ton angeben wollen. Schließlich gibt es einen Grund, warum der liebe Gott den Mann zum starken Geschlecht gekürt hat. Vielleicht klingt das machomäßig, aber ich bin kein Macho. Ich weiß einfach nur sehr genau, was ich will, und vorlaute Frauen, die einem mit jedem Wort widersprechen, gehören nicht dazu. Selbst dann nicht, wenn sie hübsche Kurven haben, in ihrem lachsfarbenen Kleid hinreißend aussehen und bei jeder sich bietenden Gelegenheit mit mir flirten. Kim, die kleine Asiatin, hingegen wirkt auf mich ziemlich devot. Aber sie arbeitet am Empfang unseres Unternehmens, und es ist nie eine gute Idee, sich als Abteilungsleiter mit einer Untergebenen einzulassen.

»Das ist mal wieder typisch. Der Mann, mit dem ich heute Abend unbedingt tanzen will, verdrückt sich, sobald die Band den ersten Song anspielt. Haben Sie zwei linke Füße, Kingston, oder wollen Sie mich bloß ärgern?« Giulia tritt lächelnd an unseren Tisch, während Kim einen halben Schritt hinter ihr stehen bleibt. Giulias Blick gleitet mit unverhohlenem Interesse über mich und das Feuer in ihren Augen offenbart ihre kubanischen Wurzeln, die ihre helle Haut verleugnen will. Ein Jammer, dass das Schneewittchen charaktermäßig nicht mein Typ ist und meine Ansprüche nicht erfüllt, denn Giulia ist herausstechend attraktiv und ich kann mir vorstellen, wie nett ein Hanfseil ihren weiblichen Körper betonen würde, wenn sie bereit wäre, sich damit fesseln zu lassen.

Aus den Augenwinkeln sehe ich, wie eins der Serviermädchen an mir vorbeiläuft. Ich drehe mich gerade noch rechtzeitig zur Seite und halte sie an einem Arm zurück, um zwei Champagnergläser von ihrem Tablett zu nehmen. Dann deute ich mit einer Kinnbewegung auf den Stuhl neben mir und schiebe ihn mit einem Fuß ein Stück vom Tisch weg. »Keine linken Füße, nur das unbändige Verlangen, meine Venen von ein paar anständigen und hochprozentigen Drinks durchspülen zu lassen. Aber Sie und Kim dürfen gern mit uns auf das Brautpaar anstoßen.«

Giulia nimmt mir die Gläser ab und reicht eins davon an Kim weiter, bevor die beiden meinem Angebot nachkommen und sich zu uns gesellen. Mir entgeht nicht, dass Lucas' Blick an dem kleinen Tattoo hängen bleibt, das die Asiatin auf der rechten Schulter trägt. Zwei sich kreuzende Schwerter. In der Firma zeigt unsere Empfangsdame weit weniger Haut, und ich kann an seinem Gesichtsausdruck erkennen, dass ihm gefällt, was er heute sieht. Es überrascht mich allerdings, dass er sofort einen Arm über ihre Stuhllehne legt und anfängt, sie in ein leises Gespräch zu verwickeln. Lucas ist charmant und es ist kein Geheimnis, dass er sich mit nahezu all seinen Angestellten versteht. Aber normalerweise weiß er Berufliches und Privates genauso gut zu trennen wie ich. Nicht zuletzt, weil er im Bett denselben Frauentyp bevorzugt, und es nicht förderlich für sein Ansehen wäre, wenn es die Runde macht, dass der immer so reizende Junior der McVeighs in Wahrheit ein versauter Sadist ist. In seinem sorgsam gepflegten Saubermann-Image steckt dieselbe Menge Arbeit wie in seinem aufwendig gestylten Haar. Aber davon wissen nur auserwählte Menschen.

»Also, dann zum ungefähr zwanzigsten Mal heute Abend ... auf das Hochzeitspaar«, sagt Giulia und hält mir ihr Glas zum Anstoßen hin.

Ich greife nach meinem Drink. »Ja, auf Natalie und Hunter. Und auf die betörend hübsche, wenn auch etwas aufdringliche Freundin der Braut, die schon den ganzen Abend versucht, mit mir zu flirten«, spiele ich darauf an, dass sie mich schon seit der Trauung umgarnt.

»Vorsicht, Kingston. Selbst mit schwarzen Haaren, strahlend blauen Augen und gesegneten Muskeln kann man sich nicht alles erlauben. Wenn Sie mir unkeusche Absichten unterstellen wollen, muss ich Sie außerdem enttäuschen. Nat ist meine beste Freundin, sie erzählt mir alles und hat mich ziemlich eindringlich vor Ihnen gewarnt.«

Ich stoße mein Glas gegen ihres. »Interessant, dass Sie sich dennoch freiwillig der Gefahr meiner Nähe aussetzen. Vielleicht habe ich Sie falsch eingeschätzt, Giulia.«

»Dann bin ich schwer daran interessiert, wie du *diese* Lage einschätzt, Amigo«, wirft Lucas ein, der uns offenbar mit halbem Ohr zugehört hat, und deutet mit einem Finger vage zum Eingang des Saals.

Ich sehe hin und ... Gottverdammter Stiefelsocken. Wenn das nicht das faszinierendste, bezauberndste, anmutigste und bekannterweise leider auch übergrößte Miststück der Welt ist, das seinen Nobelhintern gerade durch die offenstehenden Flügeltüren schiebt.

Antonia Soto.

Schon bei unserer ersten Begegnung auf dem College – also noch bevor sie mit Hunter liiert war und eine linke Nummer mit ihm abzog – war mir klar, dass eine Frau, die den Vornamen meines Vaters in weiblicher Form trägt, nur ein Biest sein kann. Fünf Worte aus ihrem Mund und ich wusste, dass diesem Mädchen eine kräftige Züchtigung guttun würde – und das, obwohl ich mir meiner Neigung diesbezüglich damals noch gar nicht bewusst war.

Ich beobachte, wie Antonia ihr brombeerfarbenes Cocktailkleid glattstreicht und sich das schwarze Haar in den Nacken schüttelt. Sie hat es kürzen lassen, früher war es hüftlang, heute fällt es ihr stufig eine Handbreit über die Schultern. Für die Schuhe, die sie trägt, bräuchte sie verflucht noch mal einen Waffenschein; ich bin sicher, mit den spitzen Killerabsätzen ließe sich problemlos jemand erstechen.

Sie sieht sich flüchtig im Saal um, bis sie an der gläsernen Bar offensichtlich ein bekanntes Gesicht entdeckt und sich mit einem typisch abfälligen Lächeln ihrer Zielperson nähert.

»Na, das kann ja heiter werden«, beantworte ich Lucas' Frage nach meiner Einschätzung der Lage, als sie aus meinem Blickfeld verschwindet.

Tony lebt eigentlich seit ein paar Jahren in Europa. Hunter wird nicht unbedingt vor Freude im Dreieck springen, wenn er erfährt, dass seine Ex ihn mit ihrer Anwesenheit auf seiner Hochzeit beehrt. Man kann nicht behaupten, die beiden hätten sich im Guten getrennt. Antonia bedeutet in der Regel Ärger, und wahrscheinlich ist sie der letzte Mensch, den er heute hier sehen will.

Wie zur Hölle ist sie überhaupt reingekommen? Zutritt nur für geladene Gäste. Dafür sollte das zusätzliche Sicherheitspersonal sorgen, das wir den Hotelmitarbeitern zur Seite gestellt haben, und ich will mir mit einer Flinte ins Knie schießen, wenn sie tatsächlich eine Einladung erhalten hat. Was nicht bedeutet, dass da nicht ein winziger Teil in mir wäre, der ihr Auftauchen genießt. Antonia ist durchaus unterhaltsam, wenn man schwierige Frauen zu nehmen weiß. Ich hatte paradoxerweise schon immer eine kleine Schwäche für sie, obwohl ich mit militanten, respektlosen Egomaninnen normalerweise nichts anfangen kann. »Aber weißt du was, Luc? Ich kümmere mich darum, dass sie keine Schwierigkeiten macht.«

»Wirklich nett, dass du dich erbarmst, aber in meinen Ohren klingt das, als wäre Ärger bereits im Anmarsch«, gibt er skeptisch zurück.

Giulia wirkt ein bisschen geknickt, als ich ihr ein entschuldigendes Lächeln zuwerfe und meine ein Meter zweiundneunzig vom Stuhl erhebe. »Damit schulden Sie mir jetzt mindestens zwei Songs auf der Tanzfläche, Kingston. Glauben Sie nicht, ich würde mich so schnell abschütteln lassen«, meint sie selbstbewusst.

»Es würde mich auch enttäuschen, wenn das der Fall wäre«, erkläre ich mit einem Zwinkern. Die Kleine ist hartnäckig, und normalerweise finde ich, dass Durchhaltemögen in irgendeiner Form belohnt werden sollte.

Lucas' Gesichtsausdruck spricht Bände, als ich mich abwende und zwischen den Tischen entlang im Slalom in Richtung Bar laufe. Michael – Hunters Dad – diskutiert drei Meter von der Theke entfernt mit ein paar mir unbekannten Männern. Es wirkt, als würden sie über etwas Geschäftliches reden, und ich klopfe ihm im Vorbeigehen auf die Schulter. Als ich freie Sicht auf die Bar habe, suche ich nach Antonia und ... muss feststellen, dass sie sich mit jemandem unterhält, dem ich nur ungern ein weiteres Mal an diesem Abend vor die Augen trete. Sie redet verwirrenderweise mit meinem Vater. Ausgerechnet.

»Ich wusste nicht, dass sich diese Hochzeit zu einem Treffen für Sünder und Missetäter mausert. Euch beide im selben Raum ... Das ist ja, als würden sich die *Hexe von Blair* und *Dr. No* verbrüdern«, flüstere ich Tony ins Ohr, als ich direkt hinter ihr stehe. Ein Hauch Jasmin liegt in der Luft. Sie benutzt dieses Parfum schon seit Jahren.

»Kingston«, begrüßt sie mich, und ich höre ihrer Stimme das Lächeln an, noch bevor sie sich umdreht und es mir breit offenbart. Ihre dunklen Augen glitzern, was beweist, dass mein Humor ihren Nerv trifft. Es gibt nicht viele Menschen, die Antonia Soto eine echte und vor allem positive Gefühlsregung abluchsen können, aber ich gehöre dazu. Auch wenn sie das niemals zugeben würde.

»Hätte nicht damit gerechnet, dich hier zu treffen«, sage ich, während ich ihr einen flüchtigen Kuss auf die Wange hauche. »Wie hast du es geschafft, dich in eine geschlossene Gesellschaft zu mogeln? Meines Wissens taucht dein Name nicht auf der Gästeliste auf.«

»Gute Beziehungen machen das Auftauchen auf irgendwelchen Listen überflüssig. Obwohl ich gekränkt sein sollte, dass keiner von euch daran gedacht hat, mir eine Einladung zu schicken. Wenn ich mich recht entsinne, sind Hunter und du immer unter den Ersten, die es erfahren, wenn es bei uns etwas zu feiern gibt.« Ihr Blick huscht kurz zu meinem Vater, bevor er sich wieder herausfordernd zu meinen Augen hebt.

»Hunter und ich zahlen jedes Jahr eine Unsumme dafür, unter den Ersten zu sein«, erinnere ich sie und sehe ebenfalls für eine Sekunde zu meinem Dad, um herauszufinden, ob er mithört. Glücklicherweise hat er sich der Bar zugewendet. Es würde bestimmt nicht zu einer Verbesserung unseres Verhältnisses beitragen, wenn er erfährt, dass ich seit dem College Mitglied in einem

Erotik- und BDSM-Club bin, und er streng genommen die ersten Jahre auch noch den gepfefferten Beitrag für mich bezahlt hat.

Antonias Familie hat den *Pleasure Club* vor Jahrhunderten gegründet, er befindet sich immer noch in ihrer Hand, hat überall auf der Welt seine Etablissements und die Mitgliedschaft erfolgt nur auf Einladung. Tony hat Hunter und mich während des Studiums angeworben, da wir zu den rar gesäten Menschen gehörten, die den Kriterien einer Aufnahme entsprachen: Wir waren jung, wir hatten genug Geld und schon damals einen Hang zu sinnlichen Spielchen.

»Was denn, King? Hast du Sorge, dass dein Daddy ein paar bedenkliche Gesprächsfetzen aufschnappen könnte?«, fragt Antonia provokant.

»Ich bin sicher, deine Sorgen diesbezüglich sind viel größer. Schließlich sind wir inzwischen erwachsen und meine ganz privaten Vorlieben gehen meinen Vater nichts an«, entgegne ich.

Der *Pleasure Club* steht in erster Linie für Diskretion. Dass er sich öffentlich als Zigarrenclub tarnt, ist einer der Hauptgründe, warum sich die Mitglieder die neunhunderttausend Schleifen im Jahr leisten. Luis Soto wäre garantiert nicht erfreut, wenn seine Tochter durch eine unbedachte Äußerung mit der Geheimhaltung bricht und ihm in Scharen die Mitglieder wegrennen.

Tony lässt meine Antwort unkommentiert. Ich nutze den Moment des Schweigens, um sie ausgiebig zu betrachten. Ihre großen, dunklen Augen sind ausdruckstark geschminkt, auf ihren vollen Lippen liegt ein glänzender Film. Das Kleid, das sie trägt, ist schulterfrei, weshalb die kurze Perlenkette an ihrem Hals besonders zur Geltung kommt. Antonia ist eine klassische Schönheit. Sonniger Teint dank spanischer Vorfahren, aufreizende Kurven. Ich habe schon jeden Zentimeter ihrer Haut gesehen, beobachtet, wie sie im Club ihres Vaters mit verschiedenen Männern intim war. Es gibt keinen Kerl, dem in ihrer Gegenwart nicht der eine oder andere unanständige Gedanke kommt. Ich hatte schon Millionen davon, aber sie war Hunters Mädchen, was mich immer davon abgehalten hat, zu versuchen, auch nur eine der Fantasien real werden zu lassen.

»Vergiss es, Kingston«, sagt sie, was mich von der Begutachtung ihrer straffen Beine ablenkt. In ihren Augen funkelt ein Hauch

Amüsiertheit. »Das wird niemals passieren.«

»Was wird niemals passieren?«

»Ich kenne diesen Blick. Ich habe zigmal mitbekommen, wie du ihn Frauen zugeworfen hast, denen du den Arsch versohlen wolltest. Es tut mir leid, deine Träume zerplatzen zu lassen, aber mach dir keine Hoffnungen. Ich stehe nicht auf die Alphamännchen-Nummer. Und auch auf die Gefahr hin, dass ich jetzt gemein klinge, muss ich dir sagen, dass du zudem weit außerhalb meiner Liga spielst. Ich werde mich also weder von dir vögeln noch auspeitschen lassen.«

Außerhalb ihrer Liga?

Meine Lippen zucken. Dieses Mädchen ist wirklich einmalig. Es kann mit dem schönsten Lächeln die hässlichsten Dinge loswerden. Keiner anderen Frau würde ich gestatten, mich dermaßen zu beleidigen. Und ich würde mit keiner anderen flirten, nachdem sie klar ausgesprochen hat, dass sie nicht an ... Wie nannte sie es? Ach ja, an der *Alphamännchen-Nummer* interessiert ist. Der Unterschied zwischen Tony und Frauen wie beispielweise Giulia ist nämlich verdammt offensichtlich. Während Letztere meiner Meinung nach eine Rebellin ist, die sich aus einer inneren Haltung heraus nicht unterordnen könnte, ist Antonia einfach nur ein Kontrollfreak. Ich bin überzeugt, dass es für sie genau das Richtige wäre, die Zügel mal aus der Hand zu geben. Hunter mit seinem Faible für Rollenspiele war definitiv der falsche Mann für sie. Was nicht automatisch heißt, dass ich der richtige wäre, oder die Antwort auf diese Frage herausfinden will.

Ich bemühe mich, mir meine Belustigung über ihre frechen Worte nicht anmerken zu lassen. Als mein Vater mit einem Drink seinen Platz an der Theke verlässt, greife ich nach ihrem Handgelenk, um sie zur Bar zu führen. Ich ignoriere, dass er mich ignoriert, lasse Tonys Hand langsam aus meinem Griff gleiten und fahre dabei wie beiläufig mit dem Daumen über einen ihrer gefeilten Fingernägel. »Pass lieber auf, Eisprinzessin, am Ende verletzen diese Krallen noch jemanden.«

Tony streicht sich eine Haarsträhne zurück, die sich in ihr Gesicht verirrt hat, und wendet sich dem blonden Barkeeper zu. »Machen Sie uns einen Wodka-Martini und ...«, ich komme in den Genuss eines selbstgefälligen Seitenblicks, »... ein Glas von dem vierzigjährigen *Famous Grouse*. Drei Fingerbreit, auf Eis, bitte.«

Der Mann nickt und macht sich sofort an die Arbeit.

»Nett, dass du mir das Bestellen abnimmst.«

»Entschuldige bitte, falls das dein männliches Ego ankratzt.«

»Überhaupt nicht. Ich finde es nur interessant, dass du so genau weißt, was ich trinke.« Drei Fingerbreit von dem Vierzigjährigen auf Eis ... An jedem Tag, den ich nicht mit Bourbon begonnen hätte, wäre das meine Wahl gewesen.

Man muss Antonia gut kennen, um zu bemerken, dass sie sich ertappt fühlt. Sie senkt für einen Herzschlag den Blick und befeuchtet die Lippen. »Es ist nicht so, als wüsste ich nicht, wer du bist, King. Daher frage ich mich auch, ob Hunter dich abgestellt hat, meinen Babysitter zu spielen. Befürchtet er, ich würde ihm seinen großen Tag ruinieren, oder warum klettest du dich an meinen Hintern?«

»Ich kann mir viele Dinge mit deinem Hintern vorstellen, mich daran zu kletten gehört allerdings nicht dazu. Und um deine Frage zu beantworten: Ich glaube nicht, dass er mit deinem Aufkreuzen gerechnet hat. Er weiß vermutlich noch gar nicht, dass du hier bist.«

»Dann sollte ich ihn vielleicht aufsuchen und dem Paar meine Glückwünsche aussprechen. Zu schade, dass ich die Zeremonie verpasst habe.« Ich registriere eine leichte Veränderung in ihrer Stimme. Eine Spur Unsicherheit, vielleicht auch einen unterschwelligen Groll. In jedem Fall deutet sie auf eine Regung hin, die ich nicht erwartet hätte.

»Es macht dir etwas aus, dass er jetzt links einen Ring trägt«, lasse ich sie an meiner Schlussfolgerung teilhaben.

»Mach dich nicht lächerlich. Das würde doch eurer Theorie widersprechen, dass er mir nie etwas bedeutet hat«, meint sie und hat ihre Tonlage dabei wieder im Griff.

»Seine Theorie, nicht meine.«

Hunter glaubt, er wäre nur ein Mittel zum Zweck gewesen. Dass Antonia ihn bloß für den *Pleasure Club* ködern wollte, weil ihr Vater ihr auftrug, sich nach passenden Mitgliedern umzusehen, und sie ihr Spielchen dann noch eine ganze Weile weitertrieb, um über ihn an Leute heranzukommen, die sich ebenfalls für eine Aufnahme eigneten. Und Himmel, ich kann dem Jungen nicht verübeln, dass er so denkt. Seine Beziehung mit Antonia ist auf sehr unschöne Weise zu Ende gegangen. Sie hat ihn mit kalter Berechnung abserviert und Wissen über sein Privatleben verwendet, um sich selbst einen Vorteil zu verschaffen. Und das ist noch die nette Version.

Ich sehe das alles jedoch anders. Die beiden waren schließlich über vier Jahre lang ein Paar, außer Lucas und ich wurde niemand über Hunter in den Club aufgenommen, und keine Frau würde sich eine solche Zeit mit einem Mann abgeben, an dem ihr nichts liegt.

Der Barkeeper stellt die Drinks vor uns ab. Antonia greift nach ihrem Martini, zieht den Zahnstocher mit der Olive aus dem trichterförmigen Glas und legt ihn auf eine Serviette, die ihr der Kerl hinter der Theke zuschiebt. »Spielt ja auch keine Rolle. Wir sind auf einer Hochzeit. Sollten wir uns nicht sinnlos betrinken oder irgendeinen anderen Blödsinn veranstalten, anstatt Themen anzuschneiden, die schon seit Jahren keinen mehr interessieren?«

»Warum bist du hier, Tony?«, will ich wissen, während ich die Finger um das Whiskeyglas schließe.

»Ob du es glaubst oder nicht; es war Zufall, dass ich von dem rauschenden Fest erfahren habe. Ich bin beruflich in der Stadt und wollte für zwei Wochen eine Suite hier im *Westin* reservieren, aber man sagte mir, dass das nur mit Unterbrechung möglich wäre, da an diesem Wochenende das gesamte Hotel für eine private Feier gebucht worden sei. Nun ja, ich bin ein gern gesehener Gast und das Management beantwortet mir meine Fragen, wenn ich welche stelle«, deutet sie an, gewusst zu haben, von wem und zu welchem Zweck das Hotel gebucht wurde, obwohl darüber nichts nach draußen dringen sollte. Hunter hat darauf bestanden und garantiert nicht schlecht für die Verschwiegenheit der Hotelmitarbeiter gezahlt.

»Das beantwortet nicht meine Frage.«

»Vielleicht, King, steckt ja mehr von einer Masochistin in mir, als ich zugeben will«, erklärt sie scheinheilig und führt ihr Glas an die Lippen.

Ich drehe mich um und lehne mich mit dem Rücken gegen die gläserne Barfront, bevor ich ebenfalls einen gewaltigen Schluck von meinem Drink nehme. Mein Blick gleitet ohne festes Ziel durch den Saal und bleibt an ... na wunderbar ... Natalie und Hunter hängen, die mit verschlungenen Fingern die Tanzfläche verlassen und direkt auf uns zukommen. Er hat seine Exfreundin also entdeckt.

»Bitte versau ihm diesen Tag nicht«, sage ich zu Tony, obwohl sie vermutlich gar nicht mehr die Macht dazu hätte. Er hat sein Gegenstück gefunden und ist auf eine Weise glücklich mit Nat, wie er es mit Antonia nie gewesen ist. Dennoch ist Hunter oft ein nachtragender Arsch, und ich traue ihm durchaus zu, dass er es fertigbringt, auf seiner eigenen Hochzeit einen Streit anzuzetteln. Wenn sich Tony provozieren lässt, wäre es möglich, dass damit die ganze Stimmung umschlägt.

»Ich habe nicht die Absicht, das zu tun«, erwidert sie, bevor wir gleichzeitig zügig unsere Gläser leeren. Augenscheinlich gefasst blickt sie dem Brautpaar entgegen.

»Sieh an, wir haben einen Ehrengast«, begrüßt Hunter seine Verblühte. Er lässt Nats Hand los und wirft mir einen so mörderischen Blick zu, dass man meinen könnte, er mache mich für ihr Auftauchen verantwortlich. Nat hingegen wirkt völlig entspannt, aber sie ist auch in jeder Hinsicht ein Sonnenschein. Hunt kann sich glücklich schätzen, dass sie es mit ihm aushält. Sie ist der perfekte Ausgleich zu seinem launischen Gemüt.

»Ich war zufällig in der Gegend und wollte es mir nicht nehmen lassen, Nicole und dich zu beglückwünschen«, bringt Tony mit einem – zugegeben – überzeugenden Lächeln hervor. Ich bemerke allerdings, dass sie leicht die Augen verengt, während ihr Blick erst Hunter inspiziert, und zwar von seinen dunkelbraunen Haarspitzen bis zu den schwarzen Schuhen, bevor er beunruhigend langsam über seine blonde Braut gleitet. »Ein wirklich hübsches Kleid.«

»An so einem Tag wird niemand in der Stimmung sein, irgendwelche Streitigkeiten fortzusetzen«, brumme ich. Gerade laut genug, dass Hunter es hört. Es sind dieselben Worte, die er in Bezug auf ein Zusammentreffen mit meinem Vater vor mir ausgelegt hat.

»Natalie, nicht Nicole«, kommt Nat ihrem Mann zuvor, als dieser gerade die Lippen öffnet. »Und bevor bei den Wolken, die sich euren Gesicht nach zu urteilen zusammenbrauen, noch einer vom Blitz getroffen wird, schlage ich vor, wir lösen diese seltsamen Spannungen mit ...«, sie deutet hinter mich zur Bar, »Tequila.«

»Ich glaube nicht, dass ...«, setzt Hunter an, aber Nat schiebt mich bereits zur Seite und zieht ihn mit sich zur Theke.

»Nein, *ich* glaube nicht, dass du wirklich vorhast, diesen Satz zu Ende zu führen. Niemand widerspricht der Braut, das ist ein ungeschriebenes Gesetz. Ich bin auf einer Ranch aufgewachsen, Baby, und selbst die rauen Jungs vom Land und die mexikanische Mafia regeln mit dem Zeug ihre Probleme. Benjamin, vier Gläser und mach sie ordentlich voll.«

Der Barkeeper grinst, als er sich abwendet und zu meinem Entsetzen vier Gläser vom Bord über der Spüle nimmt, in die jeweils mindestens ein Dreifacher passt. Die Vorstellung, auf einen Bourbon und einen Scotch jetzt noch einen Monster-Tequila zu kippen, ist mir nicht ganz geheuer. Ich wollte mich gemächlich betrinken und nicht irgendwo eine Ecke des Festsaals vollreihern. Tony wirkt auch nicht glücklich, aber sie scheint es immerhin ehrlich zu meinen, keinen Ärger machen zu wollen. Sie gibt keinen Ton von sich, als sie ihr Martiniglas abstellt und dafür das entgegennimmt, das Nat ihr reicht.

»Also dann ... Es ist schön, dass du trotz deiner Differenzen mit Hunter zu unserer Hochzeit gekommen bist, Antonia. Trinken wir auf alte und neue Freundschaften. Und darauf, Vergangenes mal brav Vergangenes sein zu lassen«, bringt Natalie einen Toast an.

»Auf das ungeschriebene Gesetz, dass niemand der Braut widerspricht«, murmelt Tony.

Ich stürze das Zeug hinunter und muss mir endgültig eingestehen, dass dieses ordinäre Getränk und ich keine Freunde mehr werden. Es kostet mich ziemliche Anstrengung, nicht bei der Hälfte abzusetzen, und noch mal so viel Mühe, in die Zitronenscheibe zu beißen, die mir Antonia hinhält, während sie an ihrer eigenen saugt. Ich umgreife ihr Handgelenk und nehme sie ihr dabei nicht aus den Fingern, was mir einen merkwürdigen Blick von ihr einspielt.

»Was meinst du, Tony?«, frage ich, als ich im Augenwinkel registriere, dass Hunt und Nat damit beschäftigt sind, sich abzuknutschen, und Antonia beide Zitronenschalen in ihr Schnapsglas fallen lässt. »Bist du noch scharf auf eine zweite Runde Brennspiritus oder lässt du dich von mir auf die Tanzfläche retten?«

»Nie gedacht, dass ich das einmal sage, aber vermutlich ist ein

Tanz mit dir in diesem Fall das kleinere Übel.« Das winzige Lächeln, das auf ihren Lippen aufblitzt, schießt mir quer durch den Körper. Gott, im kleinsten Detail dieser Frau steckt eine Sünde. Zehn Minuten mit ihr in meinem Schlafzimmer und ich könnte dafür sorgen, dass sie Hunters Ring nicht mehr juckt.

Ich nehme ihr das Glas aus den Fingern, stelle es zusammen mit meinem auf die Theke und bedeute ihr, vorauszugehen. Direkt hinter ihr bleibend, manövriere ich uns zwischen ein paar Stehtischen hindurch in Richtung Podest, das für die Hochzeitsband zur Bühne umfunktioniert wurde. Das Schicksal meint es gut mit mir, die Jungs gehen gerade dazu über, eine Coverversion von *Wonderful Tonight* zu spielen – ein Song für Körperkontakt. Als sie sich umdreht, greife ich nach ihrem Unterarm, ziehe sie nah an mich und lasse ihre Finger in meine gleiten. Ich lege ihr die rechte Hand auf die Hüfte, während sie ihre auf meiner Schulter platziert, allerdings weicht sie clever meinem Blick aus, indem sie ihre Schläfe an meine Wange drückt. Ich bin kein besonders guter Tänzer, aber für eine einfache Nummer reicht mein Talent, und vor allen Dingen reicht es, um einen Eindruck davon zu bekommen, wie perfekt sich ihr weicher und geschmeidiger Körper anfühlt.

»Du bist also die nächsten zwei Wochen in der Stadt?«, will ich wissen.

»Sieht danach aus.«

»Und? Wirst du in dieser Zeit mit mir essen gehen?«

Sie lacht leise. »Nein, wir werden auf keinen Fall miteinander essen gehen.«

»Ich würde dich auch das Restaurant aussuchen lassen und wenn du nett bist, darfst du sogar für mich bestellen«, necke ich sie.

»Hast du Streit mit Hunter oder warum willst du ihn unbedingt verärgern? Als sein loyaler Freund solltest du mich doch eigentlich solidarisch hassen und nicht versuchen, mir an die Wäsche zu gehen.«

Ich verstärke den Druck meiner Hand auf ihre Hüfte und zwicke ihr dort fest genug in die Haut, dass ich an meinem Hals spüren kann, wie sie den Atem einzieht. »Wir wissen beide, dass der einzige Grund, warum ich dir nie gezeigt habe, wie bequem es sich in meinem Bett liegt, darin besteht, dass ich viel zu lang solidarisch mit Hunt war. Irgendwas sagt mir, dass seine Hochzeit mit Nat der

Zeitpunkt ist, damit aufhören zu können.« Natürlich würde er angepisst sein, wenn ich Antonia, größte Kratzbürste der Welt, in ein Restaurant ausführe. Wahrscheinlich stößt ihm bereits auf, dass sie ihre Hände gerade an meinem Körper hat. Dass er Natalie aufrichtig liebt und sie niemals gegen seine Ex eintauschen würde, heißt nicht, dass es für ihn kein Verrat wäre, wenn ich mich mit der Frau einließe, die ihm böse zugesetzt hat. Aber erstens bin ich ein großer Junge und brauche seinen Segen nicht, um ein Mädchen klarzumachen, auf das er keinen Anspruch mehr erhebt, und zweitens weiß ich sehr genau, dass Tony mich sowieso abblitzen lässt. Sie ist viel zu oppositionell und zu stolz, um sich einzugestehen, dass es mit uns verdammt interessant werden könnte. Also ist unser Geplänkel heute Abend nicht mehr als ein unterhaltsames Spiel.

Antonia schiebt die Hand auf meiner Schulter in meinen Nacken, zieht die andere aus meinen Fingern und legt auch diesen Arm um meinen Hals. Sie hebt ihr Kinn, um zu mir aufzusehen, und ich weiß nicht, was meinen Blick mehr auf sich zieht; ihre kaffeebraunen Augen, in denen Übermut schimmert, oder ihre sinnlich geschwungenen Lippen, die ich in dieser Sekunde so grob küssen will, als wäre das hier doch mehr als nur ein belangloser Flirt. Herrgott, ich kann verstehen, warum Männer ihr scharenweise verfallen. Sie hat dieses gewisse Etwas an sich, einen Zauber, einen Magnetismus, dem man nicht trotzen kann, und eine Unnahbarkeit, die den Jäger in jedem Kerl hervorlockt. Spontan entscheide ich mich, dass ihr verdorbener Mund meine volle Aufmerksamkeit verdient, und werde glatt für diesen Entschluss belohnt, indem sie sich streckt und ihn nah vor meinen bringt.

»Dein überlaufendes Fass an Selbstsicherheit ist beinah süß, King. Deshalb tut es mir sogar ein bisschen leid, dich jetzt verlassen zu müssen. Ich hatte tatsächlich vergessen, dass ich mit meiner Eintrittskarte verabredet bin, und mein Date ruft sich mir gerade zurück ins Gedächtnis.« Sie sieht kurz nach links und mein Blick will ihrem folgen, doch auf halbem Weg streifen ihre Lippen unerwartet die meinen. Flüchtig, kaum mehr als ein Atemhauch, aber dennoch lang genug, um mir das Blut aus meinem Kreislauf gen Süden zu jagen. Dann lässt sie mich los, im Begriff sich abzuwenden.

Ich lange nach ihrer Perlenkette und bevor ich registriere, was genau ich da tue, habe ich ihr Gesicht zurück vor meins gezogen, um meinen Mund auf ihren zu pressen. Einfach so. Als wäre sie nicht Antonia Soto, von der man besser die Finger lässt. Als wären wir nicht auf der Hochzeit ihres Exfreunds, der zufällig mein bester Freund ist, und als hätte ich irgendwann in der vergangenen halben Stunde andere Absichten gehabt, als mir mit ihr ein paar amüsante Wortgefechte zu liefern.

Normalerweise habe ich mich besser unter Kontrolle, aber die winzige, kaum erwähnenswerte Berührung unserer Lippen, mit der sie nichts weiter tun wollte, als mir vor Augen zu führen, dass sie mir überlegen ist und mich jederzeit hochnehmen kann, schürt das Verlangen in mir, dieses respektlose Mädchen zu disziplinieren. Sie beherrscht das Feld nur, solang ich ihr erlaube, darauf zu spielen. Und das muss ich ihr unbedingt klarmachen. Es war ein Fehler, mich in das Geheimnis einzuweihen, wie sie sich Zutritt auf diese Hochzeit verschafft hat.

Tony ist von meinem Übergriff mindestens so überrascht wie ich selbst. Sie erwidert meinen Kuss für einen Herzschlag und einen zweiten, und öffnet einen Spalt breit die Lippen, bis meine Zunge an ihre stößt. Dann spüre ich, wie sie beide Hände zwischen unsere Körper zwängt und mich gegen meine Brust drückend zurückdrängen will, aber ich schließe die Finger fester um ihre Kette und ziehe energischer, sodass ihr genau zwei Möglichkeiten bleiben: Entweder sie duldet den Kuss oder das wertvolle Schmuckstück droht zu zerreißen. Sie begreift ziemlich schnell, dass ein Widerstand auf ihre Kosten gehen würde, weshalb sie etwas macht, was Antonia in ihrem Leben bestimmt noch nicht oft getan hat. Sie fügt sich.

Mir ist bewusst, dass wir mitten auf der Tanzfläche stehen, aber in diesem Moment ist mir das vollkommen egal. Besser noch; es ist in meinem Interesse, dass uns so viele Menschen wie möglich beim Küssen zusehen. Es wäre perfekt, wenn der Kerl, den sie als Ticket für diese Feier benutzt hat, mitbekommt, wie sie ungeniert mit mir rummacht. Vielleicht kann ein bisschen Scham ihr Ehrfurcht eintrichtern.

Ich merke, wie Tonys Gegenwehr bröckelt und sie die Augen schließt. Wie ihre Resistenz schmilzt, sie gegen meine Zunge stößt, sich ihre Lippen plötzlich heiß an meinen reiben. So intensiv, so niederbrennend hingebungsvoll, dass ich für eine gefährliche Sekunde lang nichts anderes mehr wahrnehme als ihren Mund. Die Hände, die mich eben noch wegstoßen wollten, krümmen die Finger und krallen die Nägel in mein Jackett. Eine Weile hält sie mich fest, wie ich sie an ihrer Kette festhalte, dann lockert sie ihren Griff, gleitet mit den Handflächen höher und presst ihren Körper an mich. Ihre weibliche Brust an meine männliche harte. Himmel und Hölle, ich kann nicht behaupten, dass das keinen Effekt auf mich hätte. Mein Schwanz drängt sich unangenehm gegen den Reißverschluss meiner Hosen, unser Kuss kribbelt in meinen Venen, und der vorherrschende Gedanke in meinem Kopf ist plötzlich der, sie aus diesem Saal raus zu schaffen, ihr Höschen zu zerreißen und sie ungehemmt an eine Wand gedrückt zu nehmen. Das Einzige, was mich zurückhält, ist die Tatsache, dass ihr das kaum eine Lehre sein würde.

Ich lasse ihre Kette los, umfasse ihre Arme und schiebe sie im rechten Moment von mir weg. Ein Zungenschlag später und ich hätte vielleicht nicht mehr die Beherrschung aufbringen können. Mein Puls dröhnt, und ich verspüre ein Zucken in meinem Bauch, weil mein Körper nicht einverstanden ist, das Spiel zu beenden. Ich will mehr. Bei Gott, mit jeder Zelle will ich mehr von ihr kosten als ihren teuflischen Mund. Aber die Genugtuung über Tonys Gesichtsausdruck und ihren weggetretenen Blick, als sie blinzelnd die Lider hebt, stellt mein eigenes Verlangen total in den Schatten. Für den wunderschönen Bruchteil einer Minute wirkt sie vollkommen durcheinander. Ihre Wangen sind gerötet, in ihren dunklen Augen kämpfen hundert Gefühle. Leidenschaft, ein Hauch Zärtlichkeit, eine riesige Prise Verzweiflung. Ich packe die Gelegenheit beim Schopf, bevor sie sich wieder hinter ihrer Würde verschanzt, gebe ihre Handgelenke frei und streiche ihr mit einem Daumen sanft über die Wange.

»Lektion Nummer eins, Schätzchen: Fordere niemals einen Meister auf seinem Gebiet zum Duell heraus. Viel Spaß dabei, deinem Date zu erklären, was genau vorgefallen ist. Ich habe nicht den Eindruck, als hätte irgendjemand nicht mitbekommen, dass wir gerade fast eine Art heißes Vorspiel erlebt haben.« Ich blicke mich prüfend im Saal um, nur um sicherzugehen, dass ich nicht maßlos übertreibe. Glücklicherweise ist es wirklich so, dass uns ein paar neugierige Augen beobachten. Dann wende ich mich ab, um meinem dringenden Bedürfnis nach einem Drink nachzukommen. Ich muss zwingend mein erhitztes Blut abkühlen.

»Kingston«, hält Antonia mich auf, als ich ihr bereits den Rücken zugekehrt habe, und ich lasse mich idiotischerweise dazu herab, mich noch mal umzudrehen. »Ich wünsche dir dasselbe. Also Spaß dabei, zu erklären, was genau hier vorgefallen ist.« Mit einem siegestrunkenen Lächeln weist sie mit einem Blick zu einem der Stehtische am Rand der Tanzfläche und bewegt sich kurz darauf in diese Richtung.

Mir wird auf der Stelle klar, dass ich etwas Dummes getan habe. Ihr Date ist kein Unbekannter. Im Gegenteil. Ich kenne Milton Chamberlain schon mein ganzes Leben. Er ist ein Klient und langjähriger Freund meines Vaters, Geschäftspartner der McVeighs und ich weiß genug über ihn, um sagen zu können, dass sich sein Verschleiß an jüngeren Frauen als abartig beschreiben lässt. Antonia muss wirklich unbedingt auf Hunters Hochzeit gewollt haben, wenn sie sich als das Plus-eins eines fünfunddreißig Jahre älteren Playboys unter die Gäste mischt. Immerhin ergibt es jetzt einen Sinn, warum sie sich vorhin mit meinem Vater unterhalten hat. Wahrscheinlich wollte sie von ihm wissen, wo sie Milton finden kann. Mein alter Herr, und zu meinem allergrößten Pech auch meine Mom, stehen direkt neben dem ergrauten Schwerenöter. Sie alle werden verfolgt haben, dass ich Tony zunächst ziemlich grob zu unserem Kuss überreden musste. Bis sie ... Hölle, nein, bloß nicht an ihre Lippen zurückdenken, denn es ist nach wie vor verdammt eng in meiner Hose.

Ich nicke meinem Dad zu, der mich mit zusammengezogenen Brauen und gewohnt grimmiger Miene anblickt, als wolle er mich einmal der Länge nach aufschlitzen. Meine Mutter hingegen starrt peinlich berührt das Champagnerglas in ihrer Hand an. In den Kreisen, in denen die beiden verkehren und denen ein Großteil der anderen Gäste angehört, fällt man nicht wie ein Wilder vor Zeugen über ein Mädchen her. Ich ärgere mich über mich selbst und auch über Antonia, obwohl es rein dem Zufall zu verdanken ist, dass diese Runde nicht an mich geht. Sie geht auch nicht wirklich an sie, viel eher habe ich uns beide in eine total belämmerte Situation gebracht.

Ich mache mich auf den Weg an die Bar, wo ich mir wie Tony zuvor einen Scotch auf Eis bestelle. Ich stürze den Drink hinunter und bedeute dem Barkeeper, sofort noch mal nachzuschenken. Während ich das zweite Glas etwas langsamer leere und versuche, meinen hochgepeitschten Hormonstatus etwas herunterzufahren, berührt mich jemand von hinten an der Schulter.

»Und dann treffe ich Sie ausgerechnet da wieder, wo ich Sie haben wollte«, höre ich Nats Freundin, das aufdringliche Schneewittchen, hinter mir sagen.

Ich drehe mich zu ihr um. Giulia hat den Kopf zur Seite geneigt und das halbe Lächeln auf ihren Lippen betont den verheißungsvollen Blick, mit dem sie mich von oben bis unten ansieht. Als er meine Augen trifft, befeuchtet sie ihre Lippen.

Mist.

Sie ist zu hübsch, um ihre permanente Anmache auf Dauer zu ertragen, und auch wenn ihr Name nicht Antonia lautet, mir ihre frech-süße Art viel zu anstrengend ist und sie aller Wahrscheinlichkeit nach meine Interessen nicht umfassend befriedigen kann, bin ich ihrer Anziehungskraft nach der letzten halben Stunde nicht gewachsen. Mein Schwanz ist noch halb steif, ihr lachsfarbenes Kleid umspielt ihre reizende Figur, der Alkohol in meinem Blut zeigt inzwischen Wirkung. Und sie bietet sich unschuldig an, mich zumindest ein wenig abzureagieren. Der Gedanke daran, sie *plain vanilla* zu vögeln, ist gerade attraktiver als noch früher am Abend.

»Ich meinte in der Nähe der Tanzfläche. Ich wollte Sie nicht an der Bar haben«, fügt sie nach einer geschlagenen Minute an, in der ich aus irgendeinem Grund keinen Ton von mir gegeben habe. Vielleicht habe ich ein bisschen Angst vor dem, was aus meinem Mund kommen könnte.

Ich sehe kurz zu Antonia rüber. Sie unterhält sich mit Milton, beobachtet aber mich. Und auch wenn es irgendwie ein bisschen geschmacklos ist, weil ich im Grunde nicht Giulia will, sondern die Frau, die mich in Brand setzt, zwanzig Meter entfernt steht, kann ich nicht verhindern, dass meine ungefilterten Gedanken in einem heiklen Satz aus mir rauskommen. »Dummerweise ist das nicht der Ort, an dem ich dich haben will. Deshalb schlage ich vor, dass wir beide von hier verschwinden.«

2. KAPITEL

Antonia

»Das hier ist die Aufzeichnung, die veranschaulicht, wie Sie sich während eines Brandfalls zu verhalten haben.« Dylan Sipes, der rothaarige Innenarchitekt, der das ehemalige Wellnesscenter, in dem wir uns befinden, *Pleasure*-tauglich umgebaut hat, beugt sich über eine auf meinem Schreibtisch ausgebreiteten Plan. Er deutet auf zwei Punkte der Skizze, die auf dem Brandschutzplan den Neben- und Hintereingang darstellen. »Diese beiden Türen sind so konstruiert, dass sie sich von innen jederzeit öffnen lassen. Das Abschließen bezweckt nur, dass niemand von außen herein kann. Die Gänge, die hier als Fluchtwege rot markiert sind, müssen frei bleiben. Das heißt, sie dürfen diese Flure nicht als Abstellfläche benutzen.« Er fährt mit einem Finger überflüssigerweise die roten Linien nach.

»Okay. Die Rettungswege müssen frei bleiben«, gebe ich zu verstehen, dass ich ihm folge, obwohl meine Konzentration bereits radikal nachlässt.

Es ist Montag und am Wochenende habe ich dank Hunters Hochzeit und drei Geschäftsterminen nicht wirklich Kraft getankt. Dafür habe ich mich heute den kompletten Vormittag mit den letzten Feinschliffen auseinandergesetzt, die noch von den Handwerkern vorgenommen werden mussten, und mich nach einem Rundgang durch das neue Club-Etablissement mit dem Baufachmann in mein Büro zurückgezogen. Er hat mir eine Million Dinge erklärt und zwischenzeitlich noch den Leiter der Sicherheitsfirma hinzugezogen, die das Haus mit einem Alarmsystem versehen hat. Inzwischen stoße ich fast an die Grenzen meiner Aufnahmefähigkeit. Wenn er mir auch nur noch eine Mappe in die Finger drückt oder eine Bauzeichnung vor mir auseinanderfaltet, vergesse ich wahrscheinlich alles, was ich bisher behalten habe. Es ist immerhin schon viertel vor sieben.

»Außerdem ist jeder Raum mit Feuerschutztüren versehen, die den Übergriff des Brandes auf andere Räume verhindern und dafür sorgen, dass kein Rauch hindurchgelangt. Wenn das Alarmsystem losgeht, fallen die Türen automatisch ins Schloss. Wer es nicht ins Freie schafft, kann, ohne panisch zu werden, hinter praktisch jeder Tür auf das Eintreffen der Feuerwehr warten. Wir haben das den Richtlinien der europäischen Häuser angepasst.«

»Ich hoffe, wir wissen es zu vermeiden, unseren Club in Brand zu stecken«, sage ich und reibe mir den Nacken, als sich Dylan aufrichtet und – Gott sei Dank – den Plan zusammenlegt. »Es könnte etwas schwierig werden, den Einsatzkräften der Feuerwehr zu erklären, warum ein Zigarrenclub mit Fetisch-Equipment und Erotikmöbeln ausgestattet ist.«

Der Innenarchitekt überhört meinen Witz. Manchmal habe ich den Eindruck, er wird nicht gern daran erinnert, was sich hinter den Mauern unserer Häuser abspielt. »Falls noch Fragen offen sind, können Sie mich jederzeit anrufen. Aber Sie finden alles, was ich Ihnen erklärt habe, auch noch mal als Leitfaden in der ...«, er blickt sich auf dem Schreibtisch um und zieht einen pflaumefarbenen Ordner zur Kante, »... in der Mappe hier.«

»Ich hoffe, alles so weit verinnerlicht zu haben, dass ich keine Leitfäden und Skizzen mehr in die Hand nehmen muss. Ansonsten schnappe ich über und kann die Eröffnungsfeier in die nächste Psychiatrie verlegen. Wobei ich sagen muss, dass da einige unserer Gäste besser aufgehoben wären.«

Dylan schenkt mir ein aufrichtig mitfühlendes Lächeln, während er die zusammengefalteten Plan neben die Vorschriftensammlung legt. Der Mann ist ein Freund meines Vaters, er hat bereits andere Objekte des *Pleasure Clubs* modernisiert und vor zwei Jahren sogar ein Anwesen für uns in Südfrankreich entworfen. Er ist gut in seinem Job, er weiß genau, wie man hundert gesetzliche Bestimmungen erfüllt, ohne gleichzeitig dem Ambiente zu schaden. Unsere Mitglieder haben gehobene Ansprüche und gewisse Erwartungen an unsere Locations, und ihre Zufriedenheit darf nicht durch rechtliche Bauauflagen oder dergleichen gestört werden.

Ich begleite Dylan zur Tür meines Büros, wo er sich sein Jackett überstreift. »Ich würde mich übrigens freuen, wenn Sie am Samstag in zwei Wochen zur Eröffnung kommen«, sage ich zu ihm.

»Und gleich danach kann ich mir dann einen guten Scheidungsanwalt besorgen«, entgegnet er trocken.

»Aber warum denn? Bringen Sie Ihre Frau einfach mit. Sie wären nicht das erste und nicht das letzte Paar, das uns beitritt, um das Eheleben etwas aufzupolieren.«

»Danke, Antonia, aber ich wünsche Ihnen lieber nur gutes Gelingen. Und grüßen Sie Ihren Vater, wenn Sie ihn sprechen.«

»Mache ich. Danke für die Mühe, die Sie sich mal wieder für uns gemacht haben.« Ich öffne die Tür und bedeute Alyssa mit einem Blick, ihn nach draußen zu bringen. Meine helfende Hand verflucht mich bestimmt schon dafür, dass sie es mal wieder nicht vor halb acht nach Hause schafft. Schon letzte Woche haben wir gemeinsam Überstunden geschoben. Allerdings war es ihre Entscheidung, mit mir nach Houston zu gehen. Ich war ein bisschen überrascht. Alyssa und ich kannten uns vorher nur flüchtig, denn bisher war sie als Verwaltungskraft für das Büro meines Vaters, also der übergeordneten Geschäftsstelle, tätig. Ich hatte sie gewarnt, dass unsere Anfangszeit in den Staaten verdammt stressig werden könnte. Aber sie stammt wohl ursprünglich aus Dallas, ihre Familie lebt hier, und sie spielte schon länger mit dem Gedanken, aus Madrid zu verschwinden, um zurück nach Texas zu ziehen. Letztendlich kommt mir ihr Entschluss zugute. Die Frau ist neununddreißig, zehn Jahre älter als ich, und sie kann auf fünfzehn Jahre Erfahrung in der Verwaltung zurückblicken. In den letzten Tagen hat sie sich mehr als einmal als Organisationstalent und Goldstück bewiesen.

Mir schwirrt ein bisschen der Kopf, als Dylan endlich verschwunden ist und ich das schmale Vorzimmer durchquere, um einen Blick auf Alyssas Schreibtisch zu werfen. Sie ist damit beschäftigt, die Einladungen für die Gäste im näheren Umkreis zu adressieren. Sie müssen morgen unbedingt in die Post. Wir haben mit Absicht einen so späten Zeitpunkt für die Bekanntgabe der Eröffnung gewählt, da ich vermeiden will, dass der Club an dem Abend aus allen Nähten platzt. Am Donnerstag gehen die offiziellen Schreiben von der Hauptverwaltung raus, aber ich möchte den Mitgliedern aus der Umgebung noch einen kleinen Extravorteil gewähren, was die Reservierung der Separees angeht. Schließlich sind das die Kunden, die unser neues Etablissement in Zukunft häufiger besuchen, und die Erfüllung ihrer Wünsche steht an erster Stelle. Sie müssen sich wohlfühlen, damit ich mich ein bisschen entspannen kann.

Dieser Club, das *Place for Sinners*, ist mein Baby. Und meine Feuerprobe. Die Gelegenheit, meinem konservativen und nicht besonders liberal eingestellten Vater zu zeigen, dass auch Frauen in der Lage sind, ein Geschäft zu führen – selbst ein so extravagantes. Er wird mir keine zweite Chance einräumen, wenn ich diese Sache hier in den Sand setze. Er hat mir, was die Eröffnung eines neuen Hauses angeht, komplett freie Hand gelassen. Das Wo, das Wie ... Houston war meine Entscheidung, die Eröffnung im Juni stattfinden zu lassen meine Idee. Ich bin ein Risiko eingegangen, als ich entgegen unserer sonstigen Vorgehensweise das *Place for Sinners* mitten nach Briarmeadow – ein Geschäfts- und Restaurantviertel – gesetzt habe, aber ich glaube, dass sich meine Ziele hier leichter verwirklichen lassen.

Mein Vater hat klar und deutlich gesagt, was er verlangt. *»Du willst ins Geschäft einsteigen? Schön, ich lasse dich ins Geschäft, aber du wirst ganz unten anfangen und dich erst mal beweisen. Eröffne ein Haus, sorge dafür, dass dadurch neue Kunden akquiriert werden, setz dich durch und sieh vor allem zu, dass der Club sauber bleibt. Vielleicht, Antonia, können wir dann irgendwann darüber reden, ob ich dir die Führung unserer Etablissements in den Staaten überlasse.«*

Das Clubhaus zentral anzusiedeln, hat gewaltige Vorteile. Unsere Mitglieder können sich spontaner entschließen, vorbeizukommen, und uns demnach öfter besuchen. Der Club kann sich in ihr Leben einfügen, anstatt ein Ort zu sein, an dem man hin und wieder der Befriedigung seiner Neigungen nachgeht. Ich will, dass er für unsere Gäste so wichtig wird wie für mich. Als Luis Sotos einziges Kind sollte *ich* dem *Pleasure-Club* eines Tages vorstehen. Nicht ein Cousin dritten Grades und schon gar kein Kerl, der mir auf Geheiß meines Vaters einen Ring ansteckt und mir auf diese Weise mein Geburtsrecht wegnimmt. Auch wenn es meiner Familie am liebsten wäre, es würde so laufen ... ich lasse mir nicht meine Zukunft stehlen, nur weil mir zum Bedauern aller ein bestimmtes Körperteil fehlt.

Seit vierhundert Jahren besteht der Club mittlerweile. Er wurde von uns Sotos in Europa gegründet, hat sich im Laufe der Jahre etwas gewandelt und seine Häuser sind inzwischen auf der halben Welt aufgebaut. Ich werde nicht dulden, dass er in beinah fremde Hände fällt, wenn mein Vater irgendwann abtritt. Ich bin in der Lage, dieses Geschäft zu leiten, und genau das werde ich allen beweisen.

Alyssa kehrt zurück ins Büro. Sie sieht so erledigt aus, wie ich mich fühle. Es kommt mir vor, als sei sie in den letzten anderthalb Wochen noch kleiner und schmaler geworden, als ohnehin schon, und ihr Gesicht wirkt einfach nur müde. Sie zieht ihren blonden Zopf etwas straffer und atmet laut aus, bevor sie sich streckt und ihren Platz hinter dem Schreibtisch einnimmt.

»Muss nur noch der Stapel dort beschriftet werden?«, frage ich und deute auf etwa fünfzig Briefumschläge.

»Ja. Ich mache die paar Kuverts noch fertig, damit ich sie morgen Früh auf dem Weg hierher in die Post geben kann. Machen Sie ruhig Feierabend. Ich kann den Club gleich abschließen.«

Es gibt viele Menschen, die das Gegenteil behaupten würden, aber ich besitze ein Herz. In meiner Welt ist ein Team ein Team und innerhalb eines Teams hält man zusammen. Also hebe ich mich auf die Kante des Schreibtischs, schnappe mir ein paar der Umschläge und halte Alyssa die ausgestreckte Handinnenfläche hin. »Stift?«

»Miss Soto, Sie müssen wirklich nicht ...«

»Stimmt, ich muss nicht. Ich möchte aber. Machen Sie auf der Namensliste ganz normal weiter, ich beginne von unten.«

Alyssa deutet ein Lächeln an und nimmt einen Kugelschreiber aus dem Stiftehalter neben dem Laptop, um ihn mir in die Hand zu legen. Sie dreht die Liste mit den Adressen so, dass wir sie beide problemlos lesen können.

»Haben Sie heute Abend noch etwas vor?«, will ich wissen, während ich die Kuverts auf meinem rechten Knie ablege und den obersten davon adressiere.

»Ja, ich habe ein Date mit einer Tiefkühlpizza und dem Fernseher. Zählt das?«

»Zählt, aber ich habe einen besseren Vorschlag. Hier nebenan ist doch ein argentinisches Restaurant. Was halten Sie davon, wenn wir uns auf Kosten des Clubs ein Steak und ein Glas Wein gönnen und uns morgen erst ganz faul um elf hier treffen? Ich glaube, wir können beide eine kleine Pause vom Stress gebrauchen.«

»Ich hoffe, Sie nehmen es mir nicht krumm, wenn ich sage, dass das ein fantastischer Vorschlag ist. Ich bin immer noch nicht dazu gekommen, die Umzugskisten auszupacken. Mein Apartment ist das reinste Schlachtfeld, außerdem würde ich wahrscheinlich einschlafen, während die Pizza im Ofen ist, und mein neues Zuhause gleich niederbrennen.«

Ich lache. »Immerhin haben Sie schon ein neues Zuhause. Damit sind Sie mir einen Schritt voraus. Heute Morgen hat mir die Spedition mitgeteilt, dass meine Möbel erst Ende der Woche ankommen. Wie es aussieht, schlafe ich also noch eine Weile im Hotel.« Meine Suite im *Four Seasons* ist geräumig und komfortabel, aber ich kann es dennoch nicht erwarten, mein Haus in Baytown zu beziehen und meine Sehnsucht nach Vorstadtruhe zu stillen. Seit meinem Studium in Princeton habe ich mein Leben mitten im Geschehen von Großstädten verbracht und bin den Lärm, die Hektik und das dauernde Gefühl auf einer Bühne zu stehen inzwischen mehr als leid.

»Sie sind anders, als man sich erzählt«, sagt Alyssa, nachdem wir schweigend ein paar weitere Briefe mit Adressen versehen haben.

»Ach, die liebe Gerüchteküche. Was erzählt man denn über mich? Oder nein, warten Sie, lassen Sie mich raten. Ich bin ein verzogenes Mädchen mit reichem Daddy, das sein Wirtschaftsstudium nur zum Schein abgeschlossen hat und dessen Lebensinhalt selbst mit neunundzwanzig noch daraus besteht, sich die Fingernägel zu lackieren und Leute zu schikanieren?«

»Ja, so in etwa haben die Geschichten diese Pointe«, gesteht sie zerknirscht.

»Sie kennen doch meinen Vater, Alyssa. Ich kann Ihnen versichern, dass er mich genauso behandelt wie alle anderen Menschen. Im Haus von Luis Soto aufzuwachsen, ist in etwa so, als würde man direkt von der Wiege aus auf eine Militärschule ...«, meine Stimme verebbt, als mein Blick an dem Namen auf der Liste haften bleibt, den ich als nächstes auf einen Umschlag schreiben müsste.

Hunter McVeigh.

Mein frisch verheirateter, sehr schlecht auf mich zu sprechender Ex. Der Mann, in den ich als junges Mädchen verliebt war. Meine Collegeliebe.

Es wäre gelogen, zu behaupten, dass ich nicht eine Sekunde lang so etwas wie Wehmut verspüre.

Hunt und ich haben uns in Princeton kennengelernt. Mein Dad wollte, dass ich Augen und Ohren offenhalte und ihn darüber informiere, ob sich vielleicht der ein oder andere meiner Mitstudenten für die Aufnahme in den *Pleasure Club* eignet. Für diesen Job war ich immer gut genug; Mitglieder zu rekrutieren. Die Chancen, dass sich unter den Leuten, die an einer Eliteuniversität studieren und die einer Verbindung angehören, ein paar wohlhabende und sexuell aufgeschlossene Exoten finden lassen, standen nicht gerade schlecht. Aufgrund der Tatsache, dass unser Beitrittsalter durch die vielen Etablissements in Europa bei achtzehn Jahren liegt, hatte ich tatsächlich keine Probleme, einige für uns interessante Individuen aufzuspüren. Allerdings war es Hunters Freund Kingston, der meine Aufmerksamkeit zuerst auf sich zog. Er hatte was mit einer meiner Kommilitoninnen laufen, Samira, obwohl sie schon seit Ewigkeiten fest mit ihrem Freund zusammen war. Irgendwann erzählte sie mir, dass er ihr zehntausend Dollar angeboten hat, die er ihr cash auf die Hand geben würde, wenn sie ihm Gegenzug mit ihrem Kerl telefonierte, während er sie vögelte. Samira war unanständig genug, dieses Angebot anzunehmen, aber leider entsprach ihre finanzielle Situation nicht unseren Aufnahmekriterien.

Anders als die von King. Seine Familie hatte gerade ein Weingut in Napa Valley verkauft, das seine Produkte nahezu weltweit vertrieben hatte. Zudem gehörte die Anwaltskanzlei seines Vaters schon damals zu den bekanntesten der Staaten, seine Klienten waren hochrangige Tiere aus Politik und Wirtschaft, Hollywoodstars, Leute mit Einfluss und Geld. Und – ich bin Frau genug, zu dieser Meinung zu stehen – Kingston war und ist sexy, ein absolutes Sahnestückchen. Leider war es nicht so einfach, ihn anzuwerben. Ich musste mich vorsichtig vortasten, sichergehen, dass er vertrauenswürdig ist und diskret bleiben kann. Ich kann nicht mal sagen, wie es dazu kam, dass wir irgendwie Freunde wurden. Warum ich plötzlich ständig mit ihm und seinen Jungs abhing. Unter anderem mit Hunt, der ein bisschen jünger als King und ich ist. Auf dem College war er noch ein ganz anderer Kerl als heute. Selbstbewusst, aber auch ein bisschen still und verschlossen. Wenn er mal etwas sagte, hörte ich einen Sarkasmus heraus, den ich von mir selbst kannte. Wir waren uns ähnlich, denn auch ich war damals noch ein ganz anderer Mensch. Während Kingston ein Mann ist, der sich seiner Ausstrahlung überdeutlich bewusst ist und der damit spielt, dass er auf Frauen eine Faszination und Anziehungskraft ausübt, der sogar ich nur mit Anstrengung widerstehe, ist Hunt ein Buch mit sieben Siegeln. Man muss sie knacken, um zu erfahren, was darunterliegt. Ich habe mir die Mühe gemacht und was ich fand, gefiel mir damals. Er war eine Mischung aus süß und ruchlos, aus hart und weich, und ich konnte gar nicht anders, als mich in ihn zu verlieben, obwohl ich auch King interessant fand. Hunt war es schließlich, dem ich so weit vertraute, ihn in das Geheimnis unseres Clubs einzuweihen. Er holte seinen Freund an Bord, sie ließen sich beide bei uns aufnehmen. Und ich? Ich war jung und naiv und verschossen genug, um sie im darauffolgenden Sommer nach Europa zu begleiten, als sie sich dort unser Haus, das *Palace of Pleasure*, ansehen wollten.

Ich lege die übrigen Briefkuverts unbeschrieben zur Seite. Es ist nicht so, dass ich nicht über Hunter hinweg bin. Das war ich bereits in dem Moment, in dem mein Dad dahinterkam, dass ich jedes Jahr mit ihm, King und später auch seinem Bruder Lucas nach Europa flog und eins unserer Clubhäuser besuchte, und meine Familie mir ein Ultimatum stellte. Die oberste Regel im Hause Soto lautet: Wir machen Geschäfte mit der Sünde, aber wir sündigen nicht, und in drei Teufels Namen lassen wir uns niemals auf die Gäste unseres Clubs ein. Ich habe mich für eine auf wackeligen Beinen stehende Zukunft im Familiengeschäft entschieden – zum Wohle aller Beteiligten und weil Hunter und ich uns bereits in verschiedene Richtungen weiterentwickelt hatten. Ich habe dafür etwas getan, was meine Collegeliebe mir bis heute nicht verziehen und vielleicht nicht einmal richtig verstanden hat. Und ... ich bereue es nicht. Mir geht es gut, Hunt hat mit seiner Natalie offensichtlich die Liebe seines Lebens gefunden, jeder von uns ist seinen Weg gegangen. Ich gönne ihm sein Glück. Aber ich trauere ein bisschen meinem unbeschwerten jüngeren Ich hinterher, dem Mädchen, das sich Hals über Kopf verlieben und ohne nachzudenken, in ein Abenteuer stürzen konnte. Und es tut mir leid, dass von unserer damaligen Freundschaft überhaupt nichts übrig ist.

Alyssa sieht mich irritiert an. Ich weiß nicht mehr, wovon wir gesprochen haben, bevor mich Hunts Name auf der Liste aus dem Gespräch riss. Ich registriere, dass sie ihren Stapel an Briefumschlägen abgearbeitet hat, und lege eine Hand auf meine übrigen fünf.

»Die Einladung der McVeigh-Brüder übernehme ich persönlich«, höre ich mich quasi in derselben Sekunde sagen, in der mir der Gedanke kommt. »Und geben Sie mir bitte auch die von Kingston Everett.«

Das ist vermutlich eine dumme Idee, denn King sollte ich nach dem Vorfall auf Hunters Hochzeit besser aus dem Weg gehen. Für eine Nanosekunde trifft mich die Erinnerung an unseren Kuss, wie kribbelnd sich seine beherrschenden Lippen auf meinen angefühlt haben. Ich müsste lügen, um zu behaupten, dass mir sein Angriff nicht gefallen hätte. Ich hatte schon eine ganze Weile keinen Sex, ich war ziemlich empfänglich für seine ausstrahlende Männlichkeit, und nach seinem kleinen Spiel zu meiner Beunruhigung ordentlich aufgeheizt. Aber er ist ein Freund meines Ex', ein Pascha mit nicht hinnehmbaren Vorlieben und – vorrangig – ein zahlendes Mitglied des Clubs. Keinesfalls darf sich ein solcher Eklat wiederholen. Außerdem hat er sich unmittelbar nach dem Auftritt, mit dem er mich definitiv bloßstellen wollte, mit einer anderen Frau aus dem Staub gemacht.

Dennoch nehme ich Kings Einladung an mich, als Alyssa sie mir überreicht. Es wäre albern, ihn zu übergehen, wenn ich mich schon in die Höhle des Löwen wage, und noch alberner, eine große Sache aus einer Bagatelle zu machen, die nicht mehr als einen Gedanken wert ist. Denn für diesen Mann besitze ich eindeutig zu viel Selbstachtung.

Meine Haare sind noch feucht vom Duschen, als ich den locker geflochtenen Zopf vor dem Rückspiegel meines Wagens zu einem Knoten schlinge und mit drei Haarnadeln in meinem Nacken fixiere. Es war zwingend nötig, mal auszuschlafen; ich lag bis kurz nach halb neun im Bett und musste mich dann tierisch beeilen. Um elf Uhr treffen Alyssa und ich uns wieder im Club, sie war so nett, mich nach unserem Restaurantbesuch noch daran zu erinnern, dass wir ab mittags einen vollen Terminplan haben. Unter anderem wird gegen eins die Ausstattung für die Champagnerbar geliefert, aber bevor ich der Sonne für den heutigen Tag abschwöre, wollte ich noch in der Firma der McVeighs vorbeisehen und den beiden *Jed Clampetts* und ihrem *Mike Ross* die Einladungen zur Eröffnung überreichen.

Die Temperaturen liegen an diesem Morgen bei fast dreißig Grad, als ich die Fahrertür des *Teslas* öffne und aus der schwarzen Limousine steige. Mein Kreislauf hat sich in den letzten zwei Wochen noch nicht an den Klimawechsel gewöhnt. Zwar ist es in Madrid zu dieser Jahreszeit ebenfalls warm, aber die Luftfeuchtigkeit in Houston macht mir ein bisschen zu schaffen. Deshalb schlüpfe ich aus der Weste meines jadefarbenen Hosenanzugs und werfe sie auf den Sitz, bevor ich meine Bluse aus dem Bund ziehe und die Einladungen aus der Seitenablage neben dem Lenkrad nehme. Dann verschließe ich den Wagen und mache mich über den großen Parkplatz auf den Weg zum Eingang.

Es ist fast fünf Jahre her, dass ich das letzte Mal hier gewesen bin. Nach meinem Abschluss habe ich eine Weile für die *McVeigh Corporation* gearbeitet. Zu diesem Zeitpunkt sah es nicht so aus, als würde mich mein Vater irgendwann ins Clubgeschäft einsteigen lassen, aber ich hoffte, meine Chancen zu verbessern, wenn ich ein paar praktische Erfahrungen im Betriebsmanagement sammle. Hunter hatte mir den Job verschafft, obwohl er noch in Princeton war. Ich kenne den Wolkenkratzer also ziemlich gut.

Als die gläsernen Eingangstüren auseinandergleiten, überlege ich kurz, die weiß geflieste Lobby zu durchqueren und sofort in den Aufzug zu steigen, aber wahrscheinlich verlangt der Anstand von mir, dass ich mich ankündigen lasse. Die kleine Asiatin hinter der Empfangstheke kommt mir vage bekannt vor, die brünette Frau, die gerade einen Schnellhefter aus einer Ablage nimmt und meinen Blick auffängt, als ich vor die beiden trete, ist mir hingegen völlig fremd.

Sie setzt ein Lächeln auf die Lippen, das an Professionalität nicht zu übertreffen ist. »Guten Morgen. Kann ich Ihnen helfen?«

»Guten Morgen. Ja, können Sie. Ich möchte zu Hunter McVeigh.«

Mein Anliegen bringt sie ein wenig aus dem Konzept, der Schnellhefter gleitet ihr aus den Händen. Wahrscheinlich bitten unangekündigte Besucher selten um eine Audienz beim Geschäftsteilhaber. »Zu Mister McVeigh?«

Ich lächle sie an, anstatt eine Antwort zu geben.

»Haben Sie einen Termin? Ich fürchte ...« Sie wendet sich Hilfe suchend an ihre Kollegin.

»Nein, ich habe keinen Termin. Aber ich schätze, ich brauche auch keinen. Rufen Sie Lourdes an und sagen Sie ihr, dass Antonia Soto auf dem Weg nach oben ist.« Lourdes ist Hunts Sekretärin, seit er es sich nach Princeton in der Chefetage bequem gemacht hat.

Ich erkenne an der Regung im Gesicht der Asiatin, dass ihr mein Name nicht unbekannt ist. Ich will mich schon vom Empfang abwenden und es an diesem Morgen mit den Manieren gut sein lassen, als sie mich gerade noch aufhält. »Mister McVeigh ist in den Flitterwochen, Miss Soto. Er wird die nächsten zwei Wochen nicht in der Firma sein.«

Flitterwochen. Darauf hätte ich auch von allein kommen können. Offensichtlich habe ich mir einen denkbar ungünstigen Zeitpunkt ausgesucht, den neuen Club zu eröffnen. Ich habe auf seine Anwesenheit gebaut, es wäre schön, ein paar vertraute Gesichter um mich zu haben. Obwohl er noch nie eins unserer Häuser in den Staaten besucht hat, sondern immer noch jedes Jahr nach Europa fliegt, war ich sicher, dass er es sich nicht nehmen lassen wird, bei der Eröffnung dabei zu sein. Seine Frau ist dem Club schließlich nicht abgeneigt, ich habe sie zusammen letztes Jahr in Amsterdam getroffen.

»Ist Lucas im Haus?«, will ich geistesgegenwärtig wissen.

»Ich habe ihn heute Morgen noch nicht gesehen, aber ich könnte ...«, setzt die Brünette an – Tracy, wie ich ihrem Namensschild entnehme –, doch ihre drahtige Kollegin fährt ihr ins Wort.

»Der andere Mister McVeigh ist heute Morgen bei einem Außentermin. Er wird nicht vor zwei Uhr ins Büro kommen.« Sie sagt das in sonderbar bissigem Tonfall. Wie eine Hündin, die einen Eindringling von ihrem Grundstück verbellt.

Ich kann nicht verhindern, dass mein Lächeln breiter wird. Lucas und die kleine Empfangsdame? Es würde mich nicht wundern, wenn er versucht, in die Fußstapfen seines älteren Bruders zu treten. Nach allem, was man so hört, hat Nic... Natalie auch an der Rezeption gearbeitet, bevor Hunt sie für die höheren Dienste an seinem Penis abstellte.

»Der große Boss ist bereits hier, falls Sie dringend jemanden der McVeighs sprechen müssen«, fügt Lucas' vermeintliches Betthäschen etwas freundlicher an.

»Danke, aber ...«

»... der wahre Grund, warum Miss Soto unsere Firma besucht, ist jetzt hier und sie kann aufhören, die McVeighs vorzuschieben«, beendet jemand den Satz für mich, der wie aus dem Nichts auf meiner Seite des Empfangsschalters auftaucht und sich mit einem Ellenbogen darauf abstützt. Jemand sehr Großes, mit, wie ich weiß, sehr blauen Augen und einer rauchig-tiefen Stimme, die Frauen in der Regel veranlasst, auf die Knie zu fallen und ihn zu bitten, seine Bluejeans zu öffnen.

»Falls du die Ohrfeige einfordern willst, die ich dir seit Freitagabend schulde, könnte es tatsächlich sein, dass ich deshalb gekommen bin«, erwidere ich ironisch, als wäre ich immun gegen diese gefährliche Dreierkombi.

Ich neige den Kopf zur Seite und blicke, nein, blinzle ihn an, weil man als Frau, die seit acht Monaten jeder sexy Versuchung widersteht, einen Mann wie Kingston nicht einfach nur ansieht. Man streift ihm in Gedanken sein Jackett ab, schiebt ihm das enge rote Shirt nach oben, um einen Blick auf seine gebräunten Bauchmuskeln zu erhaschen und mit einem Finger dem von seinem Nabel an abwärts verlaufenden Pfad dunkler Härchen zu folgen. Ich weiß von der monströsen Dosis Erotik, die sich unter seiner Kleidung verbirgt, aber ich bin niemand, der sich leicht um den Finger wickeln lässt.

Okay. King wäre optisch definitiv jemand, mit dem ich mich auf ein kleines Abenteuer einlassen würde, wenn mir die Folgen nicht allzu bekannt wären. Dieser Kerl eignet sich nicht für bloßen Sex. Man kratzt sich den Panzer ab, ergibt sich und offenbart seine Schwächen, bevor man mit ihm intim wird. Man betet ihn an, liefert sich ihm aus und opfert den Großteil der eigenen Würde. Das alles habe ich live und in Farbe mitbekommen und es wäre überhaupt nichts für mich. Es ist okay, ihn anzuschmachten, ein paar wilde Fantasien gehen auch in Ordnung, aber ihn wissen zu lassen, dass er eine Wirkung auf mich hat oder dieser großen Verlockung nachgeben? Niemals. In jeder Situation einen kühlen Kopf zu bewahren, ist mir äußerst wichtig. Alles andere hatte ich schon und brauche ich nicht noch mal. Ich werde seit Jahren spielend mit seinen Reizen fertig, da ändert auch dieser lächerliche Kuss auf der Hochzeit nichts dran.

»Hattest du am Freitag noch einen schönen Abend?«, fragt er vorwitzig und stößt sich vom Empfangstresen ab.

Sicher ist er es gewohnt, dass ihm die Mädels hechelnd nachlaufen, wenn er ihnen den Rücken zuwendet, aber ich bleibe widerspenstig an Ort und Stelle stehen, als er und seine Selbstsicherheit zum Aufzug gehen. Er hat mich nicht gebeten, ihn zu begleiten.

»Was ist, Tony? Hast du dich für einen Job an unserer Rezeption beworben oder sind deine Sandalen mit den Fliesen verwachsen?«, ruft er, als er die Lobby zur Hälfte durchquert hat. Ich spüre die Blicke von Tracy und der Asiatin auf meinem Gesicht, als er hinzufügt: »Man könnte meinen, du hättest seit Freitag Angst, mit mir allein zu sein. Wir können die Bürotür zum Vorzimmer auflassen, falls du dir Sorgen um deine Beherrschung machst.«

Okay, damit ist es offiziell. Ich hasse ihn. Ich hasse, dass er öffentlich auf unseren Kuss anspielt. Dass ihm scheinbar nicht entgangen ist, welchen Effekt er an diesem Abend auf mich hatte und ich nach dem besagten Zwischenfall ziemlich aufgewühlt war, hasse ich ihn noch eine Prise mehr. Und am meisten hasse ich, dass er mir mit der Andeutung auf Freitag die beschämende Vorstellung in den Kopf pflanzt, wie es wäre, in seinem Büro fortzusetzen, was wir im Hotelsaal begonnen haben. Das ist einfach ... unangebracht.

Denk an deine Selbstachtung, Soto.

Unwillkürlich schließe ich die Finger fester um die drei Einladungen in meiner Hand und versuche, mir die Frage zu beantworten, ob er schon immer so ein provozierender Blödmann war. Ich kann mich nicht erinnern, mit einem Idioten befreundet gewesen zu sein, und King und ich waren definitiv mal Freunde. Aber damals hat er auch noch nicht seine gespitzten, in Testosteron getauchten Pfeile auf mich abgefeuert. Warum er jetzt anfängt, mich zu bezirzen, ist mir im Übrigen schleierhaft.

Ich atme durch und lasse den Sauerstoff in mir zirkulieren, bevor ich mich gefällig zeige und ihm zu den Fahrstühlen folge. Der linke steht bereits offen, Kingston hat sich in der Tür breitgemacht, damit sie nicht wieder zugleitet.

»Du musst nicht gleich von den Dächern rufen, dass dein

schmutziger Mund die Chance hatte, meinen zu vergewaltigen«, sage ich und schiebe ihn zur Seite, um in den Lift zu steigen. Ich spüre, dass er direkt hinter mir ist, und als ich mich umdrehe, streift sein Arm meine Taille, da er gerade eine Hand ausstreckt, um den Knopf für den neunundfünfzigsten Stock zu drücken.

Er wehrt sich gegen das Lächeln, das auf seinen Lippen aufblitzt. Ein wenig schief und ... unschuldig. Herrgott, sogar so unschuldig, wie er vermutlich nicht mal an dem Tag war, an dem er frisch auf die Welt kam.

»Ist es eigentlich anstrengend, 24/7 kratzbürstig und auf Ärger getrimmt zu sein?«, fragt er.

»Ich bin keine Dauerkratzbürste. Ich kann es nur nicht ausstehen, vorgeführt zu werden. Das war jetzt das zweite Mal bei zwei Begegnungen, King«, erinnere ich ihn daran, dass er mich schon am Freitag in eine unangenehme Situation gebracht hat. Milton Chamberlain war so nett, mich als seine Begleitung auf die Gästeliste der Hochzeit setzen zu lassen. Ich bin sicher, dass er den Witz an der Sache, wie sein Date vor seinen Augen einen anderen Kerl küsst, nicht verstanden hat, und auch wenn er jeden Kommentar darüber für sich behielt, musste ich den kompletten Abend die merkwürdigen Blicke von Kingstons Dad ertragen, der ebenfalls Zeuge des Schauspiels wurde. Jetzt durch die halbe Lobby zu rufen, dass ich mir in seiner Gegenwart Sorgen um meine Beherrschung mache, setzt dem Ganzen die Krone auf. Ich will nicht, dass irgendjemand denkt, zwischen Kingston und mir würde etwas laufen. Außerdem ist die größte Beherrschung, die ich in seiner Gegenwart aufbringen muss, die, ihm keine runterzuhauen.

»Im Grunde habe ich dir doch einen Gefallen getan, Tony«, sagt er ziemlich überzeugt. »Ich meine, Milton Chamberlain? Ich bin perplex, dass es dich wirklich stört, ihn mit unserer kleinen Vorstellung davon abgehalten zu haben, Hand an dich zu legen. Mir war nicht klar, dass du auf Nekrophilie stehst.«

Ohne es zu wollen, muss ich lachen. Es ist gemein, Milton mit einem Toten zu vergleichen. Aus meiner Warte gesehen, ist er zwar alt – viel zu alt, um sich ihm bei schweißtreibenden Aktivitäten hinzugeben –, aber ich hatte auch nicht vor, ihn in mein Höschen zu lassen.

Für einen Herzschlag will ich meine Gedanken aussprechen,

aber Kingston blickt mich nachdenklich an, und mein Lachen friert ein. Da ist eine feine Linie auf seiner Stirn, genau in der Mitte zwischen seinem schwarzen Haaransatz und seinen blassblauen Augen. Verdammt, niemand sollte eine so auffällige und betörende Augenfarbe haben, erst recht kein Kerl, dem sie schon allein genetisch betrachtet nicht zusteht. Er ist ein dunkler Typ und alles an seinem Gesicht – von der leicht gelockten Haarsträhne, die ihm in die Stirn fällt, bis hin zu den Stoppeln auf seinen unrasierten Wangen – ist dazu ausgelegt, dieses eisige Blau zu betonen. Es war schon immer schwer, sich nicht von seiner Erscheinung und seiner Präsenz bannen zu lassen. Als junges Mädchen, bevor Hunter und ich zusammenkamen, hatte ich damit schon meine Probleme.

Ich bin so vertieft darin, seinem Blick standzuhalten und ihn mit Anstrengung zu erwidern, dass ich erst mitbekomme, dass er mein Kinn berührt, als er meinen Kopf auf diese Weise fixiert. Er lässt mich fast sofort wieder los und streicht mit einem Finger meinen Kiefer entlang. »So bezaubernd, wenn sie mal lacht.«

Okay, so viel dazu, ich wäre ein Mädchen mit Selbstachtung und nicht anfällig für diesen Kerl. Kein Mensch kann von mir erwarten, das zu ertragen. Ich merke, wie meine Knie ein bisschen schwach werden, wie sich mein Herz aufbläst, als ich Luft hole, und mir ein winziger Schauer über das Rückgrat huscht. Meine Aufmerksamkeit gleitet von seinen sexy Augen zu seinen göttlichen Lippen, und unmittelbar kann ich den Druck wieder spüren, die sie auf meine ausgeübt haben.

Oh mein Gott, was ist nur los? Warum hat Kingston Everett nach so vielen Jahren plötzlich eine so starke Wirkung auf mich? Und wieso, um alles in der Welt, muss er seinen erotischen Charme wie eine Waffe auf mich richten und sein traumhaftes Aussehen gegen mich einsetzen? Ich will mich überhaupt nicht von ihm angezogen fühlen, ich will nicht an Freitag und unseren Kuss denken. Und ich will nicht, dass er recht behält, und meine Beherrschung mit einem Mal an einem seidenen Faden hängt, bloß weil er mein verflixtes Gesicht berührt hat. Das ist doch absolut lächerlich!

»Vielleicht solltest du das nächste Mal, wenn du vor die Tür gehst, eine weniger durchsichtige Bluse anziehen«, bricht er auf für mich zunächst keinen Sinn ergebende Weise das Schweigen.

Seine Worte erklären sich mir, als mir einfällt, meine Weste im

Auto gelassen zu haben, und ich sehe, dass er mir auf den Busen starrt. Sein Blick muss auf meine Oberweite gerutscht sein, während ich seine Lippen anhimmelte. Das Spannungsgefühl in meinen Brüsten deutet außerdem darauf hin, dass sich meine Nippel dem Stoff entgegenrecken.

»Ich hasse dich«, dringt es aus meinem Mund, was mir schon seit Minuten im Kopf herumgeistert. Obwohl ... selbst ihn kann ich in diesem Moment nicht so sehr hassen wie meinen verräterischen, untervögelten Körper. Es ist erbärmlich, dass die Erinnerung an einen erzwungenen Kuss, ein winziges Kompliment und eine sachte, keusche Berührung mich veranlassen, ihm meine Würde vor die Füße werfen zu wollen. Ich sollte vielleicht öfter zu diesem kleinen vibrierenden Gerät in meiner Nachttischschublade greifen, um meine Libido davon abzuhalten, in den unpassendsten Momenten durchzudrehen.

»Nein, tust du nicht. Du willst mich.«

»Stimmt nicht. Gerade jetzt will ich nur eins, nämlich dir wehtun«, widerspreche ich so beharrlich wie möglich.

»Interessant, das ist genau, was *mir* vorschwebt, wenn *dir* diese kleinen schändlichen Unverschämtheiten entweichen. Dann will ich dir wehtun.« Er sagt das leise, mit heiserer Stimme. Als lägen wir im Bett und er würde mir unanständige Dinge ins Ohr flüstern.

Ich bin besorgt über den kleinen Aussetzer in meiner Brust, den mein Herz bei seinem letzten Wort hinlegt. Mir wehtun zu lassen, ist nichts, das ich sexy finden sollte. Ich meinte es so, als ich sagte, ich hätte nichts für die Alphamännchen-Nummer übrig. In meiner Familie fällt einem als Frau Respekt nicht unbedingt in den Schoß, man muss ihn sich hart erkämpfen und gibt ihn nicht so schnell wieder auf. Außerdem kann man in der Branche, in der ich mich beruflich bewege, nicht professionell arbeiten, wenn sie gleichzeitig die eigene Schwäche ist. Als Geschäftsführung eines Erotik- und BDSM-Clubs der oberen Zehntausend sollte man überhaupt keine Schwächen haben oder sie notfalls mit aller Macht unterdrücken. Unser Geschäft läuft nur deshalb so glatt und rund, weil mein Vater ein Mann mit Prinzipien ist. Das erkenne ich an, auch wenn ich nicht mit all seinen Einstellungen einverstanden bin.

Der Fahrstuhl hält im zweiundfünfzigsten Stock und ein rundlicher Bartträger gesellt sich zu uns. Er grüßt Kingston flüchtig und wir wechseln keine Silbe mehr miteinander, bis wir sieben Etagen höher aus dem Aufzug steigen. Die Rechtsabteilung liegt links den Flur hinunter, aber ich bleibe nach zwei Metern stehen und halte King am Ärmel seines Jacketts zurück.

»Ich bin eigentlich nur hergekommen, um etwas vorbeizubringen«, sage ich und halte die drei Einladungen in meiner Hand hoch. »Ich wollte sie Hunt geben oder Lucas, aber da eine davon dir gehört, bin ich sicher, du kannst sie genauso gut weiterreichen.«

Er schlägt die Stirn in Falten, als er mir die drei Umschläge abnimmt und den obersten öffnet.

Es liegt nicht in meinem Interesse, mir ein paar blöde Bemerkungen einzufangen, die ich bestimmt kassieren würde, weil mich die Einladung offiziell als Geschäftsführung benennt. Also senke ich den Blick und will zurück zum Aufzug gehen. Mein Job ist getan, ihn in sein Büro zu begleiten, ist nicht nötig.

»Dir ist klar, dass weder Hunter noch Lucas einen Club mitten in Briarmeadow aufsuchen würden, oder?«, fragt er, bevor ich auch nur einen Fuß Richtung Fahrstuhl gesetzt habe.

Die McVeigh-Brüder sind ein bisschen paranoid, was die Sorge betrifft, die Presse könnte herausfinden, dass sie beide auf ... ausgefallenes Zeug stehen. Wenn dein Kontostand sieben Nullen ohne Komma hinter einer Zahl aufweist, sind Journalisten wahrscheinlich auch so lästig wie Schmeißfliegen. Die beiden haben noch nie eins unserer Etablissements in den Staaten besucht und soweit ich mich erinnere, King auch nicht.

»Ich habe nicht vor, die Zeitungen dahinterkommen zu lassen, was es mit unserem Club auf sich hat. Außerdem ... je auffälliger, desto unauffälliger. Ich habe keinen Grund darin gesehen, einen Zigarrenclub außerhalb der Stadt zu eröffnen. Das ergibt keinen Sinn und lässt viel mehr Raum für Spekulationen.«

»Wolltest du nur deshalb unbedingt auf seine Hochzeit, Tony? Um sicherzustellen, dass wir bei der Eröffnung auftauchen, und um dich nebenbei ein wenig unter Hunts Gästen umzusehen?« Jeder Humor ist aus seiner Stimme verschwunden.

Keine Ahnung, was genau er mir unterstellen will, aber dass er mir schäbige Absichten vorwirft, ist ihm anzuhören. Ich drehe mich noch mal um und erkenne in seinen hübschen Augen dasselbe Gefühl, das sich mir in die Brust schleicht: einen Hauch Enttäuschung.

»Ich wollte auf Hunts Hochzeit, um mit der Vergangenheit abzuschließen. Houston ist jetzt mein neues Zuhause. Ich will mich hier wohlfühlen und nicht einen Haufen Altlasten hinter mir herziehen, sobald ich das Haus verlasse. Und vielleicht, ja wirklich nur vielleicht, habe ich geglaubt, wir wären inzwischen alle erwachsen genug, um über den Dingen zu stehen.« Das ist die Wahrheit. Oder zumindest ein großer Teil davon. Den Part, dass ich mir jeden beliebigen Ort auf der Welt hätte aussuchen können, um einen Club aufzumachen, mich aber für Texas entschieden habe, weil hier Leute leben, die mir wichtig sind, lasse ich aus. Keiner von uns beiden ist sentimental genug, um über solchen Schnickschnack zu reden.

»Also wirst du in Houston bleiben? Du bist hergezogen?«

»Im Augenblick wohne ich noch im *Four Seasons*, aber ja. Ich habe ein Haus in Baytown gekauft.«

Er nickt langsam. So, als würde er währenddessen über meine Antwort nachdenken. »Du und ich auf Dauer in ein und derselben Stadt ... Könnte witzig werden.«

Ich verdrehe die Augen, da seiner Stimme schon wieder ein anzüglicher Unterton zu vernehmen ist, und wende mich diesmal endgültig ab. »Reich die Einladungen weiter. Ihr habt ein bisschen Vorsprung, falls ihr euch also entscheidet, keine paranoiden Feiglinge zu sein und zur Eröffnung zu kommen, ruft mich an. Ich gehe mal davon aus, dass mindestens einer von euch dann ein Separee buchen will, und noch habt ihr freie Auswahl.«

Ich laufe zu den Aufzügen und habe Glück, dass gerade die Türen des vorderen aufgleiten. Eine rothaarige Frau, die, wie ich meine, zu meiner Zeit hier Praktikantin gewesen ist, tritt heraus, und ich sehe zu, in der Kabine zu verschwinden. Zwei Männer wollen nach unten und einer davon hat bereits den Knopf für das Erdgeschoss gedrückt.

»Falls du dich entscheidest, kein Feigling zu sein, kannst du mich anrufen, wenn du Hilfe brauchst, in dein neues Haus einzuziehen.« Kingston ist mir gefolgt und bleibt in der Lichtschranke der Tür stehen.

»Danke, aber darum können sich die Leute kümmern, die ich dafür bezahle«, entgegne ich. Ich weiß sein Angebot zu schätzen, nur will ich unter keinen Umständen, dass dieser Mann meine vier Wände betritt. Wer weiß, zu welchem Unsinn ich mich hinreißen ließe, wenn ich ihn in meinem Schlafzimmer antreffen würde. Wie die letzten Tage beweisen, ist meinen Hormonen in seiner Nähe nicht zu trauen.

»Es gibt Dinge auf dieser Welt, die sind unbezahlbar. Mein schmutziger Mund, der schon die Chance hatte, deinen zu vergewaltigen, zum Beispiel. Ich glaube nicht, dass die Leute, die du bezahlst, so hervorragend mit ihrem umgehen können wie ich mit meinem. Du verpasst also vielleicht etwas.«

Normalerweise würde ich ihm an dieser Stelle sagen, dass er mitsamt seinem schmutzigen Mund zur Hölle fahren soll, aber durch die Tatsache, dass noch zwei Paar Ohren mithören, begnüge ich mich damit, mir zu wünschen, mich in Luft aufzulösen.

Kingston bleibt noch eine geschlagene Minute auf der Schwelle stehen, bis hinter mir einer der Herren genervt ausatmet. Offensichtlich sieht sich keiner der beiden in der Position, dem Leiter der Rechtsabteilung mitzuteilen, dass er sich unmöglich benimmt und den kompletten Verkehr im Gebäude aufhält, aber King versteht den Wink mit dem Zaunpfahl. Ein merkwürdiges Gefühl zerrt an mir, als er hinter der zugleitenden Tür verschwindet. Etwas wie ein Instinkt, den Lift irgendwie davon abzuhalten, sich in Bewegung zu setzen, schnell wieder rauszuschlüpfen und ihn zu bitten, mir doch in seinem Büro anhand von ein oder zwei Beispielen zu zeigen, was ich in etwa verpasse. Aber das wäre natürlich absurd.

Ich wäre verrückt, Kingston-ich-bin-nur-so-lang-charmant-bis-du-mein-Schlafzimmer-betrittst-Everett auch nur in die Nähe meines Slips zu lassen.

3. KAPITEL

Kingston

»Was ist das?« Lucas sitzt am Schreibtisch und blickt von seinem Smartphone in der Hand auf, als ich nach der Mittagspause einen Abstecher in sein Büro mache und das Kuvert mit der Einladung auf die Tatstatur seines Computers fallen lasse. Er ist erst vor fünf Minuten in der Firma aufgetaucht, da er den Vormittag über bei einer innerstädtischen Energiekonferenz war, und er sieht aus, als wäre das kein unterhaltsamer Termin gewesen. Er hat sein graues Jackett abgestreift, die Krawatte ausgezogen und beides unordentlich über den Rollcontainer vor der breiten Fensterfront geworfen, außerdem wirkt er etwas blass um die Nase. Vielleicht steckt ihm aber auch nur das anstrengende Wochenende in den Knochen, denn Gerüchten zufolge hat er die Hochzeit seines Bruders mit der hübschen Asiatin verlassen, die an unserem Empfang arbeitet.

»Mach auf, das wird dich überraschen.« Ich schiebe mit einem Fuß den linken Besucherstuhl zur Seite und mache es mir unaufgefordert darauf bequem.

»Ich mag keine Überraschungen«, meint er und tippt zunächst seine SMS, oder was immer er da macht, zu Ende.

»Vertrau mir, diese Nachricht wird dich umhauen.«

Ich bin nicht sicher, ob die McVeighs entspannt aufnehmen werden, dass Antonia ein Sündennest in Houston eröffnet. Zum einen hat Tony recht, wenn sie sagt, die beiden sind ein bisschen paranoid, was ihre Befürchtung angeht, jemand könnte den *Pleasure Club* als das entlarven, was er ist, und sie mit dieser schmutzigen Angelegenheit in Verbindung bringen. Zum anderen wird es ihnen sicher nicht passen, dass Miss Soto zurück in den Staaten ist. Ihr Name müsste nach Meinung der beiden gleich hinter dem von Aiman az-Zawahiri auf der Fahndungsliste des FBIs auftauchen, da es mindestens so kriminell ist, Hunt das Herz zu brechen, wie halb London in die Luft zu jagen. Ich hingegen sehe die Dinge ein bisschen relaxter. Ich wüsste nicht, warum sich ihr oder mein Privatleben auf Firma und Karriere auswirken sollte. Die *McVeigh*

Corporation würde im Öl- und Energiegeschäft nicht plötzlich an Größe und Einfluss verlieren, nur weil man einen Kopf der Chefetage an einem Ort nackter Haut erwischt hätte. Zudem sind nicht mal die Logenangelegenheiten der Freimaurer besser behütet wie die Wahrheit über diese Verbindung, weshalb es schon mit dem Teufel zugehen müsste, wenn jemand Außenstehendes Wind davon bekäme, dass die Mitglieder des Clubs heiklere Laster haben als eine gute kubanische Zigarre.

Lucas legt das Handy zur Seite und reibt sich über das Gesicht, bevor er nach dem Briefumschlag greift und ihn ziemlich teilnahmslos öffnet. Er überfliegt die Einladung und wirft sie dann genauso gleichgültig dreinblickend auf den Schreibtisch. »Hunter wird begeistert sein.«

»Das ist alles, was du zu sagen hast?«

Er zuckt mit den Schultern. »Gerade fällt mir nicht mehr dazu ein.«

»Ich dachte, wir würden gleich anfangen, den Umzug des Unternehmens zu organisieren. An den Nordpol oder vielleicht auf den Mars. Irgendwohin, wo sich die Sotos noch nicht breitgemacht haben.«

»Sehr komisch.«

Ich grinse, da ich diesen flachen Witz tatsächlich komisch finde. »Okay, wenn dir nicht mehr dazu einfällt, heißt das, wir lassen uns bei der Eröffnung blicken?« Wir, damit meine ich ihn und mich. Hunter und Natalie kommen erst nächsten Samstag aus den Flitterwochen zurück und sie werden sicher nicht vom Flughafen aus nach Briarmeadow fahren. Vielleicht gibt Hunt ja sogar seine Mitgliedschaft auf und setzt ein Häkchen hinter die Clubsache.

»Meinst du das ernst?«, fragt Lucas ungläubig.

»Klar meine ich das ernst.« Für mich ist es eigentlich schon beschlossene Sache, mich im *Place for Sinners* umzusehen. Ich könnte kein besseres Terrain für die nächste Begegnung mit Antonia aussuchen. Ihr Besuch in der Firma, die gottverdammte, halb durchsichtige Bluse und die Tatsache, dass diese selbstbeherrschte Frau zum zweiten Mal in meiner Nähe ein wenig ihrer Haltung eingebüßt hat, haben ein paar sehr urtümliche Instinkte in mir geweckt.

»Ich werde sicherlich keinen Club besuchen, der von Antonia

geführt wird«, gibt mir Lucas exakt die Antwort, die ich erwartet habe.

»Wann bist du ein so nachtragender Arsch wie dein Bruder geworden?« Lucas ist das absolute Gegenteil von Hunt, aber in ihrer Wut auf Tony sind sie sich einig.

»Ich muss dich nicht wirklich daran erinnern, dass ein Viertel der Firma mir gehört, der sie damals eine unverschämte und kaum zu erklärende Abfindung abgeknöpft hat? Nachdem *sie* gekündigt hatte, wohlgemerkt. Ich will wirklich nicht kleinlich sein, aber was für ein Motiv Hunter ihr auch geliefert hat, ihm eine reindrücken zu wollen, ich war von ihrem Spielchen in gleichem Maße betroffen wie er. Und ich habe mir nichts zuschulden kommen lassen, was es gerechtfertigt hätte, mich gleich mit abzustrafen.«

»Du brauchst mich nicht zu erinnern, aber irgendwann muss man die Hunde auch mal schlafen lassen.«

Ich hätte ebenso jeden Grund, sauer auf Tony zu sein. Nachdem sie Hunt damals mit harten Worten den Laufpass gegeben und ihm die Kündigung auf den Schreibtisch gelegt hatte, forderte sie eine Abfindungssumme, die bis heute die Mitarbeiter der Buchhaltung mit Gerüchten versorgt. Und sie stellte ihn vor die Wahl: Entweder er sorgt dafür, dass sie das Geld bekommt, oder einige brisante Aufnahmen, die Hunter und mich gemeinsam mit einem gefesselten Mädchen in einem europäischen Club zeigten, würden ihren Weg in die lokale Presse finden. Im Gegensatz zu den McVeighs hätte ich kein Problem damit gehabt, meinen Schwanz abgelichtet in der Zeitung zu sehen. Er ist stattlich genug, um sich nicht verstecken zu müssen, und wem ich erlaube, ihn zu blasen ist – mit Verlaub – ganz allein mein Bier. Ich hätte Tony niemals mit dieser schändlichen Forderung durchkommen lassen, sondern dafür gesorgt, dass sie sich für die geschmacklose Nummer vor ihrem Vater rechtfertigen muss. Allerdings hatte Hunter dafür nicht genug Rückgrat. Ich nehme ihm das irgendwie krumm, denn er hat nicht nur sich wie einen Waschlappen dastehen lassen, als er Miss Sotos Wünsche erfüllte.

»Meinetwegen können sie schlafen, aber das ändert nichts daran, dass ich mich da nicht sehen lassen werde«, bleibt er bei dem Entschluss und greift erneut zu seinem Handy, das in dieser Sekunde vibriert.

Ich nehme es ihm ab und lese die eingegangene SMS, bevor er selbst einen Blick darauf werfen kann.

»Lass es gut sein. Von Andra«, teile ich ihm stirnrunzelnd mit, was die Nachricht beinhaltet. »Du schreibst mit einer Frau, die fünftausend Meilen entfernt wohnt, und das Monate vor der Chance auf ein Treffen? Ich dachte immer, sie wäre bloß dein kleines niederländisches Sommervergnügen.« Ein regelmäßiges Vergnügen, denn die beiden sehen sich seit Ewigkeiten einmal im Jahr in Amsterdam. Er hat allerdings immer abgestritten, dass da mehr läuft als ein bisschen verruchter Spaß.

Lucas stößt genervt die Luft aus, streckt sich über den Schreibtisch und holt sich sein Telefon zurück. »*Schrieb*, King. Ab sofort gilt die Vergangenheitsform. Außerdem musst du deine Nase nicht andauernd in meine Privatangelegenheiten stecken.«

Dass man Sonnenschein Lucas mit schlechter Laune antrifft, passiert in etwa so oft, wie Weihnachten und der Superbowl auf einen Tag fallen. Die Tatsache, dass offensichtlich ein Mädchen der Auslöser ist, macht die Sache noch kurioser. Lucas ist nicht gerade dafür bekannt, Gefühle für die Frauen zu hegen, die er in sein Bett lässt. Dafür sind es auch eindeutig zu viele.

»Okay, du hast fünf Minuten, um dich auszukotzen, aber danach ziehst du den Rock aus und deine Hosen wieder an«, biete ich ihm die Chance, seinen Frust bei mir abzuladen.

»Ich schätze, ich fühle mich wohler, wenn ich die Hosen gleich anbehalte.« Er dreht das Smartphone in seiner Hand.

»Sie hat dich abserviert.«

»Sie hat mich nicht abserviert.«

»Also steigst du im August in einen Flieger und triffst dich mit ihr in Amsterdam?«

Normalerweise steht Holland bei jedem Europatrip auf unserer Liste. Aber bisher waren wir unschlüssig, ob wir diesen August über den großen Teich fliegen sollen. Durch ihre Hochzeit haben sich Hunter und Natalie als Begleitung disqualifiziert. Nat, die inzwischen als Sozialpädagogin arbeitet, wird nicht für einen Monat verschwinden können, und ich bezweifle auch, dass die beiden Lust haben, den ersten Sommer als frisch verheiratetes Paar durch die Clubs zu touren. Übrig bleiben also Lucas und ich, und wir hatten dieses Thema noch eine Weile nach hinten verschoben.

Vielleicht hat uns Andra Verloop ja jetzt die Entscheidung abgenommen.

»Meinetwegen können wir Amsterdam dieses Jahr ausfallen lassen. Falls du nach Europa willst, plädiere ich für Frankreich und Madrid.«

»Schön, und ich plädiere für ...« Ich lehne mich vor und tippe mit einem Finger auf die Einladung für die Eröffnung des *Place for Sinners*. »Wenn Andra dir in den Hintern getreten hat, ist das nur ein Grund mehr, es mal mit einem Club in der Nähe zu versuchen. Übrigens interessant, dass offenbar ein Mädchen schuld daran war, dass wir jedes Jahr mehr als zehntausend Meilen geflogen sind.«

»Ich habe unsere Route nie festgelegt.«

»Warum willst du dann diesmal ein Mitspracherecht?« Ich erhebe mich vom Stuhl und zwinkere ihm zu, bevor ich mich abwende. »Lass uns in Houston bleiben. Das wird sicher ein Heidenspaß.«

»Du weißt, dass es weniger prekär wäre, zu versuchen, mit einer Flasche Propangas ein Feuer zu löschen, als mit Antonia Soto anzubändeln, oder?«, fragt er, als ich schon die Tür zum Durchgangszimmer seiner Sekretärin erreicht habe.

Ich lasse die Hand auf dem Türknauf liegen. Natürlich hat unser Kuss auf Hunts Hochzeit die Runde gemacht. Es hätte mich auch gewundert, wenn mein kleiner Tabubruch nicht bei den McVeighs angekommen wäre. »Ich habe keine Ahnung, wovon du sprichst.«

»Mmh, und ich gehe als Backgroundtänzer mit *Sia* auf Sommertournee.«

Entgegen meiner Gewohnheit, pünktlich Feierabend zu machen, ist es fast sechs Uhr, als ich die Firma verlasse. Das kurzfristig angelegte Meeting mit der Marketingabteilung hat mich den kompletten Nachmittag gekostet. Eine neue Kampagne verstößt gegen ein haariges Wettbewerbsrecht, einer unserer größten Konkurrenzbetriebe hat die *Federal Trade Commission* eingeschaltet, und mein Team darf die Suppe jetzt auslöffeln. Wenn es etwas gibt, das mich fuchsteufelswild werden lässt, dann ist es Schadensbegrenzung betreiben zu müssen, nur weil sich irgendein Idiot nicht an die

Arbeitsabläufe hält. Das Projekt hätte im Vorfeld auf meinem Schreibtisch landen müssen.

Ich ziehe mein Jackett aus und angle den Schlüssel für den *Mercedes* aus der Seitentasche, während ich zu den schattigen Parkplätzen vor dem Unternehmen laufe. Mein Plan für den Abend steht: Ich werde noch ein paar Bahnen durch den Pool ziehen, mich danach mit einem Bier vor den Fernseher werfen und den klassischen Montag wie einen klassischen Montag enden lassen.

»Ich dachte schon, aus deiner Besprechung wird eine Dreitagekonferenz«, sagt jemand, der an der Kofferraumklappe meines Wagens lehnt. Jemand weibliches. Ich kann die Stimme nicht sofort zuordnen und blinzle außerdem der Abendsonne entgegen, weshalb ich mich ihr erst noch zwei Schritte nähern muss, um zu erkennen, wer mich vor dem Büro abfängt.

Giulia. Die Kleine, mit der ich nach der Hochzeit am Freitag die Nacht verbracht habe. Es ist kein charmanter Zug, dass ich mich von ihrem Auftauchen auf der Stelle genervt fühle. Aber das zwischen uns war eine einmalige Sache, ich habe das deutlich kommuniziert, und auch wenn ich schon schlechteren Sex hatte, lege ich es nicht auf eine Wiederholung an. Außerdem brauche ich keine aufdringliche Frau, die mir nachstellt, und habe auch nicht erwartet, dass sie im Nachhinein anhänglich wird. Ihr *Mach dir mal nicht ins Hemd. Ich will dich nicht heiraten, sondern gevögelt werden* als Antwort auf meine Frage, ob sie sich im Klaren wäre, dass mehr als ein Abenteuer nicht drin ist, war eigentlich nicht falsch zu verstehen.

»Hey?«, sage ich und kann nicht verhindern, dass sich das Wort wie eine Frage anhört. »Wartest du auf mich?« Okay, das ist dämlich, schließlich lungert sie vor meinem Auto herum. Allerdings besteht durchaus die winzige Hoffnung, dass sie eigentlich Kim abholen und mir nur kurz Hallo sagen will. Die beiden sind doch befreundet, oder?

»Um auf den Weihnachtsmann zu warten, ist es noch ein bisschen zu früh.« Sie stößt sich vom Heck ab und kommt lächelnd auf mich zu. In Jeans und dem türkisen, schräg geschnittenen T-Shirt sieht sie jünger aus als am Wochenende in ihrem Brautjungfern-Dress. Eine Sekunde befürchte ich, dass es unangenehm werden könnte und sie vorhat, mich auf unpassende Weise zu begrüßen. Doch dann boxt sie mir nur freundschaftlich gegen den Oberarm und deutet mit einer Kinnbewegung zu der Holzbank auf der kleinen Grünfläche neben dem Firmengebäude. »Hast du fünf Minuten?«

Obwohl ich mein Feierabendbier quasi schon bis hierher nach mir rufen höre und nichts lieber will, als in das verflixte Auto zu steigen, wäre es extrem unhöflich, sie auflaufen zu lassen. Ich bin nicht extrem unhöflich und es liegt mir fern, eine Frau, mit der ich im Bett war, schlecht zu behandeln, also folge ich ihr in einem Meter Abstand und bleibe vor der Bank stehen, als sie sich setzt.

»Du solltest dein Gesicht sehen«, meint sie belustigt, während ich darauf warte, dass sie loswird, was immer ihr auf der Seele brennt.

»Was stimmt mit meinem Gesicht nicht?«

»Herrgott, Kingston, sei nicht so steif. Ich bin keine Stalkerin oder so was und auch nicht hier, um dich über eine üble Geschlechtskrankheit zu informieren. Du kannst dich also entspannen.«

Entgegen meines Willens muss ich grinsen. »Da fällt mir glatt ein Stein vom Herzen«, entgegne ich und lasse mich dazu herab, neben sie auf die Bank zu sinken.

»Also zuerst einmal muss ich ein Armband bei dir verloren haben. Könntest du danach suchen und es Natalie geben, wenn sie aus den Flitterwochen zurück ist? Es ist aus Gold mit vielen kleinen Anhängern dran und ...«

»Ich werde nachsehen«, falle ich ihr ins Wort, weil jede weitere Beschreibung unnötig ist. Ich besitze keine Frauenarmbänder. Wenn da eins ist, gehört es ihr, und ich werde es ihr in den Briefkasten werfen. Es Nat zu geben, würde nur dazu führen, mich vor ihr rechtfertigen zu müssen, wie es in meinen Besitz gelangt ist.

»Danke. Und bevor die Frage aufkommt: Nein, ich habe es nicht absichtlich irgendwo platziert, um einen Vorwand zu liefern, noch mal in dein Schlafzimmer zu kommen.«

»Hör auf damit«, sage ich.

»Womit?«

»Mich hinzustellen, als wäre ich ein paranoider Idiot.« Ich bin nicht davon ausgegangen, dass ihr Armband irgendein Vorwand ist, obwohl es mir schon schräg vorkommt, dass sie mich deshalb vor der Arbeit abpasst.

»Schön, damit wäre mein erstes Anliegen geklärt«, schließt sie zufrieden ab.

Ich mustere sie, als sie den Blick senkt, um ihre Nägel zu betrachten. Ihr erstes Anliegen bedeutet wohl, sie hat noch ein zweites. Einer der Gründe, warum man sich nicht auf einen One-Night-Stand mit einem Mädchen einlassen sollte, das man kennt – sei es um drei Ecken –, ist wohl der, dass man sich danach nicht richtig aus dem Weg gehen kann.

»Raus damit, zu Hause wartet nämlich ein Bier auf mich.«

Sie hebt das Kinn und nagt an ihrer Lippe, bevor sie zweimal ansetzt, etwas zu sagen, um die richtigen Worte zu finden. »Wir sind uns einig, dass du mir etwas schuldig bist, oder?

»Ich bin dir etwas schuldig?«

»Ja, eindeutig.« Sie verbeißt sich ein Grinsen. »Ich meine, ich habe dein *King*size-Gerät in meinen Hintern gelassen.«

Okay, sie hat mich. Ich muss lachen. Mein Kingsize-Gerät? Ich will bestimmt nicht, dass irgendjemand meinem Penis einen Namen verpasst, aber diese Bezeichnung ist ziemlich schmeichelhaft. Ich kann verstehen, warum Natalie sie mag. Ihre Art, kein Blatt vor den Mund zu nehmen, ist erheiternd, auch wenn sie ein paar anstrengende Eigenschaften hat. In einem Paralleluniversum, in dem wir nicht miteinander im Bett waren, sind wir vermutlich befreundet. »In meiner Erinnerung hast du mich gebeten, *mein Kingsize-Gerät* mit deinem Hintern bekannt zu machen.« Nicht, dass ich mich darüber beschwert hätte.

»Ich war betrunken«, redet sie sich heraus.

»Und weil bei dir alle Hemmungen fallen, wenn du zu tief ins Glas schaust, schulde ich dir was?«, frage ich ungläubig. Dieses Mädchen hat vielleicht Nerven.

»Genau. Und ich wüsste zufällig auch schon, wie du dich revanchieren kannst.«

»Da bin ich aber gespannt.«

Sie atmet durch, als ob es ihr schwerfallen würde, die nächsten Worte über die Lippen zu bringen. Giulia ist alles andere als schüchtern, sie ist geradeheraus und mitteilsam, weshalb ich erahne, dass ein erheblicher Hammer folgt. »Ich will, dass du mich im Sommer mit nach Europa nimmst.«

Was?

Das ist kein Hammer, das ist eine Abrisskugel. Ich bin überzeugt, dass sie nicht von einer netten Städtetour oder einem urlaubsmäßigen Trip spricht. Natalie hat Lucas, Hunt und mich letztes Jahr nach Amsterdam begleitet, sie war mit uns im Club und nach Giulias Andeutungen am Wochenende würde ich die Hand dafür ins Feuer legen, dass sie ihre Freundin über die wahren Motive unserer alljährlichen Geschäftsreise aufgeklärt hat.

»Wir fliegen dieses Jahr nicht«, kann ich glücklicherweise verhindern, lügen zu müssen.

Ich hätte Giulia auf keinen Fall mit nach Europa genommen. Zum einen verstehe ich unter einer einmaligen Sache etwas anderes, als mit einer Frau vier Wochen lang ein Erotik-Etablissement aufzusuchen, zum anderen hätte ich nicht die geringste Lust, den Babysitter für eine Club-Jungfrau zu spielen. Sie erscheint mir nicht wie der Typ Frau, der seine Grenzen kennt, und wenn man sich derer nicht bewusst ist, gerät man in Situationen, in denen man plötzlich nicht stecken will. Außerdem wäre da noch Nat, die mir vermutlich die Eier rausreißen würde, wenn ich ihre beste Freundin in unsere kleine obszöne Welt eintauchen lasse.

»Ernsthaft, das soll ich dir glauben? Dass ihr ausgerechnet dieses Jahr mit euren Gewohnheiten brecht? Du könntest so anständig sein, mir zu sagen, dass du keinen Wert auf meine Gesellschaft legst, und ich könnte dann deine Bedenken beiseite räumen.«

»Meine Bedenken?«

Giulia lehnt sich zurück. »Versteh mich nicht falsch, ich hatte Spaß Freitagnacht. Aber du bist nicht der Grund, warum ich dich bitte, mich mitzunehmen. Das sind doch deine Sorgen, oder? Dich gruselt die Vorstellung, dass ich dir nach letztem Wochenende hinterherlaufen oder mir Hoffnungen auf eine Romanze machen könnte. Und ... ich kann dich beruhigen: Das ist nicht der Fall. Ich will nichts von dir.«

»Wie nett, dass du das noch mal betonst, aber ich habe nicht gelogen. Wir fliegen dieses Jahr nicht. Natalie und Hunter sind in den Flitterwochen, sie werden sich nicht noch mal für ein paar Wochen aus dem Staub machen können, und deshalb bleiben wir hier.«

Sie blickt mich entgeistert an und reibt sich die Stirn, als ob ihr das dabei helfen könnte, sich zu entscheiden, mir meine Behauptung abzukaufen. Als sie wohl zu dem Entschluss kommt, dass sich das, was ich gesagt habe, logisch anhört, verzieht sie ihr Gesicht. »Wunderbar. Das ist ... Ich bin enttäuscht.«

Und ich werde mir Natalie definitiv mal zur Brust nehmen. Es ist nicht gut, dass sie Giulia über den *Pleasure Club* informiert hat. Sie sollte nichts von dessen Existenz wissen. Hunter ist Mitglied, Natalie war letztes Jahr lediglich sein Gast. Eine der Hauptregeln lautet: Wir tun, was wir tun, aber wir reden nicht darüber. Jeder von uns hat vor dem Beitritt eine Verschwiegenheitsklausel unterschrieben und versichert, vertrauensvoll mit dem Geheimnis umzugehen. Nat sollte wissen, dass es ihren Mann in Schwierigkeiten bringen könnte, wenn sie einfach irgendwelche Leute einweiht.

»Ich bin sicher, du findest eine Alternative, Urlaub zu machen.«

»Es ging nicht um Urlaub«, gesteht sie, was ich längst weiß. »Kann ich dich etwas fragen? Wann war dir klar, dass du auf eher normwidriges Zeug stehst?«

»Normwidriges Zeug?«

Sie legt den Kopf schief, als wolle sie sagen: Mensch, ich bin im Bilde.

»Offensichtlich wird es jetzt interessant.«

»Es ist nur ... Ich kann es nicht richtig erklären, aber ich glaube, mit mir stimmt etwas nicht. Verurteile mich nicht, für das, was ich jetzt sage, es kostet mich nämlich Überwindung. Ich hatte schon ein paar Beziehungen, aber sie haben nie lang gehalten und ich war in keiner einzigen treu.« Sie sieht plötzlich zerknirscht, schuldbewusst und auch etwas beschämt aus.

»Und du glaubst, es liegt woran genau?«, hake ich nach.

Ihre Beichte ist ein kleines bisschen verabscheuungswürdig. Ich habe absolut nichts gegen offene Beziehungen, im Gegenteil, in der Liebe ist alles erlaubt, aber dafür müssen beide Seiten einer Verbindung geschaffen sein. Vielleicht bin ich nicht in der Position, ein Urteil fällen zu dürfen, denn dass ich mit einem Mädchen fest zusammen war, ist erst zweimal vorgekommen. Dennoch hinterlässt es bei mir einen faden Beigeschmack, einen Menschen zu hintergehen.

»Das kann ich eben nicht sagen. Ich fühle mich einfach verdammt schnell gelangweilt und befürchte, ich bin schwer zu befriedigen.«

»Diesen Eindruck hatte ich nicht«, ziehe ich sie auf.

Wenn sie keine brillante Schauspielerin ist, war es nicht besonders schwer, sie auf ihre Kosten kommen zu lassen. Allerdings sind meine Erinnerungen an unsere Nacht etwas trüb, nach den durcheinandergewürfelten Drinks auf der Hochzeit hatten wir bei mir noch eine Flasche Rotwein geöffnet.

»Du hast mich auch nicht mit Samthandschuhen angefasst«, erklärt sie. »Aber ist ja auch egal. Ich dachte, wenn ich mit nach Europa komme, finde ich vielleicht heraus, was mit mir los ist. Möglicherweise langweilt mich ja nur die Trivialität in einer gewöhnlichen Beziehung und ich brauche etwas Originelleres.«

Ich kratze mich am Kinn. Diese Situation ist völlig grotesk und ich schicke Natalie in Gedanken ein paar Verwünschungen in die Flitterwochen hinterher. Dass Giulia einen leichten Knall hat, hatte ich bereits im Gefühl, allerdings war ich mir nicht über das Ausmaß im Klaren.

»Okay, tun wir mal für eine Sekunde so, als wäre es nicht völlig bizarr, dass du mir vor der Firma auflauerst und mich fragst, ob ich dich mit in einem Sex-Club nehme«, beginne ich, um Zeit zu schinden, da sie das Nachfolgende sicher nicht hören will. »Ich gebe dir einen gut gemeinten Rat, bevor ich mich loseise und meinem verdienten Feierabendbier widme. Wenn du herausfinden willst, ob deine ... Sprunghaftigkeit auf eine deviante Neigung zurückzuführen ist, solltest du nicht in einen Erotik-Club gehen. Die Leute, die sich da rumtreiben, wissen für gewöhnlich sehr genau, was sie wollen, und das ist kein experimentierfreudiges Mädchen auf Selbstfindungstrip. Um gewisse Dinge zu tun, braucht es Vertrauen, besonders am Anfang. Ein bisschen Abenteuerlust reicht da nicht. Vielleicht sprichst du das Thema einfach beim nächsten Mal an, wenn du mit einem Kerl zusammen bist, anstatt dich heimlich mit anderen Männern zu treffen.«

»Hey, Baby, ich weiß, wir gehen erst seit vier Wochen miteinander aus, aber ich habe da ein paar Fantasien. Was hältst du von einem Dreier, vorzugsweise mit noch einem Kerl, denn dein Schwanz ist mir auf Dauer zu eintönig. Ja, das wird sicher toll funktionieren«, meint sie und verdreht die Augen.

»Das würde ich vielleicht geschickter ausdrücken.«

Giulia atmet laut aus und sieht mich mit verlorenem Welpenblick an. Eine typische Frauenmasche, die Mann dazu bringen soll, einzuknicken. Sie ist nach wie vor ein verdammt hübsches Mädchen und ich darf mir ihre Worte keinesfalls ein zweites Mal durch den Kopf gehen lassen. Es könnte passieren, dass ich der Masche erliege. Der Gedanke, dabei zuzusehen, wie sie von zwei Typen gefickt wird, oder die Vorstellung, sie zusammen mit einem anderen Kerl zu ficken ... haben durchaus ihren Reiz. Was ihre Fantasien betrifft, hätte sie wirklich nicht ins Detail gehen müssen.

»Es wäre nett, wenn du Nat unsere Unterhaltung nicht auf die Nase binden würdest«, bittet sie mich, als ich mich von der Bank erhebe, um mich vor einem dummen Fehler zu bewahren. »Sie ist ein absoluter Treuefanatiker, ich habe mit ihr nie über dieses Thema geredet, und ich glaube, sie könnte das auch nicht verstehen.«

Ich merke, wie sich die Muskeln in meinem Körper anspannen. Ach verdammt. Warum erzählt sie mir von einer Sache, die sie nicht mal mit ihrer Freundin bequatscht? Ich bin für sie praktisch ein Fremder. Niemand, bei dem sie ein intimes Geheimnis abladen sollte. Denn ... es zwingt mich irgendwie in eine verantwortungsvolle Rolle. Giulia ist naiv, viel zu vertrauensselig, wie diese Situation beweist, zu offenherzig und unbefangen. Die Chancen, dass sie das nächste Mal an den Falschen gerät, wenn sie jemanden in ihre verrückten Hirngespinste einweiht, stehen ziemlich gut. Schließlich leben auf diesem Planeten eine Menge Wichser. Ich will sie nicht mit zur Eröffnung nehmen und ich will nicht ihr Kindermädchen spielen, weil sie wie gesagt kein Mensch ist, der Grenzen setzt, und Grenzen in diesem Milieu extrem wichtig sind. Aber irgendwo in mir wohnt ein Kerl, der widersprüchlich zu meinem Lebensstil eine ausgeprägte moralische Ader hat, und dem seine Erziehung einflüstert, dass man das weibliche Geschlecht immer beschützen muss.

Ich bereue das Angebot schon, bevor es mir über die Lippen kommt, aber ich spreche es trotzdem aus. »In zwei Wochen eröffnet der Club ein Etablissement hier in Houston. Ich werde hingehen und wenn du mich begleiten willst ...« Ich zucke die Schultern.

Es geht in Ordnung, Gäste mitzubringen, solang man sich für deren Diskretion verbürgt. Wahrscheinlich gestatten die Sotos das nur, um auf diese Weise an neue zahlende Kunden zu kommen, denn wer einen öfter begleiten will, muss Mitglied werden. Dass Giulia das nötige Kleingeld fehlt und sie nicht die gehobenen

Ansprüche erfüllt, wird bei einem einmaligen Besuch niemand feststellen. Nat hat Hunter zwei Wochen lang begleitet, ohne dass jemand Fragen gestellt hätte.

»Wow, es ist kein Wechsel des Kontinents nötig?«

»Nein. Dass wir sonst nach Europa geflogen sind, lag nur daran, dass Hunter und Lucas an Verfolgungswahn leiden.« Wenn sie schon über alles Bescheid weiß, kann ich ihr auch sagen, dass der Mann ihrer Freundin ein bisschen wahnsinnig ist – falls ihr das nicht bereits bewusst war.

»Damit sind deine Schulden bei mir beglichen«, sagt sie, während sie ebenfalls von der Bank aufsteht. Sie fasst an ihren Zopf und versucht, ihn zu glätten.

»Im Club herrscht eine Kleiderordnung.« Ich sehe an ihr herab. »Du solltest nicht in Jeans auftauchen, auch wenn deine Beine recht nett darin aussehen.«

»Ich dachte, über Schmeicheleien seien wir hinaus? Wir waren bereits im Bett, schon vergessen?« Sie lächelt und lässt ihre Schneidezähne durch einen Spalt der Lippen blitzen.

»Ich hole dich gegen halb acht ab. Samstag in zwei Wochen«, übergehe ich die Anspielung auf mein angedeutetes Kompliment und wende mich ab.

»Das ist der Tag, an dem Natalie aus den Flitterwochen zurückkommt.«

»Wenn du lieber eine Willkommensparty geben willst, halte ich dich nicht davon ab.« Ganz sicher nicht. Es würde mir auf hundert unterschiedliche Weisen entgegenkommen.

4. KAPITEL

Antonia

Wenn ich meinen Vater in aller Kürze beschreiben müsste, würde ich das wahrscheinlich mit *kontrollsüchtig* tun. Er passt perfekt in die Rolle des über allem stehenden Aufsehers, des Zweihundertprozentigen, und in die des Schreckensherrschers.

Ich weiche überrascht zur Seite, um ihm und seinem treuen Gehilfen Martín Einlass in mein Haus zu gewähren. Als sie nacheinander über die Türschwelle treten, kräuseln sich wie von selbst meine Lippen. Es ärgert mich, dass er am Abend, zwei Tage vor Eröffnung des Clubs, meine kompletten Pläne durcheinanderbringt, indem er unangemeldet in Houston aufkreuzt. Luis Soto hat sich seit mehr als zehn Jahren in keinem seiner Etablissements sehen lassen, er hockt ausschließlich in seinem Büro. Dass er seinen Hintern kurz vor dem Start des *Place for Sinners* in die Staaten bewegt, deutet allerdings darauf hin, dass er diesem Event beiwohnen will – natürlich meinetwegen. Ich habe gewusst, dass er nicht auf die Organisationsfähigkeiten einer Frau vertraut, insbesondere nicht auf die seiner Tochter, aber ebenso habe ich gehofft, dass ich wenigstens eine Chance bekommen würde, mein Ding durchzuziehen. Seiner Meinung nach bin ich wohl mit neunundzwanzig noch das unfähige Küken, auf das man ein Auge haben muss, bevor es sich am Ende wahrhaftig ins Geschäft einmischt. Traurig, aber nicht zu ändern.

»Du siehst müde aus, *nenita*«, sagt er, während er mich auf die Wange küsst und dabei die Haustür hinter sich zudrückt.

Kleines Mädchen – deutlicher könnte er nicht bestätigen, was mir gerade durch den Kopf geistert. Sein Blick gleitet aufmerksam über mich und fügt im Stillen an: Müde und nicht auf Besuch eingestellt. In pinken Trainingshosen und einem einfachen weißen T-Shirt öffnet man niemandem die Tür.

»Die letzten Wochen waren anstrengend und ich wollte es mir gerade mit einem Glas Wein gemütlich machen«, entschuldige ich mich dezent. »Ich konnte nicht ahnen, dass ich so spät noch Überraschungsgäste erwarte.« Es ist schließlich viertel nach neun. Keine

Zeit, in der Frau davon ausgeht, von zwei dunkelhaarigen Männern in maßgeschneiderten Anzügen überfallen zu werden.

»Unser Flieger ist erst vor anderthalb Stunden gelandet«, erklärt er in seinem brüchigen Englisch, als hätte ich ihn nicht unterschwellig darauf hingewiesen, dass ich über einen Anruf im Vorfeld erfreut gewesen wäre. »Es ist spät, aber vielleicht zeigst du trotzdem ein wenig Gastfreundschaft und teilst deinen Wein mit Martín und mir.« Mein Blick folgt seiner Handbewegung, mit der er auf seinen Gefolgsmann zeigt. Ich bin nicht glücklich darüber, dass mein Vater ihn im Schlepptau hat. Martín Lozano ist gerade mal ein Jahr älter als ich, arbeitet aber schon eine Ewigkeit unter meinem Dad und ist seit einer Weile so etwas wie sein Stellvertreter. Damit hat er praktisch den Job, der meines Erachtens mir gehören müsste, und ich hege leider den heimlichen Verdacht, dass meine Familie in ihm außerdem den passenden Schwiegersohn sieht. Dennoch erwidere ich sein freundliches Nicken und widerstehe dem Verlangen, ihn unverschämt vor die Tür zu setzen.

»Schön, dich wiederzusehen, Tony. Madrid hat ohne dich von seinem Glanz eingebüßt.«

»Ich schätze, es ist noch genug davon übrig.« Ich wende mich ab, um meinen ungebetenen Besuch über den Flur zu führen. »Gehen wir doch ins Wohnzimmer. Ich kann bestimmt noch irgendwo zwei Gläser auftreiben.«

Vermutlich wird meinen Vater der Schlag treffen, wenn er sieht, was für ein Chaos in meinem Haus herrscht. Bis vor drei Tagen habe ich noch im Hotel übernachtet, das Umzugsunternehmen hat erst heute die letzten Möbel aufgebaut, und in jedem Zimmer stehen gefühlte einhundert Kisten. Sollte jemals der Tag kommen, an dem ich Texas wieder verlasse, werde ich definitiv mehr Zeit für den Umzug einplanen. Ein paar Wochen reichen einfach nicht, um sein Hab und Gut über den Atlantik zu schaffen und gleichzeitig ein Geschäft aufzumachen. Diese Doppelbelastung macht einen einfach nur fertig.

»Bitte ignoriert das Durcheinander, die Jungs von der Umzugsfirma wurden nach Stunden bezahlt«, witzle ich, als ich rechts durch den großen Rundbogen trete und mit einer Kinnbewegung auf die dunkelgraue Wohnlandschaft im hinteren Bereich des asymmetrischen Zimmers deute. »Nehmt schon mal Platz, ich mache mich eben auf die Suche nach den Weinkelchen.«

Die Gläser müssen sich in einem der Kartons vor der Terrassentür befinden. Ich erinnere mich nicht genau, aus welchem ich gestern Abend eins rausgekramt habe, werde aber zum Glück gleich im ersten, den ich öffne, fündig. Ich wickle zwei aus ihren Watteschonern und verschwinde noch mal kurz in die Küche, um sie unter dem Wasserhahn an der weißen Anrichte auszuspülen und Chardonnay einzugießen. Als ich zurück ins Wohnzimmer komme, haben es sich Martín und mein Vater auf dem Sofa bequem gemacht.

»Ich nehme an, ihr seid wegen der Eröffnung des Clubs angereist?«, frage ich beiläufig, während ich den Wein vor ihnen auf den Tisch stelle und den Sessel gegenüber der Couch in Beschlag nehme.

Mein Dad lehnt sich vor, greift nach seinem Drink und schwenkt das Glas, bevor er einen Schluck probiert. Mir fällt auf, dass er alt geworden ist. In Madrid habe ich ihn fast jeden Tag gesehen, kleine Veränderungen bemerkt man da schlecht, aber jetzt, mit Abstand, sehe ich die vermehrt grauen Strähnen, die sich durch sein dichtes Haar ziehen. Die Fältchen um seine Augen sind tief und obwohl er immer noch ein athletischer Mann ist, kann er den kleinen Bauchansatz nicht mehr verbergen.

»Ich dachte, du könntest vielleicht etwas Hilfe gebrauchen«, sagt er eine halbe Minute nach meiner Frage.

»Hilfe?«, wiederhole ich in sarkastischem Ton. Nachdem ich wochenlang wie ein Pferd geschuftet und mit Alyssa zusammen alles für den Start auf die Beine gestellt habe, bietet er mir Unterstützung an? Jetzt, wo es so gut wie nichts mehr zu tun gibt? Das ist lächerlich, es geht allein darum, mich zu kontrollieren, allerdings sollte ich ihm vielleicht anrechnen, nicht mit der Tür ins Haus zu fallen.

»Natürlich. Nach der Eröffnung beginnt doch die eigentliche Arbeit. Es kann nicht schaden, wenn dir die ersten Wochen jemand zur Seite steht.«

Seine Worte verursachen ein Stechen in meinen Seiten. Die ersten Wochen? Er will mir länger auf die Finger gucken als bis zur Eröffnung? Ich wünsche mir, mich verhört zu haben, aber es wäre dumm, davon auszugehen, dass es sich bei dieser Aussage um einen Irrtum handelt.

»Moment mal ... Wir sprechen von Alyssa, oder? Alyssa wird mir zur Seite stehen«, versuche ich trotzdem mein Glück.

»Alyssa ist ein wunderbarer, fleißiger Mensch, aber ich dachte eigentlich an jemanden, dessen Erfahrung über Buchhaltungskünste hinausgeht.« Sein Blick schweift zu Martín, der gerade sein Glas in meine Richtung hebt.

Ich befürchte, mich übergeben zu müssen. Er will mir seinen Günstling vor die Nase setzen? Ich bin hart im Nehmen, ich komme mit vielem zurecht, aber diese Info dreht mir den Magen um. Ich kann nicht glauben, dass er mich dermaßen vorführt, sein Vertrauen in diesen Mann so offenkundig über das in mich stellt.

»Martín ist doch sicher nur schwer abkömmlich. Alyssa und ich kriegen das hier schon auf die Reihe.«

»Da mache ich mir keine Sorgen, *nenita.* Du kannst mir allerdings vertrauen, wenn ich dir sage, dass du dich wohl dabei fühlen wirst, einen Freund und Ansprechpartner in der Nähe zu haben. Nur für alle Fälle.«

Mein Vater kann es nicht leiden, wenn man seine Autorität infrage stellt, und ich bin schlau genug, es nicht zu tun. Er mag seine Forderung charmant verkaufen, aber ich spreche fließend Luis-Sotanisch, und weiß, dass ich in dieser Angelegenheit kein Vetorecht habe. Es ist beschlossene Sache, dass Martín in den Staaten bleibt. Bestimmt hatte mein Vater das schon geplant, als er mir erlaubte, ins Geschäft einzusteigen. Mich aufzulehnen, würde nur dazu führen, dass er dem Kerl das Zepter gleich ganz überreicht.

»Ja, vermutlich fühle ich mich sicherer, wenn mir ein erfahrener *Mann* mit Rat und Tat beisteht«, gebe ich deshalb klein bei. Lieber würde ich den beiden erklären, dass ich bestens ohne einen Wachhund auskomme, der garantiert überflüssigerweise auch noch befugt ist, mich in meiner Arbeit zu dirigieren und sich in meinen Kram einzumischen.

Beiß die Zähne zusammen, Soto. Den Typen wirst du am einfachsten los, wenn du dir nichts zuschulden kommen lässt, und so arbeitest, dass sein Aufenthalt hier für deinen Dad wertlos ist.

»Ich bin übrigens im *Spring Hill Suites* untergekommen, das Hotel liegt ganz in der Nähe«, erwähnt Martín mit einem Lächeln wie aus einer Zahnpasta-Werbung. Als wäre es ein Grund zur Freude, dass er sich hier im Vorort, anstatt in Houston selbst einquartiert hat. »Ich war immer nur an der Ostküste, wenn ich die Staaten besucht habe. Vielleicht kannst du mir ja die Gegend zeigen?«

Ich schnappe mir mein Weinglas, das ich vor dem Auftauchen der beiden bereits zur Hälfte geleert habe, und trinke den Rest in einem Zug aus. Nur so kann ich die gepfefferte Antwort, die mir auf der Zunge liegt, noch rechtzeitig hinunterspülen und mir auf die Schnelle eine mildere zurechtlegen.

»Wie mein Vater schon sagte, die eigentliche Arbeit beginnt erst nach der Eröffnung. Ich bezweifle, dass mir viel Zeit für Sightseeing-Touren bleibt. Du wirst Texas wohl eher ohne mich erkunden müssen«, bringe ich mit honigsüßer Stimme heraus. Eine milde Antwort bedeutet nicht, ihn nicht galant in die Schranken zu weisen. Soll er sich bloß zu Tode langweilen und sich selbst auf die Nerven fallen. Auf meine Gesellschaft braucht er außerhalb des Büros nicht zu zählen.

5. KAPITEL

Kingston

»Ich hätte mir Mut antrinken sollen.« Giulia begutachtet ihr Makeup im Spiegel der Sonnenblende, klappt diese anschließend hoch und lehnt den Kopf gegen die Stütze. Ihr Dekolleté ist mit blassroten Flecken übersät und sie befeuchtet nervös zum wiederholten Mal die Lippen.

Seit einer Minute sitzen wir im Wagen vor dem Eckgebäude des *Place for Sinners*, und ein Kerl in dunkelroter Uniform wartet darauf, dass wir aussteigen und ihm die Schlüssel überreichen, damit er den Mercedes hinter dem Haus parken kann. Wir halten den gesamten Verkehr auf. Die Gegend ist nicht unbedingt für Angebote wie das Valet-Parking geschaffen. Es passen nicht mehr als zwei Autos auf den Haltestreifen direkt vor dem Club, und der Fahrer des nur eine Sekunde nach uns eingetroffenen Cadillacs spielt herausfordernd mit seinem Gaspedal, um uns zum Aussteigen zu bewegen. Giulia fühlt sich allem Anschein nach aber noch nicht bereit.

»Du hast nicht zufällig ein paar Beruhigungspillen im Handschuhfach?«, fragt sie mit einem Lächeln, das nicht so ganz überzeugt. »Eine Designerdroge, ein K.o.-Mittel von reichen Mafia-Freunden?«

»Deine Freundin war wesentlich entspannter, als sie uns zum ersten Mal begleitet hat«, sage ich abschätziger, als ich eigentlich vorhatte.

Ich kann verstehen, dass sie aufgeregt ist. Bei meinem Club-Debüt war ich auch ein nervliches Wrack, aber lieber hätte ich mir heimlich die Zunge abgebissen, als mir das vor irgendwem anmerken zu lassen. Sie hingegen hat die Fahrt über keinen Hehl daraus gemacht und ungefähr dreihundertmal betont, wie weich und zittrig ihre Knie sind. Giulia hat übrigens hübsche Knie. Feminin, rundlich. Wenn sie aufhören würde, mir mit ihrem Lampenfieber auf den Geist zu gehen, könnte ich ihr ein Kompliment machen. Zum Beispiel, dass ihr das dunkle Outfit sehr gut steht. Ich werde Mühe haben, ihr aufdringliche Kerle vom Hals zu halten. Einige

Mitglieder sind Experten darin, auffallend hübsches Frischfleisch zu umschwänzeln.

»Nat hat sich zusammen mit euch auf einem anderen Kontinent befunden und war bis zur letzten Sekunde nicht eingeweiht, was sie erwartet. Sie hatte praktisch keine andere Wahl, als den Hintern zusammenzukneifen«, gibt Giulia zu bedenken.

»Soll ich dich nach Hause fahren?«, biete ich an. Es ist kurz vor acht, ich könnte gegen neun wieder hier sein und somit um etwa dieselbe Zeit wie Lucas zur Eröffnung aufschlagen. Er hat meinen Überzeugungskünsten nicht standgehalten und sich überreden lassen, zumindest auf einen Drink vorbeizuschauen, spielt aber vorher noch das Taxi für Hunter und Natalie, deren Privatjet vor zwei Stunden gelandet sein müsste.

»Sehe ich aus wie ein Feigling? Gib mir noch dreißig Sekunden. Dann habe ich meine Nerven wieder beisammen.«

»Wie du willst.«

Ich beobachte, wie sie tief einatmet, um sich zu sammeln. Ihre Brüste dehnen den nachtblauen Stoff des trägerlosen Kleids, und ihre schmalen Schultern heben sich zittrig.

Zur Hölle, hätte ich geahnt, dass Giulia nicht halb so taff ist, wie es in meinem Schlafzimmer den Anschein machte, wäre ich eine halbe Stunde früher los und hätte sie zur Auflockerung noch eine Runde gevögelt. Nein, Bullshit. Natürlich hätte ich das nicht gemacht, denn die Auswirkungen wären verheerend. Aus Erfahrung weiß ich, dass es immer eine beschissene Idee ist, zweimal mit derselben Frau in die Kiste zu steigen, wenn man nicht die Absicht hat, es auch ein drittes, viertes oder sogar zehntes Mal zu tun. Für einen One-Night-Stand sind fast alle zu haben, aber bei einer Affäre kommen zwangsläufig irgendwann Gefühle ins Spiel. Es sei denn, es handelt sich um Bekanntschaften aus dem Club – die sind alle abgebrüht.

Dennoch hätte ich handeln, mir beispielsweise eine Ausrede einfallen lassen können, warum ich leider verhindert bin und sie nicht abholen kann. Ich hätte Lucas losschicken können, um das zu erledigen. Mister Always-Sunshine wäre sicher besser geeignet dafür, ihr wackeliges Nervenkostüm festzuzurren. Er ist ein viel verständnisvollerer Typ und hat ein Händchen für Frauen. Allerdings weiß Luc noch nicht mal was von seinem Glück, dass wir heute Abend zu dritt sind, und ich befürchte, er wird deswegen auch nicht tanzend im Kreis springen.

Giulia streicht mit den Handflächen über ihre zur Hälfte entblößten Schenkel. Sie nickt, wie um sich selbst einen Gedanken zu bestätigen, und setzt ein entschlossenes Gesicht auf. »Okay, meinetwegen können wir. Stürzen wir uns in moralische Abgründe.«

»Abgründe?«, wiederhole ich mit angehobenen Augenbrauen, doch sie winkt ab und fasst zum Griff der Autotür.

Es ärgert mich ein bisschen, dass sie mich um die Chance bringt, sie ihr aufzuhalten, doch ich nehme es hin und folge ihrem Beispiel, aus dem Wagen zu steigen.

Pleasure Club – Smoking Lounge.

Der goldene Schriftzug auf dem abgeschrägten Vordach des Eingangs leuchtet im Licht der Abendsonne. Ich bin nicht sicher, was ich erwartet habe, unter der in der Einladung genannten Adresse vorzufinden, aber dass Tony die für die Öffentlichkeit existierende Theorie, der Club bestünde aus einem Haufen Zigarrenfans, ausgereizt hat, ist ziemlich erheiternd. Und es ist frech – ganz im Soto-Stil –, das *Place for Sinners* direkt neben einem Vier-Sterne-Restaurant anzusiedeln.

Ich ziehe einen Fünfziger aus der Hosentasche meines einreihigen Smokings, umrunde den Mercedes und lasse den Geldschein zusammen mit dem Schlüssel in die ausgestreckte Hand des Mannes vom Parkservice gleiten.

»Mister Everett«, begrüßt er mich, was wohl bedeutet, dass Tony ihre Hausaufgaben gemacht hat. Ihre Mitarbeiter wissen, wer heute Abend willkommen ist. Dieses Phänomen hat mich schon in anderen Locations des Clubs fasziniert; woran auch immer sie uns Beitragszahler erkennen.

Giulia fängt meinen Blick auf, als ich neben sie trete und Richtung Eingang nicke.

»Gibt es irgendwas, das ich noch wissen muss?«, fragt sie mit ungewohnt flatteriger Stimme. »Irgendwelche Benimmregeln, an die ihr reichen, perversen Leute euch haltet, und die ich auch befolgen sollte?«

»Ja, mir fällt spontan eine wichtige ein: Bezeichne die anderen Gäste nicht öffentlich als pervers. Ich bin sicher, dieser Begriff würde einigen sauer aufstoßen.«

Sie rümpft ertappt die Nase und setzt einen entschuldigenden Ausdruck auf. »Ich wollte dich nicht beleidigen.«

Ich biete ihr meinen Arm an, um mit ihr zusammen die drei Stufen des Eingangs hochzugehen. Es ist besser für sie, wenn wir den Club gemeinsam betreten und sie mir erst mal nicht von der Seite weicht. Ich will nicht, dass Giulia irgendjemand für leichte Beute hält. Die meisten Mitglieder kennen sich und es sollte bekannt sein, dass die Frauen, die zu mir gehören, ohne meine Erlaubnis nicht angerührt werden.

Zwei dunkel gekleidete Männer stehen auf dem oberen Treppenabsatz. Sie haben je einen Kopfhörer im Ohr und ein winziges Mikro am Kragen ihrer Anzüge stecken. Die beiden blicken mit Absicht an uns vorbei und verziehene keine Miene, als ich die Tür aufdrücke und meine Begleiterin hindurchführe. Ich würde allerdings wetten, dass sie uns vorher schon abgecheckt haben.

Der Flur, der sich vor uns erstreckt, ist mit einem dicken grauen Teppich ausgelegt. Er verschluckt das Klackern von Giulias Absätzen. Gemälde hängen an den Wänden, die Temperatur im Gebäude ist angenehm klimatisiert und am Ende des Gangs warten hinter einer Rezeption in einem kreisrunden Foyer ein schwarzhaariger Mann und eine blonde Frau auf die eintreffenden Gäste. Beide tragen Abendgarderobe.

»Mister Everett, Miss ...?«, setzt sie an, um uns willkommen zu heißen, während er uns bloß distanziert zunickt.

»Ich habe angekündigt, dass ich heute Abend einen Gast mitbringe«, sage ich, ohne durchblicken zu lassen, wer mein Gast ist. Ich will vermeiden, ihnen Giulias Namen zu nennen, damit niemand Nachforschungen anstellt und herausfindet, dass sie hier im Grunde nicht hingehört. Wenn man seit dem College durchgehend einen Jahresbeitrag zahlt, der an der Million kratzt, hat auch niemand das Recht, viele Fragen zu stellen. Das ist meine ganz persönliche Meinung. Bisher hat sie auch niemand infrage gestellt.

»Ihr Gast ist in unserem System vermerkt«, entgegnet sie freundlich. »Darf ich Sie gleich in die Lounge begleiten oder möchten Sie sich zunächst in unserem Shop umsehen? Ich kann Ihnen mit Freude verkünden, dass gerade noch rechtzeitig zur Eröffnung eine Kiste *Majesty's Reserve* eingetroffen ist. Einige Herren haben es sich natürlich nicht nehmen lassen, sofort zuzugreifen, und vielleicht möchten Sie auch ...«

»Danke. Wir finden den Weg allein«, wimmle ich sie ab und geleite Giulia quer durch den Empfangsbereich.

Majesty's Reserve – ich meine mich zu erinnern, dass es sich dabei um eine recht noble Zigarrensorte handelt. Ich war bereits in mehreren Locations des *Pleasure Clubs*, aber noch nie hat eine davon außerhalb des Papiers vorgegeben, ein Etablissement für *Aficionados* – Zigarrenliebhaber – zu sein. Allerdings brauchte bisher auch keins der Häuser eine so hand- und stichfeste Tarnung wie dieses. Luis Soto achtet in der Regel darauf, sich eher abgeschieden niederzulassen. Es ist gewagt von Tony, ein Stück weit die Deckung aufzugeben.

»Du bist sicher, dass das hier ein ...«, Giulia senkt die Stimme, »... Erotik-Club ist?«

»Falls nicht, kaufe ich dir eine Pfeife.« Ich deute auf eine zweiflügelige Glastür, an der wir vorbeilaufen. Dahinter scheint sich der Shop zu befinden, auf den uns die Blonde am Empfang hinwies. Ich mache eine Vitrine aus, in der sich allerhand Equipment für Tabakgenießer befindet.

Giulia runzelt verwirrt die Stirn. Ich lege ihr eine Hand auf den Rücken und dirigiere sie durch einen Rundbogen am Ende des Gangs, durch den wir in ... die Lounge gelangen.

Orangefarbene und braune Ledersessel stehen um antik wirkende Tische drapiert in einem gediegenen Raum mit hohen Sprossenfenstern. Kronleuchter hängen an der Decke, Polstermöbel im spanischen Stil bieten weitere Sitzmöglichkeiten. Gleich neben dem Eingang steht ein Piano, an dem eine rothaarige Frau sitzt und spielt. Ich bin kein Fan klassischer Musik, muss aber zugeben, dass sich ihr Geklimper nett anhört und die augenscheinlich lockere Atmosphäre unterstreicht. Es ist noch früh am Abend, dennoch würde ich behaupten, dass schon mindestens achtzig Gäste hier sind. Sie haben es sich auf den Sesseln bequem gemacht oder sitzen an der Bar, die von der Wand rechts bis an die Fensterfront reicht. Ein paar Leute werfen einen Blick auf uns, als wir den Raum betreten.

In jedem Clubhaus, das ich besucht habe, gab es eine Art Time-out-Bereich. Eine Zone, in der man sich Gesprächen und Drinks widmet, und sexuelle Handlungen strikt untersagt sind. Vermutlich haben wir diesen Bereich gerade gefunden, denn die Gäste in der Lounge sind allesamt festlich gekleidet, unterhalten sich gesittet und nippen an diversen Getränken. Eine Handvoll Männer hat sich zurückgezogen, um sich tatsächlich eine Zigarre anzustecken.

»Okay«, zieht Giulia das Wort in die Länge. »Ich würde sagen, du schuldest mir eine Pfeife.«

»Nein, tue ich nicht.« Fünf Meter entfernt habe ich ein bekanntes Gesicht entdeckt und schiebe sie an einer Sesselgruppe vorbei in diese Richtung.

Reed Saint-Clair.

Dem dunkelblonden Hurensohn aus Dallas gehört eine Luxushotelkette, die sich von der West- bis zur Ostküste erstreckt. Nebenbei verkauft er Immobilien, ich habe mein Penthouse in Downtown von ihm erworben und schon die eine oder andere interessante Nacht in einem französischen Clubhaus mit ihm verbracht. Er ist ein bisschen älter als ich, wir haben uns während meines ersten Trips nach Europa kennengelernt, und man könnte sagen, nach der langen Zeit, die wir uns kennen, sind wir so was wie Freunde. Auch wenn ich ihn ungefähr zwei Jahre nicht mehr gesehen habe.

»Saint-Clair, dass dich der Teufel noch nicht geholt hat«, sage ich laut genug, um die Pianomusik zu übertönen, als wir uns ihm seitlich nähern.

Er wendet sich von seinem Gesprächspartner ab und die unmittelbar aufblitzende Freude in seinen Augen ist so echt wie die meine. »Kingston Everett? Ist der Rest der Welt untergegangen oder wie kommt es, dass man dich in den Staaten trifft?« Seine Hand landet in meinem Nacken und er zieht mich für eine kurze, kräftige Umarmung an sich.

»Ja, so etwas Ähnliches ist passiert. Hunter hat es in diesem Jahr vorgezogen, in die Flitterwochen zu fahren, anstatt mit mir durch Europa zu touren.«

»Es hat mich erstaunt, dass er mich zu seiner Hochzeit eingeladen hat. Ich wäre gern gekommen, war aber leider an dem Wochenende verhindert.« Der Blick seiner grünen Augen gleitet von mir zu Giulia, die etwas verschüchtert neben uns steht.

»Giulia, Reed. Reed, das ist Giulia«, mache ich die beiden bekannt.

»Kingston hat schon immer die schönsten Mädchen mit auf unsere Partys gebracht«, sagt er mit all seinem männlichen Charme, als sie ihm die Hand reicht und vorsichtig lächelt.

Wenn Saint-Clair ein gottverdammtes Talent hat, dann ist es die Fähigkeit, das weibliche Geschlecht in weniger als einer Sekunde um den Finger zu wickeln. Er ist verheiratet, aber seine Frau Veronica und er führen eine offene Ehe, außerdem gibt es da noch Margo, die andere Frau, mit der er oder vielmehr sie beide irgendwie zusammen sind. Eine etwas komplexe Dreier-Geschichte, die ich, um ehrlich zu sein, nie richtig durchschaut habe.

»Offensichtlich umgibt sich Kingston generell gern mit hübschen Menschen«, gibt Giulia das Kompliment unerwartet provokant zurück. Zwei Minuten in diesem Club und sie streckt schon die Fühler aus. Eins muss man der Frau lassen; sie erlangt ziemlich schnell die Fassung zurück.

»Das ist wahr, aber nur solang sie nicht schöner sind als ich«, kläre ich die beiden scherzhaft auf, was zumindest Reed ein kleines Schmunzeln entlockt.

Mir entgeht nicht, dass er Giulias Hand eine Sekunde zu lang festhält und mir einen fragenden Blick zuwirft, bevor er sie freigibt und mit einer Kinnbewegung zur Bar deutet. »Lasst uns einen Drink nehmen.«

Ich überlasse Giulia den Vortritt und folge den beiden an die schwarze Holztheke, hinter der ein Typ und zwei Mädels in weißer Kleidung die Gäste bedienen. Reed übernimmt das Bestellen, während ich für Giulia einen Barhocker vom Tresen wegziehe und mich selbst auf einen daneben setze.

»Hast du dich hier schon genauer umgesehen?«, frage ich an Saint-Clair gewandt.

»Nein, ich bin vielleicht zehn Minuten vor euch gekommen. Aber die Aufmachung der Lounge hat Stil«, spielt er auf die Tarnung des Clubs an.

»Ja, Antonia besitzt durchaus Humor, wenn sie nicht zu beschäftigt ist, anderen das Leben schwer zu machen«, stimme ich zu und füge die für mich wichtigste Frage des Abends an: »Ist sie dir schon über den Weg gelaufen?«

Er schüttelt den Kopf. »Glaubst du etwa, sie wird hier auftauchen?«

»Es ist *ihre* Eröffnung. Ich gehe stark davon aus, dass sie sich in ihrem eigenen Laden unters Volk mischen wird.« Alles andere wäre nicht akzeptabel. Ich habe, seit sie mir die Einladung überreicht hat, nichts mehr von ihr gehört, dafür alarmierend oft an sie gedacht. Ich muss zugeben ... es kratzt an mir, dass sie sich rargemacht hat, nachdem wir uns zuletzt so prächtig verstanden haben. Ich hätte mir nicht unbedingt den Eröffnungstag ausgesucht, um einen Blick in das *Place for Sinners* zu werfen, wenn ich nicht davon ausgegangen wäre, sie heute Abend hier zu treffen.

»Ich wäre da nicht so sicher. Ich habe ihr das Haus vermittelt, in das sie gezogen ist, und sie hat nicht durchblicken lassen, dass wir uns bald wiedersehen. Außerdem ... Ihr Daddy hat ihr die Geschäftsführung für diesen Club übergeben. Vielleicht hält sie sich ja ab jetzt von den Partys fern. Würde auf jeden Fall seriöser wirken.« Reed stützt sich mit einem seiner kräftigen Unterarme auf die Theke. Er hat die Ärmel seines grauen Hemds hochgekrempelt und auf ein Jackett verzichtet.

Seine Schlussfolgerung gefällt mir nicht, aber sie könnte zutreffen. Ich habe früher schon nicht begriffen, wie Luis Soto seinem Fleisch und Blut gestatten konnte, sich erotischen Spielchen in den Sünden-Etablissements seines Clubs hinzugeben; aber ihr Führungsposten macht die Sache jetzt neben der moralischen Komponente auch geschäftlich verwerflich. Andererseits ist Antonia keine Frau, die sich etwas aus Moral und Verwerflichkeit macht oder sich um die Meinung anderer Leute schert.

Ich nehme einen der Drinks an mich, die die Barkeeperin vor uns abstellt, und proste Reed zu, der ebenfalls nach einem greift. Schottischer Whiskey, Jahrgang und Sorte kann ich nicht näher benennen.

»Also, Giulia«, beginnt Reed, als er sein Glas absetzt. Sein Blick haftet auf ihrem Gesicht. »Irgendwas lässt mich vermuten, dass du nicht zu Kingston gehörst?«

»Wie kommst du darauf?«, will sie wissen.

»Ich kenne ihn verflucht gut.« Er sieht erneut für eine Sekunde zu mir und zeigt so an, dass er mich wirklich gut kennt. Er will sich die Bestätigung holen, dass es okay ist, wenn er sich mit ihr unterhält. Wie ich schon sagte, man braucht mein Einverständnis, um sich den Frauen an meiner Seite zu nähern.

Ich halte ihn nicht davon ab, was er als Erlaubnis auffasst, sich Giulia weiter zuzuwenden. Saint-Clair ist ungefährlich, er ist ein anständiger Kerl, und ich habe kein Problem damit, wenn er sich ein bisschen mit ihr beschäftigt.

»Verflucht gut? Höre ich da eine Anspielung auf etwas heraus?« Sie umschließt ihren jungfräulichen Drink mit den Fingern und fährt mit einem lackierten Nagel den Rand des Glases entlang.

Mädchen, du solltest den Whiskey trinken und nicht damit spielen, wenn du diese roten Flecken an deinem Hals loswerden willst.

»Nein. Zumindest keine, wie du sie dir gerade vorstellst«, klärt er sie unpräzise darüber auf, dass zwischen ihm und mir nie was passiert ist. Es ist nicht so, dass ich dem männlichen Geschlecht generell meinen Körper verwehre, auch wenn sich meine Erfahrungen diesbezüglich auf ein Minimum beschränken. Aber Saint-Clair ist in der Hinsicht ein bisschen bieder.

»Jetzt bin ich neugierig«, behauptet sie.

»Es gibt Dinge, über die man nicht spricht, Giulia«, sage ich an Reeds Stelle. »Aber ich kann dir erzählen, wie wir uns kennengelernt haben.«

»Damit du die peinlichen Details weglässt? Kommt nicht infrage. Ich werde diese großartige Geschichte vortragen.« Reed lehnt sich etwas zu ihr.

Ich drehe mich mit meinem Drink in der Hand auf meinem Hocker, um den Blick durch die Lounge schweifen zu lassen. Ich erinnere mich noch gut daran, dass er mir den Hintern gerettet hat, und brauche die Story nicht erneut zu hören. Bei meiner ersten Begegnung mit Saint-Clair habe ich nicht die beste Figur abgegeben. Hunt und ich waren zum ersten Mal mit Tony in Amsterdam, ich war zwanzig und mir fehlte die Erfahrung darin, mich in diesem Metier zu bewegen. Deshalb war mir nicht klar, dass die Frau, mit der ich schon das gesamte Wochenende intim war, zu einem russischen Milliardär gehörte, und man um das Eigentum anderer einen respektvollen Bogen machte. Nekrasov ist kein Mann großer Worte. Er fackelt nicht lang und wird auf Schritt und Tritt von zwei Leibwächtern begleitet, die sich beim Verlassen des Clubs an meine Fersen hefteten. Die Situation hätte für mich ziemlich unangenehm werden können, aber Reed und Nekrasov sind alte Freunde. Ich schätze, Saint-Clair hat mir eine blutige Lippe oder vielleicht sogar einen gebrochenen Kiefer erspart, indem er den Mann bat, seine beiden Höllenhunde zurückzupfeifen.

Ich leere mein Glas in einem Zug und will mich schon wieder der Bar zuwenden, als Lucas durch die offen stehende Glasflügeltür die Lounge betritt. Und zwar ... nicht allein. Neben seinem obszön dicken Schwanz, den er in schicken Anzughosen verstaut, hat er eine Frau bei sich. Sie ist schlank und trotz waghalsiger Absätze reicht sie ihm nur bis zur Schulter. Ihr dunkelbraunes Haar ist zu einem runden Bob geföhnt und ihr enganliegendes Kleid rot und kurz. Ich glaube nicht, dass ich ihr schon mal begegnet bin, aber die beiden wirken ziemlich vertraut. Zumindest zeigt ihr schmaler goldener Halsreif an, in welcher Beziehung die beiden zueinanderstehen.

Spannend ... Ich habe Lucas noch nie zusammen mit einem Mädchen den Club betreten sehen, außer natürlich mit Andra. Aber bisher waren wir auch noch nie in einem der Häuser in den Staaten, und seine Dauerspielgefährtin stammt aus Amsterdam. Außerdem hatte er ja erwähnt, dass Andra der Vergangenheit angehört. Dafür, dass er deshalb vor ein paar Tagen noch niedergeschlagen wirkte, hat er sich recht schnell getröstet.

Sein Blick trifft meinen und er flüstert seiner Begleiterin etwas ins Ohr, woraufhin diese den Kopf senkt. Er führt sie durch den Raum, sie bleibt einen halben Schritt hinter ihm, während er zu uns an die Bar stößt.

»Das hat Antonia ja nett aufgezogen«, sagt er. Seine Hand trifft grüßend meine, bevor ihm Giulia ins Auge sticht und er die Stirn runzelt. Sie und Reed unterbrechen ihr Gespräch, als Luc an mir vorbeigeht und zunächst sie auf die Wange küsst und dann einen Handschlag mit ihm austauscht.

»Junior McVeigh. Ist eine Weile her.«

»Reed«, erwidert Lucas und ich höre ihm an, dass es ihn nicht begeistert, mit *Junior* angesprochen zu werden. Streng genommen müsste diesen Titel auch sein jüngerer Bruder Clay tragen, aber da der mehr oder weniger mit der Familie gebrochen und der Firma abgedankt hat, blieb der Begriff irgendwie an Luc kleben.

Die beiden wechseln ein paar Worte, während ich mein leeres Glas abstelle, eine neue Runde Drinks ordere und Lucas' Mädchen in Augenschein nehme. Sie ist mit gesenktem Blick einen Meter von uns entfernt stehen geblieben. Sie ist hübsch anzusehen und ... ziemlich jung. Vermutlich Anfang zwanzig. Ein Tattoo ziert ihren rechten Fußknöchel – eine Ansammlung kleiner Sterne –, ihr rotes Kleid sitzt wie eine zweite Haut an ihr, und ich würde meinen Hintern darauf verwetten, dass sie keinen BH darunter trägt. Ihre demütige Körperhaltung, ihre weichen Gesichtszüge ... Aus jeder Pore der Kleinen strahlt Fügsamkeit. Für Lucas ist sie das perfekte Mädchen, ich hingegen mag meine Frauen mit mehr Ecken und Kanten. Wo bleibt schließlich der Spaß, wenn sich mein Gegenüber immer gehorsam unterordnet?

»Willst du uns nicht mit deiner Begleitung bekannt machen?«, will ich wissen.

»Eigentlich nicht. Rylee hat im Moment Sprechverbot«, antwortet Lucas und nimmt mir den Drink ab, den ich an ihn weiterreiche.

»Hm«, mache ich und wende meinen Blick von Rylee ab.

Eigentlich ist Lucas nicht der Typ für Disziplinierungen außerhalb einer Session. Aber vielleicht lag das auch nur an Andra. Teufel aber auch, ich habe ihn tatsächlich noch nie mit einer anderen Frau außer der kleinen Tänzerin aus Amsterdam in einem Club gesehen. Der Abend könnte gleich doppelt interessant werden.

»Ich schätze, ich werde mal eine Erkundungstour wagen«, informiere ich die anderen und leere meinen frisch bestellten Whiskey. Ich will nachsehen, ob ich Tony irgendwo aufspüren kann oder sie meine Hoffnung auf ein Wiedersehen enttäuscht. Es würde mich treffen, wenn sie heute bloß durch Abwesenheit glänzt.

Lucas stellt sein Glas neben meins auf die Bar. »Ich schließe mich an. Finden wir heraus, was das *Place for Sinners* zu bieten hat.«

»Wir kommen nach«, sagt Reed. »Vorausgesetzt, das geht in Ordnung, Kingston?«

Ich hebe die Hände, um zu demonstrieren, dass ich nicht für Giulia spreche. »Allein ihre Entscheidung. Aber pass auf sie auf.«

Giulias leuchtender Blick kreuzt meinen und deutet darauf hin, dass Reed ihr gefällt. Ich hoffe, das bleibt auch so, wenn sie erfährt, dass er verheiratet ist. Damit wäre ich den Babysitter-Job spontan los – was mir sehr entgegenkäme. Ich könnte mich zum Beispiel voll auf die Suche nach Tony konzentrieren.

»Du schleppst die beste Freundin meiner Schwägerin mit in den Club?«, fragt Lucas, als wir uns von der Bar entfernt haben und die einzige Tür neben der zum Ausgang ansteuern. Rylee begleitet uns, hält sich allerdings im Hintergrund.

»Hast du Angst, dass sie mit deinen Hobbys hausieren geht?«, stelle ich die Gegenfrage, da ich ahne, dass er ein Problem damit hat, eine Frau aus seinem familiären Umfeld dabeizuhaben.

»Ja. Nein. Keine Ahnung. Es wäre mir einfach lieber, wenn du keine Leute mit herbringst, die mir andauernd über den Weg laufen. Nicht alle müssen jedes Detail aus meinem Privatleben kennen.«

»Bedank dich bei Natalie. Sie hat Giulia über *die Details deines Privatlebens* aufgeklärt. Ich bin nur der gutmütige Kerl, der ihr die Bitte nicht ausgeschlagen hat, ihr den Club zu zeigen, als sie danach fragte. Sie hat mich vor der Firma abgefangen und war bereits bestens im Bilde.«

»Und dann lässt du sie bei Saint-Clair?«

»Was stört dich an Reed?«

»Vielleicht die Tatsache, dass er schon zwei Frauen hat, mit denen er sein Schlafzimmer teilt?«, erklärt Lucas, als wäre er prüde. Gerade er, der selbst andauernd mit einem Arsch auf zwei Gäulen reitet, sollte sich zu dem Thema besser bedeckt halten. Ich meine ... Andra, Kim, jetzt Rylee. Der Junge lässt wahrhaftig nichts anbrennen.

»Das geht mich nichts an. Giulia wird schon wissen, was sie tut.« Ich vertraue Saint-Clair. Sie ist bei ihm in guten Händen.

»Dein Wort in Gottes Ohr. Ich habe keine Lust auf einen Vortrag von Nat, in dem sie mir vorwirft, zugelassen zu haben, dass man ihrer Vanilla-Freundin das Herz bricht. Weder mein Bruder noch meine Schwägerin haben nämlich ein Wort darüber verloren, zu wissen, dass Giulia uns heute begleitet.«

»Die Frau ist erwachsen. Es ist ihre Sache, ob sie Natalie davon erzählt oder nicht«, äußere ich meine Meinung. »Und jetzt tu nicht so, als hätte ich ein Staatsverbrechen begangen. Die Moralapostelrolle steht dir nicht. Ich war nach Hunts Hochzeit mit ihr im Bett und versichere dir, Giulia ist alles andere als *plain vanilla* eingestellt.«

Wir erreichen den offenstehenden Durchgang, treten nacheinander hindurch und gelangen in eine Art weitläufigen Zwischenflur. Ein ausgelegter Teppich führt an zwei Räumen vorbei zu einer sich vor uns befindenden breiten und mit Leder gepolsterten Doppeltür, über der halbkreisförmig und in silbernen Lettern der Name des Clubs an die Wand montiert ist.

Place for Sinners.

Die beiden Hulks, die den Durchgang flankieren, gehören vermutlich zum Sicherheitspersonal, auch wenn ihre Anzüge weniger förmlich und mehr der Abendgarderobe der Gäste angepasst sind. Der Kleinere der beiden verlässt seinen Platz, um die Tür für uns zu öffnen.

»Gentlemen, Madam Ich wünsche Ihnen einen angenehmen Aufenthalt. An der Garderobe ...«, er zeigt nach rechts, »... wird man Sie über unsere Räumlichkeiten informieren und Ihnen den Weg zu Ihrer Cabana erklären. Bei Fragen sprechen Sie einfach jemanden vom Personal an.«

»Entschuldigung, zu unserer ... was?«, hake ich irritiert nach, während ich an ihm vorbeigehe.

»Unseren angemeldeten Gästen steht während Ihres Besuchs eine für Ihre Bedürfnisse ausgestattete Cabana zur Verfügung, damit Sie auch etwas Privatsphäre genießen, wenn Sie kein Separee reserviert haben. An der Garderobe wird man Ihnen alles genauer erklären.«

»Danke für die Auskunft.« Damit verschafft sich Antonia definitiv Freunde. Jedes Clubhaus verfügt nur über eine begrenzte Zahl an Separees, aber die meisten Gäste begrüßen die Möglichkeit, sich zurückziehen zu können.

Ich biege neben Lucas rechts durch einen steinernen Rundbogen. Er versichert sich mit einem Blick, dass Rylee nicht abhandengekommen ist, und ignoriert sie dann weiter.

Die Garderobe ist ein halbrunder Raum, der von einer langen Glastheke geteilt wird. Drei absolut hinreißend aussehende Frauen in kurzen weißen Lederkleidern stehen auf der anderen Seite und setzen bei unserem Eintreten nahezu synchron ein Lächeln auf.

»Mister Everett, darf ich Ihnen Ihr Jackett oder sonst etwas abnehmen?«, fragt mich die Zierlichste von ihnen, deren dunkles Haar zu einem seitlichen Zopf geflochten ist. Eine der beiden anderen widmet sich Lucas.

»Danke, erst mal nicht.«

»Sie haben ebenfalls die Möglichkeit, Ihre Sachen in der für Sie hergerichteten Cabana abzulegen. Dazu komme ich gleich. Allerdings möchte ich Sie darauf hinweisen, dass das *Place for Sinners* nicht für Verlustgegenstände haftet, die mehr als hunderttausend Dollar wert sind, wenn Sie diese nicht hier bei uns an der Garderobe abgeben. Ebenso haften wir nicht für den Verlust von Bargeld. Falls Sie also etwas bei sich tragen, das Sie lieber im Safe unter...«

»Ich trage nichts bei mir, was mehr als hunderttausend Dollar wert ist«, falle ich ihr ins Wort.

»In Ordnung. Dann darf ich Ihnen vielleicht kurz erklären, über welche Bereiche unser Haus verfügt. Die Treppe auf der gegenüberliegenden Seite ...«, sie weist mit einer Handbewegung hinter mich, »... führt Sie in die Haupthalle des Clubs. Sie erstreckt sich über zwei Etagen. Dort finden Sie auch die eben von mir erwähnte Cabana. Diese Kabinen stehen allen Gästen zur Verfügung, die ihren Besuch im Vorfeld ankündigen. Sie sind für den heutigen Abend mit Namen versehen und ich möchte Sie bitten, die Kabinen anderer nicht ungefragt zu betreten.«

»Versteht sich von selbst.«

»Sie finden Ihre Cabana gleich neben der von Mister McVeigh, rechts vom Hauptgang. Das *Place for Sinners* hat sich alle Mühe gegeben, Ihren Rückzugsort Ihren persönlichen Vorlieben und Bedürfnissen anzupassen. Sollte Ihnen dennoch etwas fehlen, bitte ich Sie, uns Bescheid zu geben, damit wir uns bei Ihrem nächsten Besuch darauf einstellen und unseren Service verbessern können.«

»Ich werde Sie wissen lassen, falls mir etwas fehlt«, sage ich, da sie an dieser Stelle eine bedeutungsvolle Pause macht.

»Hinter der Champagnerbar befindet sich ein Durchgang zur Treppe ins Untergeschoss. Dieses teilt sich in Mittelalterkeller und Gefängnistrakt auf, es gibt zudem diverse kleinere Strafräume. Den Zugang zu unserem Wellnessbereich, den eine große Sauna, mehrere Whirlpools und Massageduschen auszeichnen, finden Sie am Ende der Haupthalle. Über die Wendeltreppe daneben gelangen Sie in unsere Arena, in der an jedem Abend zwei Live-Shows stattfinden. Und abschließend befindet sich auf südlicher Seite der Halle der Gang zu unserem Ort der Entspannung.«

»Das kann ich nie im Leben alles behalten«, erwidere ich und frage mich, wie lang sie gebraucht hat, um das alles auswendig zu lernen.

»Sie werden sich bestimmt zurechtfinden. Wichtig ist, sich einzuprägen, dass Sie von der Haupthalle aus in alle Bereiche gelangen und diese ansonsten nicht miteinander verbunden sind. Unsere Mitarbeiter sind da, falls Sie Hilfe benötigen.«

»Ich komme schon klar, danke.«

Lucas wird noch mit Informationen überschüttet, als ich mich abwende und vor der Garderobe auf ihn warte. Ich bleibe neben Rylee stehen, die mit vor ihrem Schoß verschränkten Fingern ihre Schuhe anstarrt, als wäre ihre Nasenspitze zu schwer, um das Kinn anzuheben. Lucas hat sie gut erzogen, sie rührt sich nicht mal, als ich sie direkt anspreche.

»Was muss man tun, um Lucas McVeigh so zu verärgern, dass er ein Sprechverbot erteilt? Ich meine, der Kerl ist praktisch ein Heiliger. Er ist an mindestens dreihundertsechzig Tagen im Jahr gut gelaunt und gerät niemals in Rage. Ich glaube, ich habe noch nie miterlebt, dass er eine Strafe erteilt, die über die Länge einer Session hinausgeht.«

Sie befeuchtet die Lippen, spannt ihren Körper ein wenig an, und ich sehe, wie sich ihr kleiner Kehlkopf bewegt. Ansonsten ignoriert sie mich und meinen Versuch, ihr ein paar Worte zu entlocken.

»Verstehe, du bist ein folgsames kleines Ding. Allerdings kann ich das Gefühl, mich mit der Wand zu unterhalten, überhaupt nicht leiden.« Ich lege ihr zwei Finger unter das Kinn und zwinge sie, den Blick in mein Gesicht zu heben.

Sie hat einnehmende Augen. Dunkelblau mit helleren Rändern. Ich lag mit meiner Einschätzung richtig, dass sie nicht viel älter als zwanzig sein kann. Wahrscheinlich ist sie gerade alt genug, um Lucas in diesen Club zu begleiten. Ihr roter Lippenstift passt zu ihrem engen Kleid und ich muss sagen, dass ich sie verdammt attraktiv finde.

»Ich kann dafür sorgen, dass er das Verbot aufhebt. Er hört auf mich. Möchtest du, dass ich ihn bitte, dir die Erlaubnis zum Sprechen zu erteilen?«

Sie blinzelt, doch ihr rutscht kein Ton über die Lippen.

»Vergiss es, King. Sie würde eher ihre Zunge hinunterschlucken, als gegen meinen Willen mit dir zu reden.« Lucas stößt zu uns. Sein

Blick wandert erheitert von ihr zu mir.

Ich lasse ihr Kinn los, und Lucas drückt seinen Mund an ihre Schläfe, um sie zu belohnen, mir standgehalten zu haben.

»Nur aus Neugier, was hat sie getan, um dich zu verärgern?«

»Sie hat mich gefragt, warum ich sie nicht mit auf die Hochzeit meines Bruders genommen habe.«

»Du bestrafst sie dafür, eine Frage gestellt zu haben?« Wer hätte gedacht, dass Lucky Luc härter sein kann als die niedlichen Diamanten, die den goldenen Halsreif der Kleinen verzieren.

»Nein. Ich bestrafe sie dafür, eine falsche Frage gestellt zu haben. Sie weiß, dass meine Familie ein Tabuthema ist.«

»Du bist ein Arsch«, spreche ich aus, was mir durch den Kopf geht, und bedeute ihm, mir zur Treppe zu folgen.

Wenn man mit einer Frau ins Bett steigt und das kein einmaliger Ausrutscher war, ist es meiner Meinung nach unfair, gewisse Grenzen zu ziehen. Vielleicht bin ich da altmodisch, aber ich bevorzuge es, die Dinge voneinander zu trennen. Man kann unverbindlichen Sex haben, man kann im Club herumhuren – und bei Gott, von beidem bin ich ein Fan –, aber man sollte sich nicht regelmäßig mit einem Mädchen treffen, wenn man nicht vorhat, es an sich heranzulassen. Und dass die zwei nicht zum ersten Mal ausgehen, zeigt ihr Umgang miteinander und bestätigt nicht zuletzt ihre verbotene Frage.

»Würdest du das auch noch behaupten, wenn ich dir erzähle, dass sie früher als Escort gearbeitet hat, und des Öfteren von Hunt gebucht wurde?«, will er in einem Tonfall wissen, als wäre es nicht respektlos, in der Gegenwart eines Menschen über ihn zu reden, ohne ihn miteinzubeziehen.

Ich werfe Rylee einen Blick zu, bevor ich die Stufen nach oben steige. Sie wirkt viel zu unschuldig für ein Callgirl, viel zu jung, und ich hätte sie auch nie Hunters Typ zugeordnet. »Hm, du hast wirklich ein Händchen dafür ... Frauen mit bewegter Vergangenheit aufzureißen.« Gemeinerweise hätte ich beinah das Wort *Sozialfälle* benutzt. Andra und er haben sich schließlich auch in einem heruntergekommenen Schuppen kennengelernt, in dem sie damals tanzte und für Geld ihre Kleidung loswurde.

»Ich habe eben einfach ein großes Herz«, entgegnet er mit Humor in der Stimme.

»Klär mich auf, Rylee«, sage ich und drehe mich kurz um. »Diese Frage brennt mir schon lang unter den Nägeln, aber bisher ist mir niemand begegnet, der sie beantworten könnte. Wer ist der bessere Liebhaber? Lucas oder sein schlecht gelaunter Bruder?«

»Ach und mich nennst du einen Arsch, ja?«, knurrt Lucas.

Rylees Mundwinkel zucken und deuten ein Lächeln an, aber ihre Lippen bleiben versiegelt.

Leise Musik empfängt uns. Weiche, akustische Gitarrenklänge. Ich nehme die letzten beiden Stufen auf einmal und befinde mich damit auf einer ... Galerie. Einer verdammt riesigen und schlecht belichteten Empore. Der Abstand von Wand und halbhoher, gläserner Brüstung misst sicher acht Meter. Ich nähere mich neugierig dem Geländer und stelle fest, dass der Gang den kompletten Raum umfasst. Stopp. Raum ist das falsche Wort. Er umfasst den ganzen Saal. Vermutlich die Haupthalle. Der zur Längsseite der Galerie hin geöffnete, sich unter uns austreckende Innenraum ist gigantisch. Das einzige Licht stammt aus in den Glasboden eingelassenen Strahlern. Schatten bewegen sich in Zelten aus weißem Leinenstoff, die überall und willkürlich verteilt stehen, da das Innere der Cabanas besser beleuchtet zu sein scheint als der Saal selbst. Ich mache ein paar leicht bekleidete Mädchen aus, die mit Getränketabletts umhergehen, aber sie haben nicht besonders viel zu tun, denn die meisten Gäste tummeln sich noch in der Lounge. In der Mitte der Zeltstadt wurde eine gewaltige Bar errichtet; sie ist ebenfalls aus Glas und wird vom Boden aus angestrahlt. Sonnenschirme aus Stroh säumen ein Wasserbecken ein und dienen wohl nur dem Ambiente.

Ich muss kein Genie sein, um zu erkennen, dass Tony versucht hat, Strandfeeling in den Club zu zaubern, und ... es ist ihr gelungen. Ihre Liebe zur Heimat schlägt unverkennbar durch.

»Ich hoffe, du hast daran gedacht, einen Bikini einzupacken«, sage ich zu Rylee, die neben mir an der Brüstung auftaucht.

Wie zu erwarten, reagiert sie nicht auf meinen Witz. Lucas hat einen Arm um sie gelegt und späht mit hochgezogenen Brauen nach unten.

»Könntest du dem Mädchen bitte gestatten, zu sprechen? Ich komme mir wie ein Idiot vor, wenn ich nie eine Antwort erhalte, und ich bin sicher, sie hat ihre Lektion gelernt.«

Er blickt erst mich, dann sie abschätzend an und nimmt schließlich seinen Arm von ihrer Schulter. Mit Fingerspitzen streicht er ihr fast liebevoll das Haar aus dem Gesicht. Doch dann deutet er doch ein Kopfschütteln an. »Nein.«

Ich verdrehe die Augen. »Gehen wir nach unten und sehen nach, was es mit diesen Cabanas auf sich hat«, schlage ich vor.

Lucas stimmt mit einem Schulterzucken zu und schließt sich an, als ich die Brüstung entlang zu einer schmalen Glastreppe laufe. Das Stakkato von Rylees Absätzen verblasst, die Gitarrenmusik wird lauter, während wir die Stufen hinabsteigen.

Von oben ließ sich nicht erkennen, dass sich in dem doppelten Glasboden der Halle neben den vielen Halogenstrahlern auch eine Schicht weißen Sands befindet. Die bunten Fassungen der Leuchten setzen ihre direkte Umgebung in Farbe und scheinen eine Orientierung zu bieten. Offenbar sind die Leinenzelte nicht willkürlich angeordnet. Jeder Ton weist auf eine Abzweigung des Hauptgangs hin. Das *Place for Sinners* ist um einiges moderner als die anderen Clubhäuser, exotisch, ohne dabei billig zu wirken. Man sieht, dass bei der Gestaltung der Location eine Frau die Hand im Spiel hatte. Luis Soto setzt auf zeitlose Dekadenz, Antonia wagt einen Schritt in die Zukunft.

Wir folgen den blau eingefassten Strahlern, die nach rechts von der Treppe wegführen. Eine dunkelhaarige Frau in schwarzen Seidendessous tritt aus einer Cabana. Ich erkenne sie nicht sofort, vielleicht deshalb, weil ich zunächst nur auf ihre riesige Oberweite achte. Sie hat hammermäßige Brüste, ihr schlanker Körper steht in keinem Verhältnis dazu. Gerade, als ich zu dem Entschluss komme, dass sie nicht echt sein können, aber dennoch ein Hingucker bleiben, greift sie nach dem Ärmel meines Jacketts und hält mich ab, an ihr vorbeizugehen.

»Das ist die unhöflichste Begrüßung, die du mir je hast zukommen lassen.« Ihr französischer Akzent lenkt meine Aufmerksamkeit auf ihr Gesicht.

Es sei mir verziehen, dass das Blut aus meinem Kreislauf in die untere Körperhälfte fließt und mein Schwanz auf der Stelle hart wird. Blanches Gegenwart hat einfach diesen Effekt. Mit dieser Frau habe ich schon alles gemacht, was man mit einer Frau anstellen kann, und wenn ich *alles* sage, meine ich alles. Ich habe sie gefickt, bis sie nicht mehr geradeaus laufen konnte, ihren Körper für eine sechzig Jahre alte Flasche *Glenfarclas* an eine Horde Männer verkauft und sie auf sie losgelassen, bis sie mit Tränen in den Augen um Gnade winselte. Ich habe sie mit Hunter zusammen im Sandwich genommen, mir währenddessen von ihrem Ehemann die Eier lecken lassen, und sie in ihrem eigenen Haus ein Wochenende lang wie ein Tier in einen Käfig gesperrt.

Blanche Lachapelle ist der Inbegriff von Perversion. Sie spricht meine allerdunkelste Seite an, weckt Fantasien in mir, für die sich ein anständiger Mensch in Grund und Boden schämen würde. Sie lässt mich zum weltgrößten Dreckskerl werden, zu einem Tier, für das nichts anderes zählt, als sie auf vulgärste Art zu missbrauchen.

Ich lasse den Blick über ihr offenes, halblanges Haar gleiten, über ihre Schultern, den glänzenden Stoff ihrer Reizwäsche und die straffe Haut ihrer Beine. Über das goldene Fußkettchen mit Gendersymbolen an ihrem linken Knöchel, das sie als *Hotwife* outet. Blanche ist knapp zehn Jahre älter als ich, aber je näher sie der Vierzig kommt, desto attraktiver wird sie. Irgendwas an ihr setzt die natürlichsten Regeln außer Kraft.

Verfickter Mist. Ich bin hier, um Tony zu sehen, nicht um mich mit einer französischen Hure zu vergnügen.

»Fass es als Kompliment auf. Ich war von deinem bezaubernden Körper abgelenkt.« Ich beuge mich zu ihr, um sie auf die Wange zu küssen, aber sie dreht den Kopf so, dass meine Lippen ihren Mundwinkel treffen.

Ich greife ihr ins Haar und ziehe ihr Gesicht an ein paar Strähnen von meinem weg. »Du weißt doch, Blanche, dass ich entscheide, welche Stellen dieser Mund berührt.«

»Richtig, denn hätte ich das zu entscheiden, würdest du gerade auf die Knie sinken, mein Hübscher.«

Das ist frech und ich ahne, dass sie versucht, mir eine Reaktion zu entlocken. Sie war schon immer sehr durchschaubar. Eine Sekunde überlege ich, ob ich ihr die Reaktion verwehre, weil es die passendste Strafe für diesen anmaßenden Kommentar wäre, aber ich entscheide mich, ihr einen Gefallen zu tun. Ich lasse die Haarsträhnen los, die meine Finger umklammern, streiche ihren Hals hinunter über ihr Dekolleté. Ich kann spüren, wie sie den Atem anhält, als ich die Wölbungen ihrer Brüste erreiche, vorsichtig den

Stoff des linken Körbchens hinab- und sie daran nah an meinen Körper ziehe. Das kleine Geräusch, das ihr entfährt, als ich ihr in die Brustwarze kneife, pulsiert in meiner Hose und ich drücke die Finger noch ein bisschen fester zusammen, um es ein weiteres Mal zu hören.

»Wie gut, dass primitive Flittchen wie du keine Entscheidungen treffen«, flüstere ich an ihrem Ohr.

Meine Worte jagen ihr eine so intensive Gänsehaut über den Körper, dass ich selbst im schwachen Licht ausmache, wie sie sich über ihren Hals ausbreitet. »Und apropos unhöflichste Begrüßung. Ich bin nicht allein hier, Blanche.«

Ich lasse von ihr ab und schiebe ihr das Körbchen zurück über den Nippel. Ihr Blick verweilt einen Herzschlag lang glitzernd in meinen Augen. Dann wendet sie sich um und nimmt Lucas in Augenschein. Er und Rylee kommen auf uns zu, nachdem sie wohl zunächst nicht bemerkt haben, dass ich stehen geblieben bin. Ich halte mich im Hintergrund, während Blanche und Lucas ein paar Worte austauschen, und rücke den Schritt meiner Hosen zurecht. Rylee beobachtet, wie ich mir anschließend mit einer Hand über das Gesicht fahre, um das unerwartete Aufeinandertreffen zu verdauen.

»Also, Kingston«, sagt Blanche mit erwartungsvollem und sehnsüchtigem Unterton, als sie und Lucas mit den Höflichkeiten fertig sind. »Ich hatte wirklich gehofft, dich hier zu treffen. Verbringst du ... oder verbringt ihr den Abend mit uns?« Ihr Blick wandert zum Eingang ihrer Cabana, in der vermutlich ihr Mann auf sie wartet. Mir ist sein Name entfallen, vielleicht weil seine Frau ihn meistens nur mit *Patsy* – Schwächling – anspricht.

»Im Augenblick wollen Luc und ich erst mal ankommen.« Und ich will herausfinden, ob sich Antonia hier irgendwo rumtreibt. Aus irgendeinem Grund glaube ich, dass es mir keine Punkte bei ihr einspielen würde, wenn sie mitbekommt, dass ich mich mit den Lachapelles amüsiere.

»Treffen wir uns in einer halben Stunde an der Bar?«

»Nein. Ich hole dich hier ab, wenn mir danach ist. Du solltest es also unterlassen, dich von deinem Zelt zu entfernen.«

Sie lächelt, das Leuchten in ihrem Blick gibt mir zu verstehen, dass ihr das kleine Spielchen gefällt. Ich habe ihr praktisch gesagt, dass ich von ihr verlange, in ihrer Cabana auf mich zu warten, und Blanche fährt darauf ab, wenn man ihr Befehle erteilt.

Ohne ein weiteres Wort lasse ich sie stehen und orientiere mich weiter an dem blauen Schimmer im Glasboden.

Lucas holt mich ein und verzieht irritiert das Gesicht. »Erklär mir, was du an der Frau findest.«

»An Blanche?«, hake ich überflüssigerweise nach.

»Ja, an Blanche. Und schieb bitte nicht ihre künstlichen Dinger vor.«

Ich muss lachen. »Ich schätze, es gefällt mir, dass man sich bei ihr nicht zurückhalten muss.«

Ich habe Blanche kurz nach der Trennung von einer Frau kennengelernt, mit der ich zweieinhalb Jahre zusammen war, und Zelda und ich führten eine extrem ungesunde Beziehung. Wenn man eine Vorliebe für *Kinky*-Sex hat und seine BDSM-Neigungen mit einer Partnerin auslebt, ist Vertrauen unabkömmlich. Eigentlich ist es das immer, selbst in einem kurzweiligen Verhältnis, das nicht über eine Session hinausgeht. Als Top muss man sich darauf verlassen können, dass der oder die Sub einem sagt, wie weit man gehen kann. Empathie allein reicht nicht. Es ist das Kratzen an Grenzen, das den Kick ausmacht, eine gemeinsame Gratwanderung, bei der man nur dann nicht abstürzen kann, wenn man absolut offen zueinander ist. Zelda war kein psychisch gefestigter Mensch und sie war niemand, der seine Limits kommunizierte. Und ich? Ich war noch ziemlich unerfahren. Es tut mir heute noch weh, ist aber nichts als die Wahrheit, wenn ich sage, dass mir klar war, dass sie ihre Grenzen andauernd überschritt, nur um mir zu gefallen. Ich weiß, dass sie manchmal heimlich geweint hat, und bei Gott, so erregend ich es finde, wenn eine Frau meinetwegen leidet, durchlitt sie nicht die Art von Qualen, die mich anmachen. Sie war abgrundtief unglücklich. Zelda hielt die Form unserer Beziehung nur aus, weil sie mich liebte. Ich liebte sie auch, weshalb ich gezwungen war, dafür zu sorgen, dass ihre Selbstaufgabe sie nicht komplett zerstörte. Und obwohl es das Gefühl ist, die volle Macht und Verantwortung über und für einen Menschen zu haben, das meinen Schwanz prall und hart werden lässt, brauche ich die Absicherung, dass meine Partnerin in der Lage ist, mich im alles vergessen lassenden Rausch notfalls zu bremsen. Aus diesem Grund stehe ich auf Schlampen wie Blanche, deren Grenzen weit über meinen eigenen liegen. Und wahrscheinlich fühle ich mich deshalb zu Kratzbürsten wie Antonia hingezogen, die kein Problem damit haben, einem Kerl auch mal vor den Kopf zu stoßen.

»Um es mit der freundlichen Stimme eines Navigationssystems zu sagen: Sie haben Ihr Ziel erreicht«, macht mich Lucas darauf aufmerksam, dass das Leinenzelt rechts von uns mit meinem Namen versehen ist. Um genau zu sein, befindet er sich auf einem Schild in einer seitlich angebrachten Tasche. »Wir inspizieren dann mal unseren Rückzugsort«, fügt er noch an, und ich warte, bis die beiden ein paar Meter weiter bei der nächsten Cabana angelangt sind, bevor ich auf den Eingang der meinen zugehe und den Vorhang zurückziehe, um einen Blick hineinzuwerfen.

Die hübsche Angestellte von der Garderobe hat nicht übertrieben, als sie meinte, dass man das Zelt meinen Vorlieben angepasst hergerichtet hätte. Der Innenraum wird von einem Bett aus weißem Hartholz dominiert. Die Pfosten sind hoch, Ringe zur Fesselung befinden sich an den langen Seiten. Auf einem runden Glastisch steht ein Minikühlschrank und die drei Whiskeygläser, die sich auf einem Tablett darauf befinden, lassen vermuten, dass man sich nach meinen bevorzugten Drinks erkundigt hat. Ein Bodenpranger mit Spreizstangen steht vor der hinteren Wand, an der allerhand Spielequipment aufgehängt ist: Hand- und Fußfesseln aus Leder, Seile und Ketten, Gurte, Demutsriemen, Hooks und Strings, eine Lederklatsche, eine Reitgerte. Es ist alles da und die Wand ähnelt fast ein bisschen der *Wall of Pain*, wie die McVeighs scherzhaft mein Ausrüstungsreck im Schlafzimmer nennen.

Ich schiebe mich ins Zelt, lasse den Vorhang jedoch zurückgezogen. Es juckt mir in den Fingern, mir die Sachen genauer anzugucken, aber mir fällt ein Zettel ins Auge, der vor dem Kühlschrank auf dem Glastisch liegt. Ich gehe hin und lese die sich darauf befindenden Zeilen, ohne das Papier in die Hand zu nehmen.

Ich hoffe, ich habe deinen Geschmack getroffen.
Viel Spaß heute Abend. Tony

Ich verspüre einen kleinen Stich der Enttäuschung in meiner Seite.

Sie ist nicht hier, andernfalls hätte sie wohl kaum eine Nachricht hinterlassen. Außerdem ärgert mich diese Notiz. Sie wünscht mir viel Spaß, so als würde es ihr nichts ausmachen, dass ich diesen Spaß mit anderen habe.

Was hast du denn erwartet, Dummkopf? Dass sie wegen eines kleinen Flirts komplett durchdreht und irgendwelche Besitzansprüche stellt?

Das sähe der Eisprinzessin nicht ähnlich.

Ich knöpfe mein Jackett auf, streife es ab und werfe es auf das weiß bezogene Bett. Meine Krawatte fliegt hinterher. Kurz erwäge ich, mein Portemonnaie aus der Innentasche der Jacke zu nehmen, aber das wäre wohl albern. Leuten, die kein Problem damit haben, einem ihre nackten Titten, Ärsche und Schwänze vors Gesicht zu halten, kann man getrost ein bisschen vertrauen. Für zweitausend Dollar würde auch keiner der reichen Bastarde einen Verweis aus dem Club riskieren.

Ich genehmige mir noch einen Drink. Eine Flasche *Famous Grouse*, vierzig Jahre alt, steht im Kühlschrank, Eiswürfel sind im oberen Fach. Ich will mich nicht betrinken, deshalb belasse ich es dabei, mir zwei Fingerbreit davon in ein Glas zu gießen und das Zeug gemächlich hinunterzuspülen.

»Kingston?«, dringt Giulias Stimme zu mir, als ich gerade die Flasche wegräume.

Ich drehe mich zum Eingang um. Sie und Reed haben es geschafft, ihre Hintern aus der Lounge zu bewegen, und stehen vor der Cabana.

»Hast du etwas, das du ablegen willst?«, frage ich.

Sie zieht eine Braue hoch und blickt ein wenig hilflos von mir zu Saint-Clair. »Muss ich irgendwas ablegen?«

»Nein, du wirst hier zu nichts gezwungen.«

»Wir wollten uns die verschiedenen Bereiche, insbesondere den zur Entspannung, ansehen«, klärt mich Reed auf. »Begleitest du uns?«

»Ich glaube nicht, dass du meine Hilfe benötigst«, entgegne ich in ironischem Ton. Ich fange Giulias Blick auf, um mich zu vergewissern, dass es für sie in Ordnung geht, mit ihm allein zu sein. Sie wirkt relaxt, Sorgen sind bei Reed auch überflüssig. Wie gesagt, er gehört zu den guten Jungs. »Ich finde euch später. Falls du etwas brauchst, halte dich an Saint-Clair, und wenn es dir da draußen zu viel wird, komm einfach hierher oder lass dich von ihm zurück in die Lounge bringen.«

»Geht klar, du Hirte. Dein Lämmchen ist bei mir gut aufgehoben«, antwortet er für sie.

»Reed«, halte ich ihn zurück, als sich die beiden schon auf den Weg machen wollen.

»Ja?«

»Fair Play«, erinnere ich ihn, dass er mit offenen Karten spielen und Giulia nicht über seine Verhältnisse im Unklaren lassen sollte.

»Immer doch«, erwidert er, bevor er Giulia sanft an der Taille berührt und sich mit ihr aus dem Staub macht.

Wahrscheinlich ist es gut, dass sich Reed heute Abend um das Mädchen kümmert. Er wird sie vorsichtig an all das hier heranführen, was ich dank der Lachapelles nicht garantieren kann.

Ich ziehe die beiden Hälften des Vorhangs zusammen, als ich die Cabana verlasse, und beschließe, Lucas und Rylee etwas Privatsphäre zu gönnen. Vielleicht hebt er ihr Sprechverbot auf, wenn sie die Chance erhält, ihren Fehler wieder geradezubiegen.

Der Anblick, der mich empfängt, als ich, ohne um Erlaubnis zu bitten, Blanches Zelt öffne, ist ... verwunderlich. Ihr privater Rückzugsort ist nach ihrem Geschmack eingerichtet. Sie sitzt auf einer Schaukel, die durch Ringe an einem schwarzen Galgen befestigt ist und komplett aus einem Geflecht roter Seidentücher besteht. Ihr Mann – Patsy – steht hinter ihr und massiert ihren Nacken.

Ich kenne die beiden bereits ein paar Jahre und habe noch nie erlebt, dass sie ihm gestattet, sie zu berühren. Ihre Beziehung hat schon vor unserer ersten Begegnung ein Stadium erreicht, in dem sie nicht mehr miteinander intim sind. Er ist ein *Cux*, zieht seine sexuelle Befriedigung allein daraus, seiner Frau beim Liebesakt mit anderen Männern zuzuschauen. Mit *Bulls* wie mir, die sein Mädchen unterwerfen und ihr geben, wozu er nicht imstande ist. Wie auch immer es möglich ist, dass ihm dabei einer abgeht ... ihn scheint es mächtig anzutörnen, wenn andere Kerle ihr Ding in seine Frau stecken. Dass seine Hände auf ihren Schultern liegen, als er mir scheu in die Augen sieht, ist also ziemlich befremdlich.

»Du hast uns nicht lang warten lassen«, sagt sie, aber ich zolle ihr keine Beachtung, obwohl das streng genommen gegen die Regeln ist. Als der Part, der maximale Macht über den anderen ausübt, sollte ich zunächst ihr meine Aufmerksamkeit schenken. Eine Frage der Hierarchie. Nur nimmt mich irgendwie Patsys Blick gefangen.

Vielleicht war es nicht die ganze Wahrheit, als ich Lucas gegenüber erwähnte, dass mir an Blanche gefällt, mich bei ihr nicht zurückhalten zu müssen. Mir gefällt auch ihr Mann. Ich bin selbstbewusst genug, um mich nicht zu bepinkeln, weil mich hin und wieder das maskuline Geschlecht anspricht. Und Patsy ist wirklich ein Prachtexemplar. Sein fingerlanges dunkles Haar fällt ihm in die Stirn, die feine Narbe auf seiner rechten Wange wird von einem Dreitagebart überschattet. Sein schlanker und von weichen Muskeln gezeichneter Oberkörper ist entblößt, und er trägt tief sitzende, weiße Tuchhosen. Sein demutsvoller Gesichtsausdruck, die Anerkennung und der Respekt in seinem Blick, den er bewundernd über mich schweifen lässt, haben eine Wirkung auf meinen Körper. Mein Interesse an ihm ist nicht einseitig, das weiß ich schon seit einer Weile. Die Erektion, die mir das Aufeinandertreffen mit Blanche beschert hatte, ist eben erst abgeklungen, aber ich spüre, wie sich mein Schwanz wieder aufrichtet und gegen den Reißverschluss meiner Hosen drückt, da er sich daran erinnert, wie es sich anfühlt, von dem Kerl berührt zu werden.

»Tritt von ihr weg«, fordere ich ihn auf. Als Eigentum einer *Hotwife*, die sich von mir dominieren lässt, hat er meinen Befehlen zu folgen.

Er gehorcht sofort, nimmt seine Finger von ihr, und macht einen Schritt zur Seite.

Ich genieße es, ihn betrachten zu können, ohne dass Blanche mir die Sicht auf seine besten Stellen versperrt. Wie zum Beispiel sein angedeutetes Sixpack, seine schmalen Hüften, seinen ... Steifen, der sich eindrucksvoll unter dem Tuchstoff abzeichnet. Ohne den Blick von ihm zu nehmen, gehe ich zu seiner Frau, ziehe sie an einem Handgelenk von der Schaukel und senke meinen Mund auf ihren. Damit läute ich wohl Runde eins unseres Spiels ein.

Eigentlich wollte ich es heute langsam angehen lassen, aber da Tony nicht hier ist, macht das verdammt wenig Sinn. Giulia ist mit Reed unterwegs, Lucas vögelt vermutlich gerade das stimmenlose Mädchen und ich sehe keinen Grund, die Nacht nicht ausschweifend zu genießen.

Blanche entzieht sich meinem Griff und schiebt die Hände über mein Hemd. Sie reckt sich mir entgegen und stöhnt in unseren Kuss, als sich unsere Zungen treffen. Ihre Rundungen pressen sich gegen mich. Ihre Brüste sind füllig und fest, anstößig unnatürlich.

Zugegeben, ich stehe auf anstößiges Zeug. Diese Frau reizt mich auf eine rein körperliche Weise. Sie ist rein körperlich. Das, was wir tun, ist körperlich. Es wäre ein Leichtes, den Bund ihres Slips zu fassen, sie umzudrehen, meinen Schwanz rauszuholen und ihn ihr zwischen die Beine zu drängen. Aber das würde weder ihr noch mir genug Befriedigung bringen. Eine Frau wie Blanche muss man schmutzig und vor Publikum ficken.

Ich lasse die Hände auf ihren Rücken gleiten, um den Verschluss ihres BHs zu öffnen. Mit Fingerspitzen schiebe ich ihr die Träger von den Schultern, schubse Blanche dann bestimmend zurück, um ihr das Teil von den gemachten Brüsten zu streifen, und werfe das Wäschestück Patsy zu.

»Woher nimmt eine gottverdammte Schlampe wie du das Recht, ihren Körper, den sie schamlos und billig jedem dahergelaufenen Wichser anbietet, in so hübsche Seidendessous zu stecken?«, frage ich barsch.

Sie schließt die Augen und ich kann sehen, wie ein Schauer durch sie hindurchfährt. Sie will, dass ich ausfallend mit ihr rede. Sie will, dass ich würdelos und erniedrigend mit ihr umgehe, sie grob und rücksichtslos behandle. Und zur Hölle, ich wäre nicht ich, wenn ich ihr diese Wünsche abschlagen könnte.

»Ich besitze dieses Recht nicht«, flüstert sie.

»Genau. Du besitzt dieses Recht nicht. Dreh dich um und zieh deinen Slip aus.«

Blanche hebt ihre flatternden Augenlider. Ihre Wangen erröten, sie atmet tief in den Bauch und dreht sich langsam um. Mit leicht zitternden Händen zieht sie sich das Höschen über die Schenkel, beugt sich hinab, um es sich berechnend langsam über die Knie zu schieben.

Ich trete an sie heran und streiche ihr mit einer Hand über die straffen Pobacken, bevor ich höher gleite und Druck auf ihre Wirbelsäule ausübe. Sie biegt sich noch ein Stück weiter nach vorn und präsentiert mir ihre klatschnasse Pussy.

Was für ein Anblick. Es geht nichts über eine attraktive nackte

Frau, die sich einem willig entgegenreckt. Besonders, wenn sie mit ihren langen Beinen auf High Heels steht, die sie auf optimale Höhe strecken. Als ich ihr zwischen die Schenkel greife und mit drei Fingern über ihr Geschlecht reibe, fängt sie sich Halt suchend am Gestell der Schaukel ab und beginnt, leise zu keuchen.

»Bist du ein verdorbenes Mädchen, Blanche? Macht es dich geil, wenn ich dir sage, was für ein durchtriebenes Luder du bist?« Die Versuchung, in sie einzudringen, ist gigantisch, und ich halte ihr nicht stand. Ich krümme die drei Finger und stoße damit in sie.

»Ich bin ein durchtriebenes Luder und es macht mich geil, wenn du mir das sagst«, presst sie hervor, da sie weiß, dass ich eine Antwort verlange. Ihre Stimme ist teuflisch erregt.

»Sag mir, wie viele Männer hatten ihren Schwanz schon in dieser Pussy?«

Sie zieht heftig die Luft ein, weil ich wirklich verdammt tief in ihr stecke.

»Ich hab dich was gefragt, Miststück.«

Dieses kleine Wort bringt sie zum Beben. »Ich weiß es nicht.«

Ich ziehe meine Finger zurück, stoße sie mitsamt einem vierten wieder rein und ficke sie auf diese Weise ein bisschen. Sie ist nass und eng, ihr unterdrücktes Stöhnen peitscht durch meinen Bauch und lässt meine Erektion weiter anschwellen.

»Patsy«, hole ich ihren Mann mit ins Spiel. »Wie viele Schwänze haben deine Frau schon gebumst?«

Er kennt die Zahl, das sehe ich in seinen dunklen scheuen Augen. Und ich erkenne, dass er heiß ist. Zuzuschauen, wie vier riesige Finger von einem riesigen Kerl seine Frau bespaßen, scheint ihm ziemlich hart zuzusetzen. Und damit meine ich zur Hölle noch mal nicht seinen seelischen Zustand.

»Über sechzig«, antwortet er leise und mit rauer Stimme.

»Über sechzig«, wiederhole ich und schnalze mit der Zunge. »Das ist *sehr* unanständig.«

Ich entziehe Blanche meine Finger und versetze ihr mit der flachen Hand einen festen Hieb auf den Arsch. Das Geräusch zerfetzt die nach innen dringende Gitarrenmusik. Ihre Fingerknöchel treten weiß hervor, so fest umklammert sie das Schaukelgestell, aber gleichzeitig wölbt sie den Rücken, in der Hoffnung, dass ich den Schlag wiederhole.

»Bleib so stehen«, weise ich sie an.

Patsys Blick wandert von mir zu seiner Frau, die in gebeugter Stellung mit heruntergelassenem Höschen verweilt. Ich schenke ihm ein kleines Lächeln, das er erwidert, als er sein Augenmerk wieder auf mich richtet, und gehe dann zur hinteren Wand der Cabana, die genauso mit Equipment ausgestattet ist wie die bei mir. Penismanschetten, Vibrationsplugs, Kugelketten, Massagestäbe und allerhand Zeug für Fesselspielchen. Ich greife nach dem einfachsten Werkzeug, einer Rolle rotem Bondagetape, und nehme noch eine zweite dazu. Eigentlich bevorzuge ich Hanfseile, um einem Mädchen die Bewegungsfreiheit zu stehlen, denn damit lässt sich nahezu jeder Körper zu einem erotischen Kunstwerk verschlingen. Mit dem Tape funktioniert die Sache jedoch um einiges schneller.

Patsy beobachtet jede meiner Bewegungen und hält den Atem an, als ich mich von der Wand abwende und vor ihm stehen bleibe. Er ist nicht ganz einen halben Kopf kleiner als ich und ich mag das dunkle Braun seiner Augen, das im Schein der überall stehenden Kerzen undefinierbar schimmert. Ich bin der festen Überzeugung, dass er seine Frau liebt, auch wenn ich die Form ihrer Beziehung kein bisschen verstehe. Ich muss auch nicht alles verstehen, solang ich davon profitiere. Und dass ich davon profitiere, ist so sicher, wie der Fauxpas, den sich unser Land bei der letzten Präsidentschaftswahl geleistet hat. Ich kann sie beide dazu bringen, sich mit Eifer meinem Schwanz zu widmen. Zusammen sind sie eine kleine Entschädigung dafür, dass Tony mich sitzen lässt. Okay, wir waren nicht wirklich verabredet, aber wenn dich ein Mädchen in der Firma aufsucht und dir eine verdammte Einladung für die Eröffnung eines Sex-Clubs überreicht, ist es schwer, nicht einiges hineinzuinterpretieren.

Ich berühre Patsys sexy Gesicht, streiche mit einem Finger seine volle Unterlippe entlang, und als er ausatmet und die Augen schließt, um unserem intensiven Blickkontakt zu entfliehen, lasse ich ihn stehen und wende mich wieder seiner Frau zu. Ich sinke hinter ihr in die Hocke, setze die erste Rolle Tape an ihrem linken Oberschenkel an und wickle ein paar straffe Lagen darum.

»Richte dich auf und nimm die rechte Hand auf den Rücken«, sage ich zu ihr.

Sie stellt sich gerade hin und kommt meiner Aufforderung nach, sodass ich das Tape um ihr Handgelenk führen kann. Ich rolle es mehrmals darum und verbinde ihre Hand so mit dem Oberschenkel, damit Blanche sie nicht mehr nach vorn ziehen kann. Mithilfe einer Kerze trenne ich das Band von der Rolle ab und wiederhole den Vorgang auf der anderen Seite: rechter Oberschenkel, linke Hand. Ihre Unterarme bilden ein X auf Höhe des Steißbeins.

»Genau so sollte sich ein Flittchen wie du da draußen sehen lassen«, flüstere ich ihr ins Ohr, als ich mich aus der Hocke erhoben habe.

Ich bin mit dem Ergebnis zufrieden. Die Fesselung ist simpel, kein Meisterstück und kein visueller Leckerbissen, aber sie erfüllt ihren Zweck. Blanche ist außerstande, ihre Intimstellen mit den Händen zu verdecken. Sie wird dem gesamten Club zeigen, was sie zu bieten hat, sobald wir dieses Zelt verlassen, und einige Fantasien ankurbeln.

Und ich? Ich werde jeden Hampelmann, der sich an ihr vergehen will, vor mir kniend darum betteln lassen. Diese Vorstellung ist extrem attraktiv, auch wenn sie mich gleichzeitig ein bisschen erschreckt. Niemals würde ich mit einem Mädchen, das mir wirklich etwas bedeutet, so umgehen. Nein, verdammt. Niemals. Ich würde nicht mal mit einer Frau so umgehen, für die ich nur vorübergehend die Verantwortung habe. Ich sage es ja. Dieses Luder pflanzt mir die ungesündesten Bilder in den Kopf und mein Schwanz, der perverse Verräter, wird dabei hart wie nie.

Bei der angespannten Erwartungshaltung, in der Blanche vor mir steht, verspüre ich so etwas wie Genugtuung. Sie auf die Info warten zu lassen, was als nächstes mit ihr passiert, ist eine winzige mentale Quälerei. Ich äußere mit keiner Silbe, was ich heute Abend vorhabe, und begebe mich noch mal zur hinteren Leinenwand, um eine breite Penismanschette aus den Fächern für das Equipment zu nehmen. Sie hat vorn einen kleinen Ring, um etwas daran zu befestigen. Wie zum Beispiel die Kette, die ich von einem Haken daneben ziehe.

Ein Funke Furcht durchbricht die Erregung in Patsys Augen, die der Anblick seiner Frau dort hineinbefördert hat.

»Hol ihn raus«, bitte ich ihn mit sanfter Stimme. Sein tadelloses Verhalten bisher erlaubt, dass ich ihn nicht ganz so rau behandle.

Er fasst den Bund seiner Leinenhosen, zieht ihn ein Stück hinab und seine Erektion schnellt an seinen Bauch. Er trägt keine Shorts oder irgendeine gottverflucht andere Form von Unterwäsche. Die Mischung aus Lust, Angst, Neugier ... und Hingabe in seinem Blick jagt mir eine Gänsehaut über die Arme und sein gedämpftes Stöhnen, als ich die Finger um sein steifes Stück schließe, lässt meinen eigenen Freund ungestüm zucken.

Ich schätze, für die meisten Kerle ist die Vorstellung, einen anderen Schwanz anzufassen, ziemlich abstoßend. Ich habe damit allerdings überhaupt kein Problem. Ich habe eher ein Problem mit Schubladendenken, alles und jedem einen Stempel verpassen zu müssen. Wenn mich jemand fragt, würde ich mich als hetero bezeichnen. Aber die Grenzen eines Begriffs sind dehnbar und warum sollte ich mich dafür schämen oder es als unnatürlich und widerlich abtun, dass mich manchmal eben auch ein Typ fasziniert?

Ich lege die Manschette um seinen Schaft und halte dabei den Blickkontakt zu ihm. Sie ist aus Leder und hat drei Schnallen, die ich festziehe, bis ihm ein Laut des Schmerzes entrinnt. Er greift urplötzlich nach meinen Unterarmen, versucht, mich mit Entschlossenheit wegzudrücken, aber ich habe ihn nicht nur sprichwörtlich an den Eiern. Ich quetsche sie ein bisschen zusammen, bis sein Widerstand nachlässt, um zu verdeutlichen, dass ich solche Abwehrspielchen nicht dulden kann.

»Dabei hast du dich bisher so gut erzogen gezeigt«, tadle ich Patsy. »Wie lang ist es her, dass du mit diesem Schwanz eine Frau beglückt hast?«

Er muss zunächst den Schmerz wegatmen, um mir antworten zu können. »Fast fünf Jahre.«

Ist das zu fassen? Das arme Schwein hatte fünf Jahre lang keinen Sex. Keine Ahnung, wie er das aushalten kann, aber es erscheint mir auch für die Gesundheit nicht förderlich.

»Wenn du dich benimmst, werde ich dafür sorgen, dass deine Durststrecke heute ein Ende hat. Aber dafür verlange ich, dass du dich fügsam gibst. Du wirst tun, was immer ich sage. Bis es so weit ist, gehört dein Körper mir. Andernfalls werde ich dir richtig wehtun müssen. Verstanden?«

Ich kann fühlen, wie meine Worte in seiner eingeschnürten Erektion pulsieren. Ob es die Aussicht darauf ist, nach fünf Jahren noch mal eine Pussy ficken zu dürfen – was ihm Blanche sonst verbietet – , oder es ihn scharf macht, wenn ich raushängen lasse, das Oberwasser zu haben, ist schwer zu eruieren. In jedem Fall ist er noch ein kleines bisschen heißer, als ich die Kette in meiner Hand mit dem Ring der Manschette verbinde, prüfend daran ziehe und ihm seine Hosen wieder hochschiebe. Ich weite den Bund und lasse den Gummi gegen sein nach oben gerichtetes Glied schnalzen, sodass nur noch die Spitze hervorlugt. Er stöhnt und ballt die Hände zusammen, bestimmt, um mir nicht im Affekt eine runterzuhauen. Die Strafe, die das zur Folge hätte, würde nämlich noch um einiges schlimmer ausfallen.

»Da haben wir uns fast ein Jahr nicht gesehen und verstehen uns dennoch auf Anhieb«, sage ich und lege für eine Sekunde meinen Mund keusch auf seinen. Seine Lippen sind geöffnet, sein warmer Atem unruhig. Ich tätschle seine stoppelige Wange, bevor ich ihn an der Kette zu seiner Frau führe und diese in ihre Finger lege. »Und jetzt raus mit euch.«

Zum Teufel, das Bild, als Blanche aus ihrem zu den Knöcheln gerutschten Slip steigt und sich die beiden in Bewegung setzen, ist schmutzig, anrüchig und vielleicht sogar zu einem gewissen Teil ordinär. Ich befürchte, man muss mehr als nur ein bisschen anders gepolt sein, um sich dieser Art Erotik zu öffnen. Aber alles, woran ich denken kann, während ich zusehe, wie die splitternackte Blanche mit hinter dem Rücken fixierten Händen ihren Kerl praktisch an seinem Schwanz aus dem Zelt zieht, ist, meine eigenen Finger in meine Hosen zu schieben und mir einen runterzuholen. Vermutlich bräuchte ich nicht länger als zehn Sekunden für ein paar kräftige Schübe.

Zu meiner Erheiterung haben sich inzwischen einige Gäste aus der Lounge in die Haupthalle begeben. Ich laufe neben meinem demütigen Lustgespann her und registriere die Blicke, die uns von allen Seiten zufliegen. Nicht alle Menschen in diesem Raum haben eine Vorliebe für BDSM und für manche ist der Grad meiner Neigung, wie ich ihn gerade präsentiere, eine Nummer zu hart. Aber wir befolgen hier die Regel *Leben und leben lassen;* in diesem Club gibt es keine Tabus. Deshalb nehme ich es entspannt hin, dass sich ein paar wenige Leute wegdrehen. Der Großteil der Anwesenden, insbesondere die Männer, begaffen außerdem lüstern

Blanches zur Schau gestellten Körper.

Zum Unglück der Lachapelles bin ich in diesem Club nicht zu Hause. Ich erinnere mich nur vage an die Wegbeschreibungen, die die Maus an der Garderobe einstudiert runtergerattert hat. Wir drehen eine Ehrenrunde, vorbei an diversen Cabanas, vorbei an dem mittig platzierten Wasserbecken, bis wir nach ein paar Wendungen die Champagnerbar erreichen. Eine Wendeltreppe führt hinter den zu einer Pyramide aufgetürmten Gläsern nach oben und einen Meter versetzt schlängelt sie sich ein Stockwerk hinab. Ich bin auf der Suche nach dem Bereich mit den Strafräumen, und die befinden sich naturgemäß eher unten, aber um Patsy und Blanche noch etwas länger vorzuführen, scheuche ich sie die Stufen nach oben.

Die geschwungene Treppe endet vor einem roten Paravent. Ein kleiner Aufschrei zerbricht die hier oben herrschende Stille. Ich gehe voraus bis zum letzten Fragment des Raumteilers und ... bin sofort von dem Treiben gefesselt, das sich mir dahinter offenbart.

Ich habe den Raum für die Live-Shows gefunden. Im Rotlichtviertel von Amsterdam haben sich Hunt und ich schon ein paar Dom & Sub-Vorführungen angetan, aber in einem Etablissement des Clubs sehe ich so etwas zum allerersten Mal. Auf einer kreisrunden Bühne liegt eine nackte, mit Riemen fixierte Frau auf dem Tisch. Ihre Beine sind weit gespreizt, ebenso bilden ihre Arme ein V. Der langhaarige Kerl, der sich neben ihr mit nacktem Oberkörper aufbäumt, hat eine schwarze Kerze in der Hand. Eine Kamera überträgt lebensgroß auf eine hohe Leinwand, wie der Kleinen flüssiges Wachs auf die Scham tropft. Ihr Schrei wiederholt sich und setzt meine Haut unter Strom.

Ich wechsle einen Blick mit Blanche und bedeute ihr, mir zu folgen. Mehrere Stuhlreihen sind um die Bühne herum aufgebaut, die vordersten Plätze belegt. Aber ich habe auch nicht vor, mich in einer der ersten Reihen niederzulassen, sondern bleibe direkt bei der hintersten stehen. Ich nehme meiner Spielpartnerin die Kette aus den Fingern, damit ihr Mann auf den dritten Stuhl durchrutschen kann und ich mich zwischen den beiden befinde. Mit einem leichten Ruck halte ich ihn davon ab, sich bis zum dritten Platz vorzuschieben, und drücke ihn an einer Schulter auf Stuhl Nummer zwei. Ich sinke auf den direkt am Durchgang.

»Knie dich hin, Baby«, schreibe ich Blanche vor.

Sie blickt mich anklagend an. Ihre Wangen sind erhitzt. Selbst einer Frau ihres Kalibers verlangt es einiges ab, sich entblößt und gefesselt unter einer Menge bekleideter Leute zu bewegen. Die Aussicht, weiterhin schutzlos auf dem Gang auf die Knie zu fallen, widerstrebt ihr.

»Ich werde dich kein zweites Mal bitten«, bleibe ich streng.

Da ist ein kleines widerspenstiges Funkeln in ihren Augen, bevor sie meiner Anweisung nachkommt. In der Sekunde, in der ihre Knie die kalten Fliesen berühren, lehne ich mich vor, zwinge sie, ihren Oberkörper nach vorn zu beugen, indem ich eine Hand in ihren Nacken lege, und drücke ihre Wange auf den Boden. Ehe ich mich wieder zurücklehne und es mir bequem mache, stelle ich einen Fuß auf ihren Rücken, damit sie begreift, dass sie in dieser Position verharren soll. Ihr nach oben gereckter Hintern streckt sich jetzt jedem entgegen, der sich einen Platz für die Show suchen will.

Patsy beißt auf seiner Lippe herum, als ich ihn ansehe. Sein Blick flackert von seiner Frau zur großen Leinwand. Ich greife nach seiner Hand, ziehe sie zu mir, presse seine Finger auf die Ausbuchtung meines Schritts und schiebe sie mit Druck darüber.

»Besorg's mir«, sage ich leise.

Ich stehe auf das Lächeln, das über seine Lippen zuckt. Es ist ein kleines bisschen verrucht und passt viel besser zu ihm als diese komplett unterwürfige Haltung.

Entspannt verschränke ich die Hände hinter meinem Kopf, drücke den Rücken fest an die Lehne und rutsche in eine etwas breitbeinige Lage, ohne den Fuß von Blanches Rücken zu nehmen.

Patsy öffnet meine Hose und fährt mit den Fingern hinein. Er umschließt meinen stahlharten Schwanz und beginnt, ihn zu reiben. Gott im Himmel, er macht einen verdammt guten Job, ich merke, wie mir bereits ein paar Lusttropfen kommen. Ich kämpfe gegen den Drang, die Augen zu schließen und mich allein auf dieses gute Gefühl zu konzentrieren. Ich will die Show vor mir nicht verpassen.

Auf der Bühne hält der langhaarige Kerl seiner gepeinigten Sub einen Massagestab an die Klit. Ihre Beine zittern, die Geräusche, die sie von sich gibt, sind nicht allein für das Publikum. Ich schiele zu Blanche, deren gesamtes Gewicht auf ihrer Kopfseite ruht, sie funkelt mich mit bösem Blick an. Als ihr Kerl mit seiner Hand den Druck auf mein bestes Stück verstärkt und mit dem Daumen die Eichel umkreist, stoße ich heftig die Luft aus. Ein Gedanke schießt mir quer durch den Kopf, geboren in meinem in Ekstase schwelgendem Körper: *Scheiße, ist mein Leben geil.* Hiermit bin ich hochoffiziell über alle Maße zufrieden.

6. KAPITEL

Antonia

Die Leute, die heute Abend in meinem Club zu Gast sind, lassen sich grob gesagt in drei Gruppen einteilen. Nummer eins durchbohrt mich mit unangenehmen Ich-habe-deine-Titten-schon-nackt-gesehen-Blicken. Die zweite besieht mich anzüglich mit einem Ich-habe-deine-Titten-schon-nackt-gesehen-und-sogar-schon-berührt-Ausdruck und es kommt mir vor, als würden mir meine Erinnerungen ein paar unterschlagen. Und die dritte Gruppe, die ich, um ehrlich zu sein, am aufdringlichsten finde, lässt mich durch penetrantes Starren an ihren schmutzigen Ich-habe-sie-noch-nicht-nackt-gesehen-würde-aber-gern-Fantasien teilhaben. Gott sei Dank gibt es auch Leute, für die ich einfach nur Luft bin.

Vielleicht hätte ich auf Martín hören und der Eröffnung lieber fernbleiben sollen. Ich war so oft selbst als Gast in verschiedenen Etablissements des Clubs, dass man wohl irrtümlich davon ausgeht, ich wäre auch heute zu meinem Vergnügen hier. Es ist kompliziert, sich den Respekt einer Meute Perverslinge zu verschaffen, wenn man mit eben jenen Perverslingen schon ein bisschen gespielt hat. Sie sehen nicht die Geschäftsführerin dieses Hauses in mir, die aus reiner Höflichkeit eine Runde durch die Lounge dreht, um sich zu vergewissern, dass ihre Kunden zufrieden sind. Sie sehen in mir leider ein Lustobjekt.

»Antonia«, spricht mich jemand an, als ich mich gerade von meiner Chefkellnerin Amy ins Bild setzen lasse, ob und wie sie mit den bestellten Getränken auskommt. Die Drinks im *Pleasure Club* kosten die Mitglieder keinen Penny, sie werden durch die Jahresbeiträge finanziert. Dennoch trinken die meisten Besucher in Maßen, die Mengen lassen sich ganz gut kalkulieren. Nur am ersten Tag will ich einfach auf Nummer sichergehen.

»Wie wäre es, wenn Sie sich so langsam entspannen, Miss Soto?«, fragt Amy, nachdem sie mich aufgeklärt hat, dass sie sich schon melden würde, wenn es Probleme gäbe. Sie zieht die Augenbrauen so hoch, dass sie unter ihrem roten Pony verschwinden.

Das Mädchen hat ein lustiges, unbekümmertes Wesen und

schon bei der Planung des heutigen Abends wies sie mich mehrmals darauf hin, dass ich mich wie eine Mom verhalte, die überbesorgt ihr Baby bemuttert. Aber ... sie hat auch gut reden und nicht meinen Vater im Rücken.

»Danke, ich werde gleich nach Hause fahren und genau das tun. Entspannen. Und hören Sie auf, mich wegen meiner Nervosität zu verspotten« Ich verziehe das Gesicht, deute dann jedoch ein Lächeln an und wende mich von der Bar im Lounge-Bereich ab. Um ... mit einem Berg von Mann zusammenzustoßen. Der blonde Riese versuchte eben, mich bei meinem Gespräch mit Amy zu unterbrechen, und ich hatte ihn schon beinah vergessen.

»Mister Myers«, begrüße ich ihn distanzierter als unter normalen Umständen und reiche ihm die Hand. Etwa zwei Meter von uns entfernt steht Martín an einem der Tische. Seit ich das *Sinners* betreten habe, bewacht er jeden meiner Schritte mit Adleraugen und wird meinem Dad vermutlich genau Bericht darüber ablegen. »Wie schön, Sie hier zu sehen.«

Er schlägt die Stirn in Falten und wirkt perplex über meine förmliche Zurückhaltung.

Jude Myers ist ehemaliger Baseballprofi. Er trat dem Club bei, nachdem ein Skandal vor vier Jahren seine Karriere beendete. Ausgerechnet eine Journalistin erwischte ihn mit einem fünfzehnjährigen Mädchen in der Umkleide nach einem Spiel, und obwohl er beteuerte, dass sie ihn bezüglich ihres Alters belogen hatte, ist sein Ruf seither im Eimer. Der Kerl war damals schließlich schon Mitte dreißig. Ich gehöre zu den vermutlich fünf Personen auf diesem Planeten, die ihm glauben, dass er ahnungslos und selbst schwer betroffen war, wir verstehen uns gut und haben so manche Nacht schon damit verbracht, nur miteinander zu reden. Aber in Martíns Nähe darf ich beim besten Willen kein Risiko eingehen. Sexuelle Kontakte zu Kunden werden von meinem Vater auf das Schlimmste abgestraft und er würde mir nicht glauben, dass Jude und ich einfach bloß Freunde sind.

»Gib der Frau einen wichtigen Posten und sie kennt dich nicht mehr«, sagt er schmunzelnd und der Schalk in seinen dunkelblauen Augen unterstreicht seine humorvolle Tonlage.

Würde ich auf hellhaarige Typen stehen, würde mir in Judes Gegenwart wahrscheinlich das Höschen schmelzen, denn für einen

Blondschopf ist der Kerl wahnsinnig attraktiv. Die meisten Frauen, die ich aus dem Club kenne, würden eine nicht unbeträchtliche Summe dafür auf den Tisch legen, um ihn dazu zu bringen, ein bisschen nett zu ihnen zu sein. Aber vielleicht ist das auch nur der Schwer-zu-haben-Effekt und rührt daher, dass Jude in unseren Räumlichkeiten noch nie Sex hatte. Er kommt nur zum Zusehen her.

Ich streiche verhalten mein knielanges schwarzes Etuikleid glatt. »Es tut mir leid, ich habe gerade wirklich keine Zeit für ein Pläuschchen. Ich muss dringend ...«, sage ich und deute einen Blick zu Martín an.

Jude weiß, dass mein Vater mir meinen Weg bis hierher nicht leicht gemacht hat, und wie er dazu steht, wenn ich ein freundschaftliches Verhältnis zu Mitgliedern pflege. Schon als er mich nach Erhalt seiner Einladung anrief, habe ich befürchtet, dass man mir einen Aufseher an die Seite stellt, und er kennt die Geschichte, wie das mit Hunt und mir ausgegangen ist. Ich hoffe also, er versteht meinen Wink mit dem Zaunpfahl.

Er bewegt den Kopf in Martíns Richtung und hebt dann seine Stimme, um bewusst laut zu sprechen. »Ich wollte Ihnen nur zur gelungenen Eröffnung gratulieren. Der neue Club kann sich sehen lassen.«

»Ja, das kann er. Ich bin froh, wenn ich den Geschmack unserer Kunden getroffen habe.« Ich lege eine dicke Entschuldigung in mein Lächeln und nicke Jude zu, bevor ich ihn an der Bar zurücklasse.

Ich habe vor, mich noch bei Joe, dem Technikchef, zu erkundigen, ob von seiner Warte aus irgendwelche Probleme aufgetaucht sind, bevor ich mich guten Gewissens nach Hause verabschiede. Es scheint, meine Leute haben den Laden im Griff, die Gäste sind zufrieden, es gibt absolut keinen Grund, länger hierzubleiben.

Martín klebt sich an meine Fersen, als ich auf die offenstehende Tür zusteuere, durch die man zu den Büros und in die Haupthalle des Clubs gelangt. Ein kräftiger, älterer Mann mit ergrautem Haar kommt uns entgegen. Gruppe drei. Er gehört zu den aufdringlichen Ich-würde-sie-gern-sehen-Blick-Zuwerfern. Er glotzt mir unverfroren auf das Dekolleté, obwohl mein Kleid ziemlich verschlossen ist und alles andere als einen gewagten Ausschnitt vorweist. Er scheint nicht zu wissen, wer ich bin, vielleicht ist er neu, ich habe ihn jedenfalls noch nie in einem der Häuser gesehen. Dummerweise entscheidet er sich in letzter Sekunde, dass es ihm nicht reicht, mich gedanklich nackt zu machen. Als ich zur Seite weiche, um ihn zunächst in die Lounge zu lassen, bevor ich die Tür durchqueren kann, bewegt er sich in dieselbe Richtung und ich laufe beinah in ihn hinein.

Doch damit noch nicht genug des Guten.

Ich falle vom Glauben ab, als er sich erdreistet, seine Finger um meinen Unterarm zu schließen, im Versuch, mich anstößig grinsend einen Schritt zurück in den Raum zu drängen. Das Problem mit den meisten reichen Kerlen ist, dass sie ganz selbstverständlich davon ausgehen, *Frau* würde auf sie, beziehungsweise ihren Geldbeutel stehen. Es kostet mich weltgrößte Anstrengung, die Warnung hinunterzuschlucken, die einer Gast-Antonia direkt über die Lippen gehüpft wäre. *Wenn du deine Eier dieses Wochenende noch gebrauchen willst, nimm deine Pfoten von mir, Sugar-Daddy.*

»Seit ich heute hier angekommen bin, halte ich Ausschau nach der schönsten Frau des Clubs. Es sieht aus, als hätte ich sie gerade gefunden«, sagt er in vermeintlich schmeichelndem Tonfall, der vor Verkommenheit nur so trieft.

»Ich bin sicher, dass Miss Soto ...«, Martín, der plötzlich zur Stelle ist, betont meinen Nachnamen, »... sich ihrer Schönheit bewusst ist und sich von dem Kompliment geschmeichelt fühlt. Allerdings schätzt sie es überhaupt nicht, mit einem Gast verwechselt zu werden.«

Seine Worte haben den gewünschten Effekt. Jeder, der dem Club angehört, weiß, dass den Sotos die schmutzigen Locations gehören, in denen sie ihre anrüchigen Neigungen ausleben. Der Kerl lässt nervös meinen Arm los und sieht ein bisschen erschüttert aus.

»Es tut mir leid ... Ich wusste nicht, dass die Frau von Luis Soto ... Er ...«, druckst der Typ herum.

»Tochter«, stelle ich richtig, weil ich ihm diesen Seitenhieb mit auf den Weg geben muss. »Der Mann wäre wohl etwas zu alt, um in einer anderen Verbindung zu mir zu stehen.« Soll heißen: Such dir ein Mädel in deinem Alter, *Giftee.*

Er weist mir verlegen mit einer Handbewegung den Weg durch

die Tür.

»Okay, Antonia. Du hattest deinen Spaß. Können wir uns bitte endlich aus dem Staub machen?«, fragt Martín ruppig, als wir über den Teppich im Flur laufen und ich die zweite Tür ins Visier nehme. Die sich dahinter befindenden Räume sind für die Sicherheitsleute, die auf Monitoren den Eingang und die Garderobe überwachen. Außerdem müsste ich Joe hier finden, denn auch die technischen Anlagen lassen sich von diesem Bereich aus weitgehend steuern.

Ich lege eine Hand auf den Türknauf und drehe mich zu dem Abgesandten meines Vaters um.

Zugegeben, ich hasse ihn seit heute ein winziges bisschen weniger, denn er hat mir ein paarmal den Hintern gerettet und ist für mich eingetreten, als einige Herren die körperlichen Grenzen zu mir überschritten. Aber ich hätte mich auch allein wehren können. Sein sanft gezeichnetes Gesicht wirkt etwas grün und obwohl er sonst auf eine softe Weise durchaus gut aussieht, machen ihn die zusammengekniffenen Lippen gerade unattraktiv.

»Ich hatte meinen Spaß?«, frage ich böse. »Ich glaube, diese Bezeichnung trifft nicht wirklich, was du sagen willst. Du meintest ja wohl hoffentlich, dass ich mich ausreichend überzeugt habe, dass die Eröffnung ein Erfolg ist, und ich mir meinen Feierabend gönnen kann.«

Er blickt schuldbewusst drein. »Die Eröffnung wäre auch ein Erfolg geworden, ohne dass du den direkten Kontakt zu den Gästen suchst«, widerspricht er leise. Offenbar wird er nicht müde, dies wieder und wieder zu betonen. Seit seiner Ankunft in den Staaten hat er versucht, mich davon abzuhalten, mich im *Place for Sinners* außerhalb der Bürozeiten blicken zu lassen. »Dein Vater ...«

»Mein Vater führt das Geschäft auf seine Weise und ich tue das auf die meine«, unterbreche ich ihn und lege Verachtung in meine Tonlage. Manchmal liebe ich mein Talent, mein Gegenüber binnen einer Sekunde in sich zusammenschrumpfen zu lassen. Es ist praktisch und von Nutzen, Leute mittels eines Blicks einschüchtern zu können. Was das betrifft, haben die Soto-Gene ihren Beitrag geleistet.

Martín lehnt sich mit einer Seite gegen die Wand und scheint nach Worten zu suchen. Seine Schultern verlieren an Spannung, wodurch sein nachtblaues Sakko zu groß wirkt.

Ich revidiere meine Meinung. Ich hasse ihn immer noch genauso sehr wie vorher. Er ist nichts weiter als ein Jammerlappen, der meinem Vater in den Arsch kriecht, und er hat heute Abend ein paar Gesprächsfetzen aufgeschnappt, die er gegen mich verwenden könnte. Ich bin davon überzeugt, dass mein Dad nicht über jede Kleinigkeit Kenntnis besitzt, was meine Vergangenheit im *Pleasure Club* angeht. Ich meine, er weiß, dass Hunt und ich ein Paar gewesen sind, ich mit den Jungs in Amsterdam war, aber ich war nie um Ausreden verlegen, meine Besuche im *Palace of Pleasure* zu erklären. Er hat bestenfalls eine Ahnung davon, dass ich schon die eine oder andere Party in seinem Club gefeiert habe, und sich diese niemals bestätigen lassen. Andernfalls hätte er mich wohl beschämt aus der Familie verbannt. Leider haben ein paar der Gäste heute durchblicken lassen, wie gut wir uns kennen, und da sich Martín in den letzten zwei Stunden kaum drei Meter von mir entfernt hat, kann ihm das nicht komplett entgangen sein. Er ist mein Feind. Ich sollte das nicht eine Sekunde lang vergessen.

»Warum, Martín, gehst du nicht ins Büro, greifst zum Hörer und rufst meinen Vater an? Erzähl ihm, was für ein Flittchen seine Tochter ist und dass du sie nicht davon abhalten konntest, sich während der Eröffnung durch ihren Club zu bewegen. Oder nein. Sag doch lieber gleich durch *seinen* Club. Wir wissen doch beide, dass du hier bist, um dafür zu sorgen, dass sich alles nach *seinen* Vorstellungen abspielt«, ergreife ich das Wort, weil es ihm offensichtlich die Sprache verschlagen hat.

»Tony«, setzt er an.

»Tony ist meinen Freunden vorbehalten. Für dich heißt das Antonia.«

Er reibt sich mit einer Hand über das erblasste Gesicht. »Für wen hältst du mich?«, fragt er schließlich und die Bestürzung in seiner Stimme klingt echt. »Ich werde deinen Vater nicht anrufen. Ich bin keine Petze. Mir ist klar, dass er sich wünscht, ich würde ihm bis ins kleinste Detail Bericht erstatten, und mir liegt es fern, ihm in den Rücken zu fallen, aber ich würde auch dich niemals hintergehen. Ich mag dich, Antonia. Ich habe mich auf unsere Zusammenarbeit gefreut. Wir kennen uns immerhin auch schon eine ganze Weile.«

Kennen ist wohl zu viel behauptet. Wir sind uns öfter mal über den Weg gelaufen. Er hat am gedeckten Tisch gesessen, wenn ich meine Familie für ein Abendessen besucht habe, er hat andauernd bei meinem Vater im Büro abgehangen und wir haben hier und da ein Wort miteinander gewechselt.

»Ich werde jetzt zu Joe gehen und nachhorchen, ob bei ihm alles in Ordnung ist, und dann bist du für heute den Job los, meinen Aufpasser zu mimen«, sage ich.

Er stößt sich von der Wand weg und hält mich davon ab, den Türknauf herumzudrehen, indem er mich zögerlich an einer Schulter berührt. »Der Grund, warum ich den Aufpasser mime, ist der, dass ich denke, eine Frau wie du gehört nicht an so einen Ort. Du solltest dich nicht den Blicken schmieriger Lüstlinge aussetzen oder dich von ihnen angrabschen lassen müssen. Dafür hast du zu viel Klasse. Ich ... Nein, bitte fall mir nicht wieder ins Wort«, stoppt er seine Erklärung, als ich Einwand erheben möchte. Ich habe mich von niemandem *begrabschen* lassen und die schmierigen Lüstlinge finanzieren seinen Lebensunterhalt. »Ich habe heute Abend Dinge gehört, die sicher nicht für meine Ohren bestimmt waren, und auch wenn ich ein wenig schockiert deshalb bin, verurteile ich dich nicht. Und ich werde deinem Vater nichts erzählen. Mir käme nicht in den Sinn, ihn gegen dich aufzubringen. Du weißt, was du tust, und ich benehme mich bloß wie ein lästiger Plagegeist, um notfalls in der Nähe zu sein, wenn das die anderen nicht wissen. Und das ist alles, was ich dazu zu sagen habe.«

Ich werfe meine Auffassung noch mal über den Haufen. Ich hasse ihn doch nicht oder höchstens ein kleines bisschen. Keine Ahnung, ob ich ihm wirklich vertrauen kann, wenn er behauptet, sich mir gegenüber loyal zu verhalten und meinen Vater nicht über jedes Detail aufzuklären, aber ich bin immer offen dafür, den Menschen eine Chance zu geben. Auch ihm. »Glaub ja nicht, dass du bei mir landen kannst«, sage ich weniger versöhnlich, als ich mich fühle.

Er ringt sich ein Lächeln ab, und ich öffne endlich die Tür zu den Kontrollräumen.

»Alles klar hier, Jungs?«, frage ich die beiden von der Security, die an einem länglichen Schreibtisch vor den Bildschirmen sitzen. Das Gesichtserkennungsprogramm scannt gerade auf dem Monitor, der mit den Kameras am Eingang verbunden ist, einen eintreffenden Gast und die Linien leuchten grün auf, bevor er als Allan Trooper identifiziert wird. »Allan Trooper, er kann durch«, gibt der schmächtigere Angestellte in seinem Funkgerät durch und dreht seinen Stuhl zu mir. »Alles bestens, Miss Soto.«

Ich durchquere den Bereich zum angrenzenden Zimmer, wo sich Joe aufhalten müsste. Mehrere Schalttische mit unzähligen Kontrollleuchten stehen im Raum. Allerdings ist mein Mann der Technik nicht anwesend, nur einer seiner Handlanger sitzt mit einem Laptop auf dem Schoß an dem kleinen Holztisch neben dem Eingang.

»Wo steckt Joe?«, will ich von ihm wissen. Vielleicht ist es übertrieben, dass ich mich nur auf die Info stütze, dass alles glatt läuft, wenn sie aus dem erfahrenen Mund des Chefs stammt. Aber der blonde Kerl vor mir ist fast noch ein Kind und außerdem ist es immer besser, sich nur mit den Mitarbeitern zu beschäftigen, die direkt unter einem stehen.

»Er ist oben bei der Live-Show. Die hatten ein Problem mit den Mikrofonen.«

Mir wird augenblicklich unwohl zumute, als ich das Wort *Problem* höre. Ich signalisiere Martín, der mir immer noch am Rockzipfel hängt, dass wir umkehren, und stelle fest, dass sich auf seinem nach wie vor etwas grünlichem Gesicht noch zusätzlich eine leichte Röte ausbreitet, als wir zurück im Durchgang zum Büro ankommen.

»Du hast nicht vor, ihm jetzt in diese Show hinterherzulaufen.«

»Was denn? Jagt dir der Gedanke, womöglich nackten Menschen zu begegnen, etwa Angst ein?« Du liebe Zeit, ist der Kerl verklemmt.

»Nein, ich bin bloß der Meinung ...«

»Warte einfach im Büro. Du brauchst mich nicht begleiten, ich bin ein großes Mädchen«, lasse ich ihn nicht aussprechen.

Er kämpft mit sich, aber bevor ich mich abwende, sagt er: »Schon gut. Ich komme mit.«

Mich beschleicht der Verdacht, dass Martín Lozano noch keins der Clubhäuser von innen gesehen hat. Bis auf die Teile, in denen es gesittet zugeht, heißt das. Wir haben uns bisher nur in der Timeout-Zone, also der Lounge, und im Bürotrakt aufgehalten, und ich habe den Eindruck, er ist ziemlich nervös. Und ... prüde.

Wie um alles in der Welt kann ein junger Mensch im 21. Jahrhundert ernsthaft ein Problem mit Erotik haben? Macht er das Licht aus, bevor er mit einer Frau ins Bett steigt und Sex hat, und behält er dabei vielleicht sein T-Shirt an? Klar, der Durchschnittsbürger besucht eher selten einen Club für Schweinereien, aber er arbeitet für meinen Vater. Da sollte ihn die Vorstellung, bei einer sexy Live-Show anwesend zu sein, nicht in Aufregung versetzen.

»Wir nehmen die hintere Treppe«, erkläre ich, während ich mich bereits auf den Weg mache, und finde, dass ich äußerst nett zu ihm bin. Für das Personal gibt es ein kleines Stiegenhaus, über das man in sämtliche Bereiche gelangt, ohne den Club durchqueren zu müssen. »Wenn du Glück hast, finden wir Joe, bevor du in die Verlegenheit kommst, einen Blick auf die Bühne zu werfen.«

Er äußert sich nicht zu der kleinen Stichelei, sondern läuft schweigend neben mir her.

Die Haupthalle erstreckt sich über das Erdgeschoss und die erste Etage, der Showroom liegt eine höher. Martín öffnet die schwarz lackierte Metalltür und hält sie mir auf. Vermutlich, um nicht als Erster hindurchgehen zu müssen. Er konzentriert sich darauf, auf den Boden zu starren, als er mir folgt, obwohl wir ziemlich weit hinten neben der höher angelegten Bühne herauskommen und es praktisch nichts zu sehen gibt. Das schnackende Geräusch, wenn Leder auf Haut trifft, und das darauffolgende Stöhnen einer Frau, das aus den im Raum aufgehängten Lautsprechern dringt, ist allerdings nicht zu überhören. Es klingt nicht danach, als ob mit den Mikrofonen etwas nicht in Ordnung wäre.

Ein elektrisierendes Kribbeln fährt mir das Rückgrat hinab, als sie das Stöhnen wiederholt, und obwohl ich mich nicht darum scheren will, was da oben passiert, wecken ihre Laute meine Neugier. Ich bleibe stehen, anstatt sofort nach links hinter die Bühne zu gehen, wo Joe wahrscheinlich herumwerkelt.

Aus verschiedenen Gründen habe ich es heute Abend vermieden, den Erotiktrakt des Clubs zu betreten. Ich wollte nicht, dass Martín glaubt, ich hätte ein lustvolles Interesse daran, diese Bereiche zu besuchen, und dass er diese Vermutung dann meinem Vater steckt. Ich dachte, als Geschäftsführerin, die sowieso schon damit zu kämpfen hat, als die Frau angesehen zu werden, die den Laden lenkt, wäre es zudem nicht förderlich, dort den Gästen zu begegnen. Und ... ich hatte auch ein bisschen Angst, dass mir der Gedanke kommen könnte, ich würde etwas verpassen. Auf der Seite des Personals zu stehen, denen es strikt verboten ist, sich in den Räumlichkeiten hinzugeben, ist eine neue Erfahrung für mich. Kaum einer weiß, dass Hunts erster Besuch in Amsterdam auch mein erstes Mal war, eins unserer Etablissements aufzusuchen. Ich habe damals die Coole gespielt, ich war jung und wollte den Jungs imponieren. Besonders, da es mich schon ziemlich gewurmt hat, dass der Kerl, mit dem ich zusammen war, Interesse daran hatte, dem *Pleasure Club* beizutreten. Ich hatte das Gefühl, eins draufsetzen zu müssen und ihm auch einen kleinen Tritt zu verpassen. Was ich damals nicht erwartet hatte, war, Spaß an der Sache zu finden. Hunt und ich haben eine Menge ausprobiert, bis zumindest ihm klar wurde, dass Rollenspiele das sind, worauf er voll abfährt. Mir hat es gefallen, seine Fantasien wahr werden zu lassen, und ich fand noch andere Dinge gut. Das Gefühl, unsagbar begehrt zu werden. Das Empfinden, dass es an diesem Ort kein Richtig oder Falsch gibt und man deshalb auch selbst nichts falsch machen kann. Ich habe experimentiert, die schärfsten Stunden meines Lebens in diesem Club verbracht und mich ein bisschen in die Welt verliebt, in der die Regeln von da draußen nicht gelten. Schließlich bin ich mit viel zu vielen Vorschriften aufgewachsen.

Es lässt sich also nicht vermeiden, dass Erinnerungen hochkommen, als ich hier stehe und dem Geschehen auf der Bühne lausche. Das Wissen darum, dass nur ein paar Meter entfernt Leute miteinander Sex haben und sich ihrem Verlangen ergeben, während ich seit Monaten keinen Männerhintern mehr nackt zu Gesicht bekommen habe, lässt etwas Lebendiges durch meinen Bauch zucken. Obwohl das für mich seit Neuestem falsch ist und da nichts zucken sollte.

»Antonia?«, fordert Martín mich auf, endlich diesen sündhaften Platz zu verlassen.

Aber ich will ihn nicht verlassen. Im Gegenteil. Wir stehen auf der Schwelle und ich will einen Fuß auf die wirklich sündhafte Seite setzen. Was soll schon passieren, wenn ich einen kleinen Blick auf die Bühne riskiere? Warum, um alles in der Welt, sollte das ein Fehler sein?

Ich blicke ihn an und mir ist klar, dass er nicht gutheißen wird, wenn ich mich jetzt dem vorderen Teil der Bühne nähere. Doch verflixt, ich bin neunundzwanzig Jahre alt und diesem Kerl keine Rechenschaft schuldig. Ich kann ihn noch nicht mal leiden. Hätte er Eier in der Hose, würde er mitkommen und nicht wie eine verklemmte Zwölfjährige mit eingezogenem Kopf am Rand herumstehen.

»Wenn du lieber schon nachsehen willst, ob sich Joe hinter der Bühne rumtreibt ... Der Weg ist nicht zu verfehlen. Ich komme in zwei Minuten nach«, sage ich zu ihm.

Martín verzieht ungläubig das Gesicht. Ich bin weg, bevor er Einwand erheben kann.

Meine eigenen Erfahrungen in Sachen BDSM sind nicht besonders erwähnenswert. In meiner Familie werden Frauen schon genug unterdrückt, mir verschließt sich daher der Reiz, mich von einem Mann dominieren oder schlagen zu lassen. Ebenso habe ich kein Interesse daran, einem Kerl, mit dem ich schlafe, wehzutun. Als ich mit Hunt zusammen war, bin ich hin und wieder in eine Rolle geschlüpft, die es heißgemacht hat, ihm die Kontrolle über meinen Körper zu geben, aber das war alles nur ein Spiel. Ich kenne viele Leute, für die BDSM eher eine Lebenseinstellung ist. Dennoch blicke ich wie gebannt hoch zur Bühne und verfolge, wie ein durchtrainierter Glatzkopf und ein langhaariger Hüne ein blondes Mädchen quälen. Es hängt kopfüber gefesselt in ein paar Seilen, der Kerl ohne Haare kniet neben ihr und fickt sie nicht gerade zimperlich in den Mund. Der andere Typ steht hinter ihrem fixierten Körper und lässt mit einem breiten Pinwheel rote Spuren auf den Innenseiten ihrer gespreizten Schenkel zurück. Sie zuckt, je näher das Nadelrad ihrer Intimzone kommt.

Okay, das ist heiß, und zwar einzig und allein aus dem Aspekt, dass sie wahnsinnig angeturnt ist. Vielleicht stehe ich nicht auf SM-Spielchen, aber ich stehe definitiv auf erregte Menschen. Die Gänsehaut der Kleinen, über die das Rad fährt, die aufgerichteten Nippel, auf die die Kamera der Leinwandübertragung schwenkt, als man ihrer Brust einen Schlag versetzt, ist unmissverständlich. Sie muss das, was die beiden mit ihr machen, aus für mich unerklärlichen Gründen elektrisierend finden.

Ich halte mich im Hintergrund und lehne mich mit dem Rücken gegen die Wand, verfolge das Schauspiel einen Moment und lasse den Blick dann über die Stuhlreihen des Publikums gleiten. Fünf mit fünfzehn Plätzen. Es sind fast alle belegt. Einige Gäste haben ihre Abendkleidung gegen ein sexy Outfit eingetauscht. Manche sind untereinander beschäftigt. Neben der letzten Stuhlreihe kniet eine völlig nackte Frau auf den Fliesen, ihre Wange berührt den Fußboden. Aus reiner Neugier will ich die Person, die neben ihr auf dem Platz am Gang sitzt, betrachten, da ich vermute, dass die kniende Frau dazugehört, und ... es verschlägt mir für einen endlosen Moment den Atem.

Verdammt.

Die Person ist Kingston.

Ohne Zweifel.

Er hat den Kopf in den Nacken gelegt und die Augen geschlossen, aber sein breites, männliches Kinn würde ich unter Tausenden erkennen. Es ist totaler Wahnsinn, dass ich ein heftiges Stechen in meinem Magen verspüre. Ein brennendes Gefühl in meiner Brust. Aber es lässt sich nicht leugnen und je länger ich zu ihm hinübersehe, desto stärker wird es.

Wahrscheinlich haben die Leute recht, die mich als Diva bezeichnen. In mancher Hinsicht bin ich das wohl. Zum Beispiel, wenn es um Männer geht, die mir Avancen machen. Vor zwei Wochen hat er mich auf Hunts Hochzeit geküsst, bei meinem Abstecher in seine Firma wild mit mir geflirtet. Und jetzt sitzt er in der Liveshow des *Sinners* und irgendein Miststück kniet neben ihm. Ich wusste, dass er heute Abend auftaucht, schließlich habe ich ihm persönlich die Einladung übergeben und er hat sein Kommen Alyssa mit einem Anruf bestätigt. Außerdem kenne ich den Kerl gut genug, um zu wissen, dass er die Eröffnung eines Clubhauses in seiner Heimatstadt nicht verpasst. Er ist und bleibt ein Dirty-Player. Ich hatte und habe nicht vor, auf seinen Balztanz einzugehen, denn ich besitze zu viel Stil für so einen Gesichtsverlust. Trotzdem nagt es an mir wie ein spitzzahniger Biber, ihn hier in einer so offensichtlichen Situation anzutreffen. Wahrscheinlich geht gerade mein Stolz mit mir durch.

Ich merke erst, dass ich mich von der Wand abgestoßen habe, als ich zwei Schritte den Gang entlang mache. Und einen dritten. Keine Ahnung, was das soll, es entspricht nicht meinem Naturell, mich wie ein beleidigtes kleines Mädchen aufzuführen. Aber während ich mich ihm und der nackten Frau nähere, wird das stechende Gefühl in meinem Magen schier unerträglich. Ich kenne sie. Die Schlampe, die ihr Gesicht auf die Fliesen drückt, und auf deren Rücken Kings linker Fuß ruht. Das dunkle Haar, die pervertiert künstlichen Möp... Brüste ... Blanche Lachapelle ist Dauergast in unseren Clubs und sie ist Kings räudiges Spielzeug. Sie und ihr Mann, der übrigens gleich neben ihm sitzt. Zum Glück habe ich den Rücken durchgedrückt und das Kinn angehoben, als ich die drei erreiche, denn den Schlag, den mir der Anblick versetzt, hätte ich anders nicht abfangen können.

Er hat die Hand in Kings Hose. Nein, das trifft es nur vage. Er hat seinen Schwanz aus der geöffneten Hose geholt, die Finger darum geschlossen und schiebt sie darüber. Ich kann sehen, wie angespannt Kingstons Bauchmuskeln unter dem Hemd sind, wie flach er atmet.

Dieser verdammte Bastard. Er küsst mich und lässt es sich dann von einem Typen besorgen? Das ist selbst für einen anspruchslosen Mistkerl wie ihn ein Fall aus zehn Metern Höhe. So tief kann man eigentlich gar nicht sinken.

»Einen wunderschönen Abend. Es freut mich, zu sehen, dass man sich in meinem Club amüsiert.«

Grundgütiger Jesus. Kam das aus meinem Mund? Falls ja, ist der schnippische Tonfall neu. Ich habe noch nie mit so einer Stimme gesprochen.

Kingston nimmt den Kopf hoch und öffnet die Augen. Er heftet den Blick auf mich. Gleichzeitig zieht er den Fuß von Blanches Rücken und schlägt die Hand ihres Mannes zurück. Was auch immer ihm diese Reaktion entlockt, sie kommt schnell.

Ich bin geistreich genug, nicht länger stehen zu bleiben, und vorzutäuschen, nur zufällig an ihnen vorbeizulaufen. Mit einem gönnerhaften Lächeln, weil es wohl das ist, was die Geschäftsführerin einem Gast zuwerfen müsste, wenn er Spaß in ihrem Laden hat, reiße ich meinen Blick los und gehe erhobenen Hauptes zum Ausgang.

Oh mein Gott, ich habe mich völlig zur Idiotin gemacht. Wann ist mir das jemals passiert? Nicht, als Hunt damals sagte, dass er dem Club beitreten will, obwohl wir zusammen waren. Nicht, als er vorschlug, dass wir es beide mit anderen machen dürfen. Und diesen Kerl habe ich von ganzem Herzen geliebt. King hingegen hat ein einziges Mal seinen verboten weichen Mund auf meinen gedrückt, dieser Kuss war nicht mal ernst gemeint, und ich will garantiert keinen zweiten. Warum, bitte schön, flippe ich dermaßen aus, nur weil er mit diesem schrägen Ehepaar rummacht?

»Tony.«

Ich bin bei der Wendeltreppe angelangt, als er mich ruft. King ist mir gefolgt.

Ich bin nicht bereit, mich zu ihm zu drehen, gehe ein paar Stufen hinunter und höre, wie er gefährlich nah hinter mir die Schnalle seines Gürtels zuzieht.

»Antonia?«

Wenn ich nicht will, dass er bemerkt, dass ich vollkommen aus dem Häuschen bin, kann ich nicht weiter davonlaufen. Und ich will definitiv nicht, dass er das spitzkriegt. Also bleibe ich stehen, die Hand auf dem Lauf des Geländers, und wende mich auf halber Höhe zu ihm um. »King«, sage ich so kühl wie nur möglich. Meine Stimme lässt mich nicht im Stich. Sie ist darin trainiert, ungerührt zu klingen. »Du hättest deine Privatparty nicht unterbrechen müssen, nur um mich zu begrüßen. Ich wollte dich nicht bei deinen Spielchen stören.«

Sein Blick ist auf mein Gesicht gerichtet. Er leuchtet, vermutlich noch vor Erregung, in die dieser *Cux* ihn mit seinen Streicheleinheiten versetzt hat. Allerdings mache ich noch etwas anderes in seinen eisblauen Augen aus. Ein Hauch Verlegenheit, der mich verwirrt, denn Kingston Everett weiß garantiert nicht, wie man das Wort Beschämung schreibt. Eine geballte Portion –was? Wut? Sieht danach aus, denn auch ein Muskel zuckt an seinem Kiefer. Es irritiert mich, dass meine Hormone der Meinung sind, dass er mit diesem Gesichtsausdruck besonders schön aussieht, und ein Chaos in meinem Innersten anrichten.

»Du störst niemals.« Seine Stimme ist rau. Und ... verärgert. Sie widerspricht dem, was er sagt.

»Danke, aber die Einladung, mich an eurem enthemmten Schäferstündchen zu beteiligen, muss ich leider ausschlagen. Frauen, die ihren Mann zum Ficksklaven der Kerle machen, für die sie selbst die Beine spreizen, törnen mich nicht gerade an.« Ha, das war doch schlagfertig!

Er kommt einen weiteren Schritt die Treppe hinunter und noch einen halben, sodass er mit einem Fuß auf meiner und mit dem anderen eine Stufe darüber steht. Er lehnt sich mir gegenüber an das Geländer und die Art, wie er mich ansieht, verglüht mich. Es ist nicht mein Wille, den Blick über sein enges Hemd auf die mächtige Ausbuchtung seiner Hosen rutschen zu lassen, aber ich kann mich auch nicht dagegen wehren. Ich muss seinen forschenden Augen ausweichen und mich daran erinnern, dass er vor einer Minute noch eine fremde Hand im Schritt hatte. Unverzeihlicherweise auch noch die eines Mannes.

»Ich käme nicht auf die Idee, dich mit denen zu teilen.«

Ich bin froh, dass ich, ohne nachzudenken, auf diese Bemerkung mit einem Auflachen reagiere. Mit ein bisschen Fantasie klingt es nach Spott. In Wahrheit ist es einem nervösen Flattern in meinem Bauch geschuldet, das überhaupt kein Anrecht auf seine Existenz hat.

Ich hebe den Blick und verdrehe die Augen, um ihn noch ein bisschen mehr zu verhöhnen. Dann lasse ich ihn links liegen und gehe den Rest der Treppe nach unten. Nachdem ich gerade erst meinen Wachhund Martín los bin, verirrt sich der nächste Streuner und versucht, meine Hand zu lecken. King lässt es sich nicht nehmen, mich nach unten zu begleiten, obwohl ich mir wünsche, er würde umkehren und irgendwo hinfahren. Am besten zur Hölle. Es ärgert mich, dass er mir eine so gewaltige Reaktion entlockt hat. Ich mache mich nicht für irgendwelche Blödmänner zum Affen.

»Lass uns etwas trinken«, meint er, als wir in die Haupthalle des Clubs vorstoßen. So ein Mist, das ist der letzte Ort, an dem ich mich heute sehen lassen wollte, und er ist inzwischen verdammt gut besucht. Meine Verärgerung trägt sofort eine Kleidernummer mehr, weil ich mich kopflos von meinem Fluchtreflex habe hertreiben lassen.

»Ich bin nicht hier, um mir schmutzig die Zeit zu vertreiben, sondern weil das mein Posten als Geschäftsführerin verlangt. Ich arbeite heute Abend«, erinnere ich ihn und füge noch an, damit er es auch wirklich versteht: »Das heißt, ich trinke nicht.«

Er schnappt sich mein Handgelenk und zieht mich bestimmend zur Champagnerbar neben der Treppe. Er scheint gerade nicht wählerisch zu sein, sondern dringend einen Drink zu brauchen.

»Das war keine Bitte, Antonia.«

Ich versuche, meinen Arm aus seinem Griff zu winden. Ich kann ihm dieses Verhalten keinesfalls durchgehen lassen. Aber seine Finger sind wie ein Schraubstock, der sich fest zusammenzieht, und er lässt mich erst los, als er zwei Gläser von der Pyramide genommen und mir eins davon in die Hand gedrückt hat. Die dunkelhaarige Kellnerin, die hinter der Theke links vom Turm steht, wirft mir einen besorgten Blick zu. Ein Zeichen von mir und sie würde vermutlich den Sicherheitsdienst rufen. Einen Herzschlag lang erscheint es mir, als könnte das witzig werden, aber dann deute ich doch ein Kopfschütteln an. *Alles in Ordnung* soll ihr das signalisieren.

»Es wäre äußerst unhöflich, mir diesen Drink zu verwehren, nachdem ich meinen Hintern nur wegen dir zu dieser Eröffnung bugsiert habe«, klärt er mich auf, warum er sich gerade wie ein herrisches Arschloch aufführt.

»Du weißt, wie schräg das klingt, nachdem ich vor fünf Minuten Zeuge wurde, wie eine Hand in deiner Hose steckte, die definitiv nicht zu mir gehört hat?«, will ich von ihm wissen.

»Eifersüchtig?« Er kippt den Champagner runter. Ein Anzeichen dafür, dass er neben sich steht. Ich schätze, es war nicht seine beste Idee, Lachapelle diesen Handjob nicht zu Ende bringen zu lassen.

»Total«, antworte ich so zynisch, dass ich mich fast selbst überzeuge.

»Dann wird es dich sicher beruhigen, zu hören, dass er ihn nur für dich startklar gemacht hat.«

Ich brauche eine Sekunde, bis ich verstehe, dass er von seinem Penis spricht. Oh mein Gott, die Dreistigkeit dieses Mannes ist nicht zu übertreffen. Ich kann mir beim besten Willen nicht vorstellen, dass diese unverschämte Masche bei irgendwem zieht. Er glaubt nicht ernsthaft, dass er eine Chance hätte, mit auch nur einem Finger in meinen Slip zu gelangen?

Ich stoße mein Glas gegen sein leeres und stelle es dann unberührt weg. »Ich wünsche dir heute Abend noch viel Spaß in meinem Club. Für mich wird es Zeit, noch einen Abstecher ins Büro und dann Feierabend zu machen.«

Ich bin stolz darauf, mich unnahbar zu geben, und mir geht es schon ein bisschen besser, als ich ihm ein höfliches Lächeln zuwerfe und ihn an der Bar zurücklasse. Ich laufe einen Bogen um ein halb nacktes Pärchen und senke den Blick auf den Glasboden, um die restliche Schau, die in der Halle stattfindet, weitgehend auszublenden.

»Tony«, ruft jemand meinen Namen und drei Sekunden später versperrt mir ein hochgewachsener, muskulöser Kerl den Weg. Ich blicke zu ihm auf und erkenne sein Gesicht als das von Jacob Varela wieder, einem Kunsthändler aus Ohio, der – leider aber wahr – zur Gruppe zwei der heute Abend Anwesenden gehört. Es ist ein paar Jahre her, aber ich hatte Sex mit diesem Mann. Keinen besonders guten, sonst wäre er mir intensiver im Gedächtnis geblieben, aber ich kann die Typen, mit denen ich im Bett war, noch locker zählen, somit weiß ich zumindest, dass ich von ihm verführt wurde.

»Wir haben uns schon gefragt, wann du deinen süßen Arsch endlich aus der Lounge bewegst, um ein bisschen mit uns zu spielen.« Er deutet mit dem Kinn zu einer Cabana, in deren Eingang sich zwei Kerle breitgemacht haben.

Das ist ein verdammter Albtraum. Die eine Situation, die ich um jeden Preis vermeiden wollte. Auch die beiden Gorillas im Zeltdurchgang sind keine Unbekannten. Mir fallen ihre Namen nicht ein, aber der eine hat damals zugesehen, als Jacob und ich ... Der andere ist ein Bekannter von Jude, den ich zu meinem Pech nirgendwo ausmachen kann. Er hätte mich aus dieser misslichen Lage befreien können.

Ich hasse es, dass ich nicht weiß, wie ich mich verhalten soll. Ich muss den richtigen Ton treffen, der deutlich macht, dass ich für ihre Spielereien nicht zu haben bin, sondern die verfluchte Geschäftsführerin von diesem Laden. Gleichzeitig darf ich die drei nicht verärgern, ich will schließlich, dass sie wiederkommen und den Club nicht meiden, weil er – ihrer Meinung nach – einer Zicke gehört.

»Was hältst du davon, wenn wir zum Aufwärmen an die Bar gehen und um den Anstand zu wahren, ein paar Höflichkeiten austauschen?« Jacob streicht mit gekrümmten Fingern über meinen Oberarm und zwingt mich, zu handeln. Offensichtlich geht er davon aus, es wäre okay, mich anzufassen.

»Lass uns nach Hause fahren«, höre ich plötzlich Kingston

neben mir sagen und kurz darauf legt er mir einen Arm um die Taille. »Sollte ich noch mal mitbekommen, dass du sie mit deinen schmutzigen Fingern berührst, sehe ich mich veranlasst, dich umzubringen«, fügt er an Jacob gerichtet hinzu. Gefährlich leise. So, als versuche er tatsächlich, unbändigen Zorn zu unterdrücken.

Diese Drohung ist sicher gut gemeint, aber zu dick aufgetragen. Jacob hätte das bestimmt auch verstanden, wenn er sich freundlicher ausgedrückt hätte. Der Kerl kann schließlich nicht wissen, dass ich dem Partyleben des Clubs abgeschworen habe. King tut gerade so, als hätte er versucht, mich zu vergewaltigen, dabei hat er nur eine anrüchige Frage gestellt. Wenn man bedenkt, dass ich mit diesem Mann schon intim war, kann man ihm das wohl kaum verübeln.

Jacob weicht einen halben Schritt zurück und verpasst Kingston einen freundschaftlichen Klaps gegen die Brust. »Entspann dich, Everett. Kein Grund, gleich an die Decke zu gehen und mir ein Grab zu versprechen. Ich wusste nicht, dass Antonia inzwischen dein Mädchen ist.«

King räumt die irrsinnige Unterstellung, ich wäre sein Mädchen, nicht aus der Welt. Ich spüre, wie sich seine Fingerkuppen in meine Hüfte bohren, als er mich von Jacob wegzieht und so eilig die Treppe nach oben zur Lounge ansteuert, dass ich leicht ins Stolpern gerate.

»Das war etwas übertrieben, findest du nicht?«, frage ich.

Er sagt nichts, und ich blicke zu seinem Gesicht auf. Sein markantes Kinn bildet eine verkrampfte Linie, sein Kiefer wirkt hart und angespannt. Ich habe hundertmal erlebt, wie herrisch und wütend er aussehen kann, wenn er eine seiner Subs dominiert, aber während keiner einzigen Session, die ich angesehen habe, wirkte er dermaßen mordlustig. King ist stinksauer, weiß der Teufel, warum. Es erscheint mir, als wäre er wirklich angepisst, weil Jacob mich angefasst hat. Als hätte er nicht nur versucht, mir den Arsch zu retten.

Wie absurd.

Erschlagen und ebenfalls fasziniert von all der Wut, die seine Körperhaltung ausstrahlt, lasse ich zu, dass er mich den Rest des Wegs zur Treppe führt.

»Du kannst mich jetzt loslassen«, weise ich ihn darauf hin, dass ich imstande bin, die Stufen allein hochzusteigen. Wenn er mich weiterhin in seinem Tempo mitschleift, breche ich mir womöglich das Genick.

Er sieht mich stechend und merkwürdig besitzergreifend an, wilder Unwille schimmert in seinen Augen. Aber schließlich nimmt er seine schwere, drückende Hand von meiner Hüfte und zieht seinen Arm hinter mir weg. Mittels seines riesigen Körpers drängt er mich allerdings dazu, vorauszugehen.

Es ist schrecklich eingebildet von ihm, zu glauben, er könnte mit einer kleinen Rettungsaktion bei mir punkten. Davon geht er aus, oder? Ich wüsste nicht, warum er sein benutztes Spielzeug sonst in der Liveshow zurücklassen sollte. Gewiss nicht nur, um mich sicher aus der Haupthalle zu schaffen. Zudem bin ich kein hilfloses Mädchen, das sich nicht gegen ein paar aufdringliche Kerle behaupten kann. Ich war mindestens so oft Gast in einem unserer Häuser wie er und weiß, wie man im Ernstfall mit nervigen Männern umgeht. Ich brauche keinen Geleitschutz. Ich habe an der Champagnerbar klar gesagt, dass ich nicht zu meinem Vergnügen hier bin. Ein Haufen Mitglieder und genauso viele meiner Angestellten sehen mich zusammen mit einem Gast – ziemlich vertraut. Das hilft mir nicht dabei, den benötigten Respekt meiner neuen Rolle zu stärken.

Ich bin auch wütend, als ich die Tür zum Büro erreiche. Die beiden Wachleute, die vor dem Durchgang zum Gästebereich stehen, haben sie die ganze Zeit über im Blick, weshalb es nicht nötig war, sie abzuschließen. Ich öffne sie mit Temperament, halte im Rahmen inne und drehe mich zu King.

»Zutritt nur fürs Personal.« Ich bin entschlossen, ihm nicht zu erlauben, auch nur einen Zeh über die Schwelle zu setzen. Es gäbe zu viel Raum für Spekulationen, wenn irgendjemand sehen würde, dass er mich hineinbegleitet. Ich halte die Tür fest, damit er sich nicht an mir vorbeidrängen kann.

Genauso gut hätte ich versuchen können, mit bloßen Händen einen Grizzly zu erlegen. Er drückt mit einer Handfläche gegen das Türblatt und schiebt mich weiter in den Raum, indem er einfach mit einer Selbstverständlichkeit das Vorzimmer zu meinem Büro betritt, die mir die Hutschnur hochgehen lässt.

Für wen hält er sich? King Kong, der die kleine, zierliche Ann mit seiner imposanten Gestalt einschüchtern kann, um sie – natürlich zu ihrem eigenen Wohl – vor ... Gott weiß was ... zu beschützen?

»Wenn das so ist, wirst du mich wohl dafür bezahlen müssen, deinen privaten Leibwächter gespielt zu haben.« Er sagt das ohne den dazugehörigen Humor.

Ich atme durch. War er schon immer so anstrengend? »Okay, großer, wütender Mann. Was zur Hölle ist eigentlich dein Problem?« Ich begreife nicht, warum er sauer ist.

»Mein Problem, Antonia, ist, dass du mich an der Bar wie ein lästiges Insekt abgewimmelt hast, während ich alles stehen und liegen lasse, um einen Drink mit dir zu nehmen.«

Aha. Offensichtlich kann es Mister Everett nicht leiden, zurückgewiesen zu werden. »Ich habe dich nicht gebeten, deinen Spielplatz im Showbereich zu verlassen. Du bist aufgesprungen und mir nachgelaufen – unaufgefordert. Und um einen Drink mit mir zu nehmen? Das ist wirklich saukomisch, King. Du hast an der Bar nur Halt gemacht, weil du dringend eine Abkühlung nötig hattest, nachdem dir dieser Schlappschwanz Lachapelle ordentlich eingeheizt hat.« Ich registriere, dass ich mich wie eine eifersüchtige Furie anhöre. Ich hätte dieses Thema nicht noch mal anreißen dürfen.

Wir starren uns an. Es kommt mir vor wie ein kleines Duell; wer zuerst den Blick abwendet, verliert. Es fällt mir nicht schwer, ihm in die Augen zu sehen. Es ist eher eine Herausforderung, in seiner Gegenwart irgendwo anders hinzublicken, denn die eisblaue Farbe ist quasi magnetisch. Sie ist klar und offen, und man kann seine Augen lesen wie die Schlagzeilen einer Zeitung. Sie verraten jede Gefühlsregung und zeigen seine Gedanken an. Gerade denkt er daran, eine Gerte zu holen und mir damit ein paar Hiebe zu versetzen. Oder mir auf andere Weise zu demonstrieren, wie unverschämt ich mich seiner Meinung nach verhalten habe.

Kingston beendet unser Gefecht im Anstarren. Sein Blick wandert tiefer, er besieht sich mein Outfit. Ich habe versucht, heute geschäftsmäßig auszusehen. Hochgestecktes Haar, schwarzes Kleid. Es ist körperbetont und zeichnet meine Figur nach, aber es ist dennoch nicht besonders sexy. So aufmerksam und intensiv, wie er mich darin mustert, fühlt es sich allerdings an, als würde ich in einer durchsichtigen Chemise vor ihm stehen. Ich bin völlig schutzlos. Dreiundzwanzig Sicherheitskräfte arbeiten heute in diesem Club und kein einziger davon kann mich gerade beschützen.

Verdammt, dieser Raum ist zu klein für ihn, mich und seine monströse Dosis Sexappeal. Er ist zu klein für das plötzlich knisternde Flirren, das die Luft auflädt und sich Zentimeter um Zentimeter ausdehnt, bis fast kein Sauerstoff mehr übrig ist. Er ist zu ... weiß der Teufel, zu was er noch zu klein ist. Er. Ist. Einfach. Zu. Klein.

Ich bemühe mich, meinen eigenen Blick nicht von seinem Gesicht rutschen zu lassen. Ich will mich nicht mit seinen hübschen Muskeln befassen oder seine breiten Schultern und starken Arme bewundern. Ich käme nicht klar damit, es wäre in diesem Moment viel zu gefährlich. Also fokussiere ich die feine Linie auf seiner Stirn, die dafürspricht, dass er sehr konzentriert ist.

»Was willst du eigentlich von mir?«, frage ich, um die knisternde, Härchen aufrichtende Atmosphäre zu durchschneiden. Ich muss etwas sagen. Ich will, dass er etwas sagt. Bevor mein Körper sich entscheidet, an unserer Stelle zu sprechen.

Soto, denk darüber nach, wo er seinen Schwanz heute vielleicht schon hatte.

Seine Antwort besteht daraus, einen bedrohlichen Schritt nach vorn zu machen. Anders als ich, scheint er überhaupt keine Bedenken zu haben, sich mir zu nähern. Genauso selbstverständlich wie er eben hier hereinmarschiert ist, dringt er nun in meine Sicherheitszone vor, nimmt meinen Kopf zwischen die Hände und ... presst die Lippen auf meine.

So ein verdammter Mist.

Ich will ihn nicht küssen. Aber von Küssen kann auch keine Rede sein. Was dieser Mann mit seinem Mund macht, ist nicht weniger als ein sündhaftes Vorspiel. Es ist Sexmachen mit Zunge und Lippen. Ich schwöre, könnte man einen durch einen Kuss einen Orgasmus kriegen, es würde mich glatt überkommen. Aber ... so lang noch ein Funke Verstand in mir schlummert, muss ich ihn stoppen. Ich muss ihn dazu bringen, damit aufzuhören, mir meine Sinne zu rauben.

Ich fasse seine Unterarme, im Begriff, sie nach unten zu drücken, aber sobald ich den Stoff seines Hemds und die darunterliegenden Sehnen und Muskeln spüre, klammere ich mich einfach nur fest. Auf meinen Mund, das beschämend leicht verführbare Körperteil, kann ich mich auch nicht verlassen. Er lässt sich leichtsinnig ficken und sieht nicht ein, dass dieser gefährliche Mann mit unlauteren Methoden kämpft. Seine Ausstrahlung ist eine Waffe, mit der er jeden Krieg gewinnen könnte.

King drängt seinen Körper an mich. Keine Ahnung, ob er schon wieder hart ist oder immer noch, aber ich fühle seine mächtige Erektion an meinem Bauch. Himmel und Hölle, ich will sie ganz woanders spüren. Hitze durchschießt mich wie eine brennende Kugel, Flammen züngeln an mir hoch. Mir ist heiß. Ich bin heiß. So furchtbar heiß darauf, mehr von ihm zu spüren.

Er schiebt mich rückwärts durch den Raum zu Alyssas Schreibtisch, mein Hintern stößt an die Kante. Er nimmt eine Hand von meiner Wange, streicht meine Seite hinunter und zerrt mein Kleid nach oben. Mit der Erfahrung eines Mannes, der weiß, wie man eine Frau verhext und gefügig macht, streichelt er meinen Oberschenkel, packt dort zu und seine seidenweichen, energischen Lippen gleiten meinen Kiefer entlang zu meinem Hals, wo sie meine Haut an diversen Stellen erschütternd explodieren lassen.

»Verrate mir, wie du es willst. Soll ich es dir hart und versaut geben?«, flüstert er und reißt mit den Zähnen an meinem Ohrläppchen. »Ich kann dich auch heiß und leidenschaftlich nehmen. Oder wenn du es zärtlich brauchst, mich für dich zusammenreißen und eine Kuschelnummer schieben.« Er saugt mein halbes Ohr in den Mund und leckt über die Abdrücke seiner Zähne.

Alles, ruft eine Stimme in meinem Kopf. *Ich will das Gesamtpaket. Ich will es zärtlich, heiß, leidenschaftlich. Hart und versaut. Ich meine, es ist Monate her, Honey.*

Ich glaube, ich wollte noch nie so dringend Sex mit einem Kerl, wie ich in diesem Moment mit ihm. Ich bin willig, weichgekocht, bereit dafür, auf meine Würde zu pfeifen. Warum sollte auch ausgerechnet ich, als einziges Geschöpf auf der Welt, ihm widerstehen können?

Doch als er die freie Hand meine Wange hinabgleiten lässt, die Finger um meinen Hals schließt und mir mit dem Daumen über den Kehlkopf reibt, bin ich nicht sicher, ob ich wirklich weiß, was mich erwartet.

Er bringt sein Gesicht vor meins und blickt mir abwartend in die

Augen. Sein Griff verstärkt sich, er reibt fester über die empfindliche Stelle. Wie um mich zu einer Antwort zu bewegen. Er kennt all die Knöpfe, die er drehen muss, um zu bekommen, was er will. Mir wiederum ist klar, dass er sich auch notfalls einfach nimmt, was er einfordert.

Gott, das hier ist Kingston. Ein Womanizer, der auf total schräges Zeug steht. Der sich für den Nabel der Welt hält, der glaubt, Frauen, die mit ihm ins Bett steigen, hätten dabei absolut nichts zu sagen. Keine Frage, er ist witzig und kann ein charmanter Gentleman sein, aber das gilt nur so lang, bis man mit ihm allein ist. Er behandelt Menschen freundlich und mit Respekt, bis auf die, mit denen er sich körperlich einlässt. Wen will er verarschen, wenn er mich fragt, wie ich es will? Als könnte er anders, als nach seinen Regeln zu spielen.

Ich hole tief Luft und mein Lust durchtränkter Verstand klärt sich ausreichend genug, um sich zu erinnern, wo wir uns befinden. Wir sind in Alyssas Büro. Im *Sinners*, meinem Club, in dem er sich eben noch mit zwei der größten Schlampen der Erde vergnügt hat.

»Es reicht«, bringe ich irgendwie über die Lippen. Meine Stimme zittert noch vor Erregung und seine eisernen Finger an meiner Kehle erschweren mir ein bisschen das Atmen.

»Was genau reicht dir, Antonia?«, fragt er provozierend und auch die Hand an meinem Schenkel packt nun fordernder zu.

Ich schließe die Augen. »Wir werden keinen Schritt weitergehen.«

Aus irgendeinem Grund scheint ihn meine Ansage nicht zu überzeugen. Bestimmt wurde ihm noch nie ein Nein entgegengebracht oder ihn bremsen nur Safewörter wie Rindfleischsuppe.

Mir fehlt die Kraft, um energischer zu werden, mein Körper ist noch unschlüssig, ob er sich auf die Befehle von meinem Verstand einlassen will, doch ich schaffe es, meine verkrampften Finger von seinen Unterarmen zu lösen. Ich bin keins seiner Püppchen, das sich herumkommandieren, kleinhalten oder ignorieren lässt, und deshalb mache ich das, was mir als Erstes in den Sinn kommt. Ich zähle in Gedanken bis drei, und als der Druck seiner Finger nicht weniger wird, hole ich aus, um ihm eine Ohrfeige zu verpassen. Auf diese Sprache versteht sich Mister Alphamännchen gewiss prächtig.

Sein Griff gibt meine Kehle frei. Er fängt meine Hand ab, bevor sie seinem Gesicht auch nur nahekommen kann. Ich hebe die Lider und begegne seinem erstaunten Gesichtsausdruck. Die Überraschung hält jedoch nur zwei Sekunden. Dann sieht er so wütend aus wie eben, als er mich durch die Haupthalle des Clubs geschleift hat.

»Du willst mich schlagen?« Oh, er brodelt. Warum nur finde ich das heiß? Er ist wunderschön, wenn er verärgert ist.

»Du hättest eine Ohrfeige verdient.«

Blitzschnell schnappt er sich auch mein anderes Handgelenk. Ziemlich rabiat zieht er mich nach vorn, dreht mich um und drückt mich hinab auf den Schreibtisch. Er streckt meine Arme durch, sodass ich mich gerade noch auf die Ellenbogen aufstützen und den Kopf hochhalten kann, meine Gelenke in seinem Griff. Er beugt sich über mich und presst mich mit seinem Gewicht auf die Unterlage, auf der Alyssa sich beim Telefonieren Termine notiert. Sein Oberkörper an meinem Rücken.

»Entschuldige dich, Tony«, knurrt er dicht an meinem Ohr.

»Fick dich, King.« Es macht Spaß, ihn weiter in Rage zu bringen. Ich will herausfinden, wie weit ich gehen kann. Ich schulde ihm nicht im Ansatz ein Tut-mir-leid.

Sein großer, harter Schwanz befindet sich direkt an meinem Hintern. Mein Kleid ist nach wie vor nach oben geschoben, der dünne Stoff seiner Hosen und mein winziger Slip lassen jedes Detail zu mir durchdringen. Die kompromisslose Rohheit, mit der er meine Gelenke umklammert, bringt mich zum Stöhnen, und eine neue Welle des Verlangens schwappt sengend heiß durch meine Venen.

Das ist ja so was von falsch.

»Entschuldige dich, verdammt.« Das ist eine unerbittliche Order. Sein barscher Tonfall bringt meinen Herzschlag zum Flattern.

Seit wann macht es mich scharf, wenn sich jemand dermaßen herrisch aufführt? Also ich mag es, wenn ein Kerl im Bett den Ton angibt – welche Frau mag das nicht? –, aber ich nehme keine Befehle entgegen.

Ich kann mich kaum rühren, habe so gut wie keinen Bewegungsspielraum. Die Hände dieses Mannes sind Fesseln, sein Körper heftet meinen an die Tischplatte. Ich spüre seinen warmen Atem an meinem Hals, seine Beine pressen die meinen zusammen. Es ist verrückt, dass dieses Gefühl der Hilflosigkeit einen Schwall Lust zwischen meine Schenkel jagt. Normalerweise kann ich damit nicht umgehen. Wenn man den Namen Soto trägt, ist man nicht hilflos. Man ist zu klug, sich in Situationen manövrieren zu lassen, in denen man schwach aussehen könnte, man behält die Kontrolle, die Macht. Doch in diesem Moment bin ich völlig wehrlos; dem sexy schroffen Kerl hinter mir ausgeliefert, und alles, woran ich denken kann, ist die Stelle, an der sich sein Penis an meine Pobacken drückt. Es ist unanständig, dass sein Teil so riesig ist.

»Ich werde mich auf keinen Fall entschuldigen.« Stattdessen versuche ich, die Hüften zu bewegen und mich an der länglichen Ausbuchtung seiner Hose zu reiben. Es gelingt mir sogar ein bisschen, auch wenn das Ergebnis nicht gerade befriedigend ist.

Sein Atem bebt. Ich würde eine Hand dafür ins Feuer legen, dass er das vor Erregung tut. Das ist genau die Art Spielchen, die ihm gefällt, und vor der ich in drei Teufels Namen schreiend davonlaufen müsste. Die Feministin in mir schlägt verzweifelt die Hände über dem Kopf zusammen, als er seine hundertzehn Kilo auf seine Arme verlagert, damit sein gesamtes Gewicht auf meine Handgelenke legt und der schmerzhafte Druck etwas Großes in mir zum Schwelen bringt. Meinem Mund entweicht ein klagendes sowie anstößiges Geräusch.

Was ist aus *keinen Schritt weitergehen* geworden?

»Zwing mich nicht, den Gürtel aus den Schlaufen meiner Hose zu ziehen, und dir damit den Arsch so zu versohlen, dass du zwei Tage nicht sitzen kannst.«

Der Schauer, der mich überläuft, ist heiß und kalt. Angst trifft Neugier. Das würde er nicht tun, oder? Eine leere Drohung. Ich bin kein Profi in Sachen Dominanz und Unterwerfung, aber ich weiß zumindest, dass beide Partner im Vorfeld ihre Grenzen abstecken. Mich von ihm mit einem Gürtel schlagen zu lassen, liegt oberhalb meiner Toleranzschwelle, nach der er mich definitiv nicht gefragt hat. Die ganze Szene liegt eigentlich oberhalb davon.

Was, wenn du ihn einfach gewähren lässt?

Nein!

Er fährt mit der Zunge über meinen Hals, über die vor Verlangen und Nervosität pulsierende Schlagader, knabbert an mir. Ich muss die Augen schließen, weil sich seine neckenden Lippen unerträglich gut anfühlen, meine Nerven stimulieren und mich sensibler werden lassen. Geradezu anfällig für jeden Reiz.

»Du kannst das hier beenden, Antonia. Sag, dass es dir leidtut, und du hast deine Freiheit wieder.«

Ich will ihm sagen, dass ich höchstens bereue, ihn mit dieser Ohrfeige nicht getroffen zu haben, aber aus mir dringt nur ein heiseres Stöhnen, denn er saugt in dieser Sekunde ein besonders empfindsames Stück Haut in seinen Mund, und ich spüre seine dagegen schlagende Zunge bis in meine Brüste, nein, bis in meine Klitoris vibrieren. Es ist, als würde er versuchen, mich aufzuessen. Meine Realität verschwimmt. Er wiederholt diese kleinen Zungenschläge wieder und wieder, und seine Lippen saugen so heftig an mir, dass ich mehr hechle als atme. »Macht dich das an?«

»Du kannst mich mal«, quäle ich hervor.

Er gräbt die Zähne in meine Haut und beißt mich zärtlich.

Ich bin nicht einverstanden damit, dass er mich dermaßen willensschwach macht. Dass ich merke, wie mir die Dinge immer weiter entgleiten und meine Prinzipien schmelzen. Als er anfängt, seinerseits die Hüften zu bewegen, sie vorstößt und seine Hose meinen Slip vögelt, will ich ihn anflehen, mich richtig zu ficken. Mein Stolz liegt zusammengefaltet vor seinen Füßen. Jetzt kann er verflucht noch mal auch bis zum Äußersten gehen.

Ich glaube nicht einen Herzschlag lang, dass er nicht sofort von mir ablassen würde, wenn ich ihm nachdrücklich sage, dass ich das hier nicht will. Das Problem ist: Ich will es. Ich, Antonia Soto, bin zu schwach, um mich Kings erotischen Reizen zu widersetzen. Wer zur Hölle hätte das gedacht? Dass ich mich von diesem Höhlenmenschen ergeben über einen Schreibtisch beugen lasse und mein Höschen nass dabei wird, ihm die Kontrolle zu schenken?

Alles an ihm ist hart. Seine Finger, seine Brust, jeder Muskel seines Körpers bis hin zu seinem Schwanz. Und ich? Ich bin weich, jede Zelle von mir. Wie ein Stück Butter, das unter der Hitze zerläuft, die sein Körper absondert.

Meine Arme drohen nachzugeben, aber der schmerzende Griff, in dem er mich hält, erlaubt nicht, dass ich zusammenbreche.

»Du lässt mir leider keine Wahl, Eisprinzessin«, sagt er in bedauerndem Tonfall. Er schiebt meine Hände nah an die Holzkante, rafft sie über meinem Kopf zusammen, um sie mit nur einer von sich zu fixieren. Meine Ellenbogen werden dadurch entlastet, aber seine Brust drückt mich auch auf den Tisch nieder. Nur ein Moment, dann wird der Ballast seines Gewichts weniger, da er sich hochstemmt. Mit Fingerspitzen fährt er über meine Rippen, bringt die Hand zwischen unsere Körper, berührt den Rand meines Slips und gleitet unter den schwarzen Stoff.

Gott.

Dass er seine Finger zwischen meine zusammengepressten Beine drängt, ist nichts, was ich nach seiner Ansage erwartet hätte. Ich dachte, er wolle mich dafür bestrafen, mich nicht entschuldigt zu haben. Aber das, was er mit mir anstellt, hat nichts mit Bestrafung zu tun. Er entfacht rohe Lust.

Auf Anhieb findet er die kleine harte Stelle, die sich seit Monaten nach Aufmerksamkeit sehnt, stößt gegen sie und reibt mich mit erfahrenem Können.

»Verdammt, bist du feucht.«

Ich bin verdammt feucht und obendrein außerstande, noch länger an meinem Verstand festzuhalten. Meine vernachlässigte Vagina übernimmt hiermit endgültig das Denken.

Ich stöhne und balle die Hände zusammen, die er nach wie vor mit seinen Fingern fesselt. Meine Knöchel schaben über den Schreibtisch, meine Zehen krümmen sich in meinen Pumps.

Ich war schon mit einigen Männern intim, aber ... verflixt. Die Gefühle, die Kings fordernde Hand auslöst, konnte keiner davon mit seinem Schwanz heraufbeschwören. Ich könnte sofort in tausend Teile zerspringen.

»Willst du, dass ich dich hart kommen lasse?«

»Ich bring dich um, wenn du es nicht tust.«

Meine Antwort lässt ihn Aufstöhnen. Als würde es ihn verrückt und ultraheiß machen, dass ich einen Orgasmus von ihm fordere.

Ich bin auch gut darin, Befehle zu bellen, Honey.

Er macht es mir rau, mit geübtem Druck. Ich reiße die Lider hoch, nur um die Augen zu verdrehen und auf beschämende Weise seinen Namen zu wimmern. Er stößt mit einem Finger in mich, während zwei andere den Job fortsetzen, meine anschwellende Perle zu massieren.

Prickelndes Verlangen schäumt durch meinen Bauch, meine

Knie sind weich und meine Beine zittern. Ich dränge meinen Hintern seinem Handballen entgegen, während er mich mit diesem gottverdammten großen Finger vögelt. Sein Atem geht schnell, er streift bei jedem Luftausstoßen mein Ohr. Ich bin sensibel an den Ohren und neige den Kopf, ziehe die Schulter, so weit sein Griff es zulässt, hoch, um dieses empfindliche Körperteil zu verdecken. Die Innenseiten meiner Schenkel glühen durch die Bewegungen seiner Hand und all das ... inklusive des Anblicks seines angespannten, kräftigen Arms, der sich über mich hinwegstreckt, ist nach ein paar Sekunden zu viel für mich.

Ich treibe unglaublich schnell auf den Rand zu. Stöhnend lege ich den Kopf in den Nacken, vielleicht um ein Dankesgebet in den Himmel zu schicken, denn der Höhepunkt, der anrollt und mich heiß und grell in Licht aufgehen lässt, ist schon so lang überfällig. Kings Gesicht schwebt über meinem. Er sieht entschlossen, berauscht und auch ein bisschen verzweifelt aus. Und so unfassbar sexy. Er darf nie erfahren, dass ich ihn in diesem Moment eher für einen Gott als für einen König halte. Der seichte Bartschatten auf seinen Wangen, die leicht zusammengeschobenen Brauen ... Aus dieser Perspektive wirkt er noch männlicher als sonst und irgendwie düster.

Die Hitze aus meinem Bauch senkt sich in meinen Unterleib. Meine Muskeln kontrahieren und ich komme mit einem Keuchen. Obwohl *kommen* die Untertreibung des Jahrhunderts ist. Es fühlt sich eher an, als würde ein Komet auf die Erde treffen und die ganze Welt erschüttern. Jeder Zentimeter meines Körpers bebt und bebt und bebt ...

»King«, rufe ich aus, weil dieses gute Gefühl nicht weniger wird. Das ist nichts, was ich für gewöhnlich tue. In heißen Augenblicken irgendwelche Namen zu stöhnen.

Er lässt meine Handgelenke los, stößt sich am Schreibtisch ab und richtet sich auf. Seine Finger schlüpfen aus meinem Höschen. Sofort keimt Sehnsucht nach seiner Wärme und seinem Gewicht auf, aber mein Gehirn ist zu vernebelt, um in irgendeiner Form darauf zu reagieren, und ich traue meinen Beinen nicht. Vermutlich knicken mir gleich die Knie weg.

Meine Hände sind taub, durch seinen Griff schlecht durchblutet, erst beim zweiten Versuch bringe ich es fertig, die Finger um den

Tischrand zu schließen. Durch das Echo meines galoppierenden Herzschlags hindurch höre ich, wie er hinter mir seine Hose aufmacht. Das Geräusch, wie er den Reißverschluss hinabzieht, den Gürtel öffnet. Wie er das weiche Leder durch die Schlaufen zieht.

Eigentlich bin ich noch nicht in der Lage dazu, aber ich wende den Kopf zur Seite, um einen Blick hinter mich zu werfen.

Sein Blick ist auf meinen Po gerichtet, während er sich den schwarzen Riemen um eine Hand wickelt. Seine Hose sitzt tief, er hat das Hemd herausgezogen, und sein Schwanz dehnt die engen Boxer-Briefs, die er drunter trägt, auf faszinierende Weise. Jede Härte ist aus seinem Gesicht verschwunden, er wirkt sogar ziemlich verletzlich. Als wäre er ein Untergebener seines eigenen Verlangens. Und wonach es ihm verlangt, ist nicht schwer zu enthüllen.

Scheiße, wird er mich wirklich mit diesem verdammten Gürtel auspeitschen?

Das ist ... beängstigend. Und auf eine kranke Weise heiß.

Er hat mich losgelassen, ich könnte meine Kraft zusammenraffen und mich gerade hinstellen, um ihm in dieser machtlosen Position meinen Hintern nicht auch noch anzubieten. Ich könnte mich für den Versuch entschuldigen, ihn zu ohrfeigen, oder ihm einfach sagen, dass mir das eine Nummer zu weit geht. Nach zehn Jahren, die ich diesen Mann jetzt kenne, kann ich mit Sicherheit sagen, dass er – wenn ich das wirklich will – aufhören würde. Ich vertraue ihm, wir waren eine Ewigkeit Freunde.

Aber das kribbelnde Gefühl von Neugier schleicht meine Wirbelsäule empor. Vielleicht wäre es interessant, diese Erfahrung zu machen. Was hier passiert, darf sowieso niemals dieses Büro verlassen. Außerdem hat er mir gerade einen Orgasmus geschenkt, der sämtliche Höhepunkte der letzten Jahre in den Schatten stellt. Und das mit seinen Fingern! Ein Teil von mir findet, dafür sollte ich ihm auch einen Gefallen tun. Ich schätze, ich kann das aushalten. Er befriedigt mein Verlangen, ich befriedige seins – ein fairer Tausch.

Mein langsam wieder zu sich kommendes Denkvermögen beschließt, was mein Körper längst entschieden hat. Andernfalls würde ich wohl kaum über den Tisch gelehnt und mit hochgeschobenem Kleid auf das Geschehen warten. Ich bin angespannt, nage an meiner Lippe, und als sein Blick zu meinen Augen gleitet, fällt mir ein, dass ich ihm wohl besser noch etwas sage.

»Mayday.«

Er zieht die Brauen hoch.

»Mein Safeword«, erkläre ich und gebe ihm damit auch gleichzeitig zu verstehen, dass ich mich auf dieses Spiel einlassen will.

Ein Gewinnerlächeln huscht über seinen Mund. Es ist der Ich-habe-die-Diva-gebrochen-Ausdruck. Und für den Moment hat er das wohl. Zumindest fühle ich mich gerade ziemlich zerbrechlich.

King kommt um den Schreibtisch herum, tritt neben mich, seine Bewegungen sind die eines wilden Tieres. Ich liebe diesen Kampf von Schwäche und Besitzgier in seinen Augen, seine zur Hälfte entgleisten Gesichtszüge, die dem in ihm kochenden Verlangen erliegen. Wie kann ein Mensch zwei so gegensätzliche Empfindungen ausstrahlen?

Er sinkt neben mir in die Hocke und streicht mit einem Handrücken über meine Wange. Noch so ein Widerspruch zu dem um seine Faust geschlungenen Gürtel. Er hat nur ein kurzes Stück des breiten Riemens als Waffe übrig gelassen, ungefähr ein Drittel. »Du wirst kein Safeword brauchen. Ich werde nichts machen, was man dir nicht zumuten kann. Ich mag keine Codes. Wenn du das Gefühl hast, dass hier etwas passiert, was du nicht ertragen kannst, will ich, dass du mir das unverblümt sagst. Ich entscheide dann, ob wir besser aufhören.«

Er entscheidet das? Das ist ... Ich kann den Gedanken nicht zu Ende führen, denn Kingston fasst nach der Spange an meinem Hinterkopf und öffnet mein Haar. Durchkämmt es mit den Fingern, sodass es sich über meinen Rücken ausbreitet. Sein Mund kommt meinem nah, er streift mit den Lippen darüber, bevor er sich aufrichtet und ich zusehen kann, wie seine Züge streng werden. Wie die Verzweiflung und Schwäche aus ihnen weicht. Er unternimmt einen Schritt zurück und bleibt seitlich von mir stehen. Außerhalb meines Blickfelds.

»Letzte Chance, Antonia. Willst du mir nicht doch etwas sagen?«

Ich deute ein Kopfschütteln an.

»Steig auf den Tisch. Knie dich dort rauf.« Seine Stimme ist dunkel, kontrolliert, gefühllos und ... Ich soll was?

Ich zögere. Seine Worte zu befolgen, hätte was davon, sich

selbst das Halfter anzuziehen, an dem man zur Schlachtbank geführt wird. Ich habe so etwas noch nie gemacht. Meine Rollenspiele mit Hunt waren weitaus harmloser.

Ich höre, wie er ausholt, bevor das Ende des Gürtels meine Oberschenkel trifft. Ohne Vorwarnung. Nicht so fest, dass ich aufkeuchen müsste, nicht so, dass es wirklich wehtäte. Eher wie eine unmissverständliche Aufforderung. Mir entfährt ein überraschtes Geräusch.

»Wenn ich sage, steig auf den Tisch, meine ich: Steig sofort auf den Tisch.«

Ich drücke die Arme durch, stütze mein Gewicht auf die Hände. Meine Knie sind immer noch wackelig, als ich eins davon auf die Kante setze und seinem Wunsch nachkomme, mich auf den Schreibtisch zu heben. Auf allen vieren harre ich dem, was noch kommt.

Kingston streift mein Kleid noch weiter nach oben. Er schiebt einen Finger unter den Bund meines Slips und zieht ihn an einer Seite über meine Hüfte hinab, greift um mich und macht auf der anderen Seite dasselbe. Dann rollte er ihn über meine Schenkel nach unten. Als er mit seiner großen, heißen Handfläche über meinen nackten Hintern streicht und ihn knetet, muss ich mir auf die Lippe beißen, um ein Stöhnen zu unterdrücken. Ich befürchte, ich mag es, wenn er mich berührt. Egal, wo. Egal, wie. Ich könnte beinah vergessen, dass ich mich in einer entwürdigenden Position befinde.

»Du hast keine Ahnung, was ich in meiner Fantasie schon alles mit deinem süßen Arsch angestellt habe.« Er fährt mit den Fingern zwischen meinen Pobacken entlang.

Ich halte den Atem an. Meine Haut brennt. Die Stellen, die er anfasst, glühen.

Er hatte Fantasien von mir? Ich kann nicht verhindern, dass mir ebenfalls ein paar Bilder von ihm und meinem Hintern durch den Kopf schwirren, aber für einige davon wäre ein gewisses Körperteil von ihm eindeutig zu groß.

»Du weißt, warum ich dich bestrafe?«, will er von mir wissen.

»Weil ich mich nicht entschuldigen will«, krächze ich. Mein Mund ist furchtbar trocken.

»Weil du mich ins Gesicht schlagen und dich dann nicht mal

entschuldigen wolltest«, bestätigt er. So, wie er das sagt, klingt es nach einem Staatsverbrechen. Dabei war es reine Selbstverteidigung, ihm eine runterhauen zu wollen.

Fast in derselben Sekunde, in der er seine Hand von meinem Po wegzieht, trifft das Gürtelende auf meine Haut. Fester als eben auf meine Schenkel. Es ist ein kurzer und ziehender Schmerz, der mich durchzuckt und sofort auf ein erträgliches Maß abklingt. Ich bin trotzdem etwas schockiert und stoße hart den Atem aus.

Er bewegt sich ein Stück um den Schreibtisch herum und wirft einen prüfenden Blick auf mein Gesicht. Als könne er anhand meines Ausdrucks erkennen, wie ich mich nach dieser kleinen Bestrafung fühle.

Ich fühle mich ... nicht schlecht. Der Hieb lag im Bereich des Zumutbaren. Er scheint zu demselben Ergebnis gekommen zu sein, denn er tritt wieder zurück. Ich sehe am Rand meines Sichtfelds, wie er sein steifes Glied aus den Boxer-Briefs holt und eine Faust darum schlingt. Er reibt über die Stelle, an der mich der Gürtel getroffen hat, und bewegt unterdessen die Hand um seinen Schaft.

Die Situation macht ihn offenbar an. Wie ich hier auf diesem Tisch knie. Dass er mich geißelt. Mich hingegen macht es scharf, dass es ihn heißmacht. Wie schon erwähnt, stehe ich auf erregte Menschen, und ich stehe noch mehr darauf, wenn ich es bin, die einem Mann Lust verschafft. Wenn es das ist, was dieser schöne Kerl braucht, dann soll er es sich in Gottes Namen von mir nehmen.

Ich knete die Unterlippe mit meinen Zähnen und wünsche mir, er würde nicht so weit hinter mir stehen, sodass ich einen besseren Blick darauf hätte, wie er masturbiert. Mein eigenes Verlangen, das noch nicht ganz abgeschwollen ist, pumpt sich wieder auf. Ich spüre ansteigenden Druck in meinem Bauch und presse unwillkürlich die Schenkel zusammen.

Er peitscht dich mit einem Gürtel und du wirst geil. Schäm dich in Grund und Boden, Soto.

Aber ich schäme mich nicht. Obwohl ich mich wirklich kräftig schämen will.

»Weißt du, was ich noch weniger ausstehen kann, als von einem Mädchen ins Gesicht geschlagen zu werden?« Seine Lust prickelt durch die Rauheit in seiner Stimme. Er versucht, beherrscht zu klingen, aber sein Atem verrät, unter welcher Spannung er steht.

»Nein.«

»Ich kann es absolut nicht leiden, wenn man mich abweist oder einfach irgendwo stehen lässt.« Seiner Offenbarung folgen zwei schnelle, klatschende Schläge. Sie zielen auf die Rückseite meiner Oberschenkel und sind härter, als ich sie erwartet habe. Vielleicht bin ich auch schmerzempfindlicher an dieser Stelle als an meinem Hintern.

Die Luft weicht mir aus der Lunge. Ich zucke stöhnend zusammen, lasse den Kopf nach vorn fallen und drücke den Rücken ins Hohlkreuz. Dieser Bastard. Der Schmerz zerläuft auf meiner Haut und ich spüre ihn sogar zwischen den Beinen. Das ist nicht zumutbar und ich will ihm das sagen, doch ich höre, wie der Gürtel zu Boden fällt, und in der nächsten Sekunde ist King hinter mir. Er zieht mich an den Hüften zur Kante und bevor ich weiß, was mit mir geschieht, hat er seinen großen Schwanz in mich getrieben. Mit einem harten Stoß nimmt er mich in Besitz. Anders kann man es nicht ausdrücken. Er füllt mich restlos aus, dehnt mich mit seiner Größe, dass es im ersten Moment wehtut. Gleichzeitig ist es das beste Gefühl, das mir je ein Mann gegeben hat.

Ich stöhne schon wieder. Diesmal vor Verlangen. Oder vor Erstaunen. Ich war nicht darauf gefasst, dass er in mich eindringt, und die Wucht und der Umfang seines Penis' bringen mich beinah um. Er lässt mir keine Sekunde, um damit fertigzuwerden, sondern beginnt ... mich zu ficken. Tiefe, forsche Stöße. Mit einem Ellenbogen hält er meinen Rücken durchgebogen.

Nicht zumutbar. Dennoch darf er nicht aufhören. Er fühlt sich großartig an. Nein. Groß und unartig. Unartig groß. Kann man sich in einen Schwanz verlieben, obwohl man den dazugehörigen Kerl für einen eingebildeten Blödmann hält? Ich schätze, das geht, denn ich bin auf der Stelle liebestrunken.

Bei jedem Stoß zieht er mich mit der Hand auf meiner Hüfte seinem Becken entgegen und kommt dadurch wahnsinnig tief in mich rein. Ich bin so feucht, dass er leicht hinein- und wieder rausgleitet, die Geräusche unserer aufeinandertreffenden Haut füllen den Raum.

»Du wunderbarer Teufel«, entgleiten mir meine Gedanken. Worte, die ich später unter Garantie bereuen werde.

Er lehnt sich stöhnend vor, sein Hemd reibt sich an meinem Kleid. King küsst mich auf die Schulter und umschlingt mit dem rechten Arm meine Taille, um mich noch rauer auf seinen stoßenden Schwanz zu ziehen. Seine Hand gleitet meinen Bauch hinauf, bis er meine Brust umfasst. Meine Nippel sind hart und scheuern gegen den Stoff des BHs, und ich wünsche mir, wir hätten weniger an. Ich will nackt sein, seine Finger auf meiner Haut spüren. Ich will, dass er nackt ist.

Meine Oberschenkel brennen noch leicht, aber das ist mir völlig egal. Wenn das die Belohnung dafür ist, mich von ihm peitschen zu lassen, soll er mich meinetwegen beim nächsten Mal windelweich hauen. Die Reibung, die er zwischen meinen Schenkeln verursacht, die wahnsinnig guten Gefühle, die mir sein arbeitender Körper einbringt, sind ein paar Qualen allemal wert. Ich kann die gesamte Länge seines Glieds in mir spüren, seinen kompletten Umfang.

»Sag, dass du es liebst, wie ich dich ficke«, verlangt er keuchend.

»Ich liebe es, wie du mich fickst.« Ich bewege mich gegen seinen Körper. Meine Finger haben sich verkrampft, es könnte sein, dass gleich meine Nägel draufgehen.

»Braves Mädchen.« Er drückt meine Brust in seiner Handfläche und lässt sie dann los, um höher zu gleiten. Mit einer Hand an meinem Hals holt er mich hoch, presst mich mit dem Rücken an die zitternden Muskeln seines Oberkörpers. Mit zwei Fingern dreht er meinen Kopf, um seinen um Luft ringenden Mund auf meinen zu drücken, und ich spüre das Herz in seiner Brust polternd schlagen.

Ich greife nach seinem Arm, halte mich daran fest. Mir ist schwindelig. Ich glaube, er wäre imstande, mich besinnungslos zu vögeln. Die kribbelnde Hitze in meinem Unterleib wächst, sodass ich wahrscheinlich bald wie ein Phoenix in Flammen aufgehe und zu Asche zerfalle. Mit Lippen, Zähnen und Zunge macht er meinen Mund zu seinem Eigentum, wie er sich mit seinen Stößen meinen Körper aneignet. In unserer jetzigen Stellung kommt er nicht ganz so tief in mich, aber das macht er mit einer Salve hämmernder, grober Bewegungen wett. Es treibt mir den Schweiß aus den Poren, mitzuhalten und an diesem Spielchen beteiligt zu bleiben.

Ich kann diese süße Folter nicht länger aushalten. Nicht eine verdammte Sekunde. Mein Höhepunkt zerschießt mich in eine Billion Teile aus heißer, feuchter Lust. Ich stöhne schmutzig laut auf, ziehe mich um seinen Schwanz zusammen.

King drückt seine Finger in meine Kehle. Vielleicht klemmt er damit die Sauerstoffversorgung zu meinem Gehirn ab, auf jeden Fall wird mir für einen winzigen Moment schwarz vor Augen, und alles, was noch existiert, ist das Ziehen zwischen meinen Schenkeln, in das er seinen Körper hineintreibt. Langsamer als vorher, aber kaum sanfter.

»Gestehe, dass es dir noch nie ein Mann besser besorgt hat«, flüstert er heiser. Er ist außer Atem. Es mir zu besorgen, verlangt ihm offenbar einiges ab.

Meine Seele liegt entblößt vor ihm. Es wäre unmöglich, ihn in diesem Augenblick anzulügen. Aber das muss ich nicht. Noch nie hat ein Mann mir solche Empfindungen abgerungen. Noch nie hat sich Sex nach so etwas heilig und versaut Gutem angefühlt. Nicht mal mit Hunt, der mich bis in die letzte Zelle befriedigen konnte.

»Nie«, bestätige ich ihm zwischen zwei Lauten, die sich nicht entscheiden konnten, was sie werden wollten, und deshalb als ein Schnauben hervordröhnen.

Er saugt an dem Übergang zwischen meinem Kiefer und meinem Hals, gleitet geschmeidig in mich, hinein und wieder raus. Für eine Minute nimmt er mich zärtlich. Ich bin dankbar dafür und noch längst nicht wieder unten angekommen, hänge noch in einem Geflecht aus pulsierenden Nervenenden.

Mit der Hand, die er auf meinem Becken hatte, fährt er mir vorn zwischen die Beine und schiebt meine Schenkel auseinander. Er befühlt und streichelt die Stelle, an der sein Schwanz in mir verschwindet.

»Verdammt, ist das heiß. Zu fühlen, wie ich in dich stoße. Ich werde gleich kommen, aber ich nehme dich mit«, knurrt er und intensiviert seine Stöße. Vögelt mich kraftvoll und hart aus der Hüfte heraus.

Ich erschaudere vor Verlangen. Wir machen beide Geräusche, eine Verkettung von Leidenschaft und Lust, die aus unseren Mündern dringen. Seine sind leise und klingen gefährlich, meine sind hell und bebend. Sein Daumenballen reibt an meiner Klit, während er immer noch einen Finger an der Stelle hat, an der wir uns verbinden.

Mein Körper krampft sich um seinen zusammen. Seine Stöße blitzen durch mein Geschlecht, durch meinen Bauch, hinein in alle Zellen. Mir entgleitet ein kleiner Schrei der Erlösung, ich presse mich fest an ihn und spüre, wie er vor Erregung zittert. Wie seine Muskeln zu pumpen beginnen. Seine Finger an meinem Hals geben mich frei und schließen sich um den Stoff meines Kleids, als befürchte er, dass er mich zerquetschen würde, wenn er mich weiterhin festhält. Er stößt noch ein paarmal in mich und kommt, seine harten Zentimeter tief in mir drin, sein Mund an meiner Wange.

Es ist, als wären wir beide für einen Moment außer Gefecht gesetzt. Wir bewegen uns nicht. Ich drücke seinen Arm an meine Brust und versuche, mich daran zu erinnern, wie man existiert. Wie man Luft in beinah kollabierende Lungen saugt und sich weit genug zusammenhält, um nicht in einzelne Elemente zu zerreißen.

Kingston scheint sich auf etwas Ähnliches zu besinnen. Ich bemerke an meiner Haut, wie seine Atmung langsamer wird und aufhört, zu stolpern. Wie die Anspannung aus ihm weicht. Er hat sich als Erster wieder beisammen. Er lässt mein Kleid los, streicht über den Stoff und zieht den Arm unter meinem weg. Während er die Hand zwischen meinen Schenkeln fortnimmt und zurücktritt, höre ich, wie er einen leisen Fluch ausstößt.

Ich bin nicht sicher, wie ich es auf die Reihe bekomme, meine Muskeln weit genug zu sortieren, um mich umzudrehen. Aber irgendwie schaffe ich es, auch wenn meine Kraft nicht weiter reicht, als mich auf die Kante zu setzen. Meine Beine schmerzen, als ich sie durchstrecke und mit den Handflächen über die Vorderseite meiner Schenkel fahre, um etwas anderes zu spüren.

Er verschließt gerade den Knopf seiner Hose, aber sein Blick ist auf mich gerichtet. In mein Gesicht. Seidenweich und ergeben. Als hätte er mich nicht gerade auf dem Schreibtisch meiner Angestellten gefickt wie ein wildes Tier, sondern mir seine Liebe gestanden. Er lächelt schief und ich betrachte seinen Mund. Dann seine stoppeligen Wangen. Meine Sicht verschwimmt, eine Nachwirkung von unserem sensationellen Sex, und mein Puls poltert noch in meinen Venen. Aber ich sehe, dass ihm das Hemd an seinem schweißnassen Oberkörper klebt. Die Muskeln seiner harten Brust zeichnen sich ab und schimmern verführerisch hindurch. Warum hat er es nicht ausgezogen? Ich hatte kaum Gelegenheit, dieses Kunstwerk von einem Mann zu berühren.

Meine Gedanken sind zäh und träge, und als er einen Schritt auf mich zumacht und mir etwas von den Fußknöcheln streift, muss ich blinzeln, um zu erkennen, was er da in seiner Hosentasche verschwinden lässt. Mein Slip. Er steckt mein Höschen ein.

Was?

»Du bist ungewohnt still, Tony«, neckt er mich. King greift in mein Haar, zieht meine Lippen auf seinen Mund und küsst mich tief.

»Ich hätte nicht gedacht, dass du ein Trophäenjäger bist«, sage ich, als er den Kuss beendet und ich allmählich wieder klarer denken kann. Der Rauch hinter meiner Stirn löst sich auf und mein Körper wird wieder lebendig.

»Ich bin was?«

»Du hast mir meinen Slip geklaut.«

Er lächelt und weicht von mir zurück, greift in seine Hosentasche, um sein Diebesgut zu befühlen. »Das ist keine Trophäe. Betrachte es als Erstes von drei Indizien, die ich später brauche, um dir zu beweisen, dass du mir gehörst.«

»Wie bitte?«

»Wenn ich es zwei weitere Male schaffe, dir ein feuchtes Höschen auszuziehen, sollte selbst dir klar sein, dass du mir verfallen bist. Und dann können wir darüber sprechen, wie unsere gemeinsame Zukunft aussieht.«

Zwei weitere Male … Gemeinsame Zukunft … Ist er verrückt? Er frischt meine Erinnerung auf, dass selbst dieses eine Mal nicht hätte passieren dürfen. Schon gar nicht hier.

Ich gerate ein bisschen in Panik, weil mir schlagartig bewusst wird, was ich aufs Spiel setze. Wie leichtsinnig ich mich verhalte. Jemand vom Personal könnte das Büro betreten. Jemand könnte, nein, wird mitbekommen haben, was hier drinnen gelaufen ist, denn wir waren nicht unbedingt leise.

Oh mein Gott, diese beiden Männer von der Security, die ganz in der Nähe der Tür stehen … Gäste, die Richtung Haupthalle gingen … Wie zur Hölle konnte ich vergessen, dass Martín hier herumschwirrt? Ich habe ihn bei der Liveshow zurückgelassen. Ich ... muss völlig übergeschnappt sein. Bescheuert. So bescheuert.

Ich lasse mich von der Schreibtischkante gleiten, auf meine schwachen Beine, die durch den Schreck, der mich durchfährt, sogar noch schwacher werden. Wenn mein Dad auch nur von einem vagen Verdacht erfährt, den jemand über mich und King – ein zahlendes Mitglied – äußert, wird er mir den Club wegnehmen. Er wird mich auf Lebzeiten aus dem Geschäft verbannen, vielleicht sogar eine Rakete kaufen und mich damit ins Weltall schießen. Ich habe nicht jahrelang dafür gekämpft, die Sache mit Hunt aus seinem Gedächtnis zu löschen, um dann denselben Fehler noch mal zu begehen. Wir sündigen nicht.

Ich ziehe verhalten mein Kleid nach unten, um wenigstens ein bisschen autoritärer zu wirken, wenn ich ihm sage, dass diese Nummer gerade eine einmalige Sache war. Ich will überzeugend klingen, auch wenn die Vorstellung, nie wieder in den Genuss dieses Mannes zu kommen, innerlich wehtut. Nachdem er die Messlatte irgendwo über den Wolken angesetzt hat, werde ich wohl keinen Spaß mehr beim Sex haben.

Spinn nicht rum. Er ist nur ein Kerl. Er ist Kingston. Dass du dich auf ihn eingelassen hast, ist sowieso schon entwürdigend.

Genauso entwürdigend, wie ohne Slip nach Hause fahren zu müssen. Ich fühle mich nackt und ... feucht. Die Sorge, die bei diesem Gefühl durch meinen Körper stürzt, stellt allerdings die, dass unser Schäferstündchen auffliegen könnte, zehnmal in den Schatten. Das kalte Grauen packt mich.

»Alles in Ordnung?«, fragt er in derselben Sekunde, in der ich »Wir haben kein Kondom benutzt«, ausstoße.

Ich hatte Sex mit Kingston Everett. Ungeschützten Sex. Ich verhüte nicht.

Er verzieht schuldbewusst das Gesicht, während er sich das Hemd in die Hosen stopft. So, als wäre ihm das schon die ganze Zeit über bewusst und als hielte er das für keine große Sache. »Ich habe seit Jahren nicht darauf verzichtet. Du brauchst also wegen nichts beunruhigt zu sein.«

Wow. Er ist wirklich ein Idiot. Er verschwendet nicht einen Gedanken in diese Richtung. »Gut zu wissen.«

Ich sage ihm nichts. Womöglich, um die Situation nicht noch

komplizierter zu machen, als sie schon ist. Die Wahrscheinlichkeit, dass dieses eine Mal irgendwelche nachhaltigen Folgen hat, liegt ja auch praktisch bei null. Ich bin bloß talentiert darin, mich unnötig verrückt zu machen.

Nachdem er seinen Gürtel vom Boden aufgehoben – der Anblick, als er ihn in der Hand hält, lässt mich erschaudern –, durch die Schlaufen seiner Hosen gezogen und ihn verschlossen hat, wende ich mich ab, um meine Haarspange zu suchen. Ihm ist bereits anzusehen, dass er und ich ... Da will ich wenigstens versuchen, ein nicht ganz so offensichtliches Bild abzugeben.

Sie liegt neben Alyssas Schreibtisch. Ich bücke mich nach der Haarklammer und als ich mich wieder aufrichte, steht Kingston direkt hinter mir. Er schlingt einen Arm um mich, die vertraute Pose ruft ein Echo heißer Gefühle wach, streicht mein Haar zurück und küsst meine Schläfe. »Tu das nicht.«

»Ich soll was nicht tun?«, frage ich. Meiner Stimme ist nicht anzuhören, dass in mir heilloses Chaos wütet. Sie klingt fest und kühl – so, wie ich und der Rest der Welt es von ihr gewohnt sind. Ich habe mich unter Kontrolle und bei allem, was mir heilig ist ... die wird mir auch so schnell nicht noch mal entgleiten.

»Tu nicht so, als würdest du dich dafür schämen, dass du und ich den Akt der Liebe vollzogen haben. Dafür war es viel zu gut. Ich hatte jedenfalls Spaß dabei, dein Eis schmelzen zu lassen, Prinzessin. Frier nicht sofort wieder ein.«

»Wo da die Liebe in diesem Akt gewesen sein soll, musst du mir erklären.«

Sein Lächeln kitzelt an meinem Gesicht. »Ich habe es geliebt. Du hast es geliebt. Für mich hört sich das nach einer Menge Liebe an.«

Ich befreie mich von seinem Arm, nehme die Spange zwischen die Zähne und drehe meine Haare mit beiden Händen zusammen, um sie an meinem Hinterkopf festzustecken. Ein Spiegel wäre von Vorteil, aber um die Personaltoilette aufzusuchen, müsste ich das Büro verlassen, und ich habe ein bisschen Angst vor dem, was mich da draußen erwartet.

»Du wolltest Feierabend machen, oder? Warte hier und lass mich eben mein Zeug holen. Dann fahre ich dich nach Hause«, geht King fälschlicherweise davon aus, unsere Wege würden sich nicht in spätestens einer Minute trennen.

»Ich bin selbst mit dem Wagen hier«, versuche ich auf die höfliche Tour, ihm das begreiflich zu machen.

»Kein Problem. Ich fahre dich mit deinem Wagen nach Hause und lasse meinen morgen von jemandem abholen.«

Okay, ich muss mich wohl klarer ausdrücken. Ich bringe aus Sicherheitsgründen den Schreibtisch zwischen ihn und mich und tue so, als würde ich etwas in den Schubladen suchen, bevor ich es wage, seinen Blick aufzufangen. Ich setze an, etwas zu sagen, und verliere den Faden, bevor mir auch nur ein Wort über die Lippen gekommen ist.

Ich hätte nicht gedacht, dass es mir jemals schwerfallen könnte, einem Kerl eine deutliche Abfuhr zu erteilen. Aber wie er da steht – groß, breit, kräftig, mit all seinem Testosteron und seinen Muskeln unter dem zerknitterten Anzug und ... irritierenderweise mit einem etwas verunsicherten Gesichtsausdruck –, wird mein Herz bei dem Gedanken zu Blei, jetzt etwas Gemeines zu sagen.

Wäre er nicht King Everett und wäre ich nicht Tony Soto, wenn wir zwei völlig andere Menschen wären ... würde ich ihm sagen, dass wir uns in fünf Minuten am Hinterausgang treffen. Ich würde ihm erlauben, mich nach Hause zu fahren. Ich würde darauf spekulieren, dass wir uns wiedersehen, und auf antifeministische Weise hoffen, dass er mich noch mal grob und gebieterisch vögelt. Aber er ist er und ich bin ich, und das Nachfolgende unvermeidbar. Es muss unvermeidbar sein, denn meine Karriere und der Respekt meiner Familie stehen für mich auf dem Spiel.

»Was dieses Höschen in deiner Tasche betrifft ... Nimm es als Andenken mit und häng es dir gerahmt an die Wand. Es besteht keine Chance, dass du in den Besitz eines zweiten oder dritten gelangst. Was eben passiert ist, wird sich nicht wiederholen. Und es wäre besser, wenn du jetzt die Biege machst. Da ist nämlich schon jemand, der mich nach Hause bringt.«

Er versteift sich bei meinem letzten Satz, sein Blick wird so hart wie die an Stahl erinnernde Farbe seiner Augen. Das besitzergreifende Funkeln darin deutet auf eine Spur Eifersucht hin. »Zieh dir morgen Abend was Hübsches an und sei um acht Uhr fertig. Pünktlich.«

»Wie bitte?«

Er dreht sich um, präsentiert mir die hübsche Fläche seines

Rückens, und meint, als er bei der Tür angelangt ist: »Ich werde dich in ein Restaurant ausführen. Wir gehen essen.«

Ich erwidere nichts. Ich könnte ihm sagen, dass er nicht mal weiß, wo ich wohne, und er das auch sicher nicht aus mir herausbekommen wird, weil ich nicht mit ihm essen gehen werde. Aber wozu noch weiter herumdiskutieren? Vermutlich glaubt er, ich würde noch im Hotel übernachten, auf Hunts Hochzeit hatte ich das schließlich erwähnt. Ihm wird schon auffallen, dass ihm eine entscheidende Information fehlt, um seinen Plan in die Tat umzusetzen. Was auch immer er überhaupt damit bezwecken will.

Als King das Büro verlässt, dreht er den Kopf nach rechts. Er hält sich verdächtig lang vor der Tür auf, die er nicht zuzieht, und scheint etwas oder jemanden anzustarren. Es könnte sein, dass ich mir nur einbilde, ein »Lächerlich, das ist keine Konkurrenz«, von ihm zu hören, bevor er den Weg zur Haupthalle einschlägt.

Ich reibe mir die Stirn und versuche, herauszufinden, wie ich vorgehen will. Ich müsste noch eine Strickjacke in meinem Büro haben, aber ich bezweifle, dass die irgendwas an meinem zerrupften Aussehen retten kann. Vielleicht sollte ich einfach ganz fest hoffen, dass niemand außer den beiden Männern vom Sicherheitsdienst etwas mitbekommen hat, und ihnen gleich mit einem Anpfiff den Wind aus den Segeln nehmen. Ich sollte sie fragen, warum sie zulassen, dass sich einer der Gäste Zutritt in den Personalbereich verschafft, und mich dann klammheimlich durch die Hintertür verdrücken.

Leider zerspringt die Idee in tausend Scherben, als Martín in der Bürotür auftaucht. Er hat die Hände in die Hosentaschen geschoben und sieht erheblich verlegen aus. Sein Blick ist auf den Boden gerichtet, er betritt mit geröteten Wangen den Raum, und ich würde alles – bis auf den letzten Cent – dafür geben, wenn ich mich in Luft auflösen könnte.

Keine Konkurrenz, ha?

Ich zweifle nicht einen Moment daran, dass er auf dem Gang darauf gewartet hat, dass Kingston verschwindet. Dass King ihn ins Visier nahm. Ich muss keine Stellung beziehen oder mich diesem Mann erklären, es geht ihn zur Hölle noch mal nichts an, was ich mache und mit wem ich mich auf Tuchfühlung begebe. Allerdings ist er nur deshalb hier, um für meinen Vater ein Auge auf mich zu haben. Ich würde wetten, diese Situation ist genau die Art von Zwischenfall, über die er meiner Familie berichten soll. Er hat behauptet, keine Petze zu sein, aber es wäre blauäugig, ihm in der Hinsicht blind zu vertrauen.

Wie viel mag er mitbekommen haben? Die Vorstellung, dass draußen zu hören war, wie King den Gürtel auf meinen Hintern ... Ich kann das nicht zu Ende denken, denn es wäre der absolute Horror.

»Es tut mir leid, dass ich dich bei Joe gelassen habe. Ich musste ...«

»Bitte erspar uns den peinlichen Moment und behalte für dich, was du musstest. Und um klarzustellen: Joe konnte ich hinter der Bühne nirgendwo finden«, unterbricht Martín mich. Er klingt gefasster, als er den Eindruck macht.

»Ich hatte etwas mit einem alten Bekannten zu klären«, füge ich dennoch an und serviere ihm damit genau die Geschichte, die ich meinem Vater im Fall aller Fälle auftischen werde. »Mister Everett ist Anwalt und ich hatte ein paar rechtliche Fragen, was den Club anbelangt.« An der Technik, auf die Schnelle eine Ausrede zu erfinden, habe ich bis zur Perfektion Jahre lang gefeilt.

Martín hebt den Blick und sieht mich mit einer Mischung aus Scham, Mitleid und ... Ekel an. Er urteilt über mich und ich frage mich, woher er sich dieses Recht nimmt.

»Sicher«, sagt er, auch wenn es sich eher anhört, als würde er eigentlich *sicher nicht* meinen. »Ich bin überzeugt, diese Unterhaltung war rein geschäftlicher Natur.«

7. KAPITEL

Kingston

»... jedenfalls haben wir spontan entschlossen, uns ein paar Städte anzusehen. Du glaubst gar nicht, was für nette Ecken Frankreich hat, die man nie zu Gesicht bekommt, wenn man für gewöhnlich nur in einem Sex-Club abhängt«, beendet Hunt den kurzen Bericht über seine Flitterwochen.

»Ich würde sagen, du bist der einzige Kulturbanause von unserem Trio, der es in neun Jahren nicht ein Mal geschafft hat, sich diese Ecken anzusehen.« Ich drücke ihm ein Bier in die Hand und schließe den großen Kühlschrank mit der Ferse, bevor ich ihm aus meiner Küche ins Wohnzimmer folge.

Ich wusste, dass er das macht, als er sich einen der Minigolfschläger schnappt, die neben dem Durchbruch in einem Schirmständer stehen. Er trinkt einen Schluck aus seiner Flasche und steigt über den Rollrasenstreifen auf dem Parkett hinweg, der die Filzbahn von Station fünf ersetzt. Das Startloch ist hinter der weißen Ledercouch aufgebaut.

»Du solltest diesen Scheiß langsam mal wegräumen«, meint er, bückt sich aber nach dem lackierten Ball und legt ihn in Position.

Seit zwei Jahren hängen mir alle möglichen Leute damit in den Ohren, dass der improvisierte Minigolfplatz, in den wir mein Wohnzimmer während einer feuchtfröhlichen Nacht verwandelt haben, mein ansonsten stylisches Penthouse verschandelt. Dennoch kann es keiner der Idioten lassen, eine Partie zu spielen, wenn er auf einen Sprung bei mir hereinschneit. Selbst ich nehme andauernd einen Schläger in die Hand und versuche, den Ball mit einem Ass durch die kniffligen Hindernisse ins Loch zu manövrieren.

»Warum? Dieser kunstvollen Anlage habe ich es zu verdanken, dass die Leute liebend gern zu mir kommen und ich mir den einen oder anderen Anstandsbesuch sparen kann. Ich meine, sieh dich an. Gestern gelandet und heute schon hier. Ich brauche mir also nicht die Mühe zu machen, mir Hosen überzustreifen und mein kuscheliges Heim zu verlassen, nur damit du mich mit Geschichten von deiner Hochzeitsreise langweilen kannst.« Ich deute mit einer

Geste meinen Körper hinab, von dem ich nur einen bestimmten Teil mittels Shorts bedeckt halte.

Ich bin erst vor anderthalb Stunden aus dem Bett gefallen und habe noch keine Motivation für einen Abstecher ins Bad gefunden. Was nicht heißt, dass Hunt in seinem Schlabbershirt und den Bermudas ein schickeres Bild abgeben würde.

Er stößt mir den Griff zwischen die Rippen. »Schwachkopf. Ich werde zusehen, dich in Zukunft nicht mehr mit meinem Leben zu langweilen. Und nur damit du es weißt: Der einzige Grund, warum ich dich mit einem Besuch belästige, ist der, dass Nat völlig am Durchdrehen ist und ich es zu Hause nicht aushalten konnte. Sie hat unsere Koffer auf dem Bett ausgeleert und rennt schon den ganzen Morgen mit Stapeln von Wäsche durchs Haus, weil sie irgendwas an *Bring das Zeug in die Reinigung* nicht verstanden hat und meint, dass nur einem Snob wie mir so eine idiotische Idee kommen würde.«

»Ich bin da ganz auf ihrer Seite. Wahrscheinlich bist du der einzige Mensch auf der Welt, der mit Ende zwanzig nicht weiß, wie er ohne Hilfe seine Unterhosen sauber kriegen soll. Selbst für einen Snob bist du viel zu snobistisch«, ziehe ich ihn auf, obwohl es die Wahrheit ist. Er lässt verdammt oft den reichen Playboy raushängen, und dass er sich fast jeden Handschlag, den es im Alltag zu tun gibt, von irgendeiner Firma oder Angestellten abnehmen lässt, ist ihm nicht in jeder Hinsicht bekommen.

Er stellt sein Bier auf den Boden, schwenkt ein paarmal den Schläger und tippt den Ball damit an, der durch einen Tunnel rollt und sein Ziel trifft. »Bevor ich es vergesse ... Ich soll dich von Nat daran erinnern, dass du mir Giulias Armband mitgibst. Sie hat es wohl offensichtlich am Morgen nach meiner Hochzeit bei dir liegen gelassen.« Er sagt das mit einem leicht anklagenden sowie amüsierten Unterton, der so viel bedeutet wie: Bevor du weiter auf meinen Snob-Eigenschaften rumreitest, wechseln wir doch das Thema und reden über etwas, das dir unangenehm ist.

Ich tue ihm nicht den Gefallen, mich erwischt oder schikaniert zu fühlen. »War sie heute Morgen bei euch?«, frage ich, um herauszufinden, ob Giulia schon die Gelegenheit hatte, Natalie darüber aufzuklären, dass ich sie mit in den Club genommen habe.

»Nein. Nat und sie haben telefoniert.«

»Hm«, mache ich und trinke einen Schluck Bier, das an einem Sonntagmittag grauenhaft schmeckt. »Ich habe überall nachgesehen. Ich finde ihr beschissenes Armband nicht. Sonst hätte ich es ihr schon gestern gegeben.«

»Gestern? Du hast sie wiedergesehen? Das war also keine einmalige Sache?« Er hebt die Brauen an, als würde ihn der Gedanke, dass zwischen Giulia und mir etwas laufen könnte, erstaunen.

»Sie war gestern mit mir in Tonys Club.« Es ist besser, wenn er das von mir erfährt.

»Du hast sie mit zu dieser Eröffnung genommen?« Er holt den Ball, trägt ihn zur nächsten Bahn, die sich an der Vitrinenwand vorbeischlängelt, und nimmt die Nachricht offenbar locker.

»Es ist nicht, wie du denkst. Da ist nichts gelaufen. Deine Frau hat Giulia mit ihren Berichten aus Amsterdam von letztem Jahr eine lange Nase gemacht. Sie war neugierig. Und sie ist sogar länger dortgeblieben als ich, aber Lucas war noch da und hat aufgepasst.« Hoffe ich zumindest.

Von Antonias Büro aus bin ich auf direktem Weg in die Cabana gegangen, um mein Jackett zu holen, und habe Giulia und Saint-Clair dann an der Bar in der Haupthalle getroffen. Ich habe Reed einen Deal vorgeschlagen, dass ich ihm Giulia noch eine Weile überlasse, wenn er sie später nach Hause bringt und mir zusätzlich Antonias Adresse verrät. Sie hat ihre vier Wände schließlich über ihn erworben. Außerdem habe ich ihn gebeten, Lucas Bescheid zu geben, dass ich mich aus dem Staub gemacht habe.

»Halte dir Erklärungen für Nat bereit. Mir ist es ziemlich egal, was du mit der Kleinen anstellst, solang du sie nicht nach Russland verschacherst.«

»Und damit kommen wir zu einer Angelegenheit, die dir wahrscheinlich nicht so egal ist, die wir aber klären müssen.«

Nach reichlicher Überlegung bin ich zu dem Entschluss gekommen, dass ich Hunt reinen Wein einschenken werde. Wir sind seit der Highschool befreundet, ich weiß praktisch alles über diesen Kerl und er über mich, und ich bin Manns genug mich dem Ärger zu stellen, den mein Verhältnis zu Antonia unweigerlich hervorrufen wird. Ich brauche sein Einverständnis nicht, ich will ihn bloß nicht anlügen.

»Wenn du dein Gewissen erleichtern willst, weil du auf meiner

Hochzeit mit meiner Ex rumgemacht hast ... das kannst du dir schenken. Ich befürchte, jeder, der anwesend war, weiß inzwischen, dass du deinem Niveau an dem Abend kurzzeitig gestattet hast, nach unten zu sinken. Es hat die Runde gemacht. Glück für dich, Mann, dass du am Ende mit Giulia abgehauen bist. Das konnte deinen Ruf dann einigermaßen retten.«

»Ich werde heute Abend mit ihr essen gehen«, informiere ich ihn selbstbewusst.

»Mit Giulia? Wenn du glaubst, dass diese Frau wirklich dein Typ ist, dann lass nichts anbrennen.« Er widmet seine Aufmerksamkeit wieder dem Spiel.

Hunt ist nicht wirklich so ein Holzkopf, wie er gerade vortäuscht. Ihm ist klar, dass ich nicht von Giulia spreche, er will das nur ignorieren.

»Bevor es nachher heißt, ich hätte dich hintergangen, lass mich das richtigstellen. Ich gehe mit Tony essen.«

Er hält in der Bewegung inne, den Ball zu schlagen, und sieht mich scharfsinnig an. Der Nachteil, wenn man sich ein halbes Leben lang kennt, ist der, dass man zwischen den Zeilen des anderen liest. Er hat sofort einen umfassenden Blick über die Lage. »Wann hast du die Schlange gebumst?«

»Ich schätze, in diesem speziellen Fall bestehe ich mal auf meine Privatsphäre.«

»Was denn, King? Hast du Schiss, dass ich dir in die Eier trete?«

Als ob er das könnte. »Nein. Ich will dir bloß einen Herzinfarkt ersparen, weil du dich wahrscheinlich tierisch aufregst, wenn wir bei diesem Thema zu sehr ins Detail gehen.«

»Du denkst, ich könnte damit nicht umgehen?«, will er wissen.

»Kannst du damit umgehen?«

Er hat die Augen verengt, den Griff um den Schläger verstärkt, und wirkt auf mich, als würde er mir am liebsten in die Eier treten ...

»Scheiße, nein. Ich kann nicht damit umgehen. Aber ich werde einfach die Klappe halten und darauf warten, dass du in dein Verderben rennst. Ein Tritt in die Eier ist eins der kleineren Übel, die sie dir antun wird. Antonia wird dich häuten und vielleicht habe ich am Ende dann sogar Mitleid mit dir.«

Ich ziehe die Stirn in Falten, um ihm zu verstehen zu geben, dass er gern noch ein bisschen scheußlicher werden darf. Soll er sich auskotzen und versuchen, mir die Frau madig zu reden. Es ist kein Geheimnis, was er von ihr hält, und ich verstehe sogar seinen Standpunkt.

»Das ist alles?«, frage ich, als von ihm nichts mehr kommt.

»Das ist alles«, bestätigt er. »Ich werde mich nicht mit einem Totgeweihten streiten.«

Tonys neues Zuhause liegt in einem ruhigen und gehobenen Viertel von Baytown. Ihr Grundstück wird von einer niedrigen Mauer eingegrenzt, deren weiße Farbe zum Ton der Hausfassade passt. Der Bungalow wirkt etwas verwinkelt.

Ich bremse den Mercedes auf Schrittgeschwindigkeit runter und biege durch den Torbogen in die mit Kies aufgeschüttete Einfahrt, um den Wagen direkt vor der Tür zu parken und keinen Hehl aus meinem Auftauchen zu machen. Die Steinchen knirschen unter den Reifen. Ich bin fünf Minuten zu früh.

Sie wird nicht damit rechnen, dass ich meine Ankündigung wahr mache, sie um acht abzuholen. Warum auch? Antonia kann nicht wissen, dass ich in der Lage war, ihre Adresse herauszufinden. Auch wenn es fast ein bisschen beleidigend ist, dass sie überhaupt nicht reagiert hat, als ich sagte, sie solle pünktlich fertig sein. Normalerweise hätte sie sofort widersprochen. Offenbar hält sie mich für einen Idioten, der leere Versprechungen macht und nicht imstande ist, sich eine lächerliche Information zu besorgen. Mir war klar, dass sie nicht mit der Sprache herausrücken würde, wo sie wohnt, deshalb habe ich mich direkt auf Reed verlassen.

Danke, Saint-Clair, neuerdings kann ich dich glatt noch besser leiden.

Ich stelle den Motor ab und warte noch einen Moment im Auto. Ich bin darauf vorbereitet, dass sie sich mit Händen und Füßen gegen dieses Date wehren wird. Antonia hat schon immer etwas länger dafür gebraucht, zu erkennen, was gut für sie ist, aber ich vertraue darauf, dass sie das noch begreift. Denn ... ich bin gut für sie. Tausendmal besser als Hunt, der sie bei seinen Spielchen in irgendwelche Rollen gesteckt hat, anstatt an ihrem Eis zu kratzen und freizulegen, was sich darunter verbirgt. Ich bin fest entschlossen, ihrer Seele die Schleier abzustreifen und ihr ins Gedächtnis zu rufen, wie perfekt wir harmonieren – wenn nötig, an jedem verdammten Tag. Dieses sture, schöne Mädchen hat mich gestern Abend verzaubert und ich will mehr davon.

Um eine Minute vor acht öffne ich die Wagentür und steige aus. Ich zähle darauf, dass sie mein Fahrzeug bereits durch eins der vielen Fenster gesehen hat und somit ein bisschen Zeit hatte, sich auf den Augenblick, wenn ich klingle, vorzubereiten. Ich stehe auf unsere Wortgefechte und hoffe, sie hat ihre Krallen gewetzt. Außerdem können wir auf diese Weise die kleinen Machtkämpfchen schneller hinter uns bringen. Je früher sie einsieht, dass ich mich von ihrem Dickkopf nicht abschrecken lasse, desto eher hat die Widerspenstigkeit ein Ende, mit der sie mich nach unserem fantastischen *Erlebnis* im Büro natürlich wieder erheitern musste. Bei ihr macht es mir komischerweise nichts aus, wenn sie mir nicht nach dem Mund redet. Obwohl ich gestern Abend wütend war. Dass sie mich kühl an der Champagnerbar abblitzen ließ, konnte ich nicht stillschweigend hinnehmen.

Es ist warm und ich spiele drei Sekunden mit dem Gedanken, mein Jackett im Auto zu lassen. Aber ohne das Teil bin ich zu leger für ein schickes Restaurant angezogen; schwarze Designerjeans, weißes Shirt. Es wäre zu offensichtlich, dass ich überhaupt keinen Tisch reserviert habe. Nie im Leben würde sie mich nach so einem Überraschungsangriff zum Essen begleiten und ich habe dem clever entgegengewirkt. Es war ein Haufen Kleingeld nötig, das *Quattro* zu ihr nach Hause zu holen, doch das Catering kommt in fünfundvierzig Minuten.

Ich gehe erhobenen Hauptes zum Eingang, springe die beiden Stufen hoch und drücke ohne Zögern den Knopf der Klingel, die mehrstimmig auf der anderen Seite durch die Räume hallt. Eigentlich habe ich erwartet, dass Antonia angriffslustig hinter der Tür lauert, doch es vergeht ein Moment und noch einer ... bis ich feststellen muss, dass überhaupt nichts passiert. Sie macht mir nicht auf.

Übertreib es nicht, Tony.

Eine schwarze Limousine steht unter dem Doppelcarport neben der Einfahrt. Ein Tesla, der vorn klobig und hinten sportlich wirkt.

Das Auto entspricht Antonias Stil. Ich gehe also davon aus, dass sie zu Hause ist.

Obwohl mein Arsch auf die Top-Ten-Liste der ungeduldigsten Menschen des Landes gehört, gebe ich ihr noch einen Augenblick, sich an ihre Manieren zu erinnern. Als ich nach einer geschlagenen Minute immer noch das weiße Holz der Haustür anstarre, wird mir die Warterei jedoch zu dumm. Auf der einen Seite wird die Fassade des Bungalows von etwa zwei Meter hohen Sichtschutzelementen erweitert. Es gibt kein Tor, das in den vermutlich dahinterliegenden Garten führt, aber hey, wozu bin ich ein großer Kerl? Von so einem lächerlichen Hindernis werde ich mich nicht aufhalten lassen.

Bevor ich versuche, meinen Hintern über den Holzzaun zu schaffen, prüfe ich sicherheitshalber dessen Belastbarkeit und ziehe mich an der Kante nach oben, als ich zu dem Entschluss komme, dass er stabil genug sein müsste, meinem Gewicht standzuhalten. Ich stemme mich hoch, schwinge die Beine über den Rand und lande auf der anderen Seite. Ein Kinderspiel.

Ich hoffe, du hast dein Alarmsystem nicht aktiviert, Tony.

Der kleine Garten hinter dem Haus wird von einer Terrasse aus Natursteinen dominiert, auf der unter einem Sonnenschirm zwei Bistrotische mit passenden Rattanstühlen stehen. Auf einer Erhöhung, die von denselben Steinen eingefasst wird, die auch auf dem Boden verlegt sind, befindet sich ein viereckiger, recht großer Jacuzzi. Dem werde ich später definitiv noch ein bisschen mehr Aufmerksamkeit zollen, aber zunächst muss ich die Eisprinzessin finden.

Mein Verdacht, dass Antonia nicht ausgeflogen ist, erhärtet sich, als mir die offenstehende Glasflügeltür ins Auge fällt. Sie hat mir mit Absicht nicht aufgemacht, und ich schwanke zwischen verärgert sein und mich belustigt zu fühlen, weil sie so augenscheinlich hart gegen mich ankämpft.

Streng genommen habe ich wohl ein Gesetz damit gebrochen, mir ungefragt Zutritt auf ihren Grund und Boden zu verschaffen, aber mein schlechtes Gewissen hält sich in Grenzen, während ich die Terrasse überquere und in ihr Haus eindringe.

Tony sitzt vor einer Schrankwand im Wohnzimmer, zwei geöffnete Umzugskartons neben sich. Sie trägt eine knallpinke Yogahose und ein dazu passendes, bauchfreies Top. Ihr Haar liegt zu einem buschigen Zopf gebunden auf ihrem schlanken Rücken, den sie mir und der Tür zugewendet hat. Sie rührt sich nicht, als ich mich nähere. Den Grund dafür bemerke ich, als ich direkt hinter ihr stehe und die Musik, die augenscheinlich aus den Kopfhörern ihres MP3-Players stammt, zu mir heraufdringt. Sie hat die Klingel nicht gehört oder sich in Sicherheit wiegend wieder ihrer Ausräumaktion gewidmet. Gerade stellt sie ihre DVD-Sammlung in das unterste Fach des Schrankregals – alphabetisch und innerhalb eines Buchstabens nach Farben sortiert. Miss Soto ist also nicht nur sexy, sondern auch ordentlich, wenn nicht sogar ein bisschen neurotisch.

Ich halte den Atem an, um mich nicht zu verraten, und sinke hinter ihr in die Hocke. Wahrscheinlich wird sie einen kleinen Herzanfall erleiden, aber sie hat sich den Schreck redlich verdient. Es war ein Fehler, mich zu unterschätzen.

Anstatt dem aufkeimenden Impuls nachzugeben, die Wirbel ihres Rückens mit einem Finger nachzufahren, ziehe ich den rechten Kopfhörer an seinem dünnen Kabel aus ihrem Ohr.

Verdammt. Man kann vieles über Antonia sagen, aber ein Feigling ist sie nicht. Und sie hat überraschend schnelle Reflexe. Noch bevor sie wirklich zusammengefahren ist und sich zur Hälfte herumgedreht hat, rammt sie mir eine DVD-Hülle gegen die Lippe. Ich schmecke Blut, hebe schützend die Hände vor mein Gesicht, und nur den Bruchteil einer Sekunde später wirft sie die Hülle beiseite und stürzt sich auf mich – mit geballten Fäusten und Drohungen um sich schmeißend. Ich gerate ins Straucheln, kippe auf meine Fußballen und nach hinten ... und ernte noch einen Schlag gegen den Hals, ehe sie die Hände zurückreißt und einen nicht gerade damenhaften Fluch ausstößt. Mit aufgerissenen Augen und halb auf mir sitzend, starrt sie mich fassungslos und wütend an.

»Bist du verrückt geworden?«, schimpfe ich. Wäre ich jemand, der ihr etwas Böses antun wollte, hätte sie sich besser für den Versuch einer Flucht entschieden. Sie kann doch nicht einfach auf einen vermeintlichen Verbrecher losgehen! Ist sie lebensmüde?

»Das sollte ich wohl eher dich fragen. Bist du verrückt geworden, Kingston? Was zur Hölle machst du in meinem Haus und warum musstest du dich auch noch anschleichen?« Ihre Stimme zittert.

Ich stütze mich auf einen Ellenbogen und wische mir mit dem Daumen über die aufgeplatzte Lippe. Sie hat eine harte Rechte, das muss man ihr lassen. Mein Herz ist aus dem Takt gekommen, auch wenn ich das nicht laut zugeben würde, aber eine Sekunde lang befürchtete ich, sie würde mich k.o. schlagen. Das Überraschungsmoment war auf ihrer Seite.

»Ich habe dir gesagt, dass ich dich um acht abhole. Ich hatte geklingelt, aber du hast nicht aufgemacht.« Ich höre mich tatsächlich ein bisschen beleidigt an. Unterschätzt, ignoriert und dann noch angegriffen zu werden, passiert mir auch nicht alle Tage.

Ist das gerade wirklich geschehen?

»Und da brichst du einfach bei mir ein? Nur zur Info: Wenn dir jemand die Tür nicht öffnet, legt er entweder keinen Wert auf deinen Besuch oder er ist nicht zu Hause«, erklärt sie in einem Ton, als wäre ich fünf Jahre alt und hätte einen Benimmkurs nötig.

»Genau, oder die Frau sitzt mit den Stöpseln ihres MP3-Players in den Ohren auf dem Wohnzimmerboden, räumt nach Buchstaben und Farben sortiert DVDs in ein Regal und hört die Klingel nicht. Übrigens haben diese Hüllen fiese Kanten.« Ich deute erst auf das einen Meter entfernt liegende Plastikteil und dann auf meine Lippe, die so höllisch pocht, als hätte ich mich mit Shannon, the Cannon, Briggs angelegt. Sie sollte sich bei der WBO als neues Boxtalent bewerben.

Antonia schnaubt ungläubig und will sich aufrappeln, aber jetzt, wo ich den ersten Schreck verdaut habe, gefällt mir die Situation ziemlich gut. Sie sitzt praktisch auf meinem Schoß. Es hätte mich mehr als eine blutige Lippe kosten können, sie genau dort hinzubekommen. Also richte ich mich etwas auf, schlinge einen Arm um sie und ziehe sie zurück auf meine Oberschenkel. Meine Hand liegt auf der bloßen Haut ihrer Hüfte, und ich schwöre, ich habe noch nie etwas angefasst, was sich weicher anfühlt. Ich würde da am liebsten hineinbeißen.

»Hatte ich nicht gesagt, du sollst in ein nettes Kleid schlüpfen, bevor ich komme? Warum bist du noch nicht angezogen, Tony?«, frage ich tadelnd und lasse den Blick über dieses verflucht knappe Oberteil gleiten. Ihre hübschen Titten kommen darin gut zur Geltung.

Ihr Gesicht ist verführerisch nah. Nah genug, um zu erkennen, wie sich die Züge straffen.

Sie hebt eine Augenbraue und starrt mich so herablassend an wie eine Edelkatze aus einem Zuchtverband einen dreibeinigen Streuner. Als sie antwortet, ist ihre Stimme jedoch zuckersüß. »Entschuldige bitte, aber ich konnte nicht ahnen, dass du ein durchgeknallter Stalker bist, der sich von ein bisschen Sex gleich aufgefordert sieht, mir nachzustellen und offenbar einen Detektiv zu engagieren, um meine Adresse rauszukriegen. Ich habe deine Einladung – falls man den halben Befehl wirklich so nennen will – nicht ernst genommen, du Psychopath.«

Ich lächle sie an. Ich kann nicht anders, obwohl sich meine Unterlippe davon gequält fühlt. »Hast du noch ein paar Beleidigungen? Ich glaube, ich entdecke an mir gerade einen neuen *Kink*. Es macht mich heiß, wenn du über mich herziehst.«

Sie verdreht die Augen und startet einen neuen Versuch, sich von meinem Schoß zu erheben. Es ist ungerecht, dass ich ihr erst erlaube, sich auf die Knie aufzurichten, und dann meine körperliche Überlegenheit ausspiele. Aber welcher Idiot kämpft schon mit lauteren Mitteln, wenn er ein Mädchen von sich überzeugen will? Binnen drei Sekunden habe ich sie geschnappt, mir ihre Schenkel um die Lenden geschlungen und sie auf den Rücken gelegt. Ich klemme sie zwischen mir und den Fliesen ein und senke mein Gewicht zum Teil auf sie, um sie meine Bauchmuskeln spüren zu lassen.

Erstaunlicherweise fährt Miss Soto ziemlich schnell die Krallen ein. Zunächst stemmt sie sich gegen meine Schultern, um mich von sich runterzukriegen, doch dann fügt sie sich in die Verliererrolle, fasst mein Jackett und ballt die Finger zu Fäusten. Mir entgeht nicht, wie tief und bebend sie einatmet.

Wir blicken uns in die Augen. Ihre haben eine unsagbar hübsche Form. Sie sind riesengroß und dunkel und glitzern, als würde dahinter dreihundert Lichtjahre entfernt ein gleißendes Sternenpaar leuchten. Ich verlagere mein Gewicht auf den linken Unterarm, den ich direkt neben ihrem Kopf platziert habe, und streiche ihr mit den Fingern der nun freien Hand über die zarte Wange. »Du hast recht. Es war übertrieben von mir, wegen ein bisschen Sex gleich aufdringlich zu werden. Wir könnten dem ja vorbeugen, indem wir daraus jetzt sofort mehr machen. Dann hätte ich beim nächsten Mal einen etwas durchschlagenderen Grund zur Rechtfertigung«, reiße ich eigentlich einen Witz, den Tony leider – nein, zum Glück – nicht versteht.

Sie verhakt ihre Füße auf meinem Hintern und überrumpelt mich, als sie ungeachtet dessen, dass ich immer noch blute, ihren Kopf anhebt und mit ihren wunderbaren Lippen die meinen küsst.

Ja, Eisprinzessin. Ergreif ruhig mal die Initiative.

Mein Mund braucht nicht lang, um auf die Offensive dieser Frau zu reagieren. Als hätte er bereits darauf gelauert, sie verschlingen zu dürfen, begibt sich meine Zunge auf die Suche nach ihrer. Und Himmel, sie schmeckt köstlich. Süß und wild, leidenschaftlich und verletzbar. Wie das Beste, das ich jemals probiert habe.

Tony stöhnt leise in unseren Kuss und zieht mich ganz auf ihren majestätischen Körper. Ich muss aufpassen, dass mir nicht die Sicherungen durchbrennen und alle Lampen ausgehen. Sie ist die ungeschlagene Expertin darin, mir den Kopf zu verdrehen, meinen Verstand auszuschalten und niedere Instinkte in mir zu wecken. Ich will grob zu ihr sein und gleichzeitig zärtlich. Ich will sie beschützen und ebenso zu diesem Tier werden, vor dem man sie in Gottesnamen bewahren sollte. Ich will mich an ihren Lippen festsaugen, ihren Mund mit meiner Zunge streicheln, sie wie ein Besessener ficken und hören, wie sie gepeinigt meinen Namen keucht. Ich. Will. Sie. Besitzen.

Neunundzwanzig Jahre, ungefähr vierzig Frauen, von denen ich mit zweien zusammengerechnet drei Jahre in einer Beziehung gesteckt und ansonsten die Sau rausgelassen habe, und ich kann sagen, dass mich nichts mehr erfüllt hat, als Antonia zu küssen. Als hätte sie mich und mein ganzes Sein gestern Abend umprogrammiert.

Sie drängt sich an mich, im Begriff, sich aufrichten zu wollen, und ich schiebe einen Arm unter ihren durchgebogenen Rücken, um sie mit mir nach oben zu ziehen und sie auf mich zu setzen. Sie saugt vorsichtig an meiner Zunge, fährt dann mit ihrer meine Lippen entlang und streift mir das Jackett von den Schultern. Ihre Finger gleiten über meine Arme, über meinen Brustkorb, den Bauch. Zerren an meinem Shirt, um meine glühende Haut und meine zitternden Muskeln zu berühren. Ihr Geschlecht reibt sich an meinem geschwollenen Schwanz und ... verdammt. Ich habe absolut nichts dagegen, von dieser Frau verführt zu werden. Obwohl ich die Kontrolle sonst niemals abgebe.

Als sie den Bund meiner Jeans nachzeichnet, lege ich meine Hand auf ihre Finger und schiebe sie tiefer, um sie auf meinen Schritt zu drücken. »Fass ihn an. Er braucht Zuwendung.«

Ich spüre ihr Lächeln an meinen Lippen, während sie mich durch den Denim umgreift und sich nicht zimperlich anstellt, meine Erektion hart zu kneten. Ich fahre darauf ab, wenn man mich ein bisschen grober anfasst, und ein grollendes Stöhnen wächst in meiner Kehle. Ich umfasse ihre Hüften, streiche mit den Daumen ihre Rippen hinauf, und ...

Heilige Scheiße, Miststück!

Tony verbeißt sich in meiner Lippe. Sie drückt ihre Zähne hinein, einer davon bohrt sich in die pulsierende Wunde, die sie mir mit dieser verfluchten DVD-Hülle verpasst hat. Mein Atem bleibt stehen, ich kämpfe gegen den natürlichen Reflex, ihr eine runterzuhauen, versuche, mich loszureißen und stoße sie schließlich unwirsch zurück. Einen grauenhaften Pulsschlag lang kann ich die Engel singen hören.

»Hexe«, entfährt es mir, bevor ich schützend eine Hand über meinen Mund lege und bete, dass der ungeheuerlich brennende Schmerz ganz schnell nachlässt.

Und mich nennt sie einen Psychopathen? Es kommt mir vor, als hätte sie ein Stück Fleisch abgerissen.

Antonia kniet grinsend vor mir. »Habe ich dir etwa wehgetan, King?«, fragt sie unschuldig.

Ich ziehe mein Shirt nach oben und tupfe mit einer Ecke über die Wunde. Sie blutet jetzt doppelt so stark und zu allem Überfluss versaue ich mir auch noch die Kleidung. Mein Shirt hat ein paar Hundert Dollar gekostet.

So angepisst, wie ich lang nicht war, raffe ich mich auf und komme auf die Füße.

»Wo ist dein Badezimmer?«, frage ich beherrscht. Mir ist danach, sie anzubrüllen, aber ich brülle keine Frauen an und reiße mich deshalb zusammen.

»Aus der Tür links und dann die zweite Tür.«

Ich funkle sie an, versuche, sie mit meinem tödlichsten Blick in den Boden zu starren, bevor ich mich abwende und ihrer Wegbeschreibung ins Bad folge. Ich drehe den Kaltwasserhahn am vorderen Waschbecken auf, betrachte meine aufgeplatzte Lippe im Spiegel und werfe Antonia gedanklich ein paar wüste Beschimpfungen an die Stirn. Als ich mich etwas beruhigt und meinen Mund eine Weile unter den Wasserstrahl gehalten habe, taucht sie mit einem Geschirrtuch und einem Kühlkissen im Türrahmen auf.

»Du bist sauer«, stellt sie fest, während sie ungefragt nähertritt.

»Wie kommst du darauf? Mir geht voll einer ab, wenn ich von einer Kannibalin angegangen werde und mir die halbe Lippe abreißen lasse. Wer zur Hölle bist du? Hannibals Tochter?« Ich wende mich um, als ich durch den Spiegel registriere, dass sie hinter mir steht.

Sie hebt sich auf ihre Zehenspitzen, besieht sich die Wunde und drückt den mit dem Tuch umwickelten Kühlpack darauf. Als hätte ich diese Verletzung Gott weiß wem zu verdanken und sie wolle sich rührend um mich kümmern.

»Komm schon, jetzt sei nicht so. Du bist in mein Haus eingebrochen und hast mich zu Tode erschreckt. Du kannst nicht ernsthaft davon ausgegangen sein, dass ich mich nach so einer Aktion auf meinen Wohnzimmerfliesen flachlegen lasse?«

Ich nehme die Hände hinter den Rücken und stütze mich am Waschbecken ab. »Ich brauche eine Minute, um wieder aufs Spielfeld zu finden, Prinzessin.« Sie blickt auf das Tuch, das sich mit Blut vollsaugt, und ich beobachte, wie sie dabei zusieht.

Als Kind war ich ein richtiger Raufbold und während der Highschool habe ich Eishockey gespielt. Es ist erniedrigend, dass der erste Mensch, der es schafft, mir eine Platzwunde im Gesicht zu verpassen, Brüste hat und Mascara trägt.

»Wenn du erst mir gehörst, werden solche elenden Spielchen ein Ende haben.«

»Wenn ich was?«, fragt sie spöttisch.

»Denk daran, was ich dir gestern entwendet habe«, erinnere ich sie. »Sobald ich dir das dritte Höschen ausgezogen habe, wirst du dich nicht mehr dagegen wehren können, dass ich meinen Besitz einfordere.« Offensichtlich geht es mir schon besser, denn ich komme in Stimmung, sie zu necken.

»Nicht, dass ich Sorgen hätte, es würde je so weit kommen, oder ich zugestimmt hätte, dass mich drei Slips zu deinem persönlichen

Eigentum machen ... Warum glaubst du, hätte das deshalb ein Ende? Würdest du wieder deinen Gürtel ausziehen und mich bestrafen, sobald ich dich in ein paar gesunde Schranke weise?«

Ich muss grinsen, zucke aber zusammen, weil Grinsen mit aufgeplatzter Lippe nicht zur Debatte steht. »Nein. Es wäre vielmehr so, dass ich keine Erlaubnis bräuchte, dein Haus zu betreten. Ich hätte einen Schlüssel, du würdest zu jeder Zeit mit meinem Auftauchen rechnen und mir deinen Körper und deine Lust überlassen, wenn mir der Sinn danach steht. Und ganz wichtig: Du würdest mich nicht mit einem Einbrecher verwechseln.«

Sie weitet die Augen und räuspert sich gekünstelt. »Das heißt übersetzt, wenn du mich vögeln wollen würdest, hätte ich die Beine breitzumachen, unabhängig davon, ob ich in der Stimmung wäre?«

»Das heißt übersetzt, dass ich mich gut um dich kümmern würde und du immer in der Stimmung wärst, dich vögeln zu lassen. Du könntest nämlich nicht genug von mir kriegen und würdest mich außerdem so sehr anbeten, dass meine Wünsche über deinen eigenen stehen.«

»Du bist ein bisschen krank«, meint sie schmunzelnd.

»Nicht wirklich, obwohl mir ein paar kranke Sachen einfallen, die ich mit dir anstellen möchte, wenn du deine hübschen Lippen zu einem Lächeln anhebst.«

»Still, sonst muss ich dich noch mal beißen.«

Ich zwicke ihr in die Seite und sie nimmt das Kühlkissen runter. Ihr Blick fällt auf den Rand meines Shirts.

»Zu schade, dass du mit Blut beschmiert bist. Ich habe ein etwas schlechtes Gewissen und hätte mich vielleicht in diesem Zustand dazu überreden lassen, mit dir essen zu gehen. Allerdings kannst du in dem Aufzug nirgendwo auftauchen.«

»Wir müssen auch nirgendwo hingehen. Das Catering vom *Quattro* ist jede Minute hier«, ziehe ich mein Ass aus dem Ärmel.

Sie schlägt ihre Stirn in Falten und sieht aus, als hätte ich ihr gerade offenbart, dass die Queen auf ein Bier vorbeisieht. »Du lässt Essen aus dem *Quattro* kommen? Hierher?«

»Ich kenne dich seit fast zehn Jahren, Tony. Es ist nicht so, als wüsste ich nicht, wer du bist«, benutze ich dieselben Worte, die sie auf Hunts Hochzeit zu mir gesagt hat.

Sie scheint sich daran zu erinnern, denn der Anflug eines

Lächelns schleicht sich in ihre Mundwinkel. »Warum auf einmal?«

»Warum was?«

»Wieso gehst du mit mir auf Flirtkurs? Warum hast du gestern mit mir ...«, sie sucht nach einem gesitteten Ausdruck für eine ganz und gar unsittlich abgelaufene Sache, »... geschlafen und was veranlasst dich, heute bei mir aufzutauchen und mich zum Essen einzuladen?«

»Das ist leicht zu beantworten«, sage ich zu ihr. Ich stoße mich vom Waschbecken ab, umrunde sie und ziehe sie einen Schritt zurück. Hinter ihr stehend, drehe ich ihren Kopf Richtung Spiegel, damit sie sich das perfekte Bild einprägen kann. »Und das, Miss Soto, ist nur der äußere Eindruck, den wir zusammen abgeben würden. Innerlich verbindet uns noch eine ganze Menge mehr.«

8. KAPITEL

Antonia

Ich hätte ihn wegschicken müssen. In derselben Sekunde, in der ich registriert habe, dass es King ist, der sich in mein Haus geschlichen und mir einen gewaltigen Schreck eingejagt hat, hätte ich mir eine clevere Ausrede einfallen lassen und ihm sagen müssen, dass er verschwinden soll. Es ist tierisch gefährlich, ihn um mich zu haben.

Es darf nicht sein, dass ich mich von ihm angezogen fühle. Doch wie um alles in der Welt sollte ich diesen großen, schönen Mann nicht anbeten, der sich zum Essen auf der Terrasse sein blutiges Shirt ausgezogen hat und mir nun die komplette Bandbreite seiner kräftigen, gebräunten Muskeln präsentiert?

Ich sollte mich nicht so wohl dabei fühlen, mich mit ihm zu unterhalten, aber SHIT ... Er ist witzig und klug, er bringt mich mit seinem respektlosen Humor ständig zum Lachen und ich höre ihn mindestens so gern reden wie er sich selbst. Er ist ... einnehmend und sexy, und offensichtlich angetan von mir, ansonsten würde er wohl kaum hier sitzen – vor einem schweineteuren Dinner, das er bei einem Fünf-Sterne-Restaurant in Auftrag gegeben hat. Für mich. Obwohl der Laden keinen Liefer- oder Cateringservice anbietet.

Ich habe absolut keine Ahnung, wie ich diese für mich so wichtigen Grenzen, die gestern Abend verwischt sind, zwischen mir und dem schmeichelnden Kerl ziehen soll. Sobald mein Verstand versucht, sich eine Lösung zu überlegen, schweifen meine Gedanken ab und alles, woran ich mich erinnere, sind die zwei Millionen Gründe, die er liefert, mein Höschen loszuwerden. Das gestern hätte niemals passieren dürfen, denn jetzt will ich mehr. Man gibt keiner Verhungernden ein dickes Stück von einem exquisiten, vorzüglich schmeckenden Kuchen und sagt ihr dann, dass sie nur daran lecken darf.

»Wer hat dir meine Adresse gegeben?«, frage ich ihn, nachdem ich den letzten Bissen Lammragout hinuntergeschluckt habe und das Besteck aus der Hand lege. Die Sonne ist dabei, unterzugehen, aber es ist immer noch warm und vor allem wundervoll ruhig hier draußen. Es ist das erste Mal, dass ich länger als zehn Minuten am Stück auf der Terrasse sitze, und ich verliebe mich gerade noch ein bisschen mehr in mein neues Zuhause. Umso dringender möchte ich wissen, wer es verraten hat. Ich habe keine Lust auf weiteren Überraschungsbesuch.

»Ich werde ihn oder sie nicht verpfeifen«, antwortet er und nimmt einen Schluck von dem dunkelroten italienischen Merlot, von dem er uns vor dem Essen eingeschenkt hat. Als seine Unterlippe das Glas berührt, zuckt er etwas zusammen.

Es tut mir leid, dass ich ihm ernsthaft wehgetan habe. Es war ehrlich nicht meine Absicht. Ich wollte ihm bloß einen kleinen Denkzettel verpassen, weil er sich seiner Sache so sicher war, einen Dämpfer nötig hatte und ich kurz davorstand, seinen erotischen Reizen zu erliegen.

Bei allem, was mir heilig ist ... Es war alles andere als leicht, die Reißleine zu ziehen. Zwei Sekunden später und sie wäre unverrichteter Dinge gerissen. Das Letzte, das ich im Augenblick brauche, ist, aus einer unverbindlichen, einmaligen Sache, die mich schon fast in Teufelsküche gebracht hat, eine komplizierte Affäre zu machen. Ich bin auch sicher, keine Affäre mit ihm zu wollen. Ich habe ein paarmal zu oft mit angesehen, wie er sein Spielzeug gequält hat.

»Ich müsste mich nicht mal anstrengen, um herauszufinden, wer geplaudert hat. Es wissen nicht besonders viele Leute, wo ich mich häuslich niedergelassen habe«, versuche ich, ihm die Information zu entlocken. Es kämen nur ein paar Menschen infrage, auch wenn ich mir bei keinem davon vorstellen kann, dass er näheren Kontakt zu Kingston hat. Da wären meine Familie, Alyssa, Martín, Jude oder Reed, der eine beachtliche Vermittlungsprovision dafür gesehen hat, mir dieses Haus zu verschaffen.

King stellt sein Glas ab. »Machen wir einen Deal. Du erzählst mir, wer der schmächtige Latino war, der mich gestern Abend mit seinem Blick erdolchen wollte, als ich aus deinem Büro kam, und wieso du dich lieber von diesem Schlappschwanz nach Hause bringen lässt als von mir. Im Gegenzug kriegst du von mir den Namen.«

Ich lehne mich auf meinem Stuhl zurück und ... bin amüsiert.

Einen Deal, *aha*. Ist er eifersüchtig? Die Vorstellung, dass sich dieser selbstbewusste Sexgott vielleicht heimlich mit einem Kerl wie Martín verglichen hat, um herauszufinden, warum meine Wahl auf ihn fiel, bereitet mir Vergnügen. »Schön. Ich habe dich angelogen. Da war niemand, der mich nach Hause gebracht hat. Martín ist ein Freund meines Vaters. Er arbeitet für ihn. Ich habe ihn nur vorgeschoben, weil ich nicht von dir gefahren werden wollte.« Das ist einhundertprozentig die Wahrheit.

Er schaut entsetzt drein. »Du hast den Club allein verlassen?«

»Ja.« Ich zucke mit den Schultern. Warum klingt das aus seinem Mund, als hätte ich einen Mord begangen?

»Das wird nicht noch mal vorkommen, Antonia.« Seine Stimme ist von jetzt auf gleich autoritär. »Was, wenn dir irgendeiner von diesen hartnäckigen Arschlöchern gefolgt wäre, die dir in der Halle auf die Pelle rücken wollten?«

»Du redest von Varela?« Dem Typen, vor dem King mich wütend als sein Mädchen hingestellt hat.

»Ja, ich rede von diesem Knallkopf und von zwanzig anderen Kerlen, die dir auf dem Weg ins Büro auf die Titten gestarrt haben. Mir ist das nicht entgangen.«

Er tut gerade so, als wären unsere Mitglieder unberechenbar oder kriminell. Jeder von ihnen wurde vor der Aufnahme von allen Seiten beleuchtet und hat mehrere Check-ups durchlaufen. Mein Vater achtet penibel darauf, dass der Club sauber bleibt, sich keine Minderjährigen dort rumtreiben oder Leute, die den Beitrag mit Geld aus zweifelhaften Geschäften begleichen wollen, keinen Fuß in unsere Etablissements setzen.

»Jacob und ich hatten in der Vergangenheit ein bisschen Spaß zusammen. Er ist niemand, der mir ungefragt unter den Rock greifen würde«, erkläre ich.

»Das will ich überhaupt nicht hören. Ich werde zusehen, dass ich dich ab sofort hinfahre und dich auch jemand abholt, wenn du Feierabend machen willst. Unabhängig davon, wann das ist oder ob schon Gäste eingetroffen sind. Nach siebzehn Uhr werde ich selbst kommen. Ruf mich bitte an, sobald du eine Zeit absehen kannst, und setze dich keiner unnötigen Gefahr aus.«

Fast sprudelt mir ein Lachen aus dem Mund. »Danke, dass du dir Sorgen um mich machst, aber ich brauche keinen Babysitter.

Ich kann sehr gut allein auf mich aufpassen und im Notfall ist auch immer jemand vom Sicherheitspersonal da. Denkst du nicht, die sind besser darin ausgebildet, einem aufdringlichen Kerl die Leviten zu lesen?«

»Dass ich mich normalerweise lieber wie ein erwachsener Mensch mit guter Kinderstube benehme, heißt nicht, dass ich eine Ausbildung bräuchte, um jemandem in den Arsch zu treten. Besonders, wenn er meiner Frau an die Wäsche will.«

Seiner Frau? *Nun mal halblang, Schätzchen.* Aber abgesehen von dieser unzutreffenden Bezeichnung, kaufe ich ihm jedes Wort ab. Kein Mensch, der noch alle Tassen im Schrank hat, würde sich freiwillig mit King-dem-Riesen-Everett anlegen. Zweifelsohne könnte er so ziemlich jedem in den Arsch treten.

»Ich will ja nicht gehässig sein, Honey, aber du hast dich heute beinah von einem fünfundfünfzig Kilo schweren Mädchen außer Gefecht setzen lassen. Zweimal«, ärgere ich ihn.

Der Witz scheint nicht seinen Humor zu treffen, denn er verzieht das Gesicht, schiebt seinen Stuhl nach hinten und steht auf. »Nur, weil ich auf den passenden Moment gewartet habe, *dich* außer Gefecht zu setzen. Ich wüsste da spontan die passende Methode.«

Er kommt um die zusammengeschobenen Bistrotische herum und das verspielte, herausfordernde Glitzern in seinen eisblauen Augen raubt mir den Atem. Nein. Eigentlich ist es sein nackter Oberkörper, der ein V bildet, die gestählten Muskeln seiner Brust und sein wohl definierter Bauch, was mir die Luft förmlich aus der Lunge herausquetscht. Oder das winzige Lächeln auf seinen Lippen. Er zieht an meinem Zopf, als er an mir vorbeigeht, und ich drehe mich auf meinem Stuhl um, damit ich sehen kann, was er vorhat. Ein Fehler, denn ich werde Zeuge, wie er seine Hosen abstreift und zielstrebig den Jacuzzi anpeilt.

Nein, nein. Tu das nicht!

Ich schlucke kräftig, während er, wie um mich zu foltern, seine Schuhe und Socken austritt und sich die hellen Boxershorts hinabzieht, sodass er bis auf den letzten Zentimeter ebene Haut entblößt und im Licht der verschwindenden Sonne steht. Wie ein Wesen von einem anderen Stern, verführerisch heiß und sinnlich.

Okay, kein Kerl dieser Welt sollte so einen rattenscharfen Hintern haben. Nicht mal, wenn er einem anderen Planeten angehört. Er ist viel zu straff und trainiert. Ich bin ein absoluter Po-Fetischist und habe diese Nummer mit dem Kopierer zwar nie ausprobiert, aber seinen würde ich absurd gern darauf ablichten.

Mein Herz wird schwach und ich kann beinah fühlen, wie meine eisernen Vorsätze zu einem undefinierbaren Klumpen schmelzen.

»Ich finde, nachdem ich heute verprügelt und von einem Piranha angegriffen wurde, sei mir ein bisschen Entspannung vergönnt. Du bist herzlich eingeladen, den Spaß mitzumachen. Vorausgesetzt, du ziehst dich aus«, sagt er, steigt, ohne sich noch mal umzudrehen, die drei Stufen zum Whirlpool hinauf und sinkt ins Wasser.

Heiliger Strohsack.

Er ist nackt. In meinem Garten. In meinem Pool. Gestern habe ich mir gewünscht, wir hätten weniger an, und jetzt scheint sich mein naiver Wunsch verspätet zu erfüllen. Will mich das Universum prüfen, um herauszufinden, wie wichtig mir meine Stellung im Familiengeschäft ist, indem es mir eine Sünde – die fleischgewordene Unkeuschheit – vor die Nase setzt? Falls das ein Test ist, kann ich ihn nicht bestehen. Das ist schier unmöglich. Alles, was Frau will, wenn sich ein Leckerbissen wie King in ihrem Garten entkleidet und sie in einen Jacuzzi einlädt, ist, sich auf ihn zu stürzen und sich mit ihm zu paaren.

Bullshit, Soto. Du kannst das wegstecken. Nicht umsonst hat er mich schon mehrmals Eisprinzessin genannt. Ich habe ein dickes Fell. Zumindest, war das bis gestern Abend so.

Ich erhebe mich von meinem Stuhl und stelle fest, dass nicht nur mein Herz schwach geworden ist. Mein gesamter Körper fühlt sich an, als würde er der kleinsten Versuchung erliegen. Ich werde nicht zu ihm ins Wasser steigen – Gott bewahre. Aber fürs Gaffen und Sabbern ist bestimmt noch keiner in die Hölle gekommen. Mein Vater wird hiervon nichts erfahren.

Ich trinke mein Glas Wein aus, um meinen trockenen Mund zu befeuchten, und setze ein hoffentlich teilnahmsloses Gesicht auf, bevor mich das Verlangen verschluckt, ihm in den Whirlpool zu folgen. Er hat den *Air Blower* eingeschaltet und die Massagedüsen an allen Plätzen angestellt. Leider verdecken die aufsteigenden Blasen einen elementaren Teil seines Körpers. Seine sportlichen Waden. Seine kräftigen Oberschenkel. Seine imponierende Männlichkeit. Ich hätte mir zu gern seinen Schwanz angesehen, für den Fall, dass meine Erinnerungen seit gestern eingerostet sind.

King blinzelt mich an, streckt die Arme auf dem Beckenrand aus und legt den Kopf in den Nacken. So, als könnte dieser Mistkerl relaxen, während ich bis in die Haarspitzen angespannt bin. Ich setze mich auf die Kante des Steinpodests, ziehe die Beine an den Körper und schlinge die Arme um die Knie, weil mich die Sehnsucht danach, unvernünftig zu sein und mich meiner Schwäche zu ergeben, in der Mitte entzweireißen will.

»Bist du immer so ein Hasenfuß, Antonia?«, will er wissen und ich habe das Gefühl, dass ihm durch und durch klar ist, dass ich ihn gerade mit Blicken vögle. »Das muss irgendwie an mir vorbeigegangen sein. Ich dachte immer, du hättest Biss.«

»Wie bitte?«

»Sei nicht so schüchtern. Zieh dich aus und komm ins Wasser.«

»Ich bin nicht schüchtern«, widerspreche ich. Obwohl ich mich in seiner Nähe neuerdings immer seltsam verunsichert fühle. Wahrscheinlich geht es mir so, weil ich es nicht gewohnt bin, dass ein Mann eine so starke Wirkung auf mich ausübt, meinen Verstand leerfegt und mein Innerstes aufglühen lässt.

Seine Lippen dehnen sich zu einem Grinsen und bevor ich begreife, warum er ein so selbstgefälliges Gesicht aufsetzt, hat er sich mit einer einzigen kräftigen Bewegung vom Rand abgestoßen, sich auf die Füße geschwungen und mich geschnappt. Ich kreische – ziemlich mädchenhaft und ziemlich peinlich, die Nachbarn werden hoffentlich nicht die Polizei alarmieren –, als er mich über seine nasse Schulter wirft, zurück zu seinem Platz watet und ich in das blubbernde Wasser gleite. Er setzt sich wieder hin und zieht mich, in voller Montur, rittlings auf seinen Schoß.

»Warum wehrst du dich so dagegen?«, fragt er und hält mich mit seinen starken Armen umschlungen, sodass meine Versuche im Sande verlaufen, ihm zu entfliehen. Seine Frage klingt aufrichtig. Er scheint ehrlich nach einer logischen Begründung zu suchen, warum ich dem Kribbeln zwischen uns nicht nachgeben möchte.

Ich höre auf, mich zu sträuben, wische mir Wasser aus den Augen und stelle mich der Herausforderung, seinem forschenden Blick zu begegnen. »Du bringst mich in Schwierigkeiten, King.«

»Gestern Abend hast du bewiesen, dass du mit meinen Schwierigkeiten ganz gut umgehen kannst.«

»Ich rede nicht von deinem Schwanz, Blödmann.«

Er lacht. »Über alles andere können wir verhandeln. Ich zwinge dich zu nichts, was du nicht auch wollen würdest.«

»Ich meine auch nicht deine perversen kleinen Neigungen, Frauen mit deinem Gürtel zu peitschen.«

»Tu nicht so, als hätte dir das nicht gefallen.«

Ich lasse diese Bemerkung so stehen und lächle auf unbestimmte Weise seinen Mund an. Die Wunde auf seiner Lippe blutet nicht mehr, eine dünne Kruste hat sich darüber gezogen. Vielleicht ist es ganz gut, dass da gerade ein kleiner Makel ist, denn ansonsten wäre sein Mund viel zu perfekt. Ich meine, er ist immer noch anziehend. Ich will meinen darauf drücken und wieder Sex mit unseren Zungen machen.

»Ich werde dich das nur ein einziges Mal fragen, Tony«, sagt er und ich beobachte, wie sich seine wunderschönen Lippen bewegen. Es ist, als würden sie jeden Buchstaben tanzen und die Vokale Pirouetten drehen. »Ich erwarte Ehrlichkeit und wenn du mit Ja antwortest, werde ich nicht mehr aufdringlich sein.«

»Frag schon«, fordere ich, weil ich mehr von dieser Tanzaufführungsehen will. Ich presse eine Handfläche auf seine raue Wange und fahre mit einem Daumen die Bartstoppeln entlang.

»Empfindest du noch etwas für ihn?«

Mein Blick ruckt nach oben in seine ernst dreinschauenden, betörenden Augen.

Meint er Hunt? Natürlich redet er von ihm, für welchen Mann hätte ich sonst je Gefühle gehabt? »Er wird mir immer etwas bedeuten. Er ist der einzige Mann, den ich bisher geliebt habe. Aber meine Gefühle für ihn sind rein melancholischer Art. Ich will nichts von ihm, ich bin nicht mehr in ihn verliebt oder so was.«

Meine Antwort scheint ihn zufriedenzustellen, denn er kommt mit seinem Gesicht näher und streift mit den Lippen über meine. »Das ist gut. Ich werde kein Mädchen umwerben, dessen Herz noch an einem anderen hängt.«

»Herz? Du weißt doch, dass ich links eine Packung Eiswürfel lagere.«

»Unmöglich, dafür sind deine hübschen Titten viel zu weich.« Er legt eine Hand auf mein vom Wasser tropfendes Top und hebt eine meiner Brüste an, um sie in der Innenfläche zu wiegen.

Ich könnte ihn das ewig tun lassen. Mich berühren, mir schmeicheln, mit mir flirten. Dieser Moment ist unglaublich intim. Ich hätte nicht gedacht, dass er eine sanfte Seite hat, aber es muss sie tatsächlich geben.

War er mit Zelda sanft? Sie ist die einzige Exfreundin von ihm, die ich kenne. Die beiden waren eine ganze Weile zusammen. Aber wir hatten damals schon kein gutes Verhältnis mehr, deshalb erinnere ich mich nicht, wie er mit ihr umgegangen ist. Ich habe nur unzählige Male erlebt, wie er Frauen wie Blanche übel zugesetzt hat. Auf eine Art, die für mich erschreckend ist.

»Du bringst mich in Schwierigkeiten, weil ich mich nicht mit Mitgliedern des Clubs einlassen darf«, sage ich geradeheraus, solang ich mich noch dazu in der Lage fühle. Als wolle ich dem mit aller Macht widersprechen, befördere ich meine Hände auf seine Schultern und lasse die Finger ein paar Zentimeter über seine glatte, seidige Haut gleiten. Ich kann einfach nicht widerstehen. Vielleicht spielt es ja keine Rolle, wie er mit anderen umgeht, wenn er bei mir nicht übers Ziel hinausschießt.

Meine Erklärung scheint ihn zu überraschen. Er zieht eine Augenbraue nach oben und grübelt einen Moment, bevor er plötzlich am Saum meines kurzen, triefenden Oberteils zieht. »Ich will, dass du das loswirst.«

»Hast du mir nicht zugehört?«

»Du darfst dich nicht mit Mitgliedern des Clubs einlassen. Aber ich schätze, das gilt nicht für mich.«

»Wie?« Wie kommt er darauf?

»Du warst mit Hunt zusammen. War er nicht auch Mitglied des Clubs? Wir kennen uns seit dem College, Antonia. Du hast erst dafür gesorgt, dass man mich aufnimmt. Ohne dich wäre ich dem *Pleasure Club* niemals beigetreten.«

»Um ehrlich zu sein, war mein Vater auch gegen diese Beziehung«, spreche ich aus, was ich nie zuvor gesagt habe. Nicht zu ihm, nicht zu Lucas und schon gar nicht zu meinem Ex, der diese Info am ehesten verdient gehabt hätte.

»Du bist erwachsen, Tony. Niemand kann uns verbieten, dass wir beide ein bisschen nett zueinander sind«, haucht er an meinem Hals und fährt mit der Zunge darüber.

Ich drücke ihm gegen die Brust und schiebe ihn bestimmend zurück. »Das kann niemand verbieten. Aber mein Vater behandelt mich nicht anders als unsere Angestellten. Wer sich einem Kunden hingibt, muss gehen. Er wird mir die Leitung des Clubs entziehen. Er ist der Meinung, dass man Privates und Geschäftliches absolut trennen sollte. Und außerdem ... er ist mein Dad. Egal, wie erwachsen ich bin, er wird nicht zulassen, dass sich ein Kerl, der in seinen Etablissements ausschweifende Sexpartys feiert, an seiner Tochter vergeht.«

»Ich vergehe mich also an dir?«, fragt er. Seine Stimme nimmt einen tiefen, grollenden Klang an. »So würdest du die Situation gerade beschreiben?«

»Nein, aber ...«

»Kein Aber. Und ich habe dazu nur eins zu sagen: Dein Vater ist in Europa, du und ich sitzen in diesem Pool. Was wir hier machen, geht ihn nichts an und er wird wohl kaum eine Kamera auf der Terrasse montiert haben.«

Ich weiß, dass er recht hat. Niemand kann uns sehen. Niemand bräuchte hiervon zu wissen. Der Gedanke, mich auf ein Abenteuer einzulassen und mich außerhalb des Clubs – ganz privat – mit diesem Mann zu treffen, ist ... verlockend. Reizend genug, um meine Knie in seine Seiten zu drücken, ihm näher zu kommen und mein Gesicht an seine Halsbeuge zu schmiegen.

»Es ist okay, wenn wir noch warten, es irgendwem zu erzählen. Ich habe dir drei Höschen lang Zeit gegeben. Danach werde ich mich mit deinem Vater auseinandersetzen und ihm erklären, dass sich seine Tochter leider für einen Kerl entschieden hat, mit dem er vielleicht nicht ganz einverstanden ist, aber dass es das Beste wäre, er würde uns seinen Segen geben.«

»Hör auf, über diese merkwürdige Höschensache zu reden. Du machst mir Angst damit. Nur weil wir ein bisschen Spaß zusammen haben, heißt das nicht, dass ich dir gehöre, wenn du ein paar Unterhosen von mir sammelst. Drückst du immer die Vorspultaste, King? Ich meine, das hier ist streng genommen das erste Mal, dass wir uns treffen, und bei dieser Verabredung hatte ich kein Mitspracherecht.«

»Das erste Mal, dass wir uns treffen? Ich kenne dich seit fast zehn Jahren, dummes Mädchen.«

»Wir waren nur Freunde und danach waren wir gar nichts mehr«, widerspreche ich.

»Wir sind auch jetzt Freunde«, behauptet er. »Ich war immer dein Freund und auch wenn ich noch viel mehr für dich sein will, werde ich auch immer dein Freund bleiben. Und jetzt zieh dein Oberteil aus.«

»Ich ...«

»Das war keine Bitte, Antonia«, erinnert er mich daran, dass es Dinge gibt, die er einfach einfordert. Dasselbe hat er schon mal zu mir gesagt.

Ich blicke ihn an, zeichne mit den Augen die plötzlich harten Linien seiner Züge nach und überlege, ob es Sinn macht, mich gegen ihn aufzulehnen. Vermutlich nicht. Er ist ein Mann, der immer bekommt, was er will, und ich neuerdings ein Mädchen, das bereit ist, ihm widerstandslos zu geben, was er verlangt. Zumindest hatte es bisher nicht wirklich einen Effekt, gegen meine Zuneigung zu ihm zu rebellieren. Das ist eine ungewöhnliche Situation für mich.

Ich greife an den Saum meines Tops und hebe es mir über den Kopf. Er streift mir die Träger von dem Armen und sein Ausdruck macht deutlich, dass der Sport-BH, den ich darunter trage, dem Oberteil folgen soll. Ich tue ihm den Gefallen und werde ihn ebenfalls los, beides landet auf dem Terrassenboden.

»Ich fand schon immer, dass sie ein Hingucker sind«, flüstert er und umfasst meine Brüste. Er hält sie fest, massiert sie sanft und lehnt sich vor, um mit den Lippen darüber zu gleiten. Ich atme zittrig ein und liebe es, dass seine Wunde ihn zwingt, sacht mit mir umzugehen. Er stößt mit der Zunge gegen meine vor Lust kribbelnden Nippel und zieht eine Spur weicher Küsse über die Erhebungen, als er sie leicht zusammendrückt.

Ein Blitz heißer Leidenschaft trifft mich zwischen den Schenkeln. Mit nassen Fingern greife ich in sein schwarzes, nass gelocktes Haar und schicke meine andere Hand auf die Reise nach Süden. Sein Bauch fühlt sich hart und fest unter meinen Fingern an, seine Muskeln zucken und ich genieße sein hitziges, kurzes Aufstöhnen, als ich die Hand um seine pralle Erektion schließe und der Länge nach über den Schaft streiche. Er fühlt sich genauso groß und hart an, wie ich ihn gestern zwischen meinen Beinen wahrgenommen habe.

»Kingston«, fällt mir ein, dass ich noch etwas beichten muss. Es ist ein unpassender Moment, aber wenigstens kommt der Gedanke noch rechtzeitig. Was gestern im Eifer des Gefechts passiert ist, darf sich unter keinen Umständen wiederholen. Ich ziehe zärtlich an seinem Haar und sein Gesicht taucht zwischen meinen Brüsten auf. »Wir werden ein Kondom benutzen müssen.«

Er wirkt irritiert und haucht einen Kuss auf meinen Kehlkopf, bevor er sein Gesicht so nah an meins bringt, dass sich unsere Nasen berühren. »Du vertraust mir nicht.« Eine missbilligende Feststellung – keine Frage.

»Darum geht es nicht. Wir haben gestern nicht verhütet. Ich meine ...«

Seine Augen weiten sich überrascht. »Oh.«

Scham kriecht über meine Haut. Ich fühle mich schuldig, weil ich ihn hätte darauf hinweisen müssen. Es wäre meine Pflicht gewesen, ihm zu sagen, dass ich nichts verwende, was eine Schwangerschaft verhindert. Ich war nur selbst so überfallen.

Ein paar Sekunden vergehen, bis er mit seinem Gesicht zurückweicht und aufmerksam meinen Ausdruck studiert. »Hoffentlich wird es ein Mädchen«, meint er schließlich trocken.

»Hey«, schimpfe ich. »Das ist deine Reaktion? Du reißt einen Witz?«

»Wird schon schiefgegangen sein. Geraten wir in Panik, wenn es angebracht ist, in Panik zu geraten. Gerade will ich dich lieber darüber aufklären, dass ich keinen Sex mit dir haben werde.«

Wunderbar, jetzt habe ich uns die ganze Stimmung versaut. Oder ihm. Ich hingegen werde vermutlich sterben, weil mein Verlangen nach ihm in jeder Zelle vibriert. »Es tut mir leid.«

»Dass ich nicht mit dir schlafen werde? Das tut mir ebenfalls leid, Antonia. Wie dir sicher bewusst ist, bin ich gerade hart wie ein Stein. Aber du hast dich heute unmöglich aufgeführt und dich mit deinen Haifischzähnen in meiner Lippe verbissen. Ein solches Verhalten werde ich nicht belohnen, indem ich dir meinen Schwanz schenke. Den musst du dir erst wieder verdienen.«

Ich schnappe nach Luft. Das ist der Grund? Weil ich ihn gebissen habe? *Du hast mich mit deinem Gürtel geschlagen, Honey.* Und er benutzt Sexentzug als Strafe?

Das ist ... Folter. »Dir ist schon klar, dass du dich selbst damit bestrafst?« Zur Bestätigung drücke ich sein Glied, das noch immer groß und hart in meiner Hand liegt.

Er wirkt, als ließe ihn das unbewegt. »Nimm deine Finger dort weg«, fordert er mich mit barscher Stimme auf.

Ich mache, was er verlangt. Ich meine, wenn ein Typ verlangt, dass du seinen Schwanz loslassen sollst, dann lässt du ihn los. Das sagt nicht aus, dass ich ab jetzt generell auf ihn höre. Ich gebe auch die Haarsträhne frei und breite die Arme auf der sprudelnden Wasseroberfläche aus, um ihm zu demonstrieren, dass ich ihn nun nicht mehr anfassen werde.

Er lächelt so unbestimmt, wie ich eben seinen Mund angelächelt habe, und seine Finger bewegen sich an meinen Seiten nach unten. Ich bin gespannt, was kommt. Keinen Sex mit mir zu haben, bedeutet offensichtlich nicht, mich nicht anzurühren. Mit leichtem Druck bringt er mich dazu, ein Stück nach hinten zu gleiten, sodass ich nicht mehr auf seinen Schenkeln, sondern seinen Knien sitze. Dann fährt er mit Fingerspitzen die Innenseiten meiner ausgestreckten Arme entlang und als er auf beiden Seiten die Beugen erreicht, kitzelt und erregt mich seine Spielerei gleichsam. Er umfasst meine Handgelenke, als ich mich winde, und zieht meine Hände auf seine Schultern. Diesen Platz kennen sie bereits.

Ich schaue zu, wie sein Blick über mich fährt, und fühle mich ... begehrt. Männer gucken mich oft bewundernd an, der liebe Gott scheint es gut mit mir gemeint zu haben, aber noch keiner hat es geschafft, dass ich mir wie ein Wunder vorkomme. King kriegt das hin. Sein Blick ist besitzergreifend und hungrig und auch etwas tadelnd. Als würde er sich darüber ärgern, dass ich ihn darum gebracht habe, mit mir zu schlafen, obwohl das ja wohl ganz allein seine Entscheidung ist. Ich kann nicht anders, als an mir hinabzuspähen, um zu sehen, was er sieht. Und ... ich verstehe, dass ihm der Anblick gefällt.

Blasen schlagen gegen meinen Körper, Wasser spritzt und sprudelt an mir hoch. Meine Brustspitzen recken sich aus der schäumenden Oberfläche und jetzt, wo ich hinsehe, kann ich nicht leugnen, dass sich das alles verdammt gut anfühlt. Das warme, brodelnde Wasser, die etwas kühlere Luft. Es war eine verdammt gute Idee, einen Jacuzzi auf die Terrasse zu bauen. Mir wird bewusst, dass die Feuchtigkeit zwischen meinen Beinen nicht nur dem Wasser geschuldet ist.

»Bleib so sitzen«, weist er mich an, als sich meine Finger bewegen und ich eine Hand von seiner Schulter ziehen will. Dann informiert er mich: »Ich werde es mir jetzt selbst machen und ich will, dass du ganz genau in dieser Position verharrst. Es wird mir helfen, die Sache zu beschleunigen.«

»Du wirst was?« Ich traue meinen Ohren nicht.

»Wie gesagt, ich bin gerade hart wie ein Stein und da ich dich nicht vögeln werde, muss ich wohl etwas dagegen unternehmen.« Eine Hand von ihm taucht ins Wasser, ich sehe sie nur als einen verschwommenen Schatten. Er greift sich zwischen die Beine, ich bin noch nah genug an seinem besten Stück, um das spüren zu können. Dann beginnt er, sich zu reiben.

Das ist obszön. Meiner Familie gehört ein Sex-Club, in dessen Etablissements die Leute ziemlich verdorbene Sachen machen, ich habe dort selbst schon ungeheuer schmutziges Zeug angestellt ... Aber außerhalb des Clubs war Sex für mich immer ganz gewöhnlich. Noch nie hat sich ein Mann vor meinen Augen im realen Leben einen runtergeholt.

Aber King tut es. Unverfroren und mit einer stoischen Selbstsicherheit, seinen Blick auf meine aus dem Wasser ragenden Nippel gerichtet. Ich kann die Grobheit seiner Handbewegungen in seinen Schenkeln spüren, jeden einzelnen, gottverdammt rauen Schub. Sein Gesichtsausdruck ... haut mich um. Habe ich erwähnt, dass ich auf erregte Menschen abfahre? Keine Ahnung, warum das so ist, aber es macht mich tierisch an, Leuten zuzusehen, wenn sie Sex haben. Mir vorzustellen, was sie fühlen, wenn jemand sie in Ekstase versetzt ... Der Moment, in dem jeder seine Maske fallen lässt und das Gesicht ehrliche Gefühle widerspiegelt ... Einfach wunderschön. Und Kings Miene ist die reine, fleischgewordene Erregung.

Er hat die Lippen einen Spalt geöffnet, sein Brustkorb hebt und senkt sich schnell. Seine Augen werden schmaler und schmaler, seine leisen, männlichen Laute zerfetzen die Dämmerung, und Jesus, Maria, Allmächtiger ... Mein eigenes Verlangen, die Sehnsucht, ihm behilflich zu sein und ihn anzubetteln, mich im Gegenzug zu berühren, wird mich vielleicht gleich ins Grab bringen. Mein Bauch ist ein einziger, vor Lust prickelnder Knoten, ich rutsche auf seinen Knien hin und her. Gerade, als ich eine Möglichkeit gefunden habe, meine Yogahosen an ihm zu reiben, packt er mich und steht mit mir auf. Er dreht sich mit mir um, setzt mich auf den Rand des Whirlpools und unternimmt einen Schritt zurück. Jetzt habe ich freie Sicht darauf, wie er die Faust über seinen mächtigen Schwanz schiebt, sein göttlicher Körper wird nicht länger vom Wasser verdeckt. Seine bebenden Muskeln schimmern vor Nässe, sein Stöhnen wird lauter. Mir ist nicht klar, was er vorhat, bis er es macht, auf mich zukommt und meinen Oberkörper mit einem Stoß gegen die Schulter zurückdrängt. Dann stellt er sich zwischen meine Beine, stößt einen unfassbar derben Fluch aus und ... kommt heiß und knurrend auf meiner Haut. Auf meinen Bauch und meinen Brüsten. Ein perfekter *Cumshot*.

Mir bleibt die Sprache weg. Ich vergesse, zu atmen. Ich starre auf seinen Penis, den er loslässt, auf die Spitze, die eine feuchte Spur über meine Haut zieht. Ich stütze mich mit einer Hand irgendwo hinter mir ab und merke, dass ich mit meinen Nägeln über Stein kratze.

»Das wird mir heute Nacht ein paar heiße Träume bescheren«, meint er.

Damit ist er garantiert nicht allein. Mich wird das hier auch verdammt gut schlafen lassen. Ich blinzle und schlucke kräftig, weil er mich doch ein wenig aus der Fassung gebracht hat. »Bin dabei. Ich meine, heiß zu träumen«, hauche ich.

King grinst mich an und legt mir eine Hand auf die Wange, streichelt darüber, bis ich mein Gesicht in seine Handfläche schmiegen will. Doch dann zieht er sie zurück, wandert meinen Hals hinab und ... gleitet mit einem Finger durch sein auf meiner Haut glänzendes Ejakulat.

»Wirst du mir gestatten, dich morgen Abend abzuholen und zu mir zu bringen?«, fragt er mich mit rauer Stimme, die tausend Versprechungen birgt, und führt seinen Finger an meinen Mund. Er benetzt mit seiner ausgetretenen Lust meine Lippen und dringt dann mit der Kuppe dazwischen.

Was? Will er meine Qualitäten testen? *Darin bin ich gut, Honey. Du hättest es dir nicht mit der Hand machen müssen.* Um ihn zu ärgern, vielleicht auch, um ihm etwas zu beweisen, sauge ich seinen Finger in meinen Mund. Doch er zieht in sofort wieder weg.

»Ich habe dir eine Frage gestellt.«

»Nicht im Club. Ich kann mich da nicht mit dir sehen lassen.«

»Schwierigkeiten, verstehe. Ich bestehe darauf, dass du mich anrufst. Morgen Früh, sobald du sicher im Büro angekommen bist, und nach Feierabend, wenn du im Auto sitzt. Wir treffen uns dann hier.«

»Warum fragst du überhaupt, ob ich dir etwas gestatte, wenn du eine Sekunde später einen Befehl daraus machst?«

Er beugt sich hinab und küsst meine Lippen, reibt seine Wunde vorsichtig an mir. Das scheint seine Antwort zu sein. Was auch immer sie bedeutet.

Martín sitzt auf einem Stuhl hinter meinem Schreibtisch, als ich um fünf Minuten nach acht das Büro des *Sinners* betrete. Alyssa hat schon Kaffee aufgesetzt, eine Tasse steht neben ihm, und er blickt stur auf den Bildschirm des Computers. Er sieht mich nicht an, ignoriert, dass ich an ihm vorbeigehe, meine Tasche an einen der Garderobenhaken an der Wand hänge und dann neben ihm stehen bleibe. Er hat eine E-Mail geöffnet und scheint diese zu überfliegen.

»Guten Morgen«, sage ich, da er keine Anstalten macht, sich in irgendeiner Form höflich zu zeigen. Es ärgert mich, dass er sich auf meinem Platz breitgemacht hat, obwohl wir ihm einen eigenen Tisch mit einem Laptop hingestellt haben. Für mich ist es ein Sinnbild, das dafürsteht, wer in diesem Club wirklich das Sagen hat. Wäre er ein gewöhnlicher Angestellter und stünde er unter mir, würde er sich wohl kaum erdreisten, meinen Schreibtisch in Beschlag zu nehmen.

»Morgen«, murmelt er immerhin zurück. Die Luft ist zum Schneiden dick und sein beleidigter Gesichtsausdruck spricht Bände.

Wow. Ich hatte befürchtet, dass dieser Morgen unangenehm werden könnte. Ich dachte, dass er versuchen wird, mir aus dem Weg zu gehen, um Gras über die Sache wachsen zu lassen. Ich könnte verstehen, wenn es ihm peinlich wäre, mich beim Sex belauscht zu haben, denn Himmel ... Ich schäme mich tierisch. Aber ich hätte nicht erwartet, dass er mir dermaßen unfreundlich begegnet. Für wen hält er sich? Den Vater aller Moral?

»Irgendwelche interessanten Nachrichten?«, frage ich, bemüht, das Klima zwischen uns zu verbessern. Es käme mir sehr entgegen, wenn er zum Beispiel eine E-Mail von meinem Dad hätte, die ihn zurück nach Madrid beordert. Auch wenn das wohl ein hoffnungsloser Kleinmädchentraum ist.

Er antwortet nicht, sondern dreht sich mit dem Stuhl um und greift einen der Ordner aus dem Aktenschrank neben dem Fenster. Die Bestelllisten für die Getränke befinden sich darin. Er blättert ihn durch, nimmt ein Blankoformular heraus und legt es hinter sich ab.

»Die Getränkebestellungen macht Amy«, erinnere ich ihn, dass dieser Job ins Aufgabengebiet meiner Chefkellnerin fällt. Ich will nicht böse werden, aber ich stehe kurz davor, ihm die Meinung zu geigen. Er soll sich gefälligst an seinen Tisch verziehen und von dort aus den heimlichen Aufpasser spielen, anstatt mich respektlos von meinem Platz zu verdrängen.

»Das ist mir durchaus bewusst, Antonia. Amy ist schon da und geht den Bestand durch. Als ich eintraf, hat sie mich gebeten, ihr ein Formular rauszulegen, das sie gleich bei Alyssa abholen kommt«, entgegnet Martín kühl. Er rollt mit dem Stuhl nach hinten, wie um vor mir zurückzuweichen, als ich nach dem Bestellschein greife.

Okay, das reicht. Sein Benehmen ist albern. Am Samstag hat er noch versucht, mich davon zu überzeugen, dass er mein Freund und nicht mein Feind sein will, und jetzt verhält er sich, als würde ich eine ansteckende Krankheit haben? Mit welchem Recht?

»Wir müssen das klären«, sage ich.

Er blickt zu mir auf. Kurz. Dann starrt er einen Punkt an der Wand an. »Was müssen wir klären?«

»Offensichtlich kannst du die Situation nicht wie ein Erwachsener handhaben. Lass mich eins klarstellen, Martín. Du hast wie ein kleiner Spanner neben dem Büro gestanden und mich ... belauscht. Du hattest nicht den Anstand, wegzugehen. Mein Privatleben geht dich überhaupt nichts an und ich finde, du könntest jetzt wenigstens so tun, als wäre nichts gewesen.«

Er schaut wieder zu mir, diesmal länger. »Dein Privatleben interessiert mich kleinen Spanner herzlich wenig. Mich interessiert, dass wir dabei waren Joe zu suchen, als du mich einfach hast stehen lassen, weil deine Hormone mit dir durchgingen. Du bist verschwunden, und als ich annehmen musste, dass du auch nicht wiederauftauchen wirst, wollte ich im Büro meine Sachen holen. Nur, dass ich da nicht einfach hereinspazieren konnte. Die Geräusche, die nach draußen drangen, waren nämlich sehr eindeutig. Allerdings waren meine Wagenschlüssel hier drin. Mir blieb also keine andere Wahl, als vor der Tür darauf zu warten, endlich an mein Zeug zu kommen. Ich habe mich jede Minute mehr geniert, aber das war immer noch besser, als die Vorstellung, sich unter die Gäste zu mischen. Also vielleicht, Antonia, wäre ja deinerseits eine Entschuldigung angebracht. Schließlich habe ich wegen dir in einer sehr unangenehmen Lage gesteckt, und ich war trotz allem respektvoll genug, eure kleine Liaison nicht zu unterbrechen.«

Mein Gesicht wird heiß. Hölle noch mal, ich möchte einfach im Boden verschwinden. »Ich habe mich schon Samstagabend dafür bei dir entschuldigt. Können wir das bitte einfach vergessen?«

»Die Entschuldigung war wohl kaum ernst gemeint, sondern kam eher aus der Not heraus. Seit ich hier angekommen bin, hegst du einen Groll gegen mich. Als könnte ich irgendwas dafür, dass dein Vater dir nicht vertraut. Aber soll ich dir was sagen? So langsam verstehe ich den Mann. Du bist berechnend und Regeln interessieren dich einen Scheiß.«

»Ach, jetzt ist dir mein Privatleben also doch nicht egal?«

Er steht von meinem Stuhl auf. »Das hier ist nicht dein Privatleben. Dieses Büro gehört zum Geschäft. Und ja, es ist mir nicht egal, wenn ich mit einer Frau zusammenarbeiten muss, die meinen Arbeitsplatz in eine Sexkammer verwandelt, nur um mir eine reinzuwürgen.«

Um dir eine reinzuwürgen? Natürlich, das war der Grund, warum King und ich ... »Das ist lächerlich, ich wollte dir keine reinwürgen. Und ich möchte wirklich nicht mehr über dieses Thema sprechen. Es ist beschämend, mich vor einem halbfremden Kerl rechtfertigen zu müssen, mit wem ich ...« Ich lasse den Satz unbeendet.

»Dann bring uns doch einfach beide nicht mehr in solche Situationen.« Er umrundet den Schreibtisch und sieht nach wie vor beleidigt aus.

Ich warte, bis er sich auf seinem Platz niedergelassen hat, und mache mich dann auf den Weg, Alyssa das Formular für Amy zu bringen.

»Antonia«, hält mich Martín auf, und ich wende mich in der Tür noch mal um. »Ich habe eine E-Mail von der Hauptgeschäftsstelle bekommen. Zwölf Leute haben sich am Wochenende um eine Mitgliedschaft beworben, alle aus Texas und mit persönlicher Empfehlung langjähriger Gäste.«

Er hat eine E-Mail von der Hauptgeschäftsstelle bekommen? Ich kriege meine aufs Smartphone und lese sie sofort. Mir hat niemand geschrieben.

»Nicht schlecht«, antworte ich. Zwölf, das ist eine gute Bilanz nach nur einem Abend. Vielleicht kommen heute noch ein paar hinzu, denn das *Sinners* war bis um vier heute Morgen geöffnet.

Dennoch kann ich mich nicht so richtig über den Erfolg freuen. Es ist zwar mein Verdienst, aber Martín scheint die Lorbeeren dafür zu ernten.

9. KAPITEL

Kingston

»Warum hast du Nat erzählt, dass ich mit dir bei der Eröffnung des neuen Clubs war? Ich hätte dich nicht für eine Plaudertasche gehalten, Kingston.«

Giulia hat Mühe, mit meinen langen Beinen Schritt zu halten. Sie hat mich während der Mittagspause vor dem großen *Starbucks* in Downtown abgefangen, sie wusste von Hunt, dass sie mich dort findet. Aufgebracht stöckelt sie nun – den Blazer ihres beigen Hosenanzugs über dem Arm – neben mir die stark befahrene Straße entlang in Richtung Firma. Die Praxis, in der sie als Logopädin arbeitet, liegt am anderen Ende der Stadt und ich hege die Hoffnung, dass sie sich nicht ewig damit aufhalten kann, sich zu echauffieren. Sie wird wohl bald wieder zurückfahren müssen.

»Ich habe Nat überhaupt nichts erzählt«, widerspreche ich. Ich habe die Frau seit ihrer Hochzeit nicht mehr gesehen.

»Stimmt, du hast es Hunter erzählt, was noch viel schlimmer ist. Sie war bestürzt, es von ihm zu erfahren. Ich hatte diesen Abend ihr gegenüber mit keiner Silbe erwähnt.«

Ich frage mich, wie jemand, der selbst Schwierigkeiten hat, seine Stimme zu kontrollieren, Leute mit Sprachstörung therapieren kann. Sie redet viel zu laut und auch viel zu schnell. Wie ein Sportwagen, der mit heulendem Motor ins Ziel schießt.

»Ich konnte nicht wissen, dass du ein Geheimnis daraus machen willst. Ihr Mädels quatscht doch sonst über alles«, entschuldige ich mich halbherzig. Dass sie mit von der Partie war, wäre doch sowieso rausgekommen.

»Ich habe dir gesagt, dass wir nicht über alles reden.«

»Stimmt, ich vergaß, dass ich neuerdings deine Person des Vertrauens bin. Übrigens habe ich dadurch ein Anrecht auf die schmutzigen Details. Wie ist dein Samstagabend noch gelaufen?«, lenke ich vom Thema ab, da ich keine Lust habe, mich weiter mit Vorwürfen überschütten zu lassen.

Sie hält mich am Ärmel meines blauen Shirts zurück. Ihr Kombi steht am Straßenrand. Sie hat nicht vor, mich bis zur Firma zu begleiten. »Ich werde einem Kerl, mit dem ich im Bett war, nicht erzählen, wie es mit dem Mann war, mit dem ich danach was hatte. Das wäre ja wohl mehr als seltsam«, klärt sie mich darüber auf, wie ein Mensch, der nicht seit seinem neunzehnten Lebensjahr anstößige Partys im *Pleasure Club* feiert, darüber denkt, verruchte Erlebnisse zu teilen.

»Warum? Weil Reeds Schwanz es dir nicht so gut besorgt hat wie meiner? Er weiß, dass er schlechter fickt als ich und wird sich dessen nicht schämen. Es ist auch verdammt schwer, einen Meister des Orgasmus' zu übertreffen.«

Sie zieht ungläubig die Augenbrauen zusammen und ihr Gesichtsausdruck wirkt ungewollt komisch. Mir fällt ein, dass ich dieses schräge Mädchen mit dem Schmollmund mag. Auf eine platonische Weise. Ich wünschte fast, ich hätte nicht mit ihr geschlafen, dann würde sie sich nicht an meinen flattrigen Bemerkungen stoßen.

»Er hat es mir nicht besorgt«, stellt sie richtig und meint wahrscheinlich, dass er sie nicht gevögelt hat.

»Das tut mir leid. Dass er so mies im Bett ist, hätte ich nicht erwartet.« Ich will sie bloß ärgern. Saint-Clair kriegt es auf die Reihe, daucrhaft zwei Frauen zu befriedigen, und außerdem habe ich mir mit ihm schon seine Angetraute geteilt. Ich weiß also, dass er sich nicht so schlecht anstellt.

»Sehr witzig.« Giulia stößt mir gegen die Rippen. »Wir haben bloß rumgemacht. Und er hat mich gefragt, ob ich in nächster Zeit Lust hätte, mit ihm mal übers Wochenende in sein Ferienhaus nach South Padre Island zu fahren. Er weiß noch nicht, wann er freimachen kann, aber es klang, als würde er sehr bald meinen.«

»Das klingt, als würde er dir nicht nur sein Segelboot zeigen. Herzlichen Glückwunsch.«

»Nein, nicht beglückwünschen. Es könnte sein, dass ich ihm vor Nervosität einen dummen Vorschlag gemacht habe.«

»Vor Nervosität? Du bist doch überhaupt nicht verklemmt oder schüchtern. Zumindest hast du mich auf Hunts Hochzeit ziemlich keck aufgerissen.«

Sie grinst. »Das war eine vollkommen andere Ausgangsposition. Du bist der Typ Mann, dem man einfach nur die Kleider vom Leib reißen und sich vögeln lassen will. Aber Reed ist ... Ich glaube, da könnte vielleicht mehr drin sein.«

»Okay, halt mal. Er hat dir gesagt, dass er verheiratet ist, oder?«

Sie nickt und eine leichte Röte zieht sich plötzlich über ihre hellen Wangen.

»Er hat dir gesagt, dass er verheiratet ist und seit Jahren in einer Beziehung mit einer zweiten Frau steckt?«, werde ich etwas deutlicher.

Sie nickt wieder.

Was ist los mit dem Kerl, züchtet er sich etwa ein Harem? »Und trotzdem hast du das Gefühl, dass da mehr drin ist, während du mich für jemanden hältst, der nur zum Ficken taugt?« Das ist ... Nicht, dass es auf eine gewisse Art nicht nett wäre, zu hören, dass sie mich für einen heißen Feger hält, aber was ich in der Hose habe, habe ich auch in der Birne. Dachte ich zumindest. Jedenfalls lasse ich mich ungern auf meinen Schwanz reduzieren. Mein Mund verrichtet ebenfalls gute Jobs. Und verdammt ... Ich eigne mich doch nicht nur zum Rumhuren!

»Das ist kompliziert zu erklären. Ich hatte doch erwähnt, dass ich so meine Probleme mit Langeweile und Treue habe. Vielleicht ist so ein Mann ja die Lösung. Einer, der das alles locker sieht, mit dem ich Spaß haben kann, der mich aber trotzdem mag und mir das Gefühl gibt, etwas wert zu sein.«

»Habe ich dir das Gefühl gegeben, nichts wert zu sein?«, muss ich noch mal nachhaken.

Falls das so ist, sollte ich dringend an meinen sozialen Fähigkeiten feilen. Ich meine mich zu erinnern, besonders nett mit ihr umgegangen zu sein, und es wäre furchtbar, wenn Tony zu demselben Entschluss kommen würde.

»Hier geht es nicht um dich. Meine Güte, um dein Ego ist es ja grauenhaft bestellt.«

»Mit meinem Ego ist alles in Ordnung.«

Giulia bläst die Wangen auf. Sie scheint es anstrengend zu finden, mit mir zu diskutieren. Sie setzt an, etwas zu sagen, schüttelt dann aber den Kopf und beginnt aufs Neue. »Übrigens sehe ich Nats und Hunts Beziehung seit dem Wochenende mit ganz anderen Augen. Ich meine ... Reed ist verheiratet und lässt nichts anbrennen und dann dieses verrückte Paar, was sich noch mordsmäßig bei ihm darüber aufgeregt hat, dass du sie hast sitzen lassen ...

Was für eine Ehe führen meine Freundin und dein Freund?«

Ich muss loslachen. Giulia ist überaus witzig. Sie vergleicht Nat und Hunt mit den Lachapelles? »Glaub mir, Hunt würde jeden in den Boden stampfen, der seiner Nat auch nur nahekommt.«

»Aber er hat seine Mitgliedschaft nicht aufgegeben«, gibt sie zu bedenken.

»Ich bin sicher, die beiden haben auch zu zweit ihren Spaß, falls sie auf die Idee kommen sollten, noch einmal einen Club zu besuchen.«

Sie wirkt nicht überzeugt, lässt das Thema jedoch fallen. »Okay, also noch mal zurück zu dem Punkt, an dem du mich unterbrochen hast. Es könnte sein, dass ich Reed etwas Dummes vorgeschlagen habe.«

»Wenn ich dir das bestätigen soll, musst du schon mit der Sprache herausrücken.«

Sie befeuchtet die Lippen und ein Hauch Verlegenheit schleicht sich in ihren Blick. Ein ähnliches Gesicht hatte sie aufgesetzt, als sie mich fragte, ob ich sie mit nach Europa nehmen würde. Ich ahne also, dass etwas Interessantes aus ihrem Mund blubbern wird. »Er hat von seinem riesigen Haus geschwärmt. Dass es vier Schlafzimmer hat, direkt am Meer liegt ... Jedenfalls ... Es könnte sein, dass ich erwähnt habe, ich würde es für eine gute Idee halten, wenn du uns begleitest.«

Zur Hölle ... Das ist definitiv keine gute Idee. »Es tut mir leid, dich enttäuschen zu müssen, was den letztens von dir angesprochenen Traum eines Dreiers angeht ... Du wirst dir jemand anderen suchen müssen, der deine Neugier befriedigt.«

»Himmel, nein! So war das nicht gemeint«, widerspricht sie direkt.

»Nicht? Ich hoffe, das hast du Saint-Clair auch klargemacht. Wenn dich ein Kerl, den du in einem Erotikclub kennenlernst, fragt, ob er dich in sein schickes Ferienhaus einladen darf, und du daraufhin vorschlägst, noch einen anderen Mann mitzunehmen ... Das klingt nach einem versauten Wochenende voller *Ménage-à-trois*. Jede Wette, Reed war Feuer und Flamme für deinen Plan.« Letzte Woche wäre ich auch noch so was von dabei gewesen, Giulia mit Reed zusammen ein bisschen fertigzumachen. Aber nachdem Antonia jetzt im Spiel ist ... Sie ist mein Da-könnte-mehr-drin-sein und ich bin fest entschlossen, aus dem *Könnte* ein *IST* zu machen.

»Mir ist schlecht«, meint sie, da ihr wohl aufgeht, dass ich recht haben muss. »Wie komme ich aus der Nummer wieder raus? Was, wenn ich ihm sage, dass du abgelehnt hast, und er dann irgendjemand anderen mitschleppt?«

»Dann hättest du ein erfülltes Wochenende«, sage ich leichthin.

»Ich will aber nicht, dass wir beim ersten Mal auf so eine Weise ... Himmel, King, ich mag ihn.«

»Dann sag ihm, dass ich mitkomme.«

»Nein!«

»Doch. Und erwähne, dass ich noch ein Mädchen mitbringe, das entschärft das Ganze etwas.«

»Du würdest ein Mädchen mitbringen? Wen?«, will sie wissen.

»Eins, das glaubt, dass ich nicht nur zum Ficken tauge.« Die Vorstellung, mit Tony, Giulia und Reed ein Wochenende am Strand zu verbringen, ist spontan verdammt reizvoll. Es könnte heiß werden. Nicht zu heiß natürlich, aber man könnte den Appetit anregen und dann zu zweit essen.

Giulia stößt ein Schnauben aus. »Manchmal weiß ich nicht, ob ich dich wirklich leiden kann. Du wirst für immer darauf herumreiten, dass ich etwas Ähnliches in den Raum gestellt habe, oder?«

Dafür, dass wir uns kaum kennen, kennt sie mich schon erschreckend gut. Ich hätte ehrlich nicht mit ihr vögeln sollen. Unter Umständen würde sie einen ziemlich perfekten weiblichen Hunt abgeben.

»Für immer und noch drei Tage länger«, bestätige ich, wofür sie nur eine Grimasse inklusive Augenrollen übrighat.

Antonia hat sich an unser Abkommen gehalten. Na ja, zumindest fast. Sie hat nicht angerufen, als sie heute Früh im Büro ankam, aber immerhin eine SMS an mich geschrieben. *Sicher in den Hafen eingefahren, Captain*, lautete der Inhalt, was ich ziemlich witzig fand. Allerdings scheint sie unsere Vereinbarung generell ausdehnen zu wollen und obendrein eine Telefonier-Phobie zu haben. Es ist zwanzig vor sechs, ich sitze vor dem Fernseher auf meiner Couch und mein Smartphone kündigt mit einem entsetzlichen Pfeifton eine eintreffende Nachricht an. Kein Mensch schickt mir je eine Message aufs Handy, weshalb ich annehme, dass auch diese von ihr stammt.

Ich lehne mich vor und schnappe das Telefon vom Tisch, um zu erfahren, was die Eisprinzessin schreibt. Sie hat zugestimmt, dass ich sie nach der Arbeit abholen komme, um den Abend bei mir zu verbringen. Ich habe nichts gegen ihr Haus, ihr Jacuzzi ist wahrhaftig super. Aber ich kann mit mehr Spielereien aufwarten und freue mich, die eine oder andere Sache mit ihr auszuprobieren.

Antonia: *Sitze im Wagen und komme jetzt zu dir. Diese alberne Hin- und Herfahrerei! Wenn du mich abholen würdest, wäre das nur ein Verbrechen an der Umwelt.*

Was? Sie bringt meine Pläne durcheinander. Ich tippe schnell eine Antwort ins Textfeld.

Ich: *Ich arbeite für einen Ölkonzern. Beinah alles, was ich tue, ist ein Verbrechen an der Umwelt. Fahr nach Hause, ich hole dich ab. Ich will die Unterwäsche aussuchen, die du trägst, wenn du in mein Bett steigst.*

Ihre SMS kommt binnen Sekunden.

Antonia: *Find dich mit der ab, die ich anhabe. Außerdem: Wer sagt, dass ich vorhabe, in dein Bett zu steigen?*

Ich: *Find dich mit der ab, die ich anhabe? Du bist wirklich mutig, widerspenstiges Mädchen.*

Antonia: *Zieh schon mal den Gürtel aus, ich bin heute schlecht drauf und in Streitlaune.*

Ich: *Du bist IMMER in Streitlaune. Und ich brauche meinen Gürtel nicht auszuziehen, ich horte hier ein paar bessere Züchtigungsinstrumente.*

Diesmal lässt sie sich Zeit. Zwei Minuten starre ich erwartungsvoll das Display an.

Antonia: *Wenn du willst, dass ich zu dir komme und nicht verschreckt in den nächsten Flieger nach Alaska steige, schreib jetzt besser nichts mehr.*

Als ob diese Frau vor irgendetwas Angst hätte.

Ich: *Freue mich auch auf dich. Ich hab eine Paella für dich gemacht, damit du dich bei mir wie zu Hause fühlst,* princesa.

Antonia: *Pinkle mir nicht in den Rücken und behaupte, es regnet. Du kannst nicht kochen, King.*

Ich: *Erwischt. Ich hab sie gekauft.*

Antonia: *War mir klar. Glaub nicht, ich wüsste nicht, wer du bist.*

Ich lege grinsend das Smartphone aus der Hand und schalte mit der Fernbedienung das TV-Gerät aus. Sie bringt meine Mundwinkel andauernd dazu, sich nach oben zu heben. Es ist Ewigkeiten her, dass mich eine Frau, die ein bisschen offen für meine BDSM-Neigung und *kinky* Vorstellungen war, auch mit ihrer Art unterhalten konnte. Tony schafft das spielend. Sie ist eine Naturgewalt, ein seltenes, besonderes Wesen. Ich konnte sie schon immer gut leiden, ihr Äußeres hat mich von Anfang an angetörnt. Vielleicht – wenn Hunt schon eher über sie hinweg gewesen wäre – hätte ich meine Bedenken vorher beiseitegelegt und versucht, bei ihr zu landen. Ihren überspannten Stolz, diesen leichten Hang zum Egoismus, ihre durchschimmernde zickige Ader kann sie gern behalten, aber in meiner Gegenwart muss sie lernen, das abzustellen. Und sie sollte mich nie wieder grundlos verletzen. Dann könnte dieses Mädchen es schaffen, mich an sich zu binden.

Ich strecke mich, als ich vom Sofa aufstehe. Vom Club bis zu mir braucht Antonia etwa zwanzig Minuten. Genug Zeit, um ein T-Shirt und verwaschene Jeans überzustreifen, das an meinem Lieblingsimbiss besorgte Reisgericht in eine Schüssel zu kippen und einen Abstecher ins Bad zu machen. Kurz erwäge ich, noch nach dem Rasierer zu greifen; es ist zwei Tage her, dass ich meinen Bart entfernt habe, und bei mir wächst das Zeug schneller als Unkraut. Allerdings glaube ich, dass Tony sich nicht daran stören wird, gestern Abend hat sie ihre Handflächen immerzu an meinen Stoppeln gerieben, und sie hat keine Ahnung, wie gut es sich erst für sie anfühlt, wenn ich sie über die Haut zwischen ihren Schenkel emporschiebe.

Punkt zwei meiner Abendplanung: Sie nach dem Essen mit ein paar Hanfseilen zusammenschnüren und ihre Pussy mit meinem Mund verzaubern, bis sie rosa Sternchen sieht. Wenn es etwas gibt, das sie überzeugen kann, dass ich der perfekte Mann für sie wäre, dann definitiv die Fähigkeiten, die ich mir antrainiert habe. Ich werde ihr heute auf jeden Fall das zweite Höschen abnehmen.

Eigentlich war es nur witzig gemeint, als ich ihr sagte, dass sie der dritte Slip, den ich ihr ausziehe, zu meinem Eigentum macht, aber sie hat so herrlich entsetzt dreingeschaut und verunsichert gewirkt, dass ich den Spaß bis zum bitteren Ende durchziehen werde. Ich meine, ich will, dass sie mir gehört. Sie soll sich mir mit Haut und Haaren verschreiben, aber das muss von ihr kommen. Sie muss das ebenso wollen. Sie soll sich ganz bewusst für mich entscheiden.

Ich liege gut mit meiner Einschätzung, als es knapp zwanzig Minuten später an der Tür läutet. Big B, wie ich Bane, den Portier, getauft habe, der tagsüber am Eingang des Apartmenthauses steht, in dem sich mein Penthouse befindet, kündigt über die Gegensprechanlage die reizende Miss Soto an. Er kennt den Code für den Fahrstuhl und ich sage ihm, er soll sie heraufIassen. Dann öffne ich schon mal die Tür und lehne mich lässig gegen den Rahmen.

Sie sieht wie immer bezaubernd aus. Bezaubernd *heiß*. Als die Fahrstuhltüren auseinandergleiten und sie in einem knielangen fliederfarbenen Sommerkleid das Foyer meiner Wohnung betritt, wird mir warm ums Herz. Tony hat ihr Haar heute offen gelassen, es nach außen geföhnt und damit Ähnlichkeit mit einer jungen *Raquel Welsh*. Unwillkürlich legt mir ihr Anblick ein Lächeln auf die Lippen und ich stoße mich vom Türrahmen ab, um sie an mich zu ziehen und zu küssen.

»Heute so stürmisch? Wer hat dich zu diesem Übergriff bevollmächtigt?«, fragt sie an meinem Mund, den ich in kurzen Intervallen wieder und wieder auf ihren senke.

»Stürmisch, Antonia, würde bedeuten, dir dein Kleid hochzuschieben und dich gleich hier gegen die Wand gedrückt zu vögeln. Also nein, heute nicht stürmisch. Ich will dich nämlich zuerst höflich hereinbitten, dich mit meiner gekauften Fast-Food-Version einer Paella vollstopfen und hören, warum du schlecht drauf bist.«

»Vorsicht, ich könnte dich mit einem anständigen, charmanten Kerl verwechseln«, meint sie mit einem humorvollen Zwinkern in den Augen und küsst mein Kinn. Ja, das ist ein verdammt gutes Gefühl. Ich könnte mich daran gewöhnen, dass sie von selbst Nähe zwischen uns zeichnet.

»Ich *bin* ein anständiger, charmanter Kerl«, stelle ich klar.

»Wenn du schläfst vielleicht.«

Ich zwicke ihr in die Seite, lasse sie los und lege ihr einen Arm über die Schultern, um sie in meine Wohnung zu bringen.

»Kann ich die irgendwo ablegen?«, fragt sie und hält die Schlüssel in ihrer Hand hoch.

Ich nehme ihr den Bund aus den Fingern und werfe ihn auf die weiße Kommode in meinem rechteckigen Flur, bevor ich sie in die Küche geleite. »Möchtest du ein Glas Wein?«

»Zu …«, sie deutet mit gerümpfter Nase auf die Schüssel, in die ich das Zeug vom Imbiss gekippt habe, »… aufgewärmtem Junkfood? Nein, danke. Da nehme ich lieber ein Wasser.« Sie löst sich von mir, fährt mit einem Finger über die glänzende schwarze Fassade meiner Kücheninsel und geht durch den Raum, um sich umzusehen.

»Gerade hast du beinah so überheblich wie Hunt geklungen. Das gefällt mir nicht. Stell das ab. Keiner steht auf Snobs, Tony.«

»Wir wissen beide, dass du auf mich abfährst. Snob hin oder her«, meint sie leichthin und süß wie flüssiges Karamell.

Immerhin hat sie das begriffen.

»Dass du mit aufgewärmtem Junkfood Vorlieb nehmen musst, ist übrigens nur fair. Schließlich muss ich mich auch mit deiner Unterwäsche abfinden. Sie ist nicht zufällig weiß?« Ich stelle die Schüssel in die Mikrowelle und drehe den Knopf auf fünf Minuten. Weiße Dessous würden sich auf ihrer gebräunten Haut fantastisch machen.

Sie blickt mich vom anderen Ende der Küche aus an, wo sie gerade den Esstisch inspiziert hat. »Nein. Aber wenn das im Umkehrschluss bedeutet, dass du dich das nächste Mal selbst an einer Paella versuchst, können wir gern in den Wagen steigen und zu mir fahren. Dann lasse ich dich liebend gern meinen Schrank durchforsten.«

»Verdammt, du hast mich«, sage ich und gehe zu ihr hinüber, als sie sich dem bodentiefen Fenster zuwendet. Ich trete hinter sie und knete mit einer Hand ihren Nacken, während wir beide nach unten auf die Dächer anderer Häuser, sich schlängelnde Straßen und das sich vor uns erstreckende Theaterviertel von Downtown hinabblicken.

Es ist nicht an mir vorbeigegangen, dass sie *das nächste Mal* gesagt hat. Sie geht also davon aus, dass ihr Besuch bei mir keine einmalige Stippvisite ist. Es war gut, dass sie mir gestern Abend erzählt hat, wo der Hase begraben liegt. Sie darf sich als Geschäftsführung des *Place for Sinners* nicht auf Mitglieder des *Pleasure Clubs* einlassen. Ich kann Luis Soto verstehen, dass er persönliche Beziehungen zwischen seinen Kunden und Angestellten nicht sehen will. Die Gäste seiner Etablissements sind allesamt schwerreiche Leute und die Verlockung für das Personal ist riesig, sich genau deswegen an sie heranzumachen. Es würde dem Geschäft schaden, wenn auch nur einer der Kunden ausgenutzt werden und das die Runde machen würde. Dass er seine Tochter außerdem beschützen will, ist nur natürlich. Aber ... ich bin bereit, meine Mitgliedschaft zu kündigen, falls sich das mit Tony und mir in eine ernstere Richtung entwickelt. Das sollte die Probleme aus der Welt räumen.

»Der Ausblick ist der Wahnsinn, oder? Ich wohne jetzt seit fast sechs Jahren hier und mein Schwanz wird immer noch hart, wenn ich zu lang aus diesem Fenster gucke«, sage ich.

»Ja, wirklich ganz nett. Allerdings will ich nie wieder am Puls einer Großstadt wohnen«, schockiert sie mich.

»Willst du damit sagen, ich muss mein trautes Heim verkaufen und nach Baytown ziehen, wenn ich mir mein drittes Höschen geholt habe? Das wäre nämlich für einen Kerl wie mich, der schon hier im *Big Heart* geboren wurde und *Space City* vergöttert, fast so etwas, wie sich ein Stück Seele rauszuschneiden.«

Sie lehnt sich gegen mich, als ich mich von hinten an sie schmiege. »Da musst du dir so schnell keine Sorgen machen, denn ich habe Vorkehrungen getroffen.«

»Vorkehrungen?«, hake ich nach und streife mit meinen Lippen über ihr Ohr.

»Ja, so kann man es nennen.« Sie legt eine Hand auf die meine, die ich auf ihrem Bauch platziert habe, und schiebt beide zusammen tiefer.

Ich bette das Kinn auf ihrer Schulter und beobachte, wohin sie mich führt. Ich habe da so eine Ahnung und komme nicht umhin, den Atem anzuhalten, und mir den Moment ins Gedächtnis zu brennen. Tony Soto lenkt mich freiwillig zwischen ihre Beine. Das wäre vor zwei Wochen noch undenkbar gewesen.

Mein Körper spannt sich an, während unsere Hände tiefer gleiten und gemeinsam ihr Kleid hochziehen. Meine Finger berühren die köstlich weiche Haut ihrer Schenkel und der Schauer, der sie durchblitzt, zuckt auch durch mich hindurch. Langsam, praktisch in Zeitlupe, nähern wir uns der Stelle, die ich heiß, feucht und eng in Erinnerung habe, doch kurz vorher schiebt sie meine Hand zur Seite und lässt mich feststellen, dass sie keine Unterwäsche trägt.

»Du kleines Biest«, flüstere ich heiser und reibe ihren Oberschenkel. »Du kommst ohne Höschen hierher?«

»Ich dachte, das könnte dir die Sache erschweren, drei davon in deinen Besitz zu bringen.«

Ich grinse über diesen gewitzten Einfall und küsse ihren Hals. Sie neigt den Kopf zur Seite, um mir besseren Zugang zu verschaffen, und ich knabbere an der Stelle unterhalb ihres Ohrs. Meine Hand fühlt sich wohl unter ihrem Kleid und ich lasse sie dort, als sie ihre wegzieht.

Am liebsten würde ich sie mir über die Schulter werfen, ihren süßen Arsch ins Schlafzimmer verfrachten und meine Salonfähigkeit abstreifen. Mir fallen eine Million Dinge ein, die ich spontan mit ihr anstellen würde. Wir sind dafür am richtigen Ort. Das Equipment in meinem Schlafzimmer erfüllt Herzenswünsche.

»Dir ist klar, dass es andere Methoden gibt, dich zu meinem Eigentum zu machen?« Ich dränge meine Hand zwischen ihre Beine und schiebe sie hoch, bis sie den Atem einzieht und sich meinen Fingern entgegendrängt.

»Ich bin ein schlaues Mädchen. Mir fällt sicher etwas ein, um auch dem zu entgehen«, flüstert sie, als wäre sie nicht in der Lage, die Stimme zu erheben.

Meine Finger spenden ihr Lust. Ich halte ihren Körper an der Taille an mich gepresst, während ich über ihre Scham streiche und mit dem Daumen über ihr feuchtes Geschlecht reibe. Antonia streckt einen Arm nach mir aus, auf der Suche nach meinem Kopf. Sie drückt mein Gesicht an ihren Hals und eine Minute stehen wir nur so da. Aneinandergeschmiegt, ich sie sanft streichelnd. Doch dann zerreißt das *Ping* der Mikrowelle den glückseligen Moment.

Ich stehle ihr meine Finger und registriere zufrieden, dass ihr ein kleiner und frustrierter Laut entweicht. Sie ist so extrem empfänglich für meine Berührungen und reagiert so wahnsinnig sensibel auf mich, dass ich es kaum glauben kann. Ich war schon mit verdammt vielen Frauen intim, aber mit ihr fühlt es sich an, als wäre sie eigens für mich erschaffen worden. Wie ein maßgeschneiderter Anzug, der perfekt sitzt. In ihrer Nähe komme ich mir wie der männlichste Mann auf Erden vor, da ich sie – egal, ob ich grob oder zärtlich zu ihr bin – in einer Nanosekunde in Flammen aufgehen lassen kann.

Sie verstärkt den Druck auf meinen Hinterkopf und verhindert so, dass ich sie loslasse, dreht sich um und stellt sich auf Zehenspitzen. Sie schlingt die Arme um meinen Nacken und legt ihren herrlich süßen Mund auf meinen. Wir küssen uns, während ich uns blind und rückwärtsgehend zur Küchenzeile dirigiere.

»Sollte mich diese Paella vergiften ...«, setzt sie an, als ich ihre Hände von mir löse, sie gegen die Anrichte drücke und mich zu einem der Hängeschränke hinter ihr strecke, um zwei Teller herauszuholen.

»... bekommst du ein anständiges Begräbnis. Eins mit Marschkapelle und Friedenstauben, in einem mit Diamanten bespickten Sarg. Wie ein richtiger Snob. Versprochen.«

Sie schnappt nach meinem Kehlkopf und beißt mich zärtlich – diesmal nicht wie ein Piranha. Ich spüre ihr Grinsen an meiner Haut.

Tony hilft mir dabei, die beiden Teller, die ich belade, und den restlichen Kram wie das Besteck und die Gläser mit Mineralwasser zum Esstisch zu schaffen.

»Wie überlebt man eigentlich, wenn man genauso mies im Kochen ist wie der Kerl, den man deshalb aufziehen wollte, aber nie ein Fast-Food-Restaurant oder einen Imbissstand aufsucht?«, will ich von ihr wissen, als sie neben mir Platz genommen hat und skeptisch ihre Gabel voll Reis beäugt.

»Ich bin überhaupt nicht mies im Kochen.«

Ich ziehe eine Braue nach oben.

»Na ja, ich bekomme ein Rührei hin und Pfannkuchen klappen auch manchmal. Und ansonsten gibt es Gott sei Dank einen Haufen erstklassiger Restaurants auf der Welt. Ich war schon in vielen Städten zu Hause. Vertrau mir, ein gutes Vier- oder Fünf-Sterne-Dinner lässt sich überall auftreiben.« Sie schiebt sich mutig die Gabel in den Mund.

Ich beobachte ihren Gesichtsausdruck, während ich selbst einen Bissen nehme. Sie schlägt sich wacker und lässt mit keiner Miene erkennen, ob es sie Überwindung kostet oder nicht, das Zeug hinunterzuschlucken.

»Du weißt, dass du einen Kochkurs besuchen musst, wenn du zu mir nach Downtown ziehst und dem auf Dauer entgehen willst?«

»Also erstens ziehe ich nicht nach Downtown und zweitens ... habe ich schon schlimmere Sachen gegessen. So übel ist es nicht.« Sie schenkt mir ein winziges Lächeln.

»Du hast in deinen SMS' geschrieben, du wärst heute in Streitlaune. Tatsächlich habe ich dich noch nie so handzahm erlebt«, sage ich.

»Das liegt nur an dem luftig freien Gefühl zwischen meinen Beinen. Ohne Höschen sieht man die Dinge entspannter«, klärt sie mich auf und erinnert mich frech daran, dass sie es echt fertiggebracht hat, hier ohne Slip aufzutauchen, nur um mich zu ärgern. »Vielleicht gehe ich morgen auch ohne ins Büro. Es könnte verhindern, dass ich einen Mord begehe.«

»Das sind keine Worte, die ein waschechter Snob verlieren würde. Leute wie wir müssen sich für solche Bagatellen nicht die Finger schmutzig machen. Wir besitzen beide genug Geld, um jemanden anzuheuern, der das diskret erledigt, wenn du jemanden loswerden willst«, necke ich sie.

»Was würdest du denn für Worte verlieren als Mann, der den Boden unter den Füßen trotz seines Reichtums noch spüren kann?«

»Ist es ein Kerl, den du loswerden willst? Gib mir seine Adresse, ich regle das binnen fünf Minuten.«

Sie lacht. »Das klingt so verlockend, dass ich darüber nachdenken werde.«

»Wer hat dich geärgert?«, frage ich.

Sie stochert mit der Gabel in ihrem Reis herum, als müsse sie überlegen, ob sie darüber mit mir sprechen will. »Mein Vater hat mir einen Babysitter an die Seite gestellt.«

»Diesen schmächtigen Latino«, schlussfolgere ich.

»Genau.«

»Gib mir seine Adresse, mit ihm kläre ich das sogar binnen einer Minute.«

»Keine Konkurrenz, richtig?« Ihre Augen glitzern auf. »Ich schätze, der Mann ist schon genug gestraft mit sich selbst. Er ist selbstgefällig und rechthaberisch, er mischt sich überall ein und merkt nicht mal, wie sehr er damit nervt, und hat obendrein einen gewaltigen Stock im Hintern. Nachdem er am Samstag mitbekommen hat, dass du und ich ... Die Stimmung im Büro ist nicht die beste. Leider vergöttert mein Vater ihn und es fühlt sich an, als hätte er ihm in Wahrheit die Leitung des *Sinners* übertragen. Zwar hat er ihn mir als einen Freund verkauft, der mir die ersten Wochen mit Rat und Tat zur Seite stehen soll, aber er kommuniziert Dinge, die er mit *mir* besprechen sollte, lieber mit ihm. Und er verlangt, dass ich Martín in jede Entscheidung miteinbeziehe. Ich befürchte fast ein bisschen, dass er in ihm den Sohn sieht, der ich leider nicht geworden bin. Für meinen Dad ist es eine Enttäuschung, bloß eine Tochter zu haben. Er ist nicht gerade ein Verfechter von Gleichberechtigung.«

Es überrascht mich, dass sie so ausschweifend von ihrem Kummer erzählt. Nicht, dass ich etwas einzuwenden hätte. Ich will ihre Kummer-Ablade-Fläche sein. Sie kann sich bei mir von der Seele reden, was darauf brennt, bevor es Rußflecken hinterlässt.

»Ich kann das nachempfinden. Niemand versteht es besser als ich, wie es ist, einen Vater zu haben, der in einem die Enttäuschung des Jahrhunderts sieht.«

»Das ist nicht dasselbe«, widerspricht sie. »Du hast deinen Vater wirklich gekränkt, King. Du hast bewusst eine Entscheidung getroffen, die dazu führte, dass er sich verletzt fühlte. Es war dein gutes Recht, dein Dad reagierte überspitzt, aber du hattest trotzdem eine Wahl. Ich hingegen hatte nie eine. Alles, was ich je gemacht habe, habe ich getan, um ein bisschen Respekt oder Anerkennung von meinem Vater zu ernten. Aber das ist wie das Kämpfen gegen Windmühlen. Er wird mich niemals für voll nehmen, aus dem einfachen Aspekt heraus, dass ich eine Frau bin.«

»Klingt, als wäre dein Vater ein ziemlicher Schwachkopf«, spreche ich meine Gedanken unverblümt aus. Eltern sollten ihre Kinder immer respektieren und unterstützen.

»Ich würde ihn eher konservativ und patriarchalisch bezeichnen, aber interessant, eine solche Schlussfolgerung aus dem Mund eines Mannes zu hören, der seine Frauen am liebsten ans Bett fesselt und ihnen einen Knebel zwischen die Zähne steckt, bevor er sie fickt.«

Autsch. »Ich habe auch schon mit Männern gespielt, Tony, und da keinen Unterschied gemacht. Es gibt Menschen auf dieser Welt, die sich überordnen und Menschen, die sich unterordnen. Ich denke nicht, dass das zwangsläufig etwas mit dem Geschlecht zu tun hat. Obwohl die überall in den Köpfen gegenwärtigen Rollenbilder wahrscheinlich dafür sorgen, dass sich Frauen eher den Männern unterordnen.« Zumindest im Alltag.

»Also bist du gar kein chauvinistischer Arsch?«, fragt sie mit Schalk in den Augen.

Arsch? »Nein.«

»Aber du hältst dich für jemanden, der sich überordnet, und mich für jemanden, der sich unterordnet? Ansonsten säßen wir beide doch wohl kaum an diesem Tisch.«

Ah, das ist eine Fangfrage. »Ich halte dich für eine ziemlich beherrschte Frau, der es mal guttun würde, die Kontrolle abzugeben. Und ich glaube, dass du leidenschaftlich und stark genug bist, um es mit mir aushalten zu können. Ich würde dich niemals daran hindern, da draußen jedem anderen in den Hintern zu treten oder Karriere zu machen. Ich würde dich bei all dem unterstützen. Aber ich bin ein Fan von Regeln. Beziehungen sind einfacher zu handhaben – und damit meine ich alle Arten von Beziehungen –, wenn jeder weiß, innerhalb welcher Grenzen er sich bewegt. Und dass im Ernstfall eine Meinung etwas schwerer wiegt als die andere. Damit vermeidet man Streit.«

»Du meinst, deine Meinung steht über meiner, und das soll ich natürlich nur um des lieben Friedens willen hinnehmen?«

»Ich könnte auch ganz ungeschminkt sagen, dass es mich unfassbar anmacht, eine schöne Frau leiden zu sehen. Dass die Vorstellung, jederzeit über ihren Körper und Willen zu verfügen, so dermaßen heiß ist, dass ich nicht andauernd daran denken darf, ansonsten würde ich 24/7 mit einem Steifen herumlaufen. Aber wenn ich das täte, das so ungeschönt sagen, würdest du mich für einen kranken Mistkerl halten, und mir wäre es lieber, wenn du erst im Laufe der Zeit zu dieser Auffassung kämst.«

»Zu dieser Auffassung bin ich an dem Tag gekommen, an dem wir uns in Princeton kennengelernt haben, King. Und sie wurde mit den Jahren bekräftigt«, bestätigt sie, was ich schon befürchtet hatte: Dass der Zug längst abgefahren ist, ihr eine verdrehte Wahrheit zu verkaufen.

»Iss deine Paella auf«, fordere ich.

»Und dann?«

»Danach bringen wir diesen lästigen, aber unvermeidbaren Moment hinter uns, in dem du mich nach meinem Schläger anflehen wirst.«

»Nach deinem was?«

Ich unterdrücke ein Lachen. »Schläger«, wiederhole ich. Ich spreche von den Minigolfschlägern in meinem Wohnzimmer, kläre das aber nicht auf. Niemand konnte bisher der Versuchung widerstehen, den Ball in die Löcher zu befördern, und ich schätze nicht, dass Tony da eine Ausnahme bildet.

»Ich würde niemals nach deinem Schläger betteln«, sagt sie voll unangebrachtem Stolz.

»Da halte ich gegen. Ich werde dich heute noch öfter eines Besseren belehren.«

10. KAPITEL

Antonia

»Okay. Ich hätte jetzt doch ganz gern einen Schläger«, sage ich zerknirscht, als ich hinter King sein ... was? *Wohnzimmer?* betrete, um dessen Möbel er offenbar eine Minigolfanlage gebaut hat. So, als hätte ich mich vor fünfzehn Minuten nicht vehement dagegen gewehrt, jemals nach seinem Schläger zu betteln. Dieser große, verrucht attraktive, umwerfende, sexy Mann ist also in Wahrheit auch nur ein großer Junge. Kein Halbgott in Menschengestalt. Das macht es ein bisschen erträglicher, mich zu ihm hingezogen zu fühlen.

Er lacht sich halb kaputt, als er sich zu mir umdreht, und ich wahrscheinlich ein komisches Gesicht aufgesetzt habe. Oder ein bewunderndes. Es ist schwer, ihn nicht bewundernd anzublicken. In Momenten wie diesen erinnert er mich an den Kerl, den ich auf dem College kannte, und mit dem ich jahrelang befreundet war. Nicht an den Mann, den ich in den vergangenen Jahren mit einem Haufen ergebener Schlampen im Club rummachen gesehen habe. Man muss Kingston Everett in sein Herz schließen, wenn man häufiger Zeit mit ihm verbringt, und es ist ein Naturgesetz, dass man sich als Frau von seinem betörenden Äußeren faszinieren lässt. Er ist die perfekte Mischung aus großer böser Wolf und Peter Pan.

»Wie, bitte schön, kommt man auf die Schnapsidee, sein Wohnzimmer in einen Minigolfplatz zu verwandeln?«, frage ich.

Er geht zum Eingang des Zimmers zurück, neben dem – wie ich erst jetzt bemerke – ein Schirmständer mit Schlägern steht. Er zieht einen heraus und reicht ihn mir. »Es braucht einen verregneten Samstagabend, vier Männer, drei Flaschen Scotch und eine kaputte Spielekonsole, die von jetzt auf gleich die DVDs nicht mehr liest.«

»Und du hattest zufällig ein Golfgartenset in deiner Sockenschublade?«

»Nein. Hunt und ich haben ein Taxi gerufen und sind zu *Walmart* gefahren. Eigentlich wollten wir eine neue Playstation besorgen, aber dann sahen wir das Minigolfset und fanden es tausendmal witziger, damit zurückzukommen.«

»Hm.« Ich ziehe die Brauen nach oben und frage mich, warum sie es auf die Reihe bekommen und ich nicht. Weshalb sie es geschafft haben, Geschäftsmänner in wichtigen Positionen zu werden und sich dennoch nicht selbst zu verlieren, während ich jeden Funken Albernheit abgelegt habe, der jemals in mir gesteckt hat, und seit Jahren dem Respekt meines Vaters nachjage, ohne diesem Wunsch wirklich näherzukommen. Es erscheint mir nicht fair und manchmal weiß ich nicht, ob es das wirklich wert ist. Immer einen kühlen Kopf zu behalten und mich abgeklärt und diszipliniert zu geben. Es funktioniert ja offensichtlich auch anders.

Zumindest für den Moment fühle ich mich, als hätte ich mein zwanzigjähriges Ich befreit, als ich den Schläger ergreife und die Finger um den Griff schließe. Bereit, in einem Penthouse, das sicher ein Vermögen gekostet hat, eine Partie Minigolf zu spielen, weil der sinnliche Blödmann, dem diese Wohnung gehört, im betrunkenen Zustand ein Plastikset bei *Walmart* eingekauft hat.

»Lass uns um etwas spielen, sonst macht es nur halb so viel Spaß«, meint King, der sich ebenfalls einen Schläger geschnappt hat, und da ist ein herausfordernder, rauer Ton in seiner Stimme.

»Was schlägst du vor?«

»Ich werde dich später in meinem Schlafzimmer fesseln. Und ... nein, keinen Einwand erheben, denn das steht nicht zur Diskussion. Das werde ich sowieso machen und du wirst es lieben. Für jeden Ball, den du nicht mit drei Schlägen reinkriegst, erlaubst du mir außerdem, eins meiner Spielzeuge an dir zu probieren. Fairerweise erwähne ich, dass mir da eine *Bullwhip* vorschwebt. Die knallt so schön in der Luft.«

»Und für jeden Ball, den du nicht mit drei Schlägen reinbekommst?«, will ich wissen und tue so, als würde mir bei der Vorstellung, dass er eine Bullenpeitsche an mir ausprobieren will, nicht ein kleiner Schauer die Wirbelsäule hinabrinnen.

»Sollte ich das nicht schaffen, bekommst du den Punkt für ein Loch, an dem es dir nicht gelungen ist, und minderst damit meine Chancen, bei unserer kleinen *Flag-Session* richtig in Fahrt zu kommen.«

»Das hört sich an, als wäre ich in jedem Fall die Verliererin.« Nicht nur, weil er die Stationen in seinem Wohnzimmer in- und auswendig kennt, sicher schon tausendmal gespielt hat und deshalb vermutlich an keiner davon versagen wird. Auch, weil ich nicht wirklich einen Vorteil für mich erkenne.

»Das sagst du nur, weil du nicht die leiseste Ahnung hast, was ich vorher, zwischendurch und nachher mit dir anstellen werde. Es wird sich für dich so gut anfühlen wie für mich. Vertrau mir. Ich kann aber noch eins draufsetzen. Für jede Station, die du mit drei Bällen gespielt hast, werde ich dir bis morgen Früh einen Orgasmus verschafft haben.«

»Morgen Früh?«

»Versteht sich von selbst, dass ich dich heute nicht mehr nach Hause fahren lasse.«

Ich werde also die Nacht mit diesem Mann verbringen. Gott, wie sehr ich das will. Ich will bei ihm bleiben und herausfinden, ob er sein Wort halten kann. Es motiviert mich einerseits, bei diesem Spiel mein Bestes zu geben, auf der anderen Seite kann ich nicht fassen, dass ich ernsthaft mit ihm darüber verhandle, ob wir darum spielen, dass er mich misshandeln darf.

»Also zusammengefasst: Es gibt zwölf Stationen. Schaffe ich es, zwölfmal den Ball mit drei Schlägen ins Ziel zu befördern, wirst du mir heute Nacht zwölf Orgasmen verschaffen und mir nicht wehtun. Scheitere ich aber an beispielsweise zehn Stationen, während du nur an einer versagst, lässt du mich nur zweimal kommen und quälst mich neunmal mit deinem Folterinstrument?«

»Das bringt es auf den Punkt, wobei ich dich nicht quälen werde. Sei ein bisschen abenteuerlustig. Ich bin eigentlich nicht der Typ für Spielereien, aber um dir den Einstieg in all das zu erleichtern, bin ich bereit, es als genau das anzusehen: als ein Spiel. Sei du auch bereit dazu. Du kannst es jederzeit abbrechen.«

Ich schlucke gegen das Herzflattern an, das in meinem Hals pocht. Das hier ist eine Entscheidung, die ich aus dem Bauch heraus treffen muss, ohne meinen Verstand walten zu lassen. Ich kann jederzeit abbrechen. Das gibt mir Sicherheit. Nicht genug, um keine Aufregung zu verspüren, aber ausreichend, um meinen Kopf zu einem Nicken zu bewegen. Ein Adrenalinstoß jagt mir ein leichtes Gefühl in die Brust. »Okay. Ich bin dabei. Aber interessehalber, weil ich dich verstehen will: Warum willst du mir wehtun, obwohl ich nichts getan habe, was eine – wie sagst du wohl sonst dazu? –

Bestrafung rechtfertigen würde?«

»Einfach, weil ich ein kranker Mistkerl bin, dessen Schwanz davon hart wird«, bringt er mich mit dem Thema unserer Diskussion beim Essen zum Schmunzeln.

Wie kann ich das in meiner misslichen Lage nur komisch finden? Er sagt so unfassbar grauenhafte Dinge mit einem anzüglichen, hinreißenden Lächeln, dass meine Beine davon schwach werden.

»Ich werde kommen und weiterficken, kommen und weiterficken können. Und davon haben wir am Ende beide was. Oder?«, fügt er hinzu.

»Ich eröffne das Spiel«, sage ich selbstbewusst, weil ich befürchte, in Panik zu geraten und jeden Ball zu versieben, wenn ich erst sehe, wie brillant er spielt.

»Immer doch. Ladys first. Die erste Station ist hinter dem Sofa.«

Ich atme durch, was diesen Blödmann dazu verleitet, sein Grinsen breiter werden zu lassen. Mit einem Blick, der hoffentlich selbstsicher wirkt, steige ich über eine der Bahnen hinweg und umrunde die weiße Couch. Das einzige Hindernis, das es zu überwinden gibt, ist, den Ball, der schon bereitliegt, durch einen breiten Tunnel zu bringen. Das kriege ich locker hin. Ein wenig ermutigt, umgreife ich mit beiden Händen den Schläger, bringe meine Füße in die korrekte Spielhaltung, beuge mich leicht in die Knie und ...

King ist mir gefolgt und steht hinter mir. Unglücklicherweise spüre ich, dass er meine Beine betrachtet, meinen Hintern oder was auch immer. Sein Blick streicht über mein Haar, mein Kleid, kitzelt an der Haut meiner Kniebeugen und ...vielleicht bilde ich mir das auch alles nur ein ... Auf jeden Fall fühle ich mich beobachtet und dieses Gefühl macht mich nervös.

»Entspann dich, Tony.«

»Könntest du bitte auf den Ball sehen und nicht auf mich?«

»Natürlich könnte ich das. Aber warum sollte ich einen langweiligen Ball betrachten wollen, wenn vor mir die schönste und heißeste Frau der Welt steht und sie mich schon hat herausfinden lassen, kein Höschen unter ihrem Kleid zu tragen?«

Ich habe es mir also nicht eingebildet oder er will mich mit seinen Worten nur aus der Fassung bringen. Damit ich haushoch verliere.

»Weil du ein fairer Mensch bist, der es außerdem nicht nötig hat, seinen Gegner in einem Turnier durch Psychotricks zu beeinflussen?«, versuche ich mein Glück.

»Ich bin weder ein fairer Mensch noch ist das hier ein Turnier. Hier geht es einzig und allein darum, wie spannend es gleich im Schlafzimmer wird.« Er sagt das schon wieder mit diesem heiseren Schnurren, das meine Zellen vibrieren lässt. Wenn er mit dieser Stimme spricht, kommen mir die unanständigsten Gedanken. Gott, es ist sowas von sicher, dass er versucht, mich durcheinanderzubringen.

Ich richte mich wieder auf, will mich umdrehen und ihm sagen, dass er das gefälligst unterlassen soll. Aber dann spüre ich einen kalten, harten Gegenstand an der Innenseite meiner rechten Wade. Die Berührung ist hauchzart, aber ich nehme sie so deutlich wahr, als würde er mir damit ein Branding verpassen.

»Nimm deinen Schläger da weg«, knurre ich leise und meiner Meinung nach auch etwas bedrohlich. Nicht zu fassen, wie dieser Kerl trickst.

»Was wirst du tun, wenn ich ihn dalasse, Antonia? Oder damit sogar noch ein Stück höher gleite?« Er reibt das kühle Metall an mir und lässt es nach oben wandern. Weiterhin leicht, sodass ich die Berührung kaum spüren kann. Zu meinen Knien und ein paar Zentimeter höher, um auf diese Weise mein Kleid anzuheben.

Ich fahre entschieden herum. »Bist du verrückt? Du wirst mir auf keinen Fall mit diesem Schläger einheizen.«

Er verbeißt sich ein Lachen. »Ich wollte nur für dieselben Voraussetzungen sorgen. Es wäre ungerecht, wenn ich die ganze Zeit durch die Tatsache abgelenkt werde, dass du kein Höschen trägst, und du völlig kontrolliert diesen Ball spielst. Aber gut zu wissen, dass ich dich sogar mit einem Minigolfschläger scharfmachen könnte.«

Das ist ein bisschen beschämend. Ich hasse es, wenn er versucht, mich vorzuführen, und ich hasse, dass sich etwas Heißes durch meine Mitte schlängelt, während er selbstgefällig und amüsiert auf mich herabblickt. King sieht wie gemalt aus mit seinem schwarz gelockten Haar, den seinem Typ widersprechenden Augen, seinen harten Zügen, in die sich manchmal, zum Beispiel jetzt, von einer auf die andere Sekunde Belustigung schleicht. Er ist der einzige Mann auf der Erde, von dem ich sagen würde, dass er in einem schlichten weißen Shirt und verblichenen Jeans heißer aussieht als *Travis Fimmel* in seinem scharfen Wikinger-Outfit, der es, seit ich King wiederbegegnet bin, nur noch auf Rang zwei meiner persönlichen Liste aller Hotties bringt. Ich schaffe es einfach nicht, wirklich böse auf ihn zu werden, obwohl ich verdammt noch mal böse sein sollte. Stattdessen zerlaufe ich unter seinem Anblick wie Schokolade im Sonnenlicht.

»Gib das lieber her, bevor du mir wieder wehtust«, sagt er und langt nach meinem Schläger. »Ich traue deinem Killerblick nicht.«

Killerblick? Wohl eher meinem Anhimmel-Blick.

Er zieht mich nah an sich, weil ich nicht loslassen will, und löst dann meine verkrampften Finger vom Griff. Zuerst fliegt sein Golfschläger weg, meiner folgt, dann hebt er mein Kinn an, um mit seinen Lippen meinen Mund zu verführen.

»Ich wollte dich nur hochnehmen, Tony. Hältst du mich wirklich für so einen Arsch, der dich darum spielen lässt, wie intensiv du ausgepeitscht wirst?«, fragt er, als er unseren Kuss unterbricht, und reibt seine Zunge wieder an meiner, um meine Antwort zu umgehen. Er ahnt sicher, wie die ausfallen würde.

Ob ich ihn dafür halte? Ich könnte ihm tausend Beweise erbringen, dass er einer ist.

»Und ob ich dich für einen fiesen, gemeinen Arsch halte«, stoße ich aus, als ich mich für zwei Sekunden losreißen kann. Dann sind seine Arme wieder ein Käfig, der mich umschließt, sein Mund ist heiß und fordernd auf meinem.

Die aufglühende Lust in mir dreht sich wie ein Kreisel. Wie Spiralen tanzende Flammenzungen, die an meinen Nervenenden lecken. Er hat mich gestern Abend frustriert und unbefriedigt zurückgelassen, und die Erinnerung an dieses ungestillte Verlangen beißt sich durch mein Innerstes. Ich schlinge die Arme um Kingstons Hals und klettere auf ihn drauf, sodass ihm keine andere Wahl bleibt, als die Hände unter meine Schenkel gleiten zu lassen, um so mein Gewicht zu stützen.

»Antonia. Also echt ... Mich ohne Vorwarnung zu bespringen«, flüstert er an meinen Lippen, bevor ich seine endgültig für mich vereinnahme.

Meine Haut kribbelt, meine Finger wühlen sich durch das weiche Haar in seinem Nacken, und eine pulsierende Welle durchströmt mich, um mir jede Kontrolle zu nehmen. Ich schließe die Augen und lasse mich von all den prickelnden Gefühlen beherrschen, die mich verleiten, mein Geschlecht an dem Reißverschluss seiner Bluejeans zu reiben. Sein harter Schwanz drängt sich von der anderen Seite dagegen, und ich stöhne seinen Namen in unseren wild ausartenden Kuss. Ich glaube, ich habe es geschafft, ihn zu überrumpeln.

Er packt meine Schenkel fester und ich registriere, dass er mich irgendwohin trägt. Seine Schritte verursachen köstliche Empfindungen, da sie die Reibung zwischen meinen Beinen verstärken. Ich glaube, ich könnte mich an seiner Jeans zum Kommen bringen.

Kingston wendet seinen Kopf zur Seite und beraubt mich so seiner Lippen. Ich halte sein Gesicht in den Händen und will ihn wieder zu mir drehen, um ihn weiterküssen zu können, aber seinem Mund entweicht ein bestimmendes *Tz tz tz*. »Meine Wohnung, meine Regeln. Ich habe dir gesagt, dass ich es heute nicht stürmisch angehen will. Sieh mich an, Antonia.«

Ich hebe die Lider. Nicht, weil er es verlangt, sondern weil seine Stimme so verdammt ruhig klingt. Als hätte ihn meine Überrumplungstaktik nicht so sehr aus der Fassung gebracht, wie ich dachte. Sein Gesichtsausdruck bekräftigt meine Feststellung. In seinen Augen schimmert Verlangen, aber der Rest seiner Miene wirkt völlig unbewegt. Das hübsche, verspielte Lächeln ist von seinen Lippen gewichen.

»Wiederhole, was ich gesagt habe, damit ich sicher sein kann, dass du es verstanden hast.«

Entschuldige, aber mein Gehirn funktioniert gerade nicht richtig. »Ich soll was wiederholen?«

»Meine Wohnung, meine Regeln.«

»Deine Wohnung, deine Regeln«, sage ich und versuche, dahinterzukommen, ob es klug war, das zu machen.

»Sehr gut. Halte bitte die Hüften still.«

Es tut fast weh, ihm zu gehorchen. Mein Körper sehnt sich nach Erlösung. Zwei Minuten Körperkontakt und ich bin dank meiner unbändigen Hormone so aufgeputscht wie nach drei Kannen Kaffee. Dennoch versuche ich mein Bestes, mich nicht weiter an ihm zu reiben. Sein Tonfall klang nämlich nicht so, als wäre seine Bitte obligatorisch gemeint.

Während mich das Pochen zwischen meinen Beinen fast umbringt, löse ich den Blick von seinem Gesicht. King trägt mich einen länglichen, breiten Flur entlang. Rechts bilden Oberlichter den Abschluss der Wand, aber ich habe den Eindruck, da ist ein Raum dahinter. Allerdings bleibt er unvermittelt stehen und stößt eine Tür auf der linken Seite auf. Er dreht sich mit mir um, damit er die Tür hinter uns schließen kann ... und ich bin ... überwältigt. Obwohl es das nicht im Ansatz trifft.

»Das ist dein Schlafzimmer? Heilige Scheiße.« Einen Moment lang glaube ich, in einem der Separees im Club zu stehen, das für Unterwerfungsspiele eingerichtet wurde.

Die Sonne fällt durch die bodentiefen Fenster auf sein Bett. Es ist ... schwarz. Riesig. Rund. Ledern. An den Seiten befinden sich Ringe zur Fesselung. Es ist mit weißer seidener Bettwäsche bezogen, hat kein Kopfteil und steht mitten im Raum. An der Decke, unmittelbar darüber, sind weitere Ringe befestigt. Kleine und große. Sein glänzend schwarzer Kleiderschrank wirkt ziemlich normal, erstreckt sich aber über die komplette Längsseite des Zimmers. Doch woran mein Blick hängen bleibt, sobald er darauf fällt, ist das lange, hohe Stoffregal, das über die gesamte Wand gegenüber der Tür gespannt ist, und aus dessen Taschen ... diverse Spielzeuge, Seile und Spankinginstrumente lugen.

»Großer Gott, mit wie vielen Frauen, die du herbringst, hast du Sex, und wie viele ergreifen sofort die Flucht?«, frage ich mit noch vor Erregung bebender Stimme, obwohl ich mich schlagartig schon viel nüchterner fühle. Es ist leicht, zu vergessen, auf welches Zeug er steht, wenn er wie im Wohnzimmer mit mir herumalbert

»Ich werde mit dir nicht über andere Frauen reden«, weist er mich zurecht, als wäre meine Frage unangebracht.

»Ich bin nicht naiv genug, zu glauben, da wären keine«, gebe ich zurück.

»Waren«, sagt er und ich muss einen Moment darüber nachdenken, was er meint, bis ich verstehe, dass er mich korrigiert hat.

Da *waren* Frauen. Vergangenheitsform.

Der Gedanke, dass er sich nicht mit anderen treffen will, hallt als warmes, kribbelndes Echo durch mich hindurch, was garantiert nicht gesund ist. Es sollte mich nicht glücklich machen, das zu hören. Es sollte mir egal sein, weil das zwischen uns nur ein schmutziges, abenteuerliches und vor allem heimliches Spiel sein darf. Dass er brillant in diesem Spiel ist, beweist er, als er mich durch den Raum trägt und mich aufs Bett wirft. Und mit werfen, meine ich ... werfen. Entschlossen und in Wildwestmanier.

Ich hole gerade Luft, stoße sie auf halbem Weg wieder aus und ziehe ihn mit in die Laken, indem ich mich mit den Knien an seinen Seiten festklammere und seinen Nacken umschlungen halte. Er fängt sich mit einer Hand ab, um nicht auf mich drauf zu fallen, und reibt sein raues Gesicht an meiner Halsbeuge, während er leidenschaftlich den Atem einzieht, als wolle er meinen Geruch in sich einsaugen. *Ich schlage mich auch nicht so schlecht, Honey.*

»Antonia Soto in meinem Bett. Das habe ich mir mehr als einmal vorgestellt.« Der harte Unterton weicht bei den Worten aus seiner Stimme. Seine warmen, geöffneten Lippen platzieren einen Kuss auf der Haut über meinem Puls und meine Zehen krümmen sich hinter seinem Rücken. Ich bin immer noch so heiß, dass ich mein Blut in den Ohren rauschen höre, grabe die Finger in sein Haar und ziehe sein Gesicht nach oben, um ihm ein Lächeln zu schenken und wenigstens für eine Sekunde in seine Augen zu sehen.

Die Bilder von ihm und irgendwelchen Frauen, die er im Club meiner Meinung nach immer grenzwertig behandelt hat, werden blass und unwichtig, während wir uns anblicken. Wichtig ist, wie er mich behandelt. Wie er mit mir umgeht und was ich dabei fühle. Und im Augenblick fühle ich mich begehrt und sicher bei ihm.

»Lass mich los«, besteht er darauf, dass ich seine Hüften freigebe und die Hände aus seinem Haar nehme, obwohl sie es zerzausen wollen.

»Das war keine ...«

»... Bitte«, beende ich den Satz für ihn, weil ich weiß, wie er ausgeht.

»Wie schon erwähnt: meine Wohnung, meine Regeln. Und die oberste heute Abend lautet, dass wir es langsam angehen lassen. Und jetzt will ich dich ansehen. Also ...« Er hebt eine Braue an.

Nicht ohne spielerisch an ein paar Strähnen zu reißen, lasse ich die Finger aus seinem Haar gleiten und löse meine verhakten Füße auf seinem Rücken. Er drückt meine Unterarme seitlich aufs Bett, während er sich zwischen meinen Beinen auf die Knie hebt und sich aufrichtet. Er stellt meine Füße auf die Matratze und nachdem er seine großen Handflächen auf die empfindlichen Innenseiten meiner Schenkel gelegt hat, schiebt er mit seinen meine Haut durchknetenden Fingern mein Kleid nach oben.

Meine untere Körperhälfte bäumt sich unwillkürlich auf. Es fühlt sich jedes Mal unglaublich gut an, wenn er mich berührt. Er weiß, wie er eine Frau anfassen muss, um ihr brennendes Verlangen zu schüren. Er streichelt und massiert meine Oberschenkel mit perfektem Druck, seine Fingerspitzen kommen meiner Intimzone nah und streichen kurz davor über meine Haut zu meinen Kniekehlen zurück. Wieder und wieder. Fester und fester.

Ich hebe mich auf einen Ellenbogen und sehe zu der Stelle, auf die er schon die ganze Zeit über blickt. Sie sollte eigentlich von einem Slip verdeckt werden. Nun, ich trage keinen ... Dafür bin ich so feucht, dass ich wahrscheinlich einen Fleck auf seinem Bett hinterlasse, und der Gedanke, dass er meine Erregung so deutlich sehen kann, senkt mir ein leichtes Gefühl in den Bauch.

Als ich die Hand ausstrecken will, um sie auf eine von seinen zu legen und die stimulierenden Bewegungen mitzugehen, schlägt er mir überraschend und hart auf den linken Oberschenkel.

Ich stöhne auf.

Er macht es noch mal – wieder mit der flachen Hand. Diesmal kann ich ein Aufstöhnen unterdrücken, denn es kommt nicht unvorbereitet und vor allem bleibt er unterhalb meiner Schmerzgrenze. Es brennt ein bisschen, aber auf eine gut zu ertragende Weise. Ein kurzes, heißes Zucken, das dank meines schnell klopfenden Herzens durch meinen Körper blitzt und meine Muskeln anspannt.

Kingston schnalzt mit der Zunge, und ich bette meinen Arm wieder brav aufs Bett, da begreife ich, dass er genau das erreichen wollte. Er will nicht, dass ich meine Finger auf seine lege. Dafür schließen sie sich wie von selbst um die kühle Seide eines der Laken, als er die Haut massiert, auf der seine Hand einen blassroten Abdruck hinterlassen hat.

»Antonia Soto, willig, feucht und gehorsam in meinem Bett. So weit haben selbst meine Fantasien nicht gereicht.« Er sieht in mein Gesicht, vielleicht um zu prüfen, ob ich irgendwelche Einwände erhebe.

Tue ich nicht. Seine Wohnung, seine Regeln. Das kann ich akzeptieren. Ich habe kein Problem damit, ein bisschen rauer angefasst zu werden.

Er fährt noch ein paarmal mit den Händen meine Beine entlang, bis sich meine Atmung beschleunigt, streicht mir dann die offenen Riemchensandalen von den Füßen und drückt seine weichen Lippen auf den rechten Innenknöchel. »Du hast zu viel an«, flüstert er gegen meine Haut dort.

Eindeutig habe ich das.

Er packt meine Knie, holt mich näher und zieht mich an einem Oberarm hoch, um mich umgreifen zu können und den Reißverschluss des Kleids an meinem Rücken zu öffnen. Es ist, als könnte ich spüren, wie die einzelnen Zähne auseinandergleiten. Viel. Zu. Langsam.

Das ist sinnlich, sexy und folternd zugleich. Wie er mir das Kleid über die erhitzte Haut streicht, wie seine Fingerspitzen über mich flüstern oder seine Lippen die kribbelnden Spuren nachzeichnen, die seine Berührungen hinterlassen ... unbeschreiblich. Wie er meinen BH aufspringen lässt, ihn mir auszieht und meine Nippel zwischen zwei Fingern rollt ... aufreizend.

Sein Körper drängt den meinen zurück auf das Bett, die glatten Laken unter meinem entblößten Rücken, seine rauen Hände auf mir ... ein starker Kontrast. Er sorgt dafür, dass meine Erregung in Wellen kommt, nicht abklingt, sondern auf der Schwelle des Erträglichen lodert. Dass ich weich und sensibel werde. Und wahnsinnig, weil er mich jedes Mal bestimmend zurückschiebt, wenn ich eine Hand unter sein Shirt gleiten lasse und es ihm ausziehen will. Er duldet, dass ich ihn über der Baumwolle und seinen Jeans berühre, aber das ist mir nicht genug. Ich will ihn spüren. Ich bin bis auf den letzten Quadratmillimeter Haut nackt, während er komplett angezogen ist. Das macht mich völlig verwundbar.

»Knie dich gerade hin, nimm die Hände hinter den Rücken«, haucht er an meinem Kiefer, bevor er sich aufsetzt, zur Kante rutscht und vom Bett aufsteht.

Ich fühle mich ganz benommen und meinen Herzschlag in allen Adern pulsieren. Dennoch folge ich seiner geflüsterten Anweisung. Mein Körper befindet sich in angespannter Erwartung und der Teil meines noch arbeitenden Verstands tut es ebenfalls. Meine Zellen sind voller Sensationslust geladen, wollen neue Erfahrungen machen.

King geht einmal ums Bett rum und betrachtet mich. Sein Blick ist dunkel vor Leidenschaft, stechend, erkundend. Er streicht wie pure Energie über meine Haut. Als er sich abwendet, weiß ich, dass er zu dem über die Wand gespannten Stoffregal geht, obwohl es sich hinter mir befindet und ich ihn nicht sehen kann.

Die Vorstellungen, was auf mich zukommen könnte, zerren an meinem Nervengeflecht. Es ist wie kurz vor einem Absprung mit dem Fallschirm. Mich durchflutet eine erregende Welle aus leiser Furcht und Neugier, die meinen Atem erschüttert. Mir ist ein bisschen schwindelig, aber tief in mir weiß ich, dass er etwas Großartiges mit mir anstellen und es sich gut für mich anfühlen wird.

Er kommt mit drei um sich selbst gewickelten, naturfarbenen Seilen zurück. Zwei sind kürzer als das dritte. Er öffnet sie vor meinen Augen und legt die beiden Enden des langen zusammen, bevor er hinter mir aufs Bett steigt, wie mir die nachgebende Matratze bestätigt.

»Nimm die Arme hoch, Antonia.«

Ich strecke die Arme nach oben und er setzt das nun doppellagige Seil an meiner Wirbelsäule an. Es ist weich und geschmeidig und fühlt sich toll auf der Haut an, als er meinen Körper damit umschlingt, es unter meinen Brüsten entlangführt und hinten auf der rechten Seite meines Rückens durch eine Schlaufe zieht.

Es ist Wahnsinn, aber ich kann ganz genau spüren, was er macht. Als wären meine Sinne geschärft. Er schlägt es über Kreuz und führt es unter meiner linken Achsel entlang wieder nach vorn, um es dort oberhalb meiner Brüste um mich zu wickeln. Er verknotet es hinter mir und legt es mir über eine Schulter, um zwischen meinen Brüsten ein V zu bilden und es wieder nach hinten zu ziehen.

»Jetzt nimm die Arme runter und wieder hinter den Rücken.«

Als ich das tue, zeigt er mir, dass er nicht will, dass sie übereinanderliegen. Ich soll meine Handgelenke umgreifen. Dann schlingt er das Seil um meine Oberarme und fixiert sie am Körper.

Es ist spannend, sein Gesicht zu beobachten. Wann immer er in mein Blickfeld rückt, wirkt er hochkonzentriert. Er überprüft wieder und wieder, ob es zu straff sitzt, indem er einen Finger darunter schiebt und mein Gesicht ansieht.

»Wie fühlt sich das an?«, will er wissen.

»Gut«, antworte ich, ohne nachzudenken. An den flachen Knotenpunkten übt das Seil leichten Druck auf mich aus, an allen anderen Stellen liegt es mir weich und glatt auf der Haut.

Ich lächle und er lächelt zurück.

King lässt das übrig gebliebene Stück auf meinem Rücken liegen, bevor er eins der beiden kürzeren Seile nimmt und damit meine Hände fesselt. Er knotet, verwebt, verbindet die beiden Seile und umwickelt dann alles mit dem Ende des Kürzeren, sodass nur noch ein kleiner Rest bleibt.

»Du siehst gottverdammt heiß aus«, bringt er meine Wangen zum Glühen, als er sein fertiges Kunstwerk betrachtet.

Da stimme ich zu. Ich lasse den Blick an mir hinabgleiten und kann bestätigen, dass sich das helle Seil gut auf meiner sonnengebräunten Haut macht. Er hat meine Brüste damit gekonnt in Szene gesetzt und interessante Linien gebildet. Es nimmt mir definitiv meine Bewegungsfreiheit, meine Arme und Hände sind fixiert, aber er hat mich nicht komplett verschnürt, und der erotische, ästhetische Aspekt nimmt mindestens genauso viel Raum ein. Ein Schauer schnurrt unter meiner Oberfläche entlang. Ich kann nicht abstreiten, dass ich mich gerade absolut weiblich und begehrenswert finde.

»Steh auf«, befiehlt er sanft und greift den aufgerollten Steg auf meinem Rücken, den die beiden Seile nun bilden.

Es ist nicht so einfach, über die weiche Matratze zu kriechen und das Gleichgewicht zu wahren, aber Kings Griff stabilisiert mich. Er hilft mir, mich auf die Füße zu erheben und vom Bett zu steigen.

»Alles in Ordnung?«, will er wissen, als ich vor ihm stehe und zu ihm aufsehe.

»Ja. Ich bin ein großes Mädchen. Ich würde dir sagen, wenn ich mich unwohl fühle.«

»Und genau das macht dich bis ins kleinste Detail perfekt«, behauptet er und senkt seinen Mund flüchtig auf meine Lippen, bevor er das letzte Seil in die Hand nimmt.

Ich war überzeugt, dass er meine Beine fesselt, und bin verdutzt, als er es zu einer Schlaufe um meinen Hals legt. Zu einer Schlinge, die er eng an meinen Kehlkopf zieht. Gott sei Dank nicht so eng, dass es Einfluss auf meine Atmung nimmt. Er wickelt das kürzere Ende des Seils um den flachen Knoten auf, damit eine sich hinabwindende Rolle entsteht, und behält das lange in der Hand. Wie eine Art Leine. Als er mich allerdings zum Spiegel seines Kleiderschranks führt, tut er das an den Handfesseln. Er dreht mich so, dass ich mich von allen Seiten betrachten kann und bleibt einen halben Schritt hinter mir stehen. Sein Blick folgt meinem im Spiegel.

»Gefällt es dir?«

»Ich würde mich vögeln wollen, wenn ich du wäre«, scherze ich und bin froh, mich selbstsicher genug zu fühlen, um dazu in der Lage zu sein.

Die Nervosität ist aus meinem Herz gewichen. Dass allerdings meine Erregung nur darauf gelauert hat, einen kleinen Stromstoß durch mich hindurchzuschicken, beweist mein Keuchen, als er hinter mich tritt, mich forsch an sich zieht und eine Hand an meinem Hals meinen Kopf nach hinten streckt, um seinen Atem, seine Lippen, seine Zunge ... über meine sensible Haut gleiten zu lassen.

»Das ist auch der vorherrschende Gedanke in meinem Kopf. Allerdings denke ich das streng genommen immer, wenn du in meiner Nähe auftauchst«, sagt er und beißt mir sanft in den Hals.

Er lässt die Hand von meiner Kehle zu meinen Brüsten gleiten. Ich fülle ein C-Körbchen aus, aber sie ist groß genug, meine Brust fast zu verdecken. Er quetscht sie ein bisschen in seinen rauen Fingern und ich muss die Augen schließen, als er mir heiser ins Ohr stöhnt.

Ich bin viel zu empfänglich für ihn. Für die Wärme, die sein bekleideter Körper ausstrahlt, für seine Berührungen und Worte. Er flüstert mir ein Dutzend Komplimente gegen die Schulter und küsst die Stelle oberhalb des meine Arme fixierenden Seils. Seine Finger tanzen meinen Bauch hinab.

»Oh Gott, das ist Körperverletzung«, bringe ich hervor, als er sie mir zwischen die Beine schiebt und ich seiner Berührung durch meine Fesselung nichts entgegenzusetzen habe. Alles, was ich tun kann, ist, mich härter an ihn zu pressen, um dann zwischen seiner Erektion, die sich unter der Jeans meinen gefesselten Händen entgegenwölbt, und seinen Fingern eingeklemmt zu sein.

King hält mich an dem V-Steg zwischen meinen Brüsten an sich gedrückt. Ich sehe im Spiegel zu, wie er mich reibt. Die Innenseiten meiner Schenkel sind nass, meine Haut glänzt, und als er den Mittelfinger in mich schiebt, dringt er spielend leicht ein.

Ich bin kein Kind von Traurigkeit, aber das hier ist anders als alles, was ich bisher erlebt habe. Ich hatte harten Sex, ich hatte sanften Sex. Aber mir ist noch nie ein Mann begegnet, der beides zur selben Zeit sein kann. Er nimmt einen weiteren Finger dazu, um in mich zu stoßen – hart. Er knabbert an meinem Hals – sanft. Er drängt sich fest von hinten an meinen Körper und streicht mit dem Daumen unglaublich zart zwischen meinen Brüsten entlang. Ich bin sicher, dass er für diese Art Doppelspiel die volle Beherrschung behalten muss. Er darf sich nicht gehen lassen.

Als ich komme, presse ich den Hinterkopf gegen seine Brust und stöhne die Druckwelle hinaus, die mich von unten nach oben durchkämmt. Ich japse, keuche zwischen zwei Zügen seinen Namen und meine Beine geben nach.

Kingston fängt mich auf. Plötzlich ist sein starker Unterarm unter meinen Kniebeugen und er hat mich hochgehoben. Er bringt mich, gefesselt wie ich bin, zurück zum Bett, setzt mich auf der Kante ab und stellt meine Beine gespreizt aufs Bett. Der Knoten, der meine Handgelenke zusammenbindet, dient als Stütze, die verhindert, dass ich nach hinten kippe, als er mir gegen die Brust drückt und mich etwas zurückneigt.

Mein Puls klopft so schnell, als würden zwei Herzen im gegensätzlichen Takt in mir schlagen. Mein kompletter Körper ist von einer Gänsehaut überzogen und ich kann die einzelnen Endorphin-Moleküle in mein Blut wirbeln spüren.

King lässt sich zwischen meinen geöffneten Beinen auf die Knie sinken und noch während ich mit dem Nachbeben meines Höhepunkts kämpfe, berührt sein Mund die Stelle, an der meine Schenkel zusammentreffen.

Ich will nach hinten fallen. Ich würde auf die Matratze sinken, aber er wickelt sich das Seilende meiner Halsschlinge um die Finger und befiehlt mir durch einen unmissverständlichen Zug daran, dass ich mich zusammenzureißen habe.

Leichter gesagt, als getan. Ich bin seiner heißen Zunge, seinen saugenden und reibenden Lippen total ausgeliefert. Er legt sich ein

Bein von mir über die Schulter und das Bild, wie er da vor mir kniet und mich leckt ist ... so verdammt heiß. Sein Blick ist in meine Augen gerichtet, so verschlungen mit meinem, wie die Seile meine Haut umschlingen. Ich kann sehen, dass er voll darauf steht, mir Lust zu bereiten.

Mein Körper versucht, zu kämpfen, eine Möglichkeit zu finden, die Gefühle zu verarbeiten, die ihn durchströmen, sich irgendwie eine kleine Pause zu erbeuten. Aber das ist nicht möglich. Und als ich das einsehe, mir bis in die letzte Pore klar wird, dass ich dem allen nicht entkommen kann ... ist es das Beste, was ich je erlebt habe.

Mir ist die Kontrolle entglitten, dieser unverschämt schöne Mann hat sie mir genommen. An sich gerissen. Und so paradox das klingen mag, es fühlt sich an, als wäre ich zum ersten Mal in meinem Leben frei. Trotz der Fesselung. Frei in meinem Kopf und in meinem Geist. Sich nicht gegen irgendetwas auflehnen zu müssen, wie ich es schon mein ganzes Leben lang tue, einfach aufzugeben und mich dadurch hinzugeben ... ist einfach überwältigend. King entwaffnet die tausend Soldaten in meinem Innersten, die seit meiner Kindheit gegen irgendwas Krieg führen. Gegen meinen Vater, gegen das Gefühl von Ungerechtigkeit, gegen mich selbst. Er schenkt mir Frieden, indem er mir die Gewalt über mich stiehlt und mein Verlangen versklavt.

Der Höhepunkt durchzuckt mich und treibt mir Tränen in die Augen. Sie perlen meine Wangen hinab. Als er seinen Mund von mir nehmen und zwischen meinen Schenkeln auftauchen will, schüttle ich heftig den Kopf, um anzuzeigen, dass es mir gut geht. Er macht weiter, lässt seine Zunge gegen meine pochende Klitoris schnellen, leckt über mein Geschlecht. Er küsst, streichelt und fickt mich mit seinem perfekten Mund und nach zwei Minuten bin ich so weit, ein weiteres Mal über die Klippe zu stürzen. Es fühlt sich an, wie von ganz weit oben in die Tiefe zu fallen, mein Bauch krampft sich zusammen und ich umklammere meine eigenen Handgelenke so hart, dass es wehtut.

Das Zimmer dreht sich verschwommen, als ich registriere, dass er mein Bein von seiner Schulter nimmt und sich aufrichtet. King zieht an meiner Halsfessel, holt mich auf die Füße. Er küsst meine Lippen und sein Mund schmeckt so stark nach mir, dass ich stöhnen muss. Mit warmen Fingern streicht er mir Tränen vom Gesicht und leckt das Salz von meinen Mundwinkeln ab.

»Geht es dir gut?«

»Besser als gut«, flüstere ich, unfähig, laut zu antworten. Ich zittere überall, bis in die Atemzüge hinein, und befinde mich irgendwie in einer anderen Welt. An einem lebendigen Ort, an dem alles pulsiert.

»Sehr schön. Bleib hier stehen.«

Durch den Schleier meiner noch feuchten Augen nehme ich wahr, dass er zum Kleiderschrank geht. Er schiebt die erste Tür auf und nimmt etwas heraus. Während er zurückkommt, streift er sich das Shirt von seinem Oberkörper und ich blinzle, in dem verzweifelten Versuch, klarer zu sehen, um die traumhaften Linien seiner Muskeln präziser erkennen zu können.

Er entkleidet sich vollständig, wird seine Jeans, seine Socken und engen Boxer Briefs los, tritt nackt an mich heran und nimmt mein Gesicht zwischen die Hände.

»Ich bin noch lang nicht fertig mit dir, Prinzessin«, sagt er, während er mir das Haar aus dem Gesicht streicht und heiß und feucht meine Wange küsst. Selbst an dieser Stelle verursacht sein Mund ein Prickeln in mir, das unter meiner Haut entlangläuft und in meine sensibelsten Regionen sprudelt.

Er nimmt das Ende des Seils, das um meinen Hals liegt, führt mich seitlich ums Bett herum und steckt es sich zwischen die Zähne, um beide Hände freizuhaben. Er holt ein Kondom aus seiner Folie und rollt es über seine Erektion.

Ah, das scheint er am Schrank gemacht zu haben. Und jetzt stört es mich doch, dass meine Hände auf dem Rücken gefesselt sind. Ich will seinen eindrucksvollen, hübschen Schwanz streicheln. Ich habe ihn nicht berührt und trotzdem steht er hart und prall nach oben. Keine Ahnung, ob er wegen des Bildes, das ich abgebe, angetörnt ist, es ihn anmacht, dass ich ihn widerstandslos habe gewähren lassen, diese Seile um mich zu binden, oder ob er scharf dabei wurde, als er mich in den siebten Himmel geleckt hat. Vielleicht ist es eine Mischung aus allem. Es macht mich ein kleines bisschen stolz, dass ich seine Gelüste wecke, ohne mich besonders ins Zeug zu legen. Wenn ich im *Pleasure Club* mit jemandem intim war, konnte ich nie sicher sein, dass allein ich ihn erregte. Die erotische Atmosphäre, die Tatsache, dass dort überall viel nackte Haut und sich vereinende Menschen zu sehen sind, reizt das Verlangen und senkt die Hemmschwelle. Hunt ist der einzige Kerl, mit dem ich fest zusammen war, und am Ende unserer Beziehung hat er nur noch mit mir geschlafen, wenn ich in irgendeiner Art und Weise kostümiert gewesen bin. Wenn ich vorgab, jemand anders zu sein. Aber hier, in diesem Schlafzimmer, ganz privat, nur er und ich, gibt King mir das Gefühl, das begehrenswerteste Wesen auf Erden zu sein. So habe ich mich eine Ewigkeit nicht mehr gefühlt.

Er nimmt das Seil aus dem Mund, als er aufs Bett steigt und bedeutet mir, dass ich folgen soll. Er schiebt mit seinen Füßen meine Beine auseinander und als wäre die nachgebende Matratze keine wackelige Angelegenheit, umgreift er mich mit einem Arm und zieht mich an einem Knoten hinter meinem Rücken mit sich in die Laken. Ich falle etwas ungraziös auf die Knie – seine Oberschenkel dazwischen.

»Ich will, dass du mich vögelst«, raunt er, bevor seine Lippen auf meinen liegen und er mich küsst, als würde morgen die Welt untergehen. Seine Hand auf meinen Hüften verhindert, dass ich auf ihn hinabsinke, während er sich mit der anderen hinter sich abstützt.

Eine Weile knutschen wir zügellos, verschlingen einander beinah. Seine Finger an meiner Seite helfen mir, das Gleichgewicht zu wahren, und fühlen sich zusätzlich einfach perfekt an. Groß, warm, beschützend. Man sollte meinen, dass mein Verlangen gestillt ist, schließlich hat er mich bereits dreimal kommen lassen, aber ... ich befürchte, ich kann niemals genug von ihm kriegen. Er tut mir in jeder Hinsicht zu gut.

Als er die Hand von meiner Taille nimmt und das Seil benutzt, das meine Brüste einrahmt, um mich in eine geradere Position zu bringen, und dann zwischen uns fasst, halte ich den Atem an. Nein. Er steht einfach still. Mein Körper weiß, was folgt, und kündigt durch ein lustvolles Ziehen im Unterleib an, dass er es nicht erwarten kann. Ich will ihn in mir fühlen.

»Setz dich drauf«, fordert King mich auf.

Ich sinke auf ihn. Langsam. Spüre, wie mich sein Glied öffnet. Zentimeter um Zentimeter. Die Spitze, der Schaft. Ich drücke meine Zähne in die Unterlippe, um zu verhindern, wie ein Pornostar zu stöhnen, und konzentriere mich auf Kingstons Gesicht.

Die ganze Zeit hat man ihm angesehen, dass er sich kontrolliert und beherrscht hat, aber jetzt wirkt es, als hätte sich ein dunkel glitzernder Film über seine Miene gelegt. Ich sehe, wie das Herz in seinem Brustkorb pumpt und vor Ungeduld seine Muskeln erzittern.

Gott, er ist viel zu sexy, um ein Mensch zu sein. Vielleicht ist er ja doch eine Art Gott?

Es ist nicht so einfach, wie man glaubt, nicht plump auf ihn herabzufallen. Ich kann mich schließlich nirgendwo abstützen oder mich festhalten. Allein mit Hilfe meines Gleichgewichtssinns, um den es dank der brennenden Sehnsucht zwischen meinen Schenkeln nicht allzu gut bestellt ist, gleitet er in mich.

Im Büro des Clubs hat er mir keine Gelegenheit gegeben, mich an das Gefühl zu gewöhnen, vollständig ausgefüllt zu werden. Doch jetzt überlässt er es mir, das Tempo zu bestimmen, und ich bleibe einen Moment lang reglos auf ihm sitzen, als ich seine volle Länge in mir spüre. Ich bilde mir ein, seinen Herzschlag in seinem Schwanz und somit tief zwischen meinen Beinen zu fühlen, aber vielleicht ist es auch mein eigener Puls, der hart und schnell klopft. Die Vibes schwingen durch meinen Körper.

King lässt sich zurückfallen. Er legt sich hin, nimmt das zur Leine umfunktionierte Seil wieder zwischen die Zähne und streckt die Hände nach mir aus. Er schiebt sie meinen Bauch hinauf zu meinen Brüsten, denen er bisher verdammt wenig Beachtung geschenkt hat, wenn man bedenkt, wie hübsch sie so zusammengeschnürt aussehen. Ihm scheint ein ähnlicher Gedanke zu kommen, denn nun widmet er ihnen seine Aufmerksamkeit. Sein Blick klebt auf meiner Oberweite, er drückt meine Brüste in seinen Handflächen, fährt das Seil mit den Fingern nach und dreht und zieht an meinen sensiblen und schmerzhaft erregten Spitzen.

Ich lasse mich beinah wieder von meinen Gefühlen übermannen. Das Wissen, dass ich mich bewegen muss, ist irgendwo in meinem Bewusstsein vergraben. Ich könnte allein davon kommen, dass er in mir ist und mich mit seinen Fingern bespielt.

»Fick mich, Antonia«, flüstert Kingston und ruft die verschüttete Erinnerung wach.

Ich beginne, mich auf ihm zu bewegen. Schiebe mich auf seinem muskulösen Körper vor und zurück. Ich dachte, ich hätte in Erinnerung behalten, wie großartig er sich am Samstag angefühlt hat, aber die Reibung in meinem Innersten übertrifft einfach alles. Seine Finger drücken sich in meinen Busen. Besitzergreifend. Als hätte er eben erst herausgefunden, wie weich meine Brüste sind und beschlossen, sie für alle Zeit für sich zu behalten.

»Gott, du siehst unendlich heiß aus, Tony, und ich bin so dermaßen scharf«, stöhnt er, als er das Seil zwischen seinen Zähnen hervorzieht, es durch seine Finger gleiten lässt und es sich um eine Hand schlingt, während er mich mit der anderen an der Hüfte packt.

Er gibt sich meinen Bewegungen hin, unterstützt sie nur, fordert es nicht schneller oder langsamer von mir. In dieser Stellung kommt er wahnsinnig tief in mich rein, und ich lasse mir Zeit, das Tempo zu erhöhen, quäle uns beide, indem ich ihn erst zögerlich reite und es mir dann ein bisschen wilder zutraue. Ich bin nicht sicher, ob ich es nach unserem irrsinnigen Vorspiel wirklich hart verkrafte, außerdem ist es unglaublich anstrengend, der Part zu sein, der oben ist, während meine Arme fixiert sind.

Es ist ein total kontroverses Gefühl, das sich durch meine Mitte spannt. Ich bin gefesselt, habe kaum Macht über meinen Körper, aber er überlässt mir die Kontrolle über seinen. Das ist verrückt und unsagbar aufregend.

Ich sehe auf King hinab und würde für seinen Gesichtsausdruck sterben. Für seinen Blick unter halb gesenkten Lidern, für seine geöffneten Lippen, die sich schließen, bis er wieder einen rauen Atemzug holt. Er steht voll darauf, sich von mir vögeln zu lassen, mich zu beobachten und mit dem Seil meiner Halsschlinge zu spielen.

Seine Bauchmuskeln sind angespannt und zittern, als würde er irgendeinen Drang in sich kleinhalten. Vielleicht den, mich zu packen und mir die Kontrolle zu stehlen. Aber er könnte mich nicht viel härter nehmen, als ich ihn gerade nehme, während ich spüre, dass es mich jeden Augenblick heiß überrollt.

»Ja, das ist gut. Benutz mich. Bring dich auf mir zum Kommen«, raunt er.

Er ist der Meister des Dirty Talks, so viel steht fest. Ich war noch mit keinem Mann im Bett, der einen schmutzigeren Mund hatte.

Es ist ein Kraft- und Balanceakt, meine Knie durchzudrücken, mich quasi an seinen bebenden Seiten hochzuziehen, um unser Verlangen zu befriedigen. Meine Haut ist feucht und erhitzt, die Seile rutschen auf meiner Haut und der süße Druck in meinem Innersten türmt sich zu einem Wolkenkratzer auf.

King greift mit einer Hand hinter sich, um einen der größeren Ringe zu fassen, die rings um das Bett herum am Rahmen angebracht sind. Sein Bizeps wölbt sich, als er sich daran festhält und sich für eine Minute der Lust ergibt. Ich ringe ihm ein paar schnell kommende, raue Geräusche ab und keuche selbst erstickt auf, da mir die Energie fehlt, einen Ton herauszubekommen.

Mein Höhepunkt beginnt in den Zehen. Kein Witz, sie krümmen sich Sekunden bevor meine Beine zucken und dann mein gesamter Körper erbebt. Ich werfe den Kopf in den Nacken, um dieses wunderschöne Licht auf meiner Seele zu spüren, und kippe stöhnend nach hinten.

Kingston reagiert, indem er an meiner Halsfessel zieht. So energisch und kraftvoll, dass ich stattdessen nach vorn stürze. Er packt meine Hüften, hebt mich leicht an und hält mich fest. Dann liegt sein Mund auf meinen Brüsten und seine Zunge schlägt gegen meine Nippel.

»Oh mein Gott«, flüstere ich, als ich spüre, wie er von unten in mich hineinstößt. Hart. Schnell. Tief. So unerträglich kraftvoll, dass mir die Augen zufallen, ich nicht mehr weiß, wo sein Körper anfängt und meiner aufhört oder wohin mich dieses Gefühl in mir hinschießen will. Vermutlich weit weg, in eine ferne Galaxie.

Ich stöhne seinen Namen, immer wieder, laut und leise. Ich bettle um Erlösung, weil ich nicht aufhöre, mich um ihn herumzuschlingen. Er entschuldigt sich dafür, dass er so grob zu mir ist, wobei mir nicht klar ist, warum er sich da in der Pflicht sieht. Ich liebe es, obwohl es mich umbringt. Vermutlich werde ich den schönsten Tod aller Zeiten sterben.

»King, ich ... kann ... nicht ... mehr ...«, höre ich mich irgendwann rufen. Oder flüstern. Vielleicht entspringen die Worte auch nur meinen Gedanken. Wenn ja, besteht eine mentale Verbindung zwischen uns, denn er stöhnt ein *Fuck* an meinem Hals und seine Muskeln pumpen. Er nimmt mich zarter, während er kommt, und mein eigener – keine Ahnung, was es war; für einen Orgasmus dauerte es eindeutig zu lang, vielleicht waren es hundert kleine – wird schwächer, das Pulsieren und Dröhnen in mir leiser und weniger.

Ich breche auf ihm zusammen, auf seinem wie gemeißelten Körper, mein Gesicht an seinem Hals. Sein dumpfer Herzschlag klopft in der Pulsader, und seine Hände gleiten beruhigend über meinen Rücken. Wir sind beide verschwitzt und so außer Atem wie nach einem Marathonlauf.

Ich habe das Zeitgefühl verloren – nein, eigentlich verliere ich für eine Weile jedes Gefühl –, aber als mein durch die Venen jagendes Blut langsamer wird, bekomme ich mit, wie er die Fesseln hinter mir löst. Blind. Er muss dafür nicht mal hinsehen.

»Wie fühlst du dich?«, fragt er und es ist unfair, dass er halbwegs gefasst ist, während in mir das reinste Chaos wütet.

»Tot, aber ich war auch noch nie so lebendig.« Und vielleicht auch ein bisschen verliebt.

11. KAPITEL

Kingston

Es ist, als wäre es ein Leben lang her, dass ich eine Frau nach dem Sex länger als drei Minuten im Arm gehalten habe, und definitiv hat sich noch keine so perfekt angefühlt. Tonys Haut ist weich und warm, und es stört mich kein bisschen, dass ihr Rücken an meiner verschwitzten Brust klebt. Sie hat die Beine an ihren Körper gezogen und ich ein Knie dazwischengedrängt. Der Geruch ihres Shampoos, ihres Parfums und unseres kräftezehrenden Akts hängt in der Luft, sie malt Linien auf meinen Unterarm und wir haben seit einer halben Stunde kein Wort mehr geredet. Wir liegen nur da – völlig erledigt – und ich versuche, dahinterzukommen, was das hier eigentlich ist. Die Sache mit ihr und mir. Ich bin mir meiner Gefühle nicht wirklich im Klaren.

Meine letzte Beziehung habe ich vor drei Jahren beendet. Sie hat elf Monate gedauert. Keine Meisterleistung, aber ich habe Catherine auch nicht geliebt. Nicht so wie Zelda. Wenn ich ganz ehrlich bin, war sie wahrscheinlich nur der Lückenfüller. Der Beweis für mein Ego, dass ich in der Lage bin, ein Mädchen länger als eine Nacht glücklich zu machen. Mit Zelda ist mir das schließlich nicht gelungen und ich musste sichergehen, dass es an der Konstellation – sie und ich, wir beide – lag und nicht ausnahmslos an mir. Mit allen anderen Frauen hatte ich nur Sex. Einmal. Fünfmal. Mit manchen davon immer mal wieder, zum Beispiel mit Blanche, die ich jedes Jahr in einem der Club-Etablissements treffe. Aber verdammt, ich bin neunundzwanzig und vielleicht ist es an der Zeit, mal an die Zukunft zu denken. Ich kann nicht den Rest meines Lebens irgendwelche verheirateten Frauen ficken, auf Partys Mädchen ersteigern oder fast Fremde auf Hochzeiten aufreißen. Das erscheint mir auf Dauer ziemlich armselig.

»Woran denkst du?«, bricht Antonia mit leiser Stimme das Schweigen. Eine typische Frauenfrage.

Ich ziehe sie etwas fester an mich. »Das willst du nicht wissen, sonst gerätst du wieder in Panik.«

»Ich bin zu erschöpft, um in Panik zu geraten, Honey.«

Honey? Es ist nicht das erste Mal, dass sie mich so nennt, und seltsamerweise macht es mir nichts aus, obwohl ich es sonst nicht leiden kann, irgendwelche Spitznamen verpasst zu kriegen. »Ich gehe lieber kein Risiko ein. Ich will dich nämlich gleich noch mal vögeln.«

»Was? Das kannst du so was von vergessen. Sonst krieche ich morgen Früh ins Büro.«

Ich küsse ihren Nacken. »Ich hätte nichts dagegen, dich kriechen zu sehen.«

»Das glaub ich dir sogar.« Sie hebt den Kopf und dreht sich mit einem Ächzen zu mir. Ihr Blick trifft auf meinen, und sie sieht so verdammt süß aus, mit ihrem zerzausten Haar und den noch rot erhitzten Wangen, dass ich ihr ein glückseliges Lächeln schenke.

»Warum hast du nach Hunt keinem Kerl mehr eine Chance gegeben?«, frage ich sie. Die Antwort ist wichtig. Nicht nur ich habe so meine Probleme, mich ernster auf jemanden einzulassen. Sie ist keinen Deut besser. Wenn ich das mit uns nicht versieben will, muss ich ihre Gedanken und Motive kennen.

»Das ist kompliziert, King. Es hängt irgendwie alles zusammen«, meint sie ausweichend.

»Du hast notfalls die ganze Nacht Zeit, es mir zu erklären. Was ist damals passiert? Du hast dich nicht von ihm getrennt, weil du ihn nicht mehr geliebt hast.« Eine reine Vermutung, die darauf basiert, dass ich mitbekommen habe, wie sie ihn noch angesehen hat. Wann immer wir ihr begegnet sind.

»Das fragst du mich jetzt? Diese Frage kommt fünf Jahre zu spät.« Ein leicht vorwurfsvoller Ton begleitet ihren Satz und sie senkt den Blick auf meine Brust, um unseren Augenkontakt zu unterbrechen.

Sie ist verletzt. Ich bin kein großer Empath, aber diese Schlussfolgerung kann ich selbst ohne sensible Sinne ziehen. Nur warum? Sie hat Hunt in den Wind geschossen, sich eine ungeheuerliche Frechheit erlaubt und ist mit wehenden Fahnen nach Europa verschwunden.

»Sag's mir«, fordere ich.

»Wir waren Freunde, Kingston. Nicht nur Hunt und du. Wir beide waren das auch. Ich hätte erwartet, dass du dir meine Sicht der Dinge anhörst. Ich hätte gedacht, dass du dich meldest. Ich glaube nicht, dass ich diese alte Geschichte nach so vielen Jahren wieder aufwärmen will. Du hast den Zeitpunkt verpasst.«

Ich werde ein bisschen böse. »Ich hätte mich bei dir melden sollen, Antonia? Entschuldige bitte, aber vielleicht erinnerst du dich daran, dass du Hunt erpresst hast, dir eine unverschämte Abfindung zu zahlen – mit Fotos, auf denen ich auch zu sehen war. Du hättest dich melden und verdammt noch mal auch entschuldigen müssen.«

»Es scheint, als wären wir nicht so gut befreundet gewesen, wie ich dachte, ansonsten hättest du mir so eine linke Nummer wohl kaum zugetraut, sondern gefragt, was los ist.«

Ich nehme ihr Kinn zwischen Daumen und Zeigefinger und zwinge sie, es anzuheben. »Ich frage dich jetzt. Was war los?«

Ich kann erkennen, dass sie einen Kampf mit sich selbst ausfechtet. Da ist ein harter Ausdruck in ihrem Gesicht, aber ihre Augen wirken, als wolle sie reden. Antonia ist jemand, der sich selbst gern im Recht sieht. Und sie ist nachtragend. Es verstreichen ein paar Sekunden, ehe sie sich entschließt, zu antworten.

»Es könnte sein, dass er ein Separee besitzt. In einem Clubhaus in Moskau. Ich habe mit dieser Abfindung ein Separee in Hunts Namen gekauft, um meinem Vater zu erklären, warum ich mit ihm in einem der Privatzimmer in Amsterdam war.«

Ich schüttle den Kopf und begreife – um genau zu sein –. gar nichts. »Was?«

Sie legt mir vertraut eine Hand auf die Wange. Als ob sie mich berühren müsste, wenn sie mich ansieht. »Schon als wir noch an der Princeton waren, hat mein Vater darauf bestanden, dass ich die Beziehung zu Hunter beende. Er sagte mir damals in aller Deutlichkeit, dass meine Zukunft im Familiengeschäft gestorben wäre, wenn ich es nicht täte, denn Hunt war dem Club beigetreten und damit ein Kunde. Und ich war ... jung und mir der Folgen nicht wirklich bewusst. Der Atlantik lag zwischen mir und meiner Familie. Also habe ich behauptet, ich hätte ihm den Laufpass gegeben, es aber in Wahrheit nicht getan. Ich dachte damals noch, ich könnte beides haben.«

»Und dein Dad ist dahintergekommen«, ziehe ich meine Schlüsse.

»Anfangs nicht. Ich habe mich als Hunters namenlose Begleitung auf die Gästeliste setzen lassen, wenn wir nach Europa flogen. Die meisten Mitglieder des Clubs kennen meinen Dad nicht persönlich. Sie ... kannten mich nicht. Und die, die mich erkannt haben, hatten zu viel Respekt vor meinem Vater, um ihn darauf anzusprechen, dass seine Tochter seine Etablissements besucht. Aber irgendwann hat Hunt ein Separee im *Palace of Pleasure* für die Dauer unseres Aufenthalts gemietet. Auf seinen und ... meinen Namen. Du kannst dir nicht vorstellen, wie heftig mein Vater aus der Haut gefahren ist.«

Ich kann mir das sogar sehr gut vorstellen. Welcher Dad würde wollen, dass sich seine Tochter durch einen Club voller perverser, reicher Leute schläft? »Du hast Hunter nicht gesagt, dass dein Vater gegen eure Beziehung war und nicht wusste, dass du uns nach Europa begleitest?«

»Nein.«

»Warum? Ich meine ... du hättest uns das alles sagen können, Tony.«

»Und genau an dem Punkt wird es kompliziert. Er ist Mitglied im Club geworden, obwohl wir zusammen waren.«

»Du hast ihn angeworben. Du hast uns alle angeworben.«

»Ja, aber damals wusste ich noch nicht, dass ich mich in ihn verlieben würde. Ich hatte keine Ahnung, dass wir alle Freunde werden würden. Es hat mich getroffen und ich glaube, er wusste das. Es hat ihn nur nicht abgehalten. Ich hatte Angst, die Dinge zwischen uns komplizierter zu machen. Ich wollte nicht, dass er die Sache beendet. Und ... ich war jung«, betont sie noch mal. »Jedenfalls war ich plötzlich in der Situation, mich meinem Vater erklären zu müssen. Ihm war ja klar, dass Hunter und ich uns vom College kannten, er wusste, dass wir mal zusammen waren und ich inzwischen einen Job im McVeigh-Konzern hatte. Also habe ich einfach behauptet, er hätte darauf bestanden, dass ich ihn durch die Clubhäuser begleite und er auf der Suche nach einem Separee wäre, das er auf Dauer pachten wolle. Mein Dad ist kein Idiot, ihm war bestimmt klar, dass ich mir diese fadenscheinige Ausrede aus den Fingern gesaugt hatte, aber er hat sie akzeptiert. Es gibt sicher schönere Dinge, die er sich vorstellen kann, als mit seiner Tochter über ihr Sexleben zu diskutieren. Die Wahrheit ist ... ich stand damals vor einer Entscheidung. Ich konnte weiter mit Hunter zusammen sein und damit die Chance auf das Familiengeschäft aufgeben oder ich musste das mit uns vergessen. Ich habe mich für die Möglichkeit entschieden, irgendwann ins Geschäft einzusteigen. Ich habe Hunt verlassen. Und ich habe ihm einen Batzen Geld abgenommen, um meine Ausrede zu belegen. Für die nächsten fünfundvierzig Jahre gehört ihm also noch ein Separee in unserem Etablissement in Moskau.«

»Er hat bis heute keine Ahnung davon.« Keiner von uns war jemals in Russland.

»Nein.«

»Mhm.« Sie hat ihre Familie und ihre berufliche Zukunft über die Liebe gestellt. Das ist nichts, was mich schockiert, auch wenn ich ein Mensch bin, der so nicht handeln würde. Ich hätte mich nicht für jemanden entschieden, der mir ein Ultimatum stellt. Aber Tony ist Tony und offensichtlich hat sie einen Vater-Komplex, der bis heute andauert. Ich verstehe ihre Beweggründe.

»Du hättest es ihm einfach nur sagen müssen. Hunter hätte dich doch da rausgeboxt. Du hättest zu mir kommen können. Wir hätten dieses beschissene Separee gekauft, um dir den Hintern zu retten.«

»So konnte es aber nicht weitergehen. Es war richtig, einen Schlussstrich zu ziehen. Und es war einfacher, das zu tun, wenn ihr wütend auf mich seid. Und wahrscheinlich hältst du mich jetzt für ziemlich verdreht.«

»Ich habe dich schon vorher für ziemlich verdreht gehalten«, ärgere ich sie.

»Ich bin nicht die, deren Schlafzimmer wie ein Strafraum im *Sinners* aussieht«, gibt sie stichelnd zurück.

»Ich werde meine Mitgliedschaft im Club beenden«, schweife ich zurück zum Thema, das für mich noch nicht beendet ist, bevor wir anfangen, albern zu werden. Der Gedanke ist mir schon vorher gekommen und ihre Geschichte festigt mich in diesem Punkt.

Ihre Augenbrauen zucken überrascht nach oben. »Warum solltest du das tun? Ich meine ... Kingston, *du* willst aus dem Club aussteigen?«

»Warum betonst du das? Ich kann sehr gut ohne den *Pleasure Club* auskommen. Wenn es das ist, was ich tun muss, damit wir herausfinden können, was zwischen dir und mir ist, dann hat mich dein Laden am Samstag das erste und letzte Mal gesehen.«

Sie atmet tief ein und zieht die Hand von meinem Gesicht. »Das zwischen uns ist nichts, wofür du ein Opfer bringen müsstest oder was jemals funktionieren könnte. Du weißt das sicher genauso gut wie ich.«

»Nein, das weiß ich nicht. Im Moment weiß ich nur, dass du in meinem Bett liegst, wir verdammt viel Spaß zusammen hatten und ich gern Zeit mit dir verbringe. Ich will mehr davon und ich habe absolut keine Lust auf irgendwelche Heimlichkeiten. Für so einen Scheiß bin ich zu alt. Wenn es dich in Schwierigkeiten bringt, mit einem Kerl auszugehen, der Mitglied im Club deines Vaters ist, werde ich diese Mitgliedschaft eben auflösen. Das ist kein Opfer, Antonia. Man nennt das Prioritäten setzen.«

Sie dreht sich auf den Rücken und setzt sich auf. Ihr Blick ist auf mich gerichtet, während sie sich mit einer Hand durch die schwarzen seidigen Haare fährt. »So viele andere Gründe sprechen dagegen, Kingston.«

»Du meinst gegen uns? Nenn mir drei.«

»Es würde einen Keil zwischen Hunt und dich treiben, wenn wir ganz offiziell ausgehen würden.«

»Nichts und niemand könnte einen Keil zwischen Hunt und mich treiben. Er weiß, dass wir uns treffen.«

Das scheint sie zu erstaunen. »Du hast ihm gesagt, dass wir ... Was hast du ihm erzählt?«

»Keine Details. Aber ich schätze, er weiß trotzdem über alles Bescheid. Wir verstehen uns auch ohne große Worte.«

Sie drückt die Stelle zwischen ihren Augen, wie um die Nachricht zu verdauen. »Und er hat dir nicht den Kopf abgerissen?«

»Nein, er meinte, dass er nicht mit Totgeweihten streitet«, erkläre ich erheitert.

Sie nimmt den Blick von mir und reibt sich über das Gesicht. Keine Ahnung, ob es sie stört, dass ihr Ex über unsere Spielerei im Bilde ist, oder sie einfach nur nachdenkt, was das bedeutet. Vielleicht ist es ihr auch unangenehm, dass überhaupt jemand Bescheid weiß.

Ich strecke eine Hand aus und drehe mir die Spitze einer ihrer Haarsträhnen um einen Finger, bevor ich ihn ihre einzelnen Rückenwirbel hinabgleiten lasse. Eine Linie aus Gänsehaut folgt meiner Berührung, bevor sie sich auf ihrem schlanken Rücken ausbreitet. Nicht mal Antonia-Eisprinzessin-Soto kann leugnen, dass die Chemie zwischen uns stimmt.

»Was ist mit dem hier?«, fragt sie schließlich, als sie mich wieder ansieht. Mit einer vagen Handbewegung umreißt sie den Raum. »Ich glaube nicht, dass ich für die harten Spielchen gemacht bin, auf die du abfährst, King. Mich zu daten, wäre reine Zeitverschwendung. Wir kommen in diesem Punkt niemals überein.«

»War ich heute hart zu dir, Antonia?«, will ich wissen. Ich habe erwartet, dass sie diesen Grund aufführen würde, obwohl absolut kein Anlass dazu besteht.

Sie deutet ein Kopfschütteln an. »Nein, aber ich weiß, auf welches Zeug du normalerweise stehst. Ich habe dich mit ... Frauen gesehen. Im Club. Zum Beispiel am Samstag mit dieser Lachapelle ... Ich würde niemals zulassen, dass du so mit mir umgehst. Du hast ...«

»Stopp«, sage ich und ziehe sie zurück auf das Kissen. Ich rutsche nah an sie heran, hake ein Bein unter ihres und drehe sie auf die Seite, um ihr von Angesicht zu Angesicht etwas klarzumachen. »Blanche will, dass man sie so behandelt. Aber denk nicht eine Sekunde, solche Spielchen wären Alltag für mich oder dass ich an solche Dinge denke, wenn wir beide zusammen sind. Ich glaube, du hast ein falsches Bild von mir.«

Sie verzieht skeptisch das Gesicht. »Ich widerspreche nur ungern, King, aber wenn ich an Samstag in meinem Büro denke, oder an eben ...«

»... würde ich behaupten, dass du voll auf deine Kosten gekommen bist, und ich nichts getan habe, was du nicht genossen hättest. Ich habe dich zum Weinen gebracht, Tony. Und erzähl mir nicht, das wären schlechte Tränen gewesen.«

Das Zucken ihres Mundwinkels verrät, dass sie ein Lächeln verbergen. »Du kannst zugeben, dass du dich zurückhalten musstest.«

»Musste ich nicht.« Wahrscheinlich ist es unmöglich, den Eindruck von mir geradezurücken, den sie über Jahre dank des Clubs gewonnen hat. In diesen verdammten Etablissements zeigen sich die meisten Leute von ihrer abtrünnigsten Seite. Aber ich habe noch tausend andere und vor allem bin ich kein Fanatiker.

Ich hatte zwei Total-Power-Exchange-Beziehungen. Ich war mit zwei Frauen zusammen, die mehr meine Subs als meine Freundinnen waren, und ich kann nicht behaupten, dass das die Erfüllung meines Daseins gewesen wäre. Zelda ist ohne meine Erlaubnis nicht mal aufs Klo gegangen, um zu pinkeln, und das hat mich echt fertiggemacht. Ich habe einen derart krankhaften Gehorsam nie von ihr verlangt und am Ende war ich mir überhaupt nicht mehr sicher, ob die Gefühle, die ich für sie hatte, nicht in Wahrheit mir selbst galten. Sie war keine eigenständige Person, sondern bestand aus meinen Wünschen, meinen Ansichten, meinen Vorlieben. Sie hat das gehasst, ich habe es gehasst, aber wir haben es nicht geschafft, einen Schritt zurückzumachen. Stattdessen hatte ich nach jeder Session einen emotionalen Absturz mit massiven Schuldgefühlen. Zelda hingegen litt immer. Sie bekam Panikattacken, wenn ich sie hart rannahm, und wurde von Traurigkeit und Ohnmacht überrannt, wenn ich lieb zu ihr sein wollte, weil sich die wahnsinnige Idee in ihren Kopf eingenistet hatte, dass ich sie für zu schwach halten und das mit uns beenden könnte. Das mit Catherine und mir hätte besser laufen können. Sie war mehr masochistisch veranlagt als devot, aber unser Verhältnis blieb auch eher körperlicher Art. Eine Schwäche für Dominanzspielchen zu haben, macht aus mir jedenfalls kein totales Arschloch. Ich bin ein Mensch mit Gefühlen und ich habe ihr bewiesen, meine eigenen Bedürfnisse auch zurückschrauben zu können, da Tony völlig unerfahren in der Hinsicht ist. Ich habe sie bisher mit Samthandschuhen angefasst. Mir würde es Spaß machen, mit ihr ihre Grenzen zu erforschen und mich danach innerhalb dieser Limits zu bewegen – egal, wie diese aussehen würden.

»Ich habe dich nicht gebeten, meine Miss Everett zu werden, sondern darum, herauszufinden, ob das mit uns irgendwohin führen könnte. Aber ich werde nicht darum betteln, Antonia.«

»Ich muss darüber nachdenken«, sagt sie, während sie mich betrachtet, als würde sie schon damit anfangen.

Wovor hat sie Angst? Ich kaufe ihr nicht ab, dass es allein die Sorge um ihre Zukunft im Club und wegen ihres Daddys ist, dass sie sich dermaßen stur anstellt. »Du bist der härteste Brocken Frau, den ich kenne.«

»Und du viel aufdringlicher, als ich erwartet hätte«, gibt sie zurück.

»Ja, ich bin aufdringlich und weißt du, was noch aufdringlich ist?«

»Du wirst es mir bestimmt gleich erzählen.«

Ich schenke ihr ein schiefes, unschuldiges Lächeln, bevor ich mich hochstemme und unangekündigt auf sie stürze. Sie quietscht mädchenhaft, als ich ihren Körper aufs Bett drücke, mich zwischen ihre Beine knie und sie an den Hüften an mich heranziehe. Ich hebe ihr Becken an und presse meinen Mund hart auf ihre Scham.

»Meine Zunge ist aufdringlich, Tony. Sie will schon wieder in dich tauchen, dich zum Weinen bringen und dir aufzeigen, dass du dich mit deiner Sturheit darum bringst, das hier jeden Tag zu fühlen.«

Ich sauge an ihrer Klit, und sie stöhnt auf. Ich lecke und sauge, lecke und sauge, bis aus ihrem leisen Stöhnen ein Wimmern wird.

»Hast du nicht vergessen, mich ans Bett zu fesseln?«, stößt sie heiser hervor, als ich kurz unterbreche, um mich zwischen ihren Schenkeln auf der Matratze auszustrecken und mich in eine bequemere Position zu bringen.

»Sollte es irgendwann so weit kommen, dass ich ein hübsches Mädchen nicht mehr genießen kann, ohne sie mit Seilen zusammenzuschnüren, schlag mir bitte mit einem Hammer vor den Kopf. So krank will ich nämlich nie werden.«

Sie greift in mein Haar und drückt meinen Kopf wieder nach unten. »Dann tu dir keinen Zwang an, Schätzchen, und genieß mich.«

12. KAPITEL

Antonia

Seit dem College trinke ich meinen Kaffee mit zwei Schuss Sojamilch, und es überrascht mich, dass King das offensichtlich noch weiß. Er scheint mir nicht der Typ Mann, der biologische Getränke auf Sojabasis im Kühlschrank hat – ich meine, er besorgt sein Essen an einem Imbissstand –, aber vielleicht hat er seine Haushälterin losgeschickt, um eine Packung für mich zu kaufen. In jedem Fall schmeckt der Inhalt der dampfenden Tasse, die er mir vor zwei Minuten in die Hand gedrückt hat, perfekt und weckt außerdem meine Lebensgeister.

»An deiner Arbeitsmoral müssen wir definitiv noch feilen, sagt er, während er sich neben mich gegen die Anrichte seiner schwarzen Küche lehnt und seinen eigenen Becher leert. Er hat noch nicht die Motivation gefunden, sich mehr als eine enge weiße Boxer überzuziehen, dabei ist es fünf nach sieben, ich will um acht Uhr im Club sein und muss vorher noch zu Hause vorbei. Leider stellt mich sein Anblick gewaltig auf die Probe und lässt meine Vorsätze schwinden, ein pünktlicher, fleißiger Boss zu sein.

»Was stimmt mit meiner Arbeitsmoral nicht?«

»Du bist zu ehrgeizig und ambitioniert. Ehrlich, Tony. Vor acht krieche ich so gut wie nie aus den Federn. Ich glaube, das könnte zu einem echten Problem zwischen uns werden.«

Ich lächle ihn an, weil ich nicht weiß, wie ich auf seine anhaltenden Kommentare über *uns* reagieren soll. Es ist schwer zu sagen, wie viele davon ernst gemeint sind und welche er nur äußert, um mich zu ärgern. Ich werde nicht schlau aus ihm oder aus seinen Gedanken und ich begreife erst recht nicht, warum er nach so vielen Jahren plötzlich auf die Idee kommt, er und ich ... *wir* würden zusammenpassen. Hat er Torschlusspanik, weil er in ein paar Monaten dreißig wird? Ich würde wirklich gern glauben, dass es an Hunts Hochzeit mit dieser Nic... Natalie liegt. Dass er mich schon früher gewollt hat, und jetzt kein Hindernis mehr vor sich sieht. Aber das erscheint mir utopisch. Außerdem sollte ich überhaupt nicht wollen, dass er ernstes Interesse an mir hat. Zwei Menschen mit Schwierigkeiten, sich fest zu binden – das könnte nicht gut gehen, selbst wenn wir es beide auf einen Versuch ankommen lassen würden.

»Die ehrgeizige und ambitionierte Tony wird jetzt ihren Hintern aus deinem Penthouse bewegen und zum Umziehen nach Hause fahren, damit ihr keiner nachsagen kann, sie wäre ihren Angestellten gegenüber ein schlechtes Vorbild.« Ich trinke noch einen großen Schluck von meinem Kaffee und stelle dann meine Tasse ab.

Ich hasse nichts so sehr, wie zwei Tage hintereinander in denselben Sachen herumzulaufen. King und ich waren gestern noch zusammen duschen und er hat mir ein viel zu großes T-Shirt von sich geliehen. Verglichen mit mir ist der Kerl ein Mammut, ich hätte darin unmöglich zu mir fahren können, weshalb ich heute Morgen mein Kleid von gestern wieder übergestreift habe. Ich kann so keinesfalls im Büro auftauchen.

»Du solltest einen Teil von deinem Zeug bei mir deponieren. Es ist nicht gut für die Umwelt, von Houston nach Baytown und von Baytown nach Houston zu fahren, nur um sich etwas anderes anzuziehen«, erinnert er mich an mein Argument, mit dem ich erklärte, warum ich gestern gleich vom Club aus zu ihm kommen würde und er mich nicht zu Hause abholen bräuchte.

»Ich werde ganz bestimmt nichts bei dir deponieren«, sage ich so pikiert, als würde sein halb schiefes Lächeln nicht in meinem Bauch knistern. Ich befürchte, ich bin ein bisschen verknallt. Der Gedanke gestern war wohl nicht nur den erstklassigen Orgasmen geschuldet, die er mir verschafft hat. Ich mag ihn wirklich.

Prächtig, Soto. Du schaffst es immer wieder, dich in komplizierte Situationen zu manövrieren.

»Okay, wenn das so ist und die Umwelt überhaupt keine Rolle spielt, gib mir drei Minuten, dann fahre ich dich.«

»Ich bin mit meinem Wagen hier.« Das weiß er doch.

»Kein Ding, ich kann mich von jemandem abholen lassen. Ich sehe überhaupt nicht ein, grundlos so früh aufgestanden zu sein. Ich muss dem einen tieferen Sinn verleihen, also lass mich das machen.« Er zwinkert mir zu, setzt seine Tasse ab und drückt sich mit einer schwermütigen Bewegung von der Anrichte weg.

Ein dummer Reflex – vielleicht ist es auch irgendein hartnäckiges weibliches Hormon –, verleitet mich dazu, mit den Fingern über die glatte, gebräunte Haut seiner Seite zu streichen, als er an mir vorbeigeht. Ich komme nicht dagegen an; die hübschen Schattierungen und Erhebungen seines entblößten Körpers sind manipulierend.

Ich glaube, ich war noch nie mit einem Mann zusammen, dem meine Berührungen Gänsehaut verursacht haben, aber bei ihm richten sich die winzigen feinen Härchen auf. Es ist absurd, dass dieser Bulle von Kerl auf mich reagiert, wie ich schwaches, meiner Libido erlegenem Wesen auf ihn. Er packt spontan mein Handgelenk, zieht mich an seine Brust und drängt mich durch die Küche, bis ich den Türrahmen in meinem Rücken spüre. Seinen heißen, harten Körper an mich gedrückt, eine Hand über meinem Kopf und eine auf meiner Hüfte, senkt er die Lippen auf meine.

»Du lernst schnell. Diese Arbeitseinstellung gefällt mir viel besser, als um eine so unchristlich frühe Zeit schon die Wohnung zu verlassen«, brummt er, bevor seine Zunge meine Mundwinkel neckt.

Selbst wenn ich wollen würde, wäre ich heute Morgen nicht in der Verfassung, ihm und seiner Liebeslust standzuhalten. Dafür habe ich letzte Nacht zu wenig Schlaf und zu viel Sex bekommen. Ich habe grundsätzlich nichts gegen diese Dinge, ich will mich sicher nicht beschweren, aber noch mal wäre einfach zu viel des Guten. Dennoch lasse ich mich von ihm küssen, meine Tanks mit Selbstvertrauen auffüllen und mein Ego von seinen Lippen streicheln. Dass er offenbar nicht genug von mir kriegen kann, ist ein wahnsinniges Kompliment. Außerdem weiß ich nicht, ob und wann ich das nächste Mal in den Genuss komme, seinen Mund auf meinem zu spüren. Er hat kein Interesse an einer heimlichen Affäre, und ich keins daran, mich in Teufels Küche zu bringen. Das macht es schwer, einen gemeinsamen Nenner zu finden.

»Zehn nach sieben, King«, halte ich ihn davon ab, seine warme, fest zupackende Hand auf meiner Hüfte weiter nach unten zu bewegen.

Er drückt seine Kuppen in meine Haut und streicht mit der Nase meinen Kiefer entlang. »Wenn du dir unbedingt die Medaille der Mitarbeiterin des Monats verdienen willst.« Er haucht mir noch einen Kuss auf den Hals, bevor er sich vom Rahmen abstößt und seinen anbetungswürdigen Hintern in den Korridor schafft.

Mir ist ein bisschen schwindelig und ich fühle mich seltsam benommen – eindeutig noch Auswirkungen von letzter Nacht. Vielleicht war es doch keine so prickelnde Idee, meine Erinnerungen noch mal auffrischen zu lassen, bevor ich verschwinde. Denn jetzt sind sie präsent und bündeln sich zu einem glühenden Geflecht in meinem Magen.

»Lass uns unter der Dusche weiterspielen, Prinzessin.« Seine Stimme vibrierte auf meiner Haut, als er zwischen meinen geschwächten Beinen auftauchte und sich eine Spur über meinen zitternden Körper zu meinem Nabel küsste. Seine Zunge, die mich gerade in höchste Ekstase versetzt hatte, provozierte meine überreizten Nerven. *»Ich bezweifle, dass ich die nächsten zwanzig Minuten auch nur einen Zeh rühren kann«*, wandte ich ein. *»Kein Problem, ich kann dich tragen.«* Er sprang auf und hob mich tatsächlich vom Bett, um mich – wie es ein Mann mit seiner Braut tun würde – über die Schwelle und den Flur zu tragen. Ich erhaschte den Eindruck von einem hinter einer Glaswand liegenden Pool, bevor er die sich daneben befindende Tür aufdrückte und ich mich in einem riesigen, blau-weiß gefliesten Badezimmer wiederfand. Das auf uns hinabprasselnde Wasser der Dusche, regte zwei Minuten später meinen ermatteten Kreislauf an. Vielleicht war es auch das prächtige Bild von Kings nacktem, nassen Körper das mir neue Tatkraft einhauchte. Ich folgte mit den Fingern den Tropfen und Linien auf seiner Haut und war schon wieder wie beschwipst vor hochschäumendem Verlangen. *»Dreh dich um. Hände an die Wand, Antonia.«* Ich hätte es nie für möglich gehalten, aber die Wahrheit ist, ich liebe seinen unnachgiebigen, fordernden Tonfall, wenn er mir sagt, was ich tun soll. Es gibt mir das Gefühl, dass er mich so sehr begehrt, um es nicht ertragen zu können, wenn ich mich widersetze. Ich gehorchte und stützte mich mit den Handflächen an den kühlen Fliesen ab, während mir heißes Wasser über den gewölbten Rücken rann und Kings Finger und Lippen plötzlich überall waren. Als wäre er zu einem Geschöpf mit Tentakeln mutiert. Seine Berührungen brachten die Spannung zurück in meine Muskeln. Er streichelte meine Brüste, küsste meine Wirbelsäule, knabberte an meinem Hals. Er schäumte uns mit Duschgel ein, nach dem ich immer noch rieche, und machte meinen Körper weich und geschmeidig für eine neue Runde.

Nicht, dass es physisch einen Sinn ergeben hätte, dass er schon wieder konnte oder ich erneut bereit dazu war, aber es bestand kein Zweifel daran, dass er hart und ich feucht und erregt war. *»Wir müssen ein Kondom benutzen«*, erinnerte ich ihn und vor allem *mich* mit brüchiger, bebender Stimme daran, uns nicht verantwortungslos zu verhalten, als er sein geschwollenes Glied an meinen Hintern presste. Dass es einmal passiert war, war schlimm genug. *»Keine Sorge, ich werde dich da nehmen, wo ich keins brauche.«* Mir stockte der Atem, als er mit sanftem Druck über meine Wirbel rieb und dann zwischen meinen Pobacken entlangstrich. Er wollte mich *dort* nehmen? Die Vorstellung war gleichermaßen reizvoll wie beängstigend. Ich hatte schon Analsex, aber an Kingston ist einfach alles riesig – inklusive seinem Schwanz. Deshalb biss ich mir nervös auf die Unterlippe, als er hinter mir in die Hocke sank und ich seine Zunge an der Stelle spürte, die er mit seinem Penis in Besitz nehmen wollte. Es liegt außerhalb des Möglichen, sich seinen erotischen Verführungskünsten zu widersetzen. Ich springe darauf an, verlässlich wie ein Schweizer Uhrwerk. Unter seinen Berührungen und Küssen ganz und gar unüblicher Regionen schmolz ich dahin und die unterschwellige, verkrampfende Nervosität wandelte sich in Leidenschaft. Er drang mit zwei Fingern in meine Vagina und dann in meinen Hintern ein, um mich langsam und ungewohnt zärtlich auf ihn vorzubereiten.

Als mein Atem ein einziges Stöhnen und meine Haut eine unter Strom stehende Fläche war, verließ er die Dusche, um ein Gleitmittel aus dem breiten Badezimmerschrank zu holen. *»Kopf nach vorn und Blick nach unten*, tadelte er mich, weil ich über eine Schulter nach hinten sah und ihn beobachtete. Mir blieb vor Aufregung die Luft weg, meine Knie zitterten ein bisschen. Aber ich tat, was er wollte, senkte den Blick auf meine Füße, presste die Handflächen etwas fester gegen die rutschige Wand und wartete, dass er wieder in die Dusche stieg und hinter mich trat. Keine Ahnung, was ich erwartet hatte, jedenfalls nicht, dass er so behutsam und vorsichtig vorgehen würde. Dass er mich streichelte und einrieb und seine Lippen wieder und wieder über meinen Nacken hinwegglitten, so sachte, als wäre ich eine filigrane Glaspuppe. Als ich seinen Penis an meinem Eingang spürte, schloss ich die Augen und war schon zu keinem klaren Gedanken mehr fähig. All meine Sinne konzentrierten sich darauf, wie er mich millimeterweise eroberte. Mir war bereits bewusst, dass ich es heiß finde, wenn er mir vorschreibt, was ich tun soll. Was mir hingegen nicht klar war: Ich fahre noch mehr darauf ab, wenn er mir sagt, was ich ihm *antue*. Er stöhnte, als er tief in mir drin war und ich mich ausgefüllt und völlig von ihm vereinnahmt fühlte. Während er sich vorsichtig bewegte und mir Gelegenheit gab, herauszufinden, dass ich noch nie etwas Besseres gespürt hatte, hauchte er mir atemlose, wunderschöne Sachen ins Ohr. Er sagte, unsere Körper wären füreinander gemacht, dass er mich sexy und aufregend fände wie keine andere Frau auf der Welt. Er wiederholte, wie sehr es ihm gefiele, wenn ich ihm gehören würde, und dass ich ihn bereits voll und ganz als meins betrachten könnte.

Ich blinzle, während mir die letzte Nacht durch den Kopf geht und ich mein Herz plötzlich wieder genauso hektisch schlagen fühle. Ich will ihn als meins betrachten. Ich will, dass er mir gehört und ich ihm, obwohl es sich total verrückt anhört – ich und Kingston Everett ... Es tut körperlich weh und verschlingt meine Brust zu einem Knoten, zu wissen, dass ich diesem geheimen Wunsch nicht nachgeben darf. Er und ich, das würde wie gesagt nicht klappen, es würde nur zu lauter Problemen führen, die sich nicht lösen ließen. Selbst wenn er aus dem Club austreten würde ... Mein Dad wäre mit diesem Mann niemals einverstanden, genau wie sein ganzes Umfeld mit mir nicht einverstanden wäre. Die meisten seiner Freunde – Hunt, Lucas, Nic... Natalie – hassen mich so sehr, dass es für mehr als ein Leben reicht, und ich will außerdem nicht meine Stellung im Geschäft gefährden. Ich kann nicht all die Jahre wegwerfen, die ich darauf hingearbeitet habe, meinen Vater von einem leitenden Posten zu überzeugen, für etwas, das sowieso keinen Bestand hätte. Er und ich sind grundverschieden, früher oder später würden uns die Differenzen auseinanderreißen.

»Startklar?«

Ich tauche aus meinen Gedanken auf und sehe King vor mir stehen. Er hat sich eine weiße Trainingshose und ein hellblaues Muskelshirt angezogen, seine Füße stecken in *Nikes*. Keine Ahnung, wie er es anstellt, selbst in einem schlichten Sportoutfit wie ein Geschenk an die Menschheit auszusehen, aber sein Anblick verursacht ein Ziehen in meinem Unterleib.

»Hast du vor, ein Fitnesscenter aufzusuchen?«, will ich von ihm wissen und streiche mit den Händen über meine Oberschenkel, bevor ich mich vom Rahmen löse und an ihm vorbei Richtung Wohnungstür gehe.

»Das wäre überflüssig. Ich habe einen Fitnessraum neben dem Schwimmbad. Aber wenn ich mich schon vor neun aus dem Haus schleiche, kann ich auch die Chance nutzen, mich mal bei Sonnenlicht zu bewegen.«

Wie zur Hölle kann er sich nach letzter Nacht freiwillig körperlich betätigen wollen? Und warum weiß ich nichts von diesem Fitnessraum? »Habe ich erwähnt, dass ich mir ernste Sorgen um deine Manieren mache, King? Du hast mir nicht mal dein komplettes Penthouse gezeigt, bevor du über mich hergefallen bist. Hat deine Mutter eine Ahnung, dass du ihre Erziehung so mit den Füßen trittst?«

»Du bist über mich hergefallen, Tony. Schon vergessen? Ich wollte eigentlich nur eine Partie Minigolf spielen. Und was meine Erziehung angeht ... Die hat meine Mom schon aufgegeben, bevor ich zur Highschool ging. In der Hinsicht habe ich ein Lerndefizit.« Er zieht an meinen Haaren, während er die Tür öffnet, um sie mir aufzuhalten.

»Wo sind meine Schlüssel?« Ich blicke mich suchend im Flur um. Ich war sicher, dass er sie gestern auf die Kommode geworfen hat, aber dort liegen sie nicht. Ich gehe hin, um nachzusehen, ob sie dahinter gerutscht sind, werde fündig und ... spüre einen heftigen Stich in meiner Brust, als ich sie seitlich aus dem Spalt zwischen Wand und Möbelstück rausziehe. Ein Frauenarmband hat sich in meinem spiralförmigen goldenen Schlüsselanhänger verhakt.

»Das gehört eindeutig nicht mir.« Ich löse es von meinem Bund und werfe es zu King, der es stirnrunzelnd auffängt.

Er scheint sich nicht in der Pflicht zu fühlen, mir eine Erklärung zu liefern, und verdammt ... er ist es auch nicht. Er muss mir nichts erklären. Wahrscheinlich stammt es von einer seiner früheren Eroberungen. Ich bin nicht naiv, außerdem kenne ich ihn viel zu gut, um zu glauben, dass er die Mädchen, die er aufreißt, nicht mit nach Hause nehmen würde. Er lässt nichts anbrennen und vögelt sie sicher nicht alle in einem Hotel. Mir liegt trotzdem ein bitterer

Geschmack auf der Zunge, als er das Armband kommentarlos in seiner Hosentasche verschwinden lässt und mich anlächelt, als wäre nichts gewesen.

Mein Wagen steht auf einem benachbarten Parkplatz, der von einem Wachmann beaufsichtigt wird, da ich gestern vergessen habe, mir von Kingston den Zugangscode für die Tiefgarage geben zu lassen. Er entschuldigt sich dafür, ebenfalls nicht daran gedacht zu haben, als er im Lift feststellt, dass ich den Knopf für das Erdgeschoss drücke.

»Ich würde ihn an deiner Stelle auch nicht jeder Frau geben, die ich zu mir nach Hause einlade, ansonsten hätte wohl in Windeseile die Hälfte der weiblichen Bevölkerung Zutritt zu deinen Privaträumen«, entschlüpft mir ein unpassender Kommentar, den mir das Brennen in meiner Brust in den Mund legt.

»Da versucht wohl jemand, Anspruch auf seinen Besitz zu erheben«, witzelt er und macht klar, dass er ganz genau weiß, warum ich angefressen bin, indem er anfügt: »Das Armband ist dort gelandet, bevor wir dein Büro im Club eingeweiht haben, Tony.«

»Meinetwegen kannst du so viele Frauenarmbänder horten, dass sie reichen, um ein städtisches Fundbüro aufzumachen. Geht mich schließlich nichts an.«

Ich sehe ihn aus dem Augenwinkel heraus selbstgefällig grinsen und bin wütend darüber, meine Gefühle nicht besser verbergen zu können. Er sagte *Bevor wir dein Büro eingeweiht haben* und nicht *Bevor wir uns auf Hunts Hochzeit trafen*, was bedeutet, dass es irgendwann in dieser Zeitspanne hinter die Kommode gelangt sein muss. Ob es der Brautjungfer gehört, mit der er sich an dem Abend unseres schrägen Kusses aus dem Staub gemacht hat? Mit wie vielen Frauen hat er nach unserem ersten Kuss geschlafen? Und warum, *warum,* hören meine idiotischen Gedanken nicht auf, um dieses blöde Armband zu kreisen? Soll er es sich doch um seinen dauerharten Schwanz wickeln und damit auf Beutejagd gehen.

Wir steigen im Erdgeschoss aus dem Fahrstuhl und durchqueren den rot gefliesten Eintrittsbereich des Apartmenthauses. Kingston begrüßt den korpulenten, grauhaarigen Portier unangebrachterweise mit einem Handschlag, bevor dieser die Tür für uns öffnet und er mich vor sich her nach draußen schiebt.

Auf dem Parkplatz nimmt er mir die Wagenschlüssel aus der

Hand und streift mit den Lippen meine Wange, als würde er verrückterweise annehmen, dass Zuneigungsbekundungen in der Öffentlichkeit in Ordnung gehen. Ganz der Gentleman, den er täuschend echt spielen kann, hält er mir die Beifahrertür auf und umrundet danach den Lexus, um auf der Fahrerseite einzusteigen.

»Es ist so was von überflüssig, dass du mich nach Baytown fährst.«

»Was genau ist überflüssig daran, Zeit mit der Frau zu verbringen, zu der ich mich hingezogen fühle?«

Ah, er sollte nicht solche Sachen sagen, denn es ist viel zu schwer, diese Bekenntnisse nicht zu erwidern. Ich bin heute Morgen offenbar sensibel, meine Gefühle fahren Karussell wie bei einem pubertierenden Mädchen und meine zugeschnürte Kehle wird von dem Glücksballon geweitet, den sein Lächeln in mir aufsteigen lässt. Ich bin so damit beschäftigt, seinen Mund anzuhimmeln, dass ich fälschlicherweise annehme, er würde mich küssen wollen, als er sich vorlehnt. Doch stattdessen beugt er sich zum Handschuhfach und hält eine Minute später den mintgrünen Slip hoch, den ich vor ihm sicher dort drin verwahrt hatte.

»Ich finde, letzte Nacht habe ich mir den redlich verdient«, meint er und bringt ihn aus meiner Reichweite, als ich instinktiv danach greifen will.

»Das ist der Grund, warum du mich fahren wolltest, oder? Du wolltest nur nachsehen, ob ich dieses blöde Höschen irgendwo im Wagen verstaut habe und es an dich reißen«, schimpfe ich brüsk.

Er besieht sich das seidene Wäschestück, sein Lächeln verrutscht nicht eine Sekunde. »Blödes Höschen? Meiner Meinung nach ist es ganz hübsch. Er hat nette Spitzen.«

Ich verdrehe die Augen, lege den Gurt um und versuche erst gar nicht, mir mein Eigentum wiederzuholen. Kingston ist mir körperlich überlegen und würde mir keine Chance einräumen. Außerdem ... bin ich vielleicht ein kleines bisschen erleichtert darüber, dass er mir ein zweites Höschen gestohlen hat. Ich bin nicht sicher, ob das mit uns vorbei sein wird, wenn ich gleich aus dem Wagen steige. Er war schließlich deutlich, als er sagte, dass er nicht für Heimlichkeiten ist.

Er lässt meinen Slip in dieselbe Hosentasche gleiten wie das Armband – *unfassbar* –, stellt den Sitz auf seine beachtliche Größe ein und startet den Motor.

Ich mag Houston, besonders morgens. Der Himmel über den vielen hohen Gebäuden ist lila, ein paar rötliche Sonnenstrahlen spiegeln sich in den oberen Fenstern. In Europa habe ich manchmal Heimweh nach den Staaten gehabt, obwohl ich hier nur ein paar Jahre gewohnt habe.

King scheint so früh nicht der Gesprächigste zu sein, denn er lenkt den Wagen schweigend durch die Rushhour. Es ist nicht unangenehm, nicht zu reden. Er ist einer der wenigen Männer mit Geld, in dessen Nähe sich Menschen wohlfühlen. Er strahlt eine innere Ruhe aus, ist nur auf eine unterschwellige, rein sein Aussehen betreffende Art überheblich, und gibt einem meistens das Gefühl, willkommen zu sein. Mein Dad ist da von einem ganz anderen Schlag, wie nahezu alle Leute, die ich so kenne. Vielleicht liegt das daran, dass King, anders als ich oder Hunt, nicht in einer steinreichen Familie zur Welt kam. Sein Vater hat erst Karriere gemacht, als er schon zur Junior High ging, und seine Mom hatte wenig Kontakt zu ihren Eltern, von denen sie und Kingston später das Weingut erbten. Er ist also irgendwie ein Unikat, und dieser Gedanke bestätigt noch mal, dass ich irgendwie in ihn verschossen bin.

»Ich gebe mal deine Frage von gestern Abend an dich zurück. Woran denkst du?«, fragt er unerwartet, als wir an der ungefähr zweihundertdreiundsechzigsten Ampel anhalten müssen.

»*Von allen Charlie Browns der Welt bist du der Charlie Brownste*«, zitiere ich Linus von den *Peanuts*, weil mir das lächerlicherweise als erstes in den Sinn kommt.

Er hebt verwundert die Augenbrauen, hakt aber nicht weiter nach.

Als wir in die Einfahrt meines Hauses biegen, ist es bereits kurz nach acht. Ich wollte ihm gerade anbieten, dass er sich von niemandem abholen lassen muss, da ein kleiner Umweg für mich keine Rolle mehr spielt, aber ein silberner Maserati parkt bereits vor meiner Tür und ...

»Willst du mich verarschen, King? Sag mir bitte, dass du dich nicht von Lucas abholen lässt.«

»Ich lasse mich nicht von Lucas abholen«, kommt er meiner Bitte nach. Leider zaubert er den hochgewachsenen Kerl, der in schwarzen knielangen Jogginghosen an seinem Cabrio lehnt, damit nicht weg.

»Warum hast du ihm meine Adresse gegeben?«

»Streng genommen, weiß er nicht, dass das hier deine Adresse ist. Und selbst wenn ... Hast du Angst, er könnte demnächst bei dir einbrechen? Keine Sorge, ich werde ihn noch über deinen harten Rechten in Kenntnis setzen, *Roy Jones junior.*«

Ich seufze langgezogen. Lucas ist ein ziemlich empfindlicher Mensch, und er hat es mir fast so krummgenommen wie mein Ex selbst, seinen Bruder abserviert zu haben. Er war nie mein größter Fan, aber seit meiner Trennung von Hunter sind unsere Begegnungen besonders unschön verlaufen. Lucky Luc ist niemand, der mit seinen Gefühlen hinterm Berg hält und für mich empfindet er jede Menge Wut.

King stellt den Lexus unter dem Carport ab, und ich wappne mich innerlich auf das Zusammentreffen mit Lucas. Da sich der vermeintlich unangenehme Moment nicht umgehen lässt, beschließe ich, ihn wenigstens schnell hinter mich zu bringen, öffne den Sicherheitsgurt und steige aus.

Entgegen Kings Aussage, Lucas wüsste nicht, dass er ihn bei mir abholt, wirkt er nicht überrascht, mich zu sehen. Er hält sich sein Mobiltelefon ans Ohr und hat einen gleichgültigen Blick für mich übrig, als ich ihm zunicke und gleich meine Haustür anpeile.

»Wenn ich dir zeigen soll, wie du ohne Schlüssel ins Haus kommst, musst du mir das schon sagen«, raunt mir King plötzlich von hinten ins Ohr und umfasst meine Taille. Ich zucke zusammen, weil ich ihn noch nicht so schnell hinter mir erwartet hätte, und nehme den Schlüsselbund an mich, den er mir hinhält. Er dreht mich zu sich und küsst wie selbstverständlich meine Lippen – ungeachtet dessen, dass ein Kerl, der mir nicht wohlgesonnen ist und überflüssigerweise auch meinen Vater kennt, nur zwei Meter von uns entfernt telefoniert. Trotz dieses leidlichen Umstands nehme ich den Geruch von Kingstons Duschgel wahr, obwohl ich selbst danach rieche, und genieße die Bartstoppeln auf seinem Kinn, die an meiner Haut reiben. »Ruf mich an, wenn du im Büro angekommen bist. Oder ... schreib mir eine schmutzige SMS.«

Könnte bitte jemand meinem Herz sagen, dass es aufhören soll, Loopings zu schlagen? Es soll sich klug und reif verhalten. So, als gehöre es zu mir, einer neunundzwanzigjährigen Frau. Nicht zu einem Mädchen, das zum ersten Mal von einem Jungen geküsst wurde.

Das ist nicht gut. Ganz und gar nicht. Diese Nacht mit ihm hat mich noch viel empfänglicher für seine Reize gemacht.

»Hör auf zu turteln und steig in den Wagen, King. Unser Laufprogramm fällt leider aus. Mein Vater war am Telefon, er will, dass wir beide sofort in die Firma kommen«, sagt Lucas genervt.

»Ist was passiert?«, will King wissen.

»Kann man so sagen. Kim Itō-Perry verklagt unsere Firma.«

Ich spüre, wie er seinen Körper anspannt. »Kim? Warum sollte sie das tun?«

Lucas öffnet die Fahrertür des Cabriolets und fährt sich mit einer Hand über das Gesicht. Es muss sich um eine üble Angelegenheit handeln, wenn er sogar vergisst, eklig zu mir zu sein. »Sie behauptet, ich hätte sie zu gewissen Dingen gezwungen, und Hunt hätte Bescheid gewusst und es toleriert.«

King stößt den Atem aus. Ich habe zwar nicht den leisesten Schimmer, wer Kim Itō-Perry ist, aber ich kann mir die Geschichte zusammenreimen. Deswegen sehe ich darüber hinweg, dass Kingston mich, ohne ein weiteres Wort mit mir zu wechseln, loslässt, in drei Sätzen bei ihm ist und in den Wagen springt.

»Guten Morgen, Antonia. Ich habe dir etwas auf den Schreibtisch gelegt.« Martín fängt mich vor der Tür zu meinem Büro ab. Er scheint auf mich gewartet zu haben und hat einen wesentlich freundlicheren Gesichtsausdruck als gestern aufgesetzt. Offensichtlich ist sein Ärger wegen des Vorfalls am Samstag verflogen. Nun ... meiner allerdings nicht. Ich finde es immer noch anmaßend von ihm, sich in mein Privatleben einzumischen und sich in meinem Club breitzumachen.

»Morgen«, erwidere ich deshalb kühl, schiebe mich an ihm vorbei und gehe zu meinem Arbeitsplatz, weil ich annehme, dass ich etwas für ihn unterschreiben soll. Warum er nicht selbst seine Signatur auf Bestellscheine und dergleichen setzt, weiß der Teufel.

Mein Vater hat ihn doch sicher dazu autorisiert.

Ich umrunde den Tisch, lasse mich auf den Drehstuhl sinken und hoffe, dass man mir nicht ansieht, wie erledigt ich bin. Am Ende stellt Mister Distanzlos sonst unangenehme Fragen. Ich rolle ein Stück nach vorn, sehe mich nach dem Schriftstück um und ... reiße die Augen auf.

Okay, das ist kein Dokument und offensichtlich benötigt Martín auch keine Unterschrift von mir. Vor mir liegen zwei Eintrittskarten für – ich nehme sie in die Hand – ein Comedy-Event im *Arena Theater* Ende des Monats. »Wofür sind die?«

»Das ist mein Versuch, mich bei dir zu entschuldigen. Ich dachte, wir könnten zusammen da hingehen.« Martín folgt mir an den Schreibtisch.

Mir verschlägt es die Sprache. Er will mit mir ausgehen? Es ist pure Ironie, dass sich dieser völlig humorlose Mensch ausgerechnet eine Comedy-Veranstaltung ausgesucht hat.

»Also, Martín ...«, setze ich an, noch unentschlossen, ob ich ihm höflich oder rüde eine Abfuhr erteile.

»Bitte versteh das nicht falsch, Antonia«, fällt er mir ins Wort, da er meine fehlende Begeisterung zu spüren scheint. »Ich dachte, das wäre eine gute Möglichkeit, dir noch mal meine Freundschaft anzubieten. Ich arbeite nicht gern in angespannter Atmosphäre und ich bin sicher, dass wir unsere Startschwierigkeiten beheben können. Ein lustiger Abend würde bestimmt helfen, in Zukunft gemeinsam lachen zu können.«

Ich blicke ihn an und weiß nicht so recht, was ich davon halten soll. Ich habe kein Interesse an seiner Freundschaft, aber noch weniger liegt mir daran, die Stimmung zwischen uns weiter zu verschlechtern. Es ist schließlich nicht so, dass ich ihn in nächster Zeit loswerden könnte. Da mache ich mir keine Illusionen.

»Schön«, antworte ich zurückhaltend. »Um des lieben Friedens willen.«

Er lächelt und wirkt erfreut über meine Zusage, bevor er sich abwendet und an seinen Schreibtisch setzt.

Ich lege meine Tasche ab und wühle mein Handy aus dem Seitenfach, um Kingston eine Nachricht zu schreiben.

Ich: *Sicher im Büro angekommen. Hoffe, euer Problem lässt sich* *lösen.*

Ich drücke auf *Abschicken* und erwarte so schnell keine Antwort, weil er wahrscheinlich gerade in einem Meeting mit der Geschäftsführung sitzt, um diese Klage zu besprechen. Doch gerade als ich mein Mobiltelefon wieder wegstecken und meine geschäftlichen E-Mails checken will, trifft eine SMS ein.

Kingston: *Hoffe ich auch. Lucas hat sich auf dem Weg zurück dreimal verfahren. Hübsche Gegend, wo du wohnst. Vielleicht ziehe ich ja doch nach Baytown und wir kaufen uns einen Hund.*

Er ist jetzt in der Laune, Witze zu reißen?

Ich: *Hilf lieber deinem Hund aus der Patsche, anstatt rumzualbern. An deiner Arbeitsmoral müssen wir feilen. Außerdem hätte keiner von uns genug Zeit für einen Hund. Da ist bestenfalls ein Aquarium drin.*

Kingston: *Ich mag Fische nur gegrillt auf dem Teller. Hast du Lucas gerade als Hund bezeichnet?*

Ich: *Er war mal ausnahmsweise so kleinlaut wie ein gescholtener Welpe. Der Vergleich hinkt also nicht. Hat er sich in großen Ärger geritten?*

Kingston: *Erzähle ich dir heute Abend bei einem Glas Wein. Schlag mich aber bitte nicht erneut nieder.*

Ich reibe mir den Haaransatz. Er will also heute Abend zu mir kommen? Ich sollte vielleicht lieber ein bisschen auf Abstand gehen. Diese lächerlich kribbelnden Gefühle, die mich in seiner Nähe befallen, dürfen sich auf keinen Fall verstärken. Allerdings ... weigern sich meine Finger, eine entsprechende Antwort ins Feld zu tippen. Obwohl mein Kopf *Ich kann heute Abend nicht. Ich kann heute Abend nicht. Ich kann heute Abend nicht!* denkt, räume ich das Handy zurück in die Tasche.

13. KAPITEL

Kingston

Ich habe den großen Boss noch nie derart wütend erlebt. Michael McVeigh ist eigentlich ein freundlicher, jung gebliebener Mann mit dem Herz am rechten Fleck. Ein Kerl, der für seine Mitmenschen Verständnis aufbringt und sich zumeist tolerant zeigt. Aber gerade steht ihm der sprichwörtliche Schaum vor dem Mund. Mit zusammengeschobenen Brauen marschiert er wie ein Söldner um den ovalen Tisch im kleinen Konferenzzimmer der Chefetage herum, reibt sich wieder und wieder über das kurzgeschorene grauschwarze Haar an seinem Hinterkopf und blickt mit verkniffenen Lippen auf die Zeilen des Anwaltsschreibens, von dem jeder der Anwesenden eine Kopie vorliegen hat. Seine Sekretärin liest die Vorwürfe laut vor, die in aller Herrgottsfrühe mit Kim Itō-Perrys Kündigungsschreiben eingegangen sind.

»... Miss Itō-Perry unter Androhung von Gewalt genötigt, ihren Büstenhalter während der Arbeitszeit abzulegen und eine durchsichtige Bluse zu tragen ...«

Ich lasse den Blick zu Lucas und Hunt gleiten, die mir beide gegenüber am Tisch sitzen. Luc starrt unberührt Löcher in die Luft, während sein Bruder etwas blass im Gesicht ist.

Könnte die Situation nicht der ganzen Firma schaden, wäre sie durchaus amüsant. In jedem Fall trieft sie vor Ironie. Hunter hat sich jahrelang durch die Reihen seiner weiblichen Angestellten geschlafen, Lucas hingegen spielt ein einziges Mal mit der kleinen Asiatin vom Empfang und es fliegt ihm direkt um die Ohren. Er hat mir auf dem Weg zur Firma erzählt, was passiert ist. Kim und er waren seit Hunts Hochzeit ab und zu ein bisschen nett zueinander. Sie zeigte sich interessiert an seiner Vorliebe für Unterwerfungsspielchen und der Schwachkopf hat diese vom Schlafzimmer bis in die Firma ausgedehnt. Kim hatte damit kein Problem, bis sie am Wochenende herausfand, dass Lucky Luc sich auch mit anderen Frauen trifft. Speziell mit Rylee, mit der er am Samstag bei der Eröffnung des *Place for Sinners* war. Kim meldete sich gestern Morgen krank, heute brachte ein Kurier die Hiobsbotschaft ins Unternehmen.

»... unsere Mandantin sich vertrauensvoll an Mister Hunter McVeigh, der die Vorfälle bagatellisierte und ...«

»Sie hat Nat angerufen und ihr die Ohren vollgeheult. Ich habe nicht mit ihr gesprochen, lediglich zu meiner Frau gesagt, Kim solle aufhören, durchzudrehen, da mein Bruder ihr ...«, wendet Hunt ein, aber Michael klatscht seine Kopie des Schreibens auf den Tisch und donnert los.

»Seid ihr eigentlich von allen guten Geistern verlassen? Jahrzehntelang habe ich dafür geschuftet, dieses Unternehmen zu dem zu machen, was es heute ist: zu einem Imperium, das meinen Kindern, Enkelkindern und Urenkelkindern eine sorgenfreie, großartige Zukunft ermöglicht. Und was macht ihr? Kaum überschreibe ich euch eure Anteile, tretet ihr meine ganze Arbeit mit Füßen. Meine eigenen Söhne, die ich immer unterstützt und für die ich jede Menge geopfert habe. Warum reagierst du nicht, wenn eine unserer langjährigen Angestellten durchblicken lässt, deinen Bruder wegen sexueller Belästigung und Nötigung verklagen zu wollen? Warum muss ich das durch das Schreiben einer Kanzlei erfahren, anstatt im Vorfeld von meinen Kindern? Wieso in drei Teufels Namen hast du nicht sofort alle Hebel in Bewegung gesetzt, dass es nicht so weit kommt? Aber ja doch. Ich weiß, warum. Weil du arrogant und herablassend bist und glaubst, du könntest dir alles erlauben, ohne dass es ernste Konsequenzen gäbe. Aber so habe ich keinen von euch beiden erzogen.«

Hunt hebt abwehrend die Hände. »Könntest du bitte deinen anderen Sohn anschreien? Ich habe schließlich nicht von dieser Kim verlangt, dass sie ...«

»Aber du hättest die Möglichkeit gehabt, sie davon abzuhalten, als sie sich an dich gewandt hat. Dir war das Firmenbudget doch noch nie heilig, du hast es benutzt, um irgendwelchen Frauen horrende Abfindungssummen zu zahlen, damit sie – weiß der liebe Gott im Himmel was – nicht ausplaudern. Hältst du deinen Vater für einen Idioten, der davon nichts mitbekommen hätte? Aber da ging es wohl um deinen eigenen egoistischen Arsch, dein Bruder kann ruhig untergehen, richtig?«

Hunters Gesicht glüht auf und er hält dem Blick seines Vaters nicht stand. »Nat und Kim sind befreundet. Sie hat sich nicht an mich gewandt, sondern rumgejammert, dass Luc sie betrogen hätte. Ich hatte keine Ahnung, dass sie ihn verklagen will.«

»Wunderbar, denn jetzt verklagt sie die komplette Firma, weil du – Teilhaber und Geschäftsführer – nichts unternommen hast.«

»Was hätte ich denn ...«

»Ach, halt den Mund.« Michael schnaubt vor Wut.

Okay, ich korrigiere meine Annahme. Ich habe nicht nur ihn noch nie dermaßen stinksauer erlebt, sondern überhaupt keinen Menschen. Er scheint seinen älteren Sohn für die Situation verantwortlich zu machen. Mehr als Lucas selbst. Mit fünfundzwanzig ist Letzterer vielleicht auch noch etwas grün hinter den Ohren.

»Kann ich vielleicht auch mal was dazu sagen?«, erhebt Lucas nun seine Stimme. »Ich habe Kim Itō-Perry nicht genötigt ...«

»Nein, Lucas, du kannst nichts dazu sagen. Dich will ich über dieses ganze Thema kein einziges Wort verlieren hören. Du hüllst dich in Schweigen, du erwähnst nie wieder den Namen dieser Frau und suchst dir besser ganz schnell ein anderes Vorbild als deinen missratenen Bruder.«

Ich räuspere mich, denn ich sehe mich gezwungen, hier einzugreifen. »Ich brauche von Lucas eine detaillierte Schilderung, was seiner Meinung nach passiert ist, damit ich ihn da rausboxen kann. Die Vorwürfe sind haltlos, Michael, und ich bin sicher, dass wir das auch beweisen können.«

»Bist du jetzt schon genauso verrückt, Kingston? Wir werden uns nicht mit dieser Frau streiten. Oder willst du, dass die Presse Wind von der Sache bekommt? Du wirst dich mit ihrem Rechtsanwalt in Verbindung setzen und eine außergerichtliche Einigung erzielen. Sie kann haben, was immer sie will, wenn sie im Gegenzug die Klage fallen lässt. Und das am besten gestern.«

Ich bin immer bemüht, die Leute zu verstehen, denen ihr Ruf so viel wichtiger als Recht und Unrecht ist, aber solche Vorfälle bringen mein Verständnis an die Grenzen. Dass sich Menschen wie die McVeighs oder auch Tony allein dadurch angreifbar machen, so verdammt feige zu sein, wird wohl keiner von ihnen je lernen. »Das wäre dann ja praktisch ein Schuldeingeständnis.«

»Hier geht es nicht um schuldig oder nicht schuldig. Es geht um Lucas' Ruf und um diese Firma. Und jetzt verschwindet allesamt in eure Büros. Zu dem Thema gibt es nichts mehr zu sagen.« Michael bedeutet seiner verwirrt dreinschauenden Sekretärin, aufzustehen und ihn nach draußen zu begleiten.

Als sie gegangen sind, stützt sich Hunter mit einem Ellenbogen auf den Tisch und fährt sich über den Mund. »Ich habe schon immer gesagt, man kann Menschen nicht trauen, die jeden Monat bluten, ohne zu sterben. Ihr habt mich für paranoid gehalten, wenn ich den Frauen, die mit mir in Europa waren, eine nette Summe aufs Konto überwiesen habe. Danke, aber jetzt sollte klar sein, dass ich nicht paranoid bin, sondern du ...«, er sieht Lucas an, »... ein leichtsinniger Kindskopf.«

»Kriegst du das hin, Kingston?«, fragt mich Lucas, seinen Bruder ignorierend, während er sich von seinem Stuhl erhebt.

»Sie wird dir keine weiteren Probleme bereiten« *Dafür aber andere Menschen, denen auffällt, wo dein verwundbarer Punkt liegt.*

Er nickt und wendet sich ab, um aus dem Konferenzraum zu verschwinden. Zurück bleiben Hunt und ich.

»Kommt es mir nur so vor oder ist mein Bruder total außer Kontrolle? Er muss verrückt geworden sein, sich auf Kim einzulassen und mit ihr heikle Spielchen im Büro zu treiben.«

»Andra hat ihm den Laufpass gegeben«, kläre ich ihn auf, weil ich einen Zusammenhang sehe.

»Laufpass ... Ist das nicht etwas hoch gegriffen? Sie haben hin und wieder zusammen ein bisschen Spaß gehabt«, widerspricht Hunt meiner Vermutung.

»Lucas war achtzehn, als wir ihn das erste Mal mit nach Amsterdam genommen haben und er Andra kennenlernte. Sieben Jahre lang waren die beiden jeden Sommer unzertrennlich. Wenn du mich fragst, nimmt ihn das ganz schön mit. Vielleicht solltest du mal mit ihm reden, mir weicht er bei dem Thema nämlich aus. Falls du das machst, lass aber bitte deine frauenfeindlichen *Alles-Schlampen-außer-Nat*-Ansichten weg, denn er war am Wochenende mit einer gewissen Rylee bei der Eröffnung des Clubs und hat sie nicht unbedingt wie Lucky--Prince-Charming-Luc behandelt. Es wäre schlecht, wenn deine Neurosen weiter auf ihn abfärben.«

»Er war mit Rylee Masters zusammen?«, hakt Hunt nach und klingt nicht, als würde ihn diese Nachricht freuen.

»Keine Ahnung, wie die Kleine mit Nachnamen heißt, aber nach allem, was man so hört, solltest du ihn kennen«, spiele ich auf die

Tatsache an, dass ich über ihre Escort-Vergangenheit im Bilde bin.

»Sie ist ein Miststück und nur hinter seinem Geld her.«

»Mann, genau das meine ich. Du hast eine Frauen-Phobie.«

»Nein, nur wenn sie Rylee heißen und sich alle paar Monate einem neuen wohlhabenden Kerl an den Hals werfen, damit er sie für eine Weile aushält. Ach ja ... Und diese eine mit dem Namen Antonia Soto ist für mich die *Persona non grata.*« Er lächelt, als wolle er mir damit einen kleinen Tritt gegen das Schienenbein verpassen.

»Was das betrifft ... Du musst aufhören, sie zu hassen.« Ich habe keine Lust, dass ständig die Stimmung kippt, wenn Tony auf einen der McVeighs trifft. Als ich sie heute nach Hause fuhr und sie Lucas in der Einfahrt stehen sah ... Es war ihr anzumerken, dass ich sie in eine für sie grauenhafte Situation gebracht habe, und ich will nicht dauernd über so einen Mist nachdenken müssen. Das mit ihrem Zwist ist Jahre her.

Hunt verzieht das Gesicht. »Sicher nicht. Wie käme ich dazu?«

»Weil es mir wichtig wäre«, sage ich mit Nachdruck. Er würde das niemals für sie tun und auch nicht für sich. Vielleicht aber für mich. Ich habe auch schon oft in saure Zitronen gebissen, um ihm einen Gefallen zu tun.

Er betrachtet mich nachdenklich, auf eine typisch blasierte McVeigh-Art. »Warum zur Hölle tauchst du ärmellos und in Trainingshosen im Büro auf?«, wechselt er dann einfach das Thema und macht damit klar, dass ich in Sachen Tony bei ihm gegen Betonwände laufe.

Ich greife in meine Hosentasche und ziehe Giulias Armband hervor, das ich auf den Tisch lege. Wenn er einem Thema ausweichen kann, kann ich das auch. »Gib das deiner Frau. Sie soll es an ihre Freundin weiterleiten.«

»Ich finde, solche Unterwasserwelten haben etwas Beruhigendes an sich. Ich habe zweimal einen Tauchkurs auf Kuba gemacht.« Antonia küsst meine Schläfe, als ich der Glasfront des großen Aquariums den Rücken zudrehe, mich auf eins der herumstehenden Holzfässer setze und sie zwischen meine Beine ziehe. Sie sieht sich die bunten tanzenden Clownfische an, während mein Blick auf ihrem Gesicht liegt.

Ich könnte ihre Miene den ganzen Tag betrachten. Wenn sie blinzelt, streicheln ihre faszinierend langen Wimpern ihre Haut, und wenn sie sich unbeobachtet fühlt, schneidet sie manchmal die lustigsten Grimassen. Sie lächelt viel häufiger, als ihr selbst wahrscheinlich klar ist, und sie hat diese verdammt verführerischen Lippen.

Traumfrau. Zuckerschnute. Wunder. Ich hätte vierhundert Worte, die mir einfallen würden, wenn ich sie mit nur einem beschreiben sollte. Die Schatten des sich leicht bewegenden Wassers tanzen über ihr offenes Haar, ihre dunklen Augen glitzern. Es war eine ziemlich gute Idee von mir, den Aqua-Zoo in Downtown für einen Tag zu mieten und so dafür zu sorgen, dass andere Besucher draußen bleiben müssen. Ich hatte keine Lust mehr, mich bei einem von uns zu Hause zu verstecken. Ich wollte ein richtiges Date, aber das Wichtigste ist: Ihr scheint dieses Date zu gefallen. Und es war längst überfällig.

Antonia und ich haben uns die letzten Wochen durchgehend gesehen, und die meisten Nächte haben wir zusammen bei ihr verbracht. Ich durfte ihren Körper noch mal mit Seilen verzieren, wir hatten ein paar ziemlich heiße Erlebnisse in ihrem Jacuzzi und ansonsten viele Stunden, in denen ich sie einfach nur im Arm gehalten oder ihr den Nacken massiert habe.

Ich weiß, dass sie Stress im *Place for Sinners* hat. Das Büro ihres Vaters kommuniziert nicht mit ihr, sondern mit diesem Latino, und diese Tatsache scheint mächtig an ihr zu fressen. Deshalb habe ich mich ein bisschen zurückgehalten und war für sie da, wenn sie mich brauchte. Auf diese Weise festige ich außerdem meine Argumente, die ich benötigen werde, sobald das Thema irgendwann mal ernsthaft darauf fällt, was das zwischen uns eigentlich ist. Sie wird nicht behaupten können, dass es einem von uns nur um Sex geht, wenn es Tage gibt, an denen wir nicht miteinander schlafen.

»Du sollst dir die Fische ansehen, nicht mich die ganze Zeit anstarren«, ertappt sie mich auf frischer Tat.

»Ich hatte doch erwähnt, dass ich Fische nur gegrillt leiden kann.«

»Warum mietest du dann ein Aquarium, Spinner?« Sie schlingt

die Arme um meinen Hals und blickt mir in die Augen. Schweigend scheint sie anzufügen: *Für mich? Welcher Kerl mietet einen ganzen Zoo?*

Nun, die Frage kann ich beantworten. Kerle, die auf Frauen wie Antonia abfahren. Die mit einem *Nein* eigentlich *Leg mir die Welt zu Füßen, ich bin anspruchsvoll* meinen.

»Ich dachte, das hier wäre ein guter Platz, um dir zu sagen, dass wir nächstes Wochenende nach Padre Island fahren. Saint-Clair hat uns in sein Strandhaus eingeladen«, informiere ich sie.

Eine Insel ist zwar nicht die Welt, aber ein Anfang. Ich war nicht sicher, ob Giulia Reed sagen würde, dass ich und Antonia mitkommen werden, aber sie hat mir gestern eine E-Mail geschickt, dass Saint-Clair nächstes Wochenende freimachen kann und mich gefragt, ob wir noch mit von der Partie sind. Damit scheint es klarzugehen, dass Tony und ich die beiden begleiten.

»Du hast mit Reed über uns gesprochen?« Tony klingt ein wenig sauer. Nicht ganz die Reaktion, die ich erwartet habe. Die Vorstellung, ein Wochenende mit mir am Meer zu verbringen, könnte sie ruhig etwas mehr begeistern. Sie nimmt ihre Hände von meinem Nacken und tritt einen Schritt zurück. »Was hast du ihm erzählt, King?«

»Dass wir letzte Woche in Vegas geheiratet hätten, ich dich seither unter dem Esstisch angekettet halte und du dank deines guten Betragens jetzt ruhig mal zwei Tage das Sonnenlicht sehen dürftest.«

»Saukomisch«, schnaubt sie.

»Antonia«, sage ich betonend und ziehe sie wieder an mich.

Ihre Paranoia, ihr Vater könnte herausfinden, dass sie ein Privatleben hat, ist schon genauso anstrengend wie die der McVeighs, dass die Presse irgendetwas Schmutziges über sie erfahren könnte. Was ist nur los mit all diesen Leuten? »Du, ich, Strand, das Meer. Mach mir diese wunderschöne Vorstellung nicht kaputt, indem du jetzt wieder Panik schiebst. Reed weiß nichts über uns, aber er wäre bestimmt der letzte Mensch, der irgendein Wort darüber verlieren würde.«

»Hunter und Lucas wissen auch, dass zwischen uns etwas ist. Bald weiß es die halbe Welt. Du kennst meinen Dad nicht, King. Ich will das *Sinners* nicht verlieren. Ich habe mir das über Jahre hart erkämpft und werde immer noch nicht von meinem Vater für voll genommen. Der kleinste Fehltritt von mir wird ihn dazu bringen, mir das bisschen Vertrauen in mich wegzunehmen, das ich mühsam aufgebaut habe. Ich dachte, ich hätte das schon mehrmals erklärt.«

»Und das verstehe ich. Aber es gefällt mir nicht, dass er dein gesamtes Leben kontrolliert. Und ich bezweifle ehrlich gesagt, dass du dir auf diese Weise seinen Respekt verschaffst.« Wenn sie immer nur klein beigibt und sich von ihrer Familie unterdrücken lässt, wird sie ein Mann wie Luis Soto niemals für eine starke Frau halten. Wenn man wie ein achtungswürdiger, resoluter und eigenständiger Mensch behandelt werden will, muss man sich auch wie einer verhalten. Tony ist stark. Außer, wenn es um ihren Vater geht. Da benimmt sie sich plötzlich, als wäre sie zehn Jahre jünger und all ihre Diva-Eigenschaften sind wie weggeblasen. Das ist verdammt erschreckend.

»Ich weiß, dass ich kompliziert bin.« Eine Entschuldigung schleicht sich in ihren Blick.

»Nein, bist du nicht. Um ehrlich zu sein, tickst du sogar ganz einfach.« Ich rutsche auf dem Fass weiter nach hinten, fasse unter ihren Po und hebe sie mir rittlings auf meinen Schoß. »Du hast seine Anerkennung nicht nötig, Tony. Wenn er zu stur oder dumm ist, zu bemerken, was für eine wahnsinnig kluge, zielstrebige und willensstarke Tochter er hat, dann sollte dir seine Meinung quer am A...«, ich spreche die übrigen Buchstaben nicht aus, sondern bewege nur die Lippen, »... vorbeigehen.«

Sie lächelt. »Du hast mich gerade klug und zielstrebig und willensstark genannt.«

Ich küsse ihren Mund und zupfe mit den Zähnen an ihrer Lippe. »Füg noch witzig und sexy, charmant und ein bisschen verrückt dazu, und du verstehst vielleicht, warum ich so schlecht meine Finger bei mir lassen kann.«

»Hätte ich ein Herz, würde es jetzt schmelzen.« Verschmitzt dreinblickend, nimmt sie meinen Kopf zwischen ihre zarten Hände und ergreift ganz untypisch die Initiative.

Mit den richtigen Worten lassen sich ihre kleinen kratzbürstigen Anfälle immer ganz gut unterdrücken. Sie ist schon viel entspannter und versucht nicht mehr, mir bei jeder Gelegenheit Widerworte zu geben, und sie hat aufgehört, mich in die Wüste schicken zu wollen – was ein riesiger Sprung nach vorn in unserer *Beziehung* ist. Sie akzeptiert, dass ich da bin, ihre Zeit für mich beanspruche und keine Erlaubnis brauche, ihr körperlich näherzukommen. Auch wenn sie sich sträubt das zuzugeben: Ich denke, sie ist überzeugt, dass sie mir gehört – und ich ihr.

Tony knabbert an meiner Unterlippe, die wieder voll funktionstüchtig und verheilt ist, während ich ihre Hüften streichle. Zwischen dem Bund ihrer Dreiviertelhose und dem Saum ihres Oberteils blitzt ein Zentimeter Haut hervor. Dieser Spalt eignet sich blendend, um ihn mit einem Finger entlangzufahren. Er ist eine kleine Straße, auf der die Hitze steht, als hätte den ganzen Tag die Sonne auf den Asphalt geschienen.

»Lass uns ins Restaurant gehen«, sage ich, als sie meine Lippe freigibt.

»Die haben das Hausrestaurant für uns zwei geöffnet?«, fragt sie überrascht.

»Ja, und wir können sogar die komplette Karte bestellen. Falls es dir allerdings lieber wäre, wir besorgen eine Paella an ...«

Sie drückt grinsend ihren Zeigefinger an meinen Mund und bringt mich so zum Verstummen. »Ich hätte ein schlechtes Gewissen, wenn ich dich um deinen gegrillten Fisch bringen würde. Du sollst von dieser Verabredung doch auch irgendetwas haben.«

»Sorgst du dich gerade darum, ob ich mich wohlfühle, Antonia?«

»Vielleicht.«

»Deine Gesellschaft ist alles, was ich für mein Wohlbefinden brauche«, kläre ich sie auf, was wie ein Magnet auf ihren Mund wirkt, der sich lächelnd wieder auf meinen legt.

14. KAPITEL

Antonia

Ich kenne niemanden, der ein so besitzergreifendes Wesen hat, wie Kingston. Er macht das geschickt, ohne dass man sofort merkt, wie er Dinge für sich in Beschlag nimmt. Zum Beispiel meine beiden Slips, den Zweitschlüssel von meinem Wagen, um den er mich heute Morgen bat, um mein Auto wegen eines Steinschlags in die Werkstatt zu fahren, oder ... mein verdammtes Herz. Er poltert einem ins Leben und macht sich ganz selbstverständlich breit, stellt sich in den Mittelpunkt, als wäre er die Sonne, um die Planeten kreisen. Und wie alle wissen, ist die Sonne lebenswichtig.

Inzwischen ist es fast vier Wochen her, dass mir im Büro des Clubs der *Ausrutscher* passiert ist, seinen Reizen zu erliegen. Vier Wochen, in denen wir uns *jeden Tag* gesehen und meistens auch die Nacht miteinander verbracht haben.

Nachdem er sich durch nichts abschütteln ließ, habe ich eine neue Taktik ausprobiert und ihn eine Weile nicht rangelassen. Seit er mir vor ein paar Tagen vorgeschlagen hat, nach Padre Island zu fahren, hatten wir keinen Sex, aber selbst das konnte ihn nicht abschrecken. Er hat mit mir auf der Couch in meinem Wohnzimmer gelegen und mir die Füße massiert, uns eklig fettiges Zeug an Fast Food-Ständen besorgt, mich zu einem Minigolf-Turnier in seinem Penthouse eingeladen und mich geküsst, bis meine Lippen ganz wund waren. Aus irgendeinem Grund scheint es mein *großer-böser-Wolf-Schrägstrich-Peter-Pan-Verschnitt* todernst mit mir zu meinen. Und je mehr Ausdauer er zeigt, umso mehr schwächelt meine Abwehr, ihn auf Abstand zu halten.

Ein Schwarm Bienen summt in meinem Bauch, wenn er mich ansieht, ein Feuer knistert in mir, wenn er mich berührt, und wenn er lächelt, bleibt meine ganze Welt stehen. Ohne jeden Zweifel: Ich bin in King Everett verliebt. So leichtsinnig, wahnsinnig verliebt, dass ich mich sogar habe breitschlagen lassen, das bevorstehende Wochenende mit ihm in Reeds Haus zu verbringen. Morgen Früh fahren wir los und ich kann das Gefühl nicht abschütteln, dass dieser Ausflug ein richtiger kleiner Liebes-Trip ist.

»Nein. Ernsthaft, King. Sag mir nicht, auf deiner Badehose ist eine Raubkatze abgebildet.« Ich lache, als er das Teil zu mir auf sein Bett wirft. Auf dem rechten Bein seiner schwarzen Strandshorts befindet sich der silberne Kopf eines Tigers . Ich bin sicher, dass er vor fünfzehn Jahren ein Hingucker darin gewesen wäre, aber für einen durchtrainierten Anwalt Ende zwanzig ist sie ein bisschen zu albern.

»Sie kommt mit. Allein schon deshalb, weil es dich ärgert. Außerdem hatte ich sowieso vor, das ganze Wochenende nackt herumzulaufen. Damit ist es egal, was ich in die verdammte Tasche packe«, entgegnet er gewichtig. Dennoch landet eine zweite, deutlich annehmbarere Shorts neben mir. Sie sieht kürzer und etwas enger aus und ist hellblau. Oh, ich glaube, darin könnte er sexy aussehen. Die Farbe passt zu seinen Augen.

»Hattest du nicht erwähnt, Reed wäre in weiblicher Begleitung? Ich will dir ja keine Vorschriften machen, aber ... du wirst auf keinen Fall das ganze Wochenende nackt herumlaufen. Gewisse Körperregionen von dir sind meinem ganz privaten Vergnügen vorbehalten.«

»Beantragst du gerade ein Exklusivrecht auf meinen Schwanz?« Er wühlt in der T-Shirt-Ablage seines Kleiderschranks, und ich komme nicht umhin, die breite Fläche seines Rückens und seine starken Schultern zu bewundern. Er trägt nichts weiter als eine locker sitzende, dunkelgraue Dreiviertelhose, die einfach nur lecker an seinem scharfen Hintern aussieht. Allein auf diesen Anblick will ich ein Exklusivrecht erheben. Vielleicht verlange ich von ihm, dass er sich auf South Padre Island eine Winterjacke überzieht, bevor Reeds Begleitung auf dumme Ideen kommen kann.

»Ich dachte, dem Antrag wäre längst stattgegeben worden? Wenn dem nicht so ist, müssen wir uns, sehr ernst unterhalten«, bringe ich ein bisschen zickig hervor, obwohl mir klar ist, dass er nur einen Scherz gemacht hat. Er darf wissen, dass ich die Sache mit uns inzwischen nicht mehr so locker sehe.

»Bisher beschränkte sich der genehmigte Antrag aufs reine Anfassen. Vom Anschauen war keine Rede, Antonia«, klärt er mich belehrend auf.

Ich grinse, obwohl ich eigentlich eine Grimasse schneiden will. »Wenn das so ist, lasse ich meine Bikinioberteile hier. Dann hast du sicher auch kein Problem damit, wenn ich Reed meine Brüste ins Gesicht halte.«

Er zielt mit einem Shirt auf mich und trifft meinen Kopf. Ich kann nicht schnell genug reagieren, um es zu fangen, deshalb lasse mich wie geschlagen aufs Bett zurückfallen.

Wir haben uns beide den Freitag freigenommen, um in aller Frühe losfahren zu können, und ich übernachte heute bei ihm. Ohne Staus brauchen wir ungefähr fünf Stunden nach South Padre Island und wir wollen unterwegs noch frühstücken. Ich bin etwas aufgeregt, denn mit Ausnahme der Sommer, die ich mit Hunter nach Europa geflogen bin, hat mich noch nie ein Kerl eingeladen, ein paar Tage irgendwohin zu fahren. Und die Trips nach Europa zählen wohl kaum als romantischer Ausflug, wenn man bedenkt, dass wir nur in den Flieger gestiegen sind, um einen Erotik-Club zu besuchen.

Der Gedanke, dass das Ferienhaus Reed gehört und somit noch ein anderes Pärchen anwesend ist, fühlt sich schon ein bisschen seltsam an. Aber ich verstehe, dass King mal unter Leute will. Mir fängt unser Versteckspiel auch bereits an, auf den Geist zu gehen, und ich befürchte, allzu lang kann ich das auch nicht mehr durchziehen. Nach dem Wochenende werde ich ihm sagen, dass ich bereit bin, die Sache mit uns öffentlich zu machen, und schlimmstenfalls die Konsequenzen dafür tragen. Er gibt sich solche Mühe und er verdient eine Chance. *Wir* verdienen eine.

Mein Handy vibriert in der Hosentasche an meinem Hintern und ich hebe die Hüften an, um es herauszuziehen. Martíns Name leuchtet auf dem Display, er hat eine Nachricht geschickt.

Ich seufze genervt und überlege, sie ungelesen zu lassen und das Smartphone einfach auszuschalten. Ich habe Alyssa und ihm von zu Hause aus während des Packens eine E-Mail geschickt, um sie darüber aufzuklären, dass ich mir den Freitag aus privaten Gründen freinehme. Die Hoffnung, dass die beiden sie erst morgen Früh in ihrem Posteingang finden, weil ich damit bewusst bis nach Feierabend gewartet hatte, erfüllt sich offenbar nicht. Ich hatte keine Lust, Martín irgendwas zu erklären, und wie ich ihn kenne, hätte er in jedem Fall Fragen gestellt. Ich bin zwar so weit, zu King und mir zu stehen, aber ich werde klug und besonnen vorgehen und zuallererst mit meinem Vater sprechen. Er soll es aus meinem

Mund erfahren, nicht über drei Ecken, da er es garantiert nicht cool aufnehmen wird und ich mir meine Argumente zurechtgelegt habe. Am besten wäre also, Martín erst mal zu ignorieren.

Ich will das Handy zur Seite legen, als Kings Gesicht plötzlich über mir aufragt. Er scheint seinen Kram zusammen zu haben und ist zum Bett gekommen. Er kniet sich neben mich auf die Matratze, und während ich die reizenden dunklen Schatten auf seinem gestern rasierten Kinn, seine weichen Lippen und die glatte, harte Männerbrust betrachte, komme ich zu dem Entschluss, dass ich nie wieder eine Woche lang auf Sex mit ihm verzichten werde. Zumindest für mich war diese Woche die reinste Folter.

Ich setze an, ihm das zu sagen und mich auf diese Weise für die tausend Komplimente zu revanchieren, die er mir ständig macht, doch er nimmt mir das Mobiltelefon aus den Fingern und bevor ich Einwand erheben kann, liest er die eingetroffene SMS.

Sein Blick verfinstert sich. Ich kann zusehen, wie sich seine Brauen Bruchteil um Bruchteil eines Millimeters zusammenschieben, bis sie ein zackiges Dach über seinen betörenden Augen bilden. Wut bohrt sich mit Anspannung in seine Wangen. Es ist schwer, Kingston wütend zu machen. So richtig sauer habe ich ihn nur im Club erlebt, an dem Abend, als er in meinem Büro über mich hergefallen ist. Er scheint die Nachricht noch ein zweites Mal zu lesen, wodurch sich noch mehr Groll in seinen Ausdruck legt, und er plötzlich nur noch ein großer böser Wolf ist. Ich bin so fasziniert davon, wie schnell sich der Zorn auf seine Oberfläche legt, dass ich vergesse, selbst wütend zu sein, weil er ungefragt in meinem Handy rumschnüffelt. Stattdessen frage ich mich, was Martín mir geschrieben hat, um ihn so schnell zu verärgern. Doch als er das Telefon aufs Bett wirft und seinen Blick auf mich richtet, ist es, als würde er *mir* einen Dolch an die Kehle halten.

»Willst du mich verarschen, Antonia?«, fragt er leise. Seine Stimme zittert. Er könnte nicht wütender klingen, wenn er mich anbrüllen würde.

»Ähm ...«, sage ich, da ich nicht weiß, worauf er hinauswill.

Er steht vom Bett auf und fängt an, die Wäsche, die er darauf geworfen hatte, aufzuheben und vor den Kleiderschrank zu schmeißen.

Ich schaue ein paar Sekunden lang zu, wie sich seine angespannten Muskeln bewegen, bevor mir klar wird, dass es der falsche Zeitpunkt ist, diesen vor Wut, Schönheit und Kraft strotzenden Mann anzuhimmeln. Ich taste nach meinem Handy, um herauszufinden, was ihn dermaßen aus der Fassung gebracht hat, und ...

Mist.

Der Inhalt der Nachricht sorgt dafür, dass ich mich aufrichte.

Martín: *Habe deine E-Mail bekommen. Wollte nur hören, ob es am Samstag bei unserer Verabredung bleibt? Ich freue mich nämlich schon sehr darauf. Alles Liebe, M.*

Ich habe es vergessen. Ich habe Martín und dieses bescheuerte Comedy-Event vergessen. Es ist dieses Wochenende. Seit er mir die Karten gegeben hat, haben wir nicht mehr darüber gesprochen, die Tickets liegen in der obersten Schublade meines Schreibtischs. Er hat sich zuletzt dermaßen wichtig genommen und mich ins Abseits gestellt, wenn es darum ging, Dinge mit dem Büro meines Vaters zu besprechen, dass mir entfallen war, dass er mir noch vor gar nicht allzu langer Zeit dieses Versöhnungs- und Freundschaftsangebot unterbreitet hat.

»Du bist nicht ernsthaft auf Martín eifersüchtig, oder?«, frage ich King, als ich das Telefon aus der Hand gelegt habe.

»Ich bin nicht eifersüchtig. Ich fühle mich verarscht, Antonia. Das ist ein himmelweiter Unterschied.« Er ist dabei, den Kleiderhaufen vor seinen Füßen wieder in den Schrank zu stopfen. *Drama Queen ...*

»Ich habe vergessen, ihm abzusagen. Es ist doch klar, dass ich nicht zu dieser Verabredung gehe, wenn ich mit dir dreihundertsiebzig Meilen entfernt in South Padre Island bin«, versuche ich, ihn runterzuholen.

Er dreht sich um. »Du liegst mir seit Wochen damit in den Ohren, dass du den Kerl nicht ausstehen kannst und er nichts weiter als ein Parasit ist, der sich in deinem Club einnistet, und dann stellt sich raus, dass du mit ihm ausgehst. Tanzt du auf zwei Hochzeiten, Tony?«

»Spinnst du?«, ist alles, was mir dazu einfällt. Wie kommt er auf diesen Unsinn?

»Nein, ich spinne nicht. Aber sag mir, was ich sonst denken soll.

Du erlaubst mir nicht, dich von der Arbeit abzuholen und machst ein riesiges Geheimnis daraus, dass wir uns treffen, und dann schickt dir zufällig ein Mann, der mit dir zusammen im Club arbeitet, eine private Nachricht, um dich an eure Wochenendverabredung zu erinnern. Da liegt der Verdacht ja wohl nahe, dass wir uns in Wahrheit vor ihm und nicht vor deinem Daddy verstecken.«

Es schockiert mich, dass er so über mich denkt, und seine Schlussfolgerung ist völlig an den Haaren herbeigezogen. Wir waren jeden Tag zusammen. Wann bitte hätte ich mich noch mit Martín treffen sollen?

Ich will ihm genau diese Frage stellen, aber dann wird mir klar, wie sehr ihm die ganze Situation zusetzen muss. Dass er nicht übertreibt oder bloß eifersüchtig ist, sondern ich ihm auch Gründe dafür liefere. Ich habe versucht, ihn abzuweisen, und als mir das nicht geglückt ist, mich wenigstens bemüht, ihn emotional gesehen auf Abstand zu halten. Auch dieser Plan ist gescheitert, wir stecken beide mittendrin, aber die Sorgen wegen meines Vaters und meiner Karriere stehen zwischen uns. Wie ein riesiger Elefant, der sich nur auf mein Kommando wegschieben lässt, und dem ich auf keinen Fall noch ein Wochenende lang gestatten kann, dort stehen zu bleiben. King ist mir wichtig und ich bedeute ihm auch etwas, sonst würde er nicht so heftig auf diese SMS reagieren. Aber ... er vertraut mir nicht. Nicht so, wie ich ihm vertraue, und das ist allein meine Schuld. Ich will ihm nicht wehtun, und er soll wissen, dass er mir vertrauen kann. Ich will nicht mit ihm streiten.

Ich bemühe mich, meine Verärgerung hinunterzuschlucken, und stehe entschlossen vom Bett auf. Ich fasse an den Knopf meiner Jeans, drücke ihn durch das Loch und ziehe den Reißverschluss hinab.

»Es gibt Dinge, die lassen sich nicht durch Sex aus der Welt räumen«, meint er, seinen wütenden Blick auf das gerichtet, was ich da tue.

»Ich versuche nicht, irgendetwas mit Sex aus der Welt zu räumen.« Mir ist eine Idee gekommen.

Ich schiebe mir langsam den Jeansstoff über die Schenkel, streiche ihn mir von den Beinen, indem ich mich bis zu meinen Füßen strecke. Meine Haut reagiert auf meine eigene Berührung, wird von einem kribbelnden, nervösen Schauer überrollt, der sich durch meinen nächsten Atemzug schlägt.

Vielleicht ist die Idee lächerlich, aber er hat gesagt, sobald er im Besitz eines dritten Höschens von mir ist, gehöre ich ihm. Er hatte viele Möglichkeiten, mir das dritte abzunehmen, aber ich denke, dieser Schritt muss von mir kommen. Ich will zu ihm gehören und ihm das durch eine kleine verspielte Geste klarmachen. Hoffentlich weist er mich nicht zurück. Ich weiß nicht, wie er tickt, wenn er sauer ist, aber wenn ich an unseren Abend im Clubbüro zurückdenke, kann es nicht so falsch sein, ein bisschen Haut zu zeigen.

King sieht schweigend zu, wie ich aus meiner Hose tänzle und mir die dünnen Füßlinge von den Zehen streife. Wie ich mich aufrichte und den Saum meines Tops fasse. Ich fand schon beim ersten Mal, dass er wütend ultraheiß ist, und auch jetzt spüre ich, wie mein Körper auf seinen unnachgiebig harten Blick und seine angespannten Muskeln reagiert. Ich befürchte, nach einer Woche ohne Sex bin ich auf Entzug. Es ist nicht so leicht, den Gedanken zu verdrängen, mich ihm an den Hals zu werfen und ihn den Rest erledigen zu lassen. Ob es irgendwo eine anonyme Selbsthilfegruppe voller Frauen gibt, die mithilfe eines Zwölf-Schritte-Programms versuchen, diesen sündigen Mann aus dem Kopf zu bekommen? Ich müsste mich ihnen anschließen, falls er mich irgendwann absägen sollte. Aber jetzt sollte ich mich besser darauf konzentrieren, es nicht so weit kommen zu lassen.

Als ich mein Top los bin und es zu Boden segelt, öffne ich einhändig meinen BH. Ich suche in seinem Gesicht nach einem Anzeichen, dass ihn mein Anblick nicht völlig kaltlässt und sein Ärger über mich nicht den Effekt verschluckt, den ich gewöhnlich auf ihn habe. Aber das tut er nicht. Ich werde in seinen Augen fündig, auf die sich ein leuchtender Film legt, während ich mir das Wäschestück von den Schultern streife. Er hat aufgehört, seine Sachen zurück in den Schrank zu werfen, aber ich kann trotzdem erkennen, dass er innerlich mit sich kämpft. Er will die Sache ja nicht mit Sex aus der Welt räumen. Glück für ihn, dass Sex höchstens eine Auswirkung meines Plans ist – hoffentlich.

Ich trete nahezu entblößt an ihn heran, nur noch einen weißen Seidenslip tragend.

»Und jetzt?«, fragt er stirnrunzelnd.

»Jetzt, Kingston Everett, möchte ich, dass du dir die nächsten zwei feierlichen Minuten in dein Gedächtnis brennst«, antworte ich, amte durch und ziehe das Höschen von meinen Hüften, bis es selbstständig zu meinen Knöcheln rutscht. So anmutig wie möglich und ohne seinen Blick loszulassen, steige ich aus dem kleinen Stück Stoff, hebe es auf und halte es ihm auf ausgestreckter Hand entgegen. »Ich gehöre dir. Ich tanze nicht auf zwei Hochzeiten.«

Belustigung und Anerkennung funkelt in seinen Augen, aber er hält weiter an seinem wütenden Ausdruck fest. Er nimmt mir den Slip ab und lässt ihn andächtig durch seine Finger gleiten. »Hübsche Idee.«

»Es ist Wochen her, dass mich Martín zu dieser Veranstaltung eingeladen hat. Ich habe zugestimmt, weil ich dachte, dass sich das Klima zwischen uns dadurch bereinigen ließe. Aber dann habe ich keinen Gedanken mehr daran verschwendet und ...« Meine Stimme erstirbt, als er mit einem Finger zwischen meinen Brüsten hindurchgleitet.

Kings Blick, der soeben noch meinen gefesselt hat, folgt der Bewegung. Er streicht mein Brustbein hinab, zieht eine feine imaginäre Linie zu meinem Bauchnabel und ... heiliger Himmel. Mehr braucht es nicht, um mir eine Gänsehaut auf den Körper zu legen. Ich bin eine Woche auf Entzug. Eine Woche, die mir länger vorkommt, als all die Monate ohne Zärtlichkeiten vor Kingston. Ein Beben geht durch mich hindurch, als seine wundervollen Finger noch ein Stück tiefer rutschen, über meine Hüften streichen und nahezu beiläufig meine Scham berühren.

»Steig aufs Bett«, sagt er, ohne jede Emotion in der Stimme. Er lässt sich nicht in die Karten schauen.

Ich komme seiner Aufforderung mit klopfendem Herzen nach. Er will mich auf dem Bett – das ist in jedem Fall ein gutes Zeichen. Ich lasse mich mit einem Knie auf die Matratze sinken und will weiter zur Mitte kriechen, doch er hält mich auf, bevor ich mich auch nur einen Zentimeter vorwärtsbewegen kann.

»Steig aufs Bett, habe ich gesagt. Es war nicht die Rede davon, dass du hineinkrabbeln oder dich hinlegen sollst.«

Meine Haut kribbelt. Ich mag es, wenn er mir sagt, was ich tun soll. Die letzten Male hat er mir auf diese Weise den besten Sex meines Lebens verschafft. Die Erinnerung daran macht mich erwartungsvoll unruhig und ich richte mich langsam auf, sodass ich auf der Matratze stehe.

»Und jetzt dreh dich um. Gesicht zur Tür.«

Ich wende mich ein Stück zur Seite, damit ich seinen Wunsch erfüllen kann und in Richtung Schlafzimmertür sehe. Es ist gemein, da ich doch viel lieber ihn anschmachte, aber Kingston verlässt seinen Platz vor dem Kleiderschrank und verschwindet aus dem Rand meines Sichtfelds.

Ich knabbere an meiner Lippe. Es ist ein seltsames Gefühl, völlig nackt auf einem Bett zu stehen. Es ist, als hätte man mich ins Scheinwerferlicht gestellt. Nicht zu wissen, was er hinter mir treibt, vermittelt mir außerdem das Empfinden, sehr genau beäugt zu werden.

Ich höre, dass er an das Stoffregal mit seinem Equipment herangetreten ist. Die Verlockung, einen Blick über die Schulter zu werfen, ist riesig, und ich halte sie nur mit höchster Konzentration zurück. Dieser Moment würde an Reiz verlieren, wenn ich wüsste, was auf mich zukommt. Es ist ein Vertrauensspiel und obwohl ich mich meistens schlecht anstelle, jemandem zu vertrauen, ist das hier eine Situation, in der ich mich ohne Angst in seine Hände begebe. Wann immer wir zusammen waren, hat er dafür gesorgt, dass es sich unglaublich gut für mich anfühlte.

»Streck die linke Hand zur Seite aus«, sagt er nach einer Weile hinter mir.

Meine Handinnenflächen sind feucht, wie ich feststelle, als ich die Finger zu Fäusten balle und wieder öffne, bevor ich seine Order befolge.

Ich spüre das vertraute, weiche und doppeltgeschlagene Seil auf meiner Haut. Ich hatte gehofft, dass er mich fesselt. Aus dem Augenwinkel bekomme ich mit, wie er eine Schlaufe um mein Handgelenk zieht und auf diese Weise einen Knoten bindet, bevor er das lange Ende durch seine Hand gleiten lässt und um das Bett herumkommt. Er bleibt vor mir stehen, sein Blick fährt langsam und mit glitzernder Begierde über mich. Er hat meinen Slip irgendwo abgelegt und die Wut in seinem Gesicht ist verblasst. Er wirkt jetzt eher konzentriert, und die Matratze gibt etwas nach, als er zu mir aufs Bett steigt.

»Gib mir die andere Hand.«

Ich halte sie ihm hin, und er knotet das Seil auch um dieses

Gelenk. Dann legt er meine Handflächen übereinander und bindet meine beiden Hände zusammen.

Es ist aufregend, ihn dabei zu beobachten. Die letzten beiden Male habe ich nicht sehen können, wie genau er die Knoten schlingt, aber es scheint eine präzise Technik zu sein. Sie sind flach, drücken nicht in die Haut und an der feinen Linie auf seiner Stirn erkenne ich, dass er voll bei der Sache ist. Als er einen Großteil des Seilendes mit den Knoten verwoben hat, sieht er mir plötzlich direkt in die Augen.

»Zu fest?«

Ich schüttle den Kopf. »Nein. Alles in Ordnung.«

»Dann nimm die Arme hoch.«

Ich gehorche und hebe meine gefesselten Hände über den Kopf. King streckt sich, sein Blick verweilt in meinen Augen, während er den Rest des Seilendes mit einem der Ringe an der Decke verbindet. Er zieht es so plötzlich fest, dass ein Ruck durch mich hindurchgeht und ich mich auf einmal auf meinen Zehenspitzen wiederfinde. Eine kippelige Angelegenheit, denn die Matratze bietet keinen sicheren Stand, aber ich bin an den Ring über mir gefesselt und kann somit auch nicht das Gleichgewicht verlieren.

Ich glaube, ich wäre bereit für den Ausdruck in seinen Augen zu sterben. Er steht immer noch vor mir und späht an meinem durchgebogenen Körper hinab. In dieser Position recken sich ihm meine Brüste entgegen, ich bin mir jedem Zentimeter nackter Haut bewusst ... und der Tatsache, dass sich meine Spitzen zusammengezogen haben. Es ist erregend, zu sehen, wie sehr mein Anblick ihn reizt, denn er leckt sich unbewusst über die Lippen. Seine Hände gleiten an mir hinab, er streicht über meine Brüste, meine Seiten, meinen Bauch.

»Das alles gehört jetzt mir.« Da ist ein bewundernder und ehrfürchtiger Ton in seiner Stimme, der in meinen Nerven kribbelt.

Ich will ihm zustimmen, wiederholen, dass alles an mir jetzt ihm gehört, aber er fasst mein Kinn und presst seine Lippen auf meine. Hart und weich, forsch und sanft. Als wüsste er selbst noch nicht so genau, wie er mich küssen will. Doch als seine Zunge in meinen Mund dringt, scheint er sich entschieden zu haben, es langsam zu machen. Nicht zärtlich, eher mit dem leidenschaftlichen Genuss eines Mannes, der seinen Besitz auskostet.

Ich liebe es.

Ich liebe es, ihm ausgeliefert zu sein, diesem Kuss nichts entgegenzusetzen zu haben und ihn nur erwidern zu können. Ich kann nicht zurückweichen oder mich irgendwo festhalten. Ich kann nur versuchen, nicht vor Lust zu zerfließen. Heiße, feuchte Sehnsucht senkt sich zwischen meine Beine und ein gedämpftes Stöhnen schlüpft aus meinem Mund in den seinen, als er eine Hand zwischen uns schiebt und mein Geschlecht berührt. Er streichelt mich zwischen den Schenkeln, während seine Zunge forscher und wilder wird.

Es ist Wahnsinn, aber ich denke, er wird mich innerhalb einer Minute zum Kommen bringen. Indem seine Finger mich so sachte reiben, dass ich es eigentlich kaum spüren dürfte. Indem er mich küsst, als würden seine Lippen auf meinen alles bedeuten.

Mir entfährt ein frustriertes Geräusch, als er unseren Kuss beendet, seine Finger zurückzieht und mein Kinn loslässt.

»Nimm die Füße zusammen«, bittet er mich.

Ich tänzle auf meinen Zehenspitzen und presse die Beine zusammen, versuche meine Füße näher aneinander zu bringen. So, dass sich meine Fußknöchel berühren.

King streicht mit ausgebreiteten Fingern über meinen Körper, bevor er an mir hinabsinkt und sich vor mich kniet. Wie ein Betender vor einen Tempel. Ich habe nicht mitbekommen, dass er noch zwei weitere Seile mit zum Bett gebracht hat, doch plötzlich liegen sie neben ihm und er nimmt eins davon und bindet meine Oberschenkel zusammen. Straff. Fester als meine Handgelenke, ich fühle, wie das weiche Seil in meine Haut drückt. Vielleicht bin ich aber auch einfach nur empfindlicher als vorher, da er mich mit seinem erotischen Mundspiel unter Strom gesetzt hat. Als das Seil zu seiner Zufriedenheit sitzt, etwa drei Handbreit über meinem Knie, nimmt er das letzte und schnürt damit meine Fußgelenke zusammen.

Meine Zehen schmerzen. Es ist anstrengend, die ganze Zeit auf Fußspitzen zu stehen, und mein Gewicht nun keinen Zentimeter mehr ausbalancieren zu können, macht es noch etwas mühseliger.

»Du hast keine Ahnung, wie schön du bist«, raunt er, als er fertig ist, und berührt mich überall da, wo sein Blick auf mich trifft. King schickt seine Hände förmlich auf eine Entdeckungstour. Er fasst meine Oberschenkel, kneift mir hart in den Hintern, packt mein Becken und drückt seinen Lippen auf meinen Bauch.

Dieser hinreißende Mistkerl.

Seine Zähne schaben über meine Haut. Er zieht sich an meinen Hüften nach oben und als er einen meiner Nippel in seinen heißen Mund saugt, stöhne ich auf. Er knetet mit einer Hand die dazugehörige Brust, und mein nächstes Geräusch ist ein erstickter Schrei, da er in meine Brustspitze beißt. Hart und fest, King zieht mit den Zähnen daran und reibt mit dem Daumen über das schmerzhafte Pochen, sobald er sie loslässt.

Noch bevor ich mich in irgendeiner Form dazu äußern kann, zum Beispiel sagen, dass er mir auf keinen Fall dermaßen böse in meine Brüste beißen darf, liegt sein Mund wieder zärtlich auf meinem. Nur für zwei Sekunden, dann lässt er von mir ab und steigt einfach vom Bett.

Ich fühle mich benebelt und ... angetörnt. Ich bin feucht zwischen den Schenkeln, dadurch, dass das Seil sie zusammenpresst, spüre ich es überdeutlich. Meine Zehenspitzen tun weh, ich nehme noch den Abdruck seiner Zähne auf meinem Busen wahr, aber auch noch das Echo seiner weichen Berührungen. Ich lege den Kopf in den Nacken und atme durch, schließe für einen Moment die Augen, um wieder Herr über mich zu werden und nicht in Verlangen zu zerlaufen ... Doch dann zucke ich zusammen und spanne die Muskeln an.

Leder streift über meinen Rücken. Ich glaube zumindest, dass es sich bei dem Material um Leder handelt. Ein vielleicht zehn Zentimeter festes, breites ... *Irgendwas.* Keine Ahnung, womit er mir die Wirbelsäule hinabfährt, aber er macht es langsam und flüsterzart. Als würde er versuchen, Pore um Pore meiner Gänsehaut zu glätten. Die Härchen an meinem Körper richten sich aber stattdessen noch etwas mehr auf und ein kribbeliger, wohliger Schauer läuft mir über die Haut.

King tritt zurück in mein Sichtfeld. Das Instrument, mit dem er über mich gleitet, ist eine kurze Gerte. Oder ein Paddle. Ich denke, es ist eine Mischung aus beidem. Die Schlagfläche ist breit und – wie ich geahnt habe – aus Leder. Er zeichnet damit meine Konturen nach und ich würde so unglaublich gern die Zehen einrollen, dass ich mir frustriert auf die Wange beiße, da das nicht funktioniert.

»Wir sollten ein paar Dinge klären, Antonia.«

Seine Stimme vibriert in meinem Geschlecht. Ist das zu fassen? Er umschreibt, dass er und ich und dieses Spanking-Werkzeug etwas zu klären hätten, und es macht mich an.

Ich beobachte, wie die Schlagfläche über meine Brüste gleitet. Mit leichtem Druck fährt King damit über die Erhebungen, und ich müsste lügen, wenn ich behaupte, dass sich das nicht gut anfühlt. Oder heiß aussieht. Ich mag schwarzes Leder und ich bin stolz auf meine sonnengebräunte, straffe Haut. Sie ist eins der Dinge, die mir an mir am besten gefallen. Unwillkürlich ziehe ich scharf den Atem ein, als er mit der glatten Oberfläche meine Taille entlangstreicht und sie mir gegen die Scham drückt. Das Leder fühlt sich beinah kühl auf meiner erhitzten Oberfläche an.

»Es gibt ein paar Regeln, an die du dich halten solltest, wenn das mit uns funktionieren soll. Ich bin so nett und erkläre sie dir.« Er zieht das Paddle zu meiner Hüfte, gleitet seitlich tiefer. »Regel Nummer eins: Du wirst dich ohne meine Erlaubnis nicht mit anderen Männern verabreden.«

Mein Blick ruckt zu seinem Gesicht, doch seiner liegt auf dem Lederinstrument, das auf meinem Schenkel ruht. Er streicht sich mit einer Hand über den Mund, als würde er nachdenken.

»Wiederhole die Regel«, fordert er dann.

»Ich werde mich ohne deine Erlaubnis nicht mit anderen Männern verabreden«, flüstere ich, offensichtlich verrückt genug, seiner Aufforderung Folge zu leisten. Meine Haut, meine Muskeln, alles in mir ist angespannt.

Er tätschelt mit dem Leder meinen Schenkel, bevor er ausholt und es auf die Außenseite klatschen lässt.

Ich stöhne lustvoll auf, was vielleicht ein Fehler ist, denn er wiederholt den Schlag – fester.

Das Material züngelt scharf über meine Haut. Die Fläche ist breit genug, um es erträglich zu halten, aber ohne Frage – es tat weh. Doch sein leuchtender Blick, das Verlangen, das sein Gesicht verzaubert, drückt mir den nächsten Laut zurück in den Mund.

Gott, er ist so wunderschön, wenn er erregt ist. Ich würde alles ertragen, um diesen Ausdruck zu sehen. Seine feucht glänzenden Lippen sind leicht geöffnet, sein Kiefer ist angespannt und das

Blau seiner Augen so funkelnd und ungewohnt dunkel, dass es mir den Atem verschlägt.

»Regel Nummer zwei«, beginnt er, während er das Leder in Schlangenlinien wieder nach oben zieht.

Mein Körper ist so empfindlich und reizbar, dass ich die Bewegung wie eine Kette kleiner Stromstöße wahrnehme. Er tätschelt damit meinen Bauch und ... meine Brüste. Eine nach der anderen. Vorsichtig. Sie sind so aufgepumpt mit Verlangen, dass ich die Berührungen in meiner Klit pochen fühle.

»Du wirst diesem Latino verbieten, dir je wieder eine Nachricht auf dein privates Handy zu schicken. Ich will nicht, dass dir irgendwelche Kerle schreiben.«

Er bittet mich nicht, die Regel zu wiederholen, sondern schlägt mir hart auf die linke Brust. Es ist dieselbe, in die er eben hineingebissen hat. Das Gefühl ist ... Meine Beine wollen wegsacken, können es aber nicht, da mich die Handfesseln gestreckt halten. Meine Finger wollen sich irgendwo hineingraben, ich will mich festhalten, greife aber ins Leere, da ich das Seil, an dem ich hänge, nicht erwischen kann. Meine Haut brennt und mein Puls steigt an. Ich spüre mein schnelles Herz in meinen Venen und auch zwischen meinen Schenkeln klopfen und wie es meinen Atem erzittern lässt.

»Wiederhole die zweite Regel.«

»Mir werden keine anderen Kerle Kurznachrichten schreiben.« Meine Stimme ist nur ein Hauchen.

»Genau, dir wird außer mir kein Mann Kurznachrichten schreiben.«

Ich blicke auf seine Hand, die sich um den Griff des verlängerten Paddels gekrampft hat. Ganz so, als würde er seine Kraft dahin lenken, das Spielzeug festzuhalten, anstatt seine Energien in die Schläge fließen zu lassen. Es ist sexy, zu sehen, dass er mit seiner Beherrschung kämpft und noch tausendmal heißer, dass er in der Lage ist, sich so zu kontrollieren, obwohl sein Gesicht dafürspricht, dass er sich nur zu gern gehen lassen würde. Ich kann sehen, wie er angestrengt schluckt und wie seine starke Brust bebt.

»Regel Nummer drei«, setzt er heiser seine Erläuterung fort. »Keine Versteckspielchen mehr. Du gehörst zu mir und das darf jeder wissen.«

Ich schließe die Augen und warte nicht darauf, dass er mich bittet, die dritte Regel zu wiederholen. »Jeder darf wissen, dass ich zu dir gehöre.«

Er macht einen Schritt zur Seite und das Leder schnackt auf meinen Hintern. Einmal, zweimal. Dann noch mal. Zur Hölle, der Schmerz peitscht bis in meine Zehenspitzen, die sowieso schon Qualen erleiden, weil sie mein Gewicht ohne Pause tragen müssen. Ich kann nicht verhindern, dass mir ein kleiner Aufschrei entfährt, als er ein viertes Mal auf meinen Hintern schlägt. Ich biege den Rücken durch, obwohl ich durch meine gestreckte Haltung kaum Spielraum habe, und lasse den Kopf gegen meinen Oberarm fallen, um mir dort selbst ins Fleisch zu beißen.

Kingston steigt wieder zu mir aufs Bett. Ich blinzle ihn an, aber mein Blick ist verschwommen. Er zieht an meinem Haar meinen Kopf in den Nacken und küsst mich besitzergreifend. Er streichelt meinen Körper und sein jagendes Herz und seine bebende Gestalt verraten mir, dass er total scharf auf mich ist.

Es macht ihn an, mir wehzutun.

Der Gedanke ist befremdlich, aber noch befremdlicher ist, dass es mich erregt, wenn es ihn antörnt. Das ist schräg, irgendwie verdreht und folgt keiner Logik, und vielleicht ist es sogar ein bisschen krank. Ich bin sicher, dass ich nicht zu den Menschen gehöre, die Schmerz in Lust umwandeln können. Aber ich kann offensichtlich seine Begierde zu meiner machen.

Ich küsse ihn zurück, streichle mit der Spitze meiner Zunge seinen Mund, lasse seine tief in mich eindringen und mich erobern.

»Mach weiter«, flüstere ich gegen seine Lippen. »Schlag mich noch mal.«

Aber er hört nicht, sondern küsst mich wieder. Seine Finger spielen mit meinem Körper, reiben meine Haut, drücken meine Brüste zusammen. Als King meinen Mund freigibt, steckt er mir den Griff des Paddles zwischen die Zähne und tritt einen Schritt zurück, um sich auszuziehen. Er entkleidet sich bis auf die engen Shorts, unter der sich seine Erektion hervorwölbt, und die er über den dünnen Stoff hinweg umgreift.

Ich bin ehrlich in seinen Penis verliebt. Ich kann es nicht erwarten, ihn in mir zu spüren. Meine Erregung wächst vermutlich über seine hinaus, während ich zusehe, wie er mit seiner großen Hand über die Wölbung reibt. Ich wünsche mir, er würde etwas tun. Ihn rausholen. Mir das verdammte Paddle abnehmen, mich noch mal küssen. Aber er steht nur da, sieht mich voller Verlangen an und streicht über seine ausgebuchtete Hose. Als ich sicher bin, dass es keine zehn Sekunden mehr dauert, bis ich sterbe, weil mich die kribbelnde Lust in meinen Venen allmählich umbringt, kommt King näher. Er zieht mich an den Hüften so energisch an sich heran, dass ich kurz den Boden unter den Zehenspitzen verliere, die Fesseln in meine Handgelenke schneiden und ich seinen harten Schwanz an meinem Becken spüre. Er steht etwas seitlich von mir und sein warmer Atem streift mein Ohr.

»Wie willst du es, Tony? Soll ich dich ficken oder sollen wir zärtlich Liebe machen?«

Fick mich. Ich kann es wegen des Griffs zwischen meinen Zähnen nicht aussprechen, aber mein Körper antwortet. Lust schäumt in meinem Bauch wie brandende Wellen oder zu schnell eingeschenkter Champagner. Als Kingston mir einen festen Klaps mit der flachen Hand auf den Hintern versetzt und mit den Lippen an meinem Ohrläppchen reißt, beiße ich so hart stöhnend auf das Leder, dass mir der Kiefer schmerzt.

Ein halbes, wissendes Lächeln zuckt über seine Lippen, während er mein Gesicht betrachtet. Blind tastet er sich zu dem Ring, mit dem meine Handfesseln verbunden sind, und befreit mich.

Es ist das beste aller Gefühle, wieder auf der kompletten Sohle zu stehen. Ich kann zwar keinen Schritt gehen, denn die Seile halten meine Beine und Füße zusammen, aber es ist eine Wohltat, einfach nur stillzustehen.

King legt seine Hände um meine, die nach wie vor miteinander verknotet sind, und bringt mich dazu, die Arme fallen zu lassen. Er hilft mir, vorsichtig auf die Knie zu sinken, die Entlastung meiner überanstrengten Beine ist ... unbeschreiblich. Am Knoten der Handfessel zieht er mich hinab, bis ich ausgestreckt auf dem Bauch liege und sich meine angespannten Muskeln lockern. Er schlingt das Ende des Seils um einen der Ringe am Bettende und streicht dann mein Haar zur Seite, um meine Schulter und meinen Nacken zu küssen. Immer noch halte ich das Paddle mit meinem Mund fest und ich frage mich, ob es ihn frustrieren würde, wenn ich es fallen lasse.

Die Matratze bewegt sich, als er sich die Shorts abstreift und sich aus dem Bett lehnt, um ein Kondom aus der Hosentasche seiner Dreivierteljeans zu nesteln. Er greift in mein Haar und meine Kopfhaut kribbelt, als er daran zieht, während er auf mich steigt. Sein Gewicht auf meinen Oberschenkeln presst mich in die Laken und – Gott sei Dank – bekomme ich in meiner jetzigen Position das Seil mit den Fingerspitzen zu fassen, um mich festhalten zu können.

Ich spüre, wie er das Kondom überrollt, höre seinen hektisch gehenden Atem. Er hebt meinen Po mit der Fessel meiner Oberschenkel an, richtet sich auf die Knie auf und schiebt seine Erektion zwischen meine zusammengepressten Beine.

Ich stöhne mit aufeinandergebissenen Zähnen in das Leder zwischen meinen Lippen, als er in meinen Körper eindringt. Er dehnt mich mit einer fließenden Bewegung und kommt tief in mich hinein. Dann lässt er das Seil an meinen Schenkeln los, ich halte meine Hüften so gut es geht oben, und er greift hinter sich, um meine Unterschenkel an den Fußfesseln nach oben zu ziehen. Meine Fersen stoßen gegen seinen Rücken.

»Ich hoffe, ich habe dein Gesicht richtig gedeutet. Zu schade, dass du gerade nicht sprechen kannst. Ich will, dass du weiter fest auf den Griff beißt.«

Es ist unnötig, mich dazu aufzufordern, denn er beginnt, in mich zu stoßen. Vor und wieder zurück. Hart und schnell. Unsere Haut trifft geräuschvoll aufeinander, und ich *muss* in den Griff beißen, weil sich das gute Gefühl, die Reibung in meinem tiefsten Inneren und seine kraftvollen Bewegungen, nicht anders ertragen lässt. Ich keuche.

Er gibt meine Haare frei und packt meine Hüften, um sich noch härter in mich zu bringen. Jedes Mal, wenn er aus mir hinausgleitet, fühlt es sich an, als würde meine Welt zu Asche zerfallen, doch er richtet sie auf, wenn er erneut in mich kommt. Leer und glücklich erfüllt. Leer und glücklich erfüllt.

»So gut«, knurrt er und seine Töne wickeln sich um all meine Nervenenden.

Mein Körper will sich aufbäumen, ich will mich ihm entgegendrängen, ihm etwas geben und mehr von ihm nehmen. Ich stemme mich auf die Ellenbogen, um ihm wenigstens ein bisschen entgegenzusetzen zu haben, und fühle bereits, wie mein Höhepunkt naht.

Sein Tempo, die Hitze zwischen uns, sein Gewicht und seine harten Stöße – Wahnsinn. Die heiseren Geräusche, die er macht, mein eigenes Stöhnen, die Anstrengung, die es mich kostet, mitzuarbeiten ... nicht in Worte zu fassen.

Ich komme so schnell und hart, wie King mich nimmt. Mein Verlangen zerspringt in mir in tausend explodierende Funken.

Er lässt den Knoten meiner Fußfessel los und meine Beine fallen auf die Matratze. Sein Körper schiebt meinen zusammen, während er sich weiter und immer tiefer in mich presst, bis ich seine Stöße sogar im Nagel meines kleinen Zehs spüren kann. Er lehnt sich vor, seine wunderbar glatte, verschwitzte Brust gleitet über meinen Rücken, er küsst und saugt meinen Nacken, und ... es erwischt mich ein zweites Mal. Er beißt zärtlich in meinen Hals und ich kann das Paddle nicht länger festhalten. Als ich stöhne, landet es vor mir auf dem Bett.

Er hört sofort auf, in mich zu stoßen. Irgendwo, in einem Winkel meines Verstandes, sitzt die Erinnerung, dass er nicht wollte, dass ich es loslasse. Die Schauer meines Höhepunkts machen mich benommen, und es dauert, bis ich mich darauf gefasst mache, vielleicht für den Verlust des Griffs bestraft zu werden. Doch er lässt Gnade walten oder ist selbst zu erregt, um auf diesen Gedanken zu kommen. Er stiehlt mir seinen göttlichen Schwanz, steigt von mir runter und ich bin verwirrt, als er nacheinander die Knoten aller Seile löst, die mich zusammenhalten.

»Was tust du?«, frage ich.

»Ich habe dir deinen Wunsch erfüllt und dich gefickt, und jetzt erfülle ich mir meinen.«

Was ist dein Wunsch? Ich setze an, ihn das zu fragen, doch er liegt plötzlich hinter mir, zieht mich nah an seinen verschwitzten Körper und bittet mich mit sanftem Druck, mich zu ihm umzudrehen.

Er lächelt, und ich versuche, zurückzulächeln.

»Dein Wunsch?«, frage ich.

»Zärtlich Liebe machen«, flüstert er.

Er versiegelt meinen Mund mit einem Kuss, hebt sich ein Bein von mir über die Hüfte und streicht über meinen wahrscheinlich geröteten Hintern, bevor er in dieser Stellung in mich dringt. Langsam. Sein Körper liebkost meinen, meine Hände finden sein Haar, verstrubbeln es.

Wir machen zärtlich Liebe, und ich kann nicht behaupten, dass sich das nicht auch großartig anfühlt. Göttlich. Ihm in die Augen sehen zu können, während wir unsere Hüften gegeneinander wiegen, ihn zu küssen ... Ich fühle mich ihm so nah und verbunden wie noch keinem Menschen.

Meine Zehen und Finger verkrampfen sich vor Glück und ich versuche, all meine Gefühle in unseren Kuss und meine Bewegungen zu legen. Es wäre zu früh, ihm das zu sagen, aber ich will, dass er spürt, dass ich in mehr als nur seinen Schwanz verliebt bin.

15. KAPITEL

Kingston

»Dafür schuldest du mir auf jeden Fall ein Fünf-Gänge-Dinner am Strand«, meint Tony, die mir gegenüber am Tisch sitzt und lustlos an ihrem Hotdog nagt.

Wir sind viel zu spät aufgestanden und haben uns erst mittags mit dem Wagen auf den Weg gemacht. Zu Antonias allergrößtem Pech mussten wir deshalb unser Frühstück in ein schnelles Mittagessen umwandeln. Der überfüllte Diner, an dem wir kurz hinter Victoria gehalten haben, liegt weit unter den Kriterien, die ihrer Meinung nach eine Suppenküche von einem Restaurant unterscheidet. Ihre Ansprüche in puncto Essen sind fast so charmant wie ihre Nase, die sie jedes Mal kräuselt, wenn sie in das Brötchen beißt. Ich fühle mich davon sehr gut unterhalten.

»Ich schulde dir überhaupt nichts, Antonia. Ich dachte, wir wären uns einig, dass du dieses Wochenende Wiedergutmachung leistest.«

In ihren Augen blitzt Belustigung auf und sie wischt sich mit einer Serviette etwas Ketchup vom Mundwinkel, um ihr Lächeln zu verbergen.

Ich ziehe einen Schluck Cola durch den Strohhalm meines Bechers und beobachte, wie die durch die Fensterscheibe fallenden Sonnenstrahlen mit ihren Haaren spielen. Im natürlichen Licht schimmern sie etwas bräunlich und wirken nicht ganz so schwarz, als wären sie in Tinte getaucht worden.

Keine Ahnung, womit ich diese Frau verdient habe, aber ich spüre jede ihrer Regungen in meiner Brust, als wäre sie direkt mit meinem Herzen verbunden. Wie sie sich eine Strähne aus dem Gesicht schiebt oder die Finger von Krümeln befreit. Ich bin verschossen, hingerissen, regelrecht besessen von diesem Mädchen.

»Ich dachte bei meiner Wiedergutmachung weniger an die Auswahl der Restaurants, in denen wir essen«, erklärt sie und lehnt sich etwas nach vorn. Jedes Wort ist mit provokanter, neckender Anzüglichkeit umwickelt. Die Eisprinzessin steigt zur Königin auf, wenn es darum geht, mir schmutzige Gedanken durch den Kopf zu schicken.

Ich will sie gerade fragen, ob sie mir nicht näher erläutern möchte, woran sie stattdessen dachte, als ich ihren Fuß an meinem Bein spüre. Sie hat sich den offenen Schuh abgestreift; ganz eindeutig sind es ihre nackten Zehen, die meine Wade entlanggleiten. Sie reibt ihre Haut an meiner Jeans und fährt so betörend langsam mein Knie hoch, dass ich die Bewegung in meinem Schwanz spüren kann. Ihr sexy Lächeln und ihr frecher Blick ... sorgen dafür, dass sich meine Muskeln anspannen, und als sie mit dem Fuß die Kante meines Stuhls erreicht und mit ihrem großen Zeh kleine Kreise auf meinen Oberschenkel zeichnet, mache ich den Fehler, nach unten zu sehen. Ihre Nägel sind rot lackiert.

Verdammt, ich stehe auf lackierte Zehennägel und ich fahre auf Spielchen ab. Ihr Versuch, mich in einem gut besuchten Diner heiß zu machen, geht rasant schnell auf. Ich lasse unauffällig eine Hand unter den Tisch sinken, fasse nach ihrem Fuß und rutsche ein kleines Stück näher zur Stuhlkante, um ihn mir gegen den Schritt zu drücken.

»Wie es scheint, wird mein Wiedergutmachungs-Wochenende ziemlich *hart* werden«, stellt sie halb flüsternd fest.

Ich kräftige meinen Griff und presse ihre Sohle noch ein bisschen fester gegen mich. »Ja, so scheint es, nicht? Vielleicht sollten wir deshalb gleich aufbrechen. Falls du noch mal für kleine Mädchen gehen willst, bevor wir weiterfahren, beeil dich besser. Ich komme dich holen, wenn du in einer Minute nicht zurück bist.«

Antonia befeuchtet ihre lächelnden Lippen. Sie hat verstanden, was ich andeuten wollte. Sie legt die Serviette, die sie noch in der Hand hält, auf ihren zur Hälfte gegessenen Hotdog und zieht dann ihr Bein zurück. Ich lasse ihren Fuß los, damit sie in ihren Schuh schlüpfen und den Stuhl zur Seite rücken kann.

Ich bemerke, dass sie sich verstohlen umsieht, bevor sie sich aufrichtet. Es sind noch zig andere Menschen hier, wie ein Pärchen und eine Familie mit zwei Kindern. Es wäre wirklich böse, wenn ich ihr auf die Damentoilette folge, aber sie hat damit offensichtlich noch weniger ein Problem als ich. Tony streicht ihr weißes geblümtes Sommerkleid glatt und ich blicke ihren langen sexy Beinen nach, als sie sich von unserem Tisch entfernt und auf die Suche nach den Waschräumen macht.

Ich bemühe mich, den Stoff meiner Jeans im Schritt zu weiten, aber der Gedanke daran, sie gleich in diesem Diner zu nehmen, lässt ihn nur enger werden. Ich gebe ihr dreißig Sekunden Vorsprung, bevor ich ebenfalls aufstehe und dem Weg folge, den sie genommen hat. Die Leute an den Tischen beachten mich nicht weiter, aber eine Frau stößt gerade die Tür zur Damentoilette auf und kommt mir entgegen. Ich warte, dass sie aus meinem Blickfeld verschwindet, und betrete dann zielstrebig den Raum, der für mich eigentlich verboten ist.

Tony lehnt – eine grüne Spange im Mund –, mit dem Rücken an dem linken von drei Waschbecken und fasst ihr Haar zu einem Zopf zusammen. Ich nähere mich ihr und nehme sie ihr ab, greife um Antonia herum und verschließe sie an ihrem Hinterkopf.

»Wer hätte gedacht, dass du auf Spielchen in der Öffentlichkeit stehst, Miss Soto?«, flüstere ich ihr ins Ohr und atme den Duft ihres Jasmin-Parfüms ein.

Ich lege die Hände auf ihre Hüften und sie zieht sich an meinem Shirt auf die Zehenspitzen, um ihren Mund mit meinem zu verbinden.

Ich mag die neue, mutige Tony. Die Frau, die sich nicht mehr verstecken will. Es könnte jeden Augenblick jemand hereinplatzen und trotzdem spüre ich, wie sie mit einer Hand ungezogen an meiner Gürtelschnalle nestelt, während sie die andere zu einer Faust um mein T-Shirt ballt. Ihre süße Zunge schlüpft in meinen Mund, streichelt und leckt die meine, während sie meine Hosen öffnet und ihre Hand unter den Stoff schiebt.

Ich löse meine Lippen von ihren und drücke sie hart gegen das Waschbecken. Meine Finger suchen Halt am Rand und ich lehne meine Stirn an ihre, während sie mit sehr antörnenden und geschickten Bewegungen meine Erektion massiert. Wir atmen dieselbe Luft, das Ziehen in meinen Lenden verwischt meine Gedanken und nach nicht mal einem Dutzend Herzschlägen hat sie mich so weit, dass mein Kopf leer ist und mein Körper danach verlangt, in sie stoßen.

»Ich glaube, es wäre besser, wenn wir eine Kabine nehmen«, flüstert sie, die Lippen an meinem Kiefer.

»Ganz deiner Meinung«, bringe ich rau hervor, dicht gefolgt von einem gepressten Stöhnen, weil sie die Finger so fest um meinen

Schwanz schließt, als wolle sie mich zerquetschen.

Antonia zieht unvermittelt ihre Hand aus meiner Hose, schiebt mich zurück und nimmt mich dann mit, eine Faust nach wie vor um mein Shirt geballt, durch die erste Tür in einen kleinen Raum.

Geistesgegenwärtig drehe ich den Schlüssel herum. In allerletzter Sekunde, denn einen Herzschlag später bin ich nicht mehr in der Lage, einen so logischen Gedanken zu fassen. Sie schubst mich energisch gegen das Holz des Türblatts und sinkt langsam an mir hinunter in die Hocke. Mein Gehirn ist augenblicklich nur noch damit beschäftigt, ihren glühenden Blick zu verarbeiten.

»Du willst ...?«

»Wiedergutmachung leisten«, beendet sie den Satz und zerrt an meinem Hosenbund. Sie zieht meine Jeans und meine Shorts gerade weit genug hinab, um meinen Schwanz zu befreien, und schon spüre ich ihre heißen, feuchten Lippen an ihm.

Verflucht noch mal ist das gut.

Mir entfährt ein kehliges, heiseres Geräusch, als sie an mir leckt und die Zunge gegen das pochende Verlangen in meiner Spitze drückt.

Ich weiß nicht, was mich schärfer macht. Das Wissen, dass Antonia-*Diva*-Soto auf der Damentoilette eines Diners vor mir kniet und im Begriff ist, mir einen Blowjob zu verpassen, oder das Bild, wie sich ihre sexy Lippen um mich legen.

Sie nimmt mich ein Stück in den Mund, saugt, entlässt mich. Es kostet mich päpstliche Selbstbeherrschung, meine Handflächen gegen das Holz hinter mir zu pressen. Viel lieber würde ich mir ihren Zopf schnappen und sie nötigen, mich tief in den Mund zu nehmen. Aber das hier ist ihre Verführung und deshalb halte ich still.

»Ich war schon in deinen Penis verliebt, als ich dich noch für einen Dummkopf hielt«, erzählt sie mir, während sie mit einer Hand meinen Schaft reibt. »Er ist so hübsch und groß und er weiß, wie man ein Mädchen befriedigt.«

Und sie weiß definitiv, wie man ein Ego streichelt.

Wie hypnotisiert sehe ich zu, wie sie mich mit ihrem Mund verwöhnt. Jedes Mal, wenn sie die Lippen um meine Eichel legt, lässt sie mich ein Stück tiefer in sich. Antonia schiebt eine Hand unter mein Shirt und streichelt meinen Bauch. Die Finger der anderen

Hand hat sie um meinen Schaft geschlossen. Sie reibt mich, fährt mit der Zunge meine erregten Zentimeter entlang und saugt mich wieder in ihren Mund. Langsam. Sie wiederholt dieses Spielchen, bis meine Handflächen feucht am Holz hinabrutschen. Dann bewegt sie ihren Kopf an mir.

Fuck. Ich kann ein raues Aufstöhnen nicht unterdrücken und höre gleichzeitig, wie jemand den Waschraum betritt.

Ich halte mit angespannten Muskeln den Atem an und zwinge mich, keinen Ton mehr von mir zu geben, was nicht bedeutet, dass Antonia auch versuchen würde, leise zu sein. Ihr Stöhnen kitzelt an meinem Schaft, der Reißverschluss meiner Jeans streift über ihre Wange und verursacht ein furchtbar lautes, unanständiges Geräusch.

Meine Hüften zucken und ich fange unwillkürlich an, mich leicht zu bewegen, stoße mich vorsichtig in sie. Ihre Zunge tanzt an mir hoch und runter, sie schließt die Lippen fester um mein Glied und dann ... ist es mir scheißegal, wer uns zuhört. Ich fasse ihren Zopf, zeige ihr, welches Tempo mir guttut, wie ich es brauche, um kommen zu können. Ich nehme ihr nicht die Kontrolle weg, leite sie nur einen Augenblick an und schließe keuchend die Augen, als sie genau in diesem Rhythmus weitermacht.

Verdammt, ich werde diese Frau bis in alle Ewigkeit behalten.

Wasser rauscht, offenbar wäscht sich jemand die Finger am Waschbecken. Vielleicht ist es aber auch mein Blut, was rauschend in mir zirkuliert. Ich kann jeden einzelnen Lusttopfen spüren, der sich durch meine Erektion presst. Sie schiebt ihre Lippen kräftig über mich, reibt und saugt mit ihrer Zunge an mir, und irgendwann existieren nur noch wir beide auf der Welt. Ihr herrlicher Mund und mein zuckender Schwanz.

Ich will sie vorwarnen, dass ich kurz davorstehe, zu kommen, doch das heiße Ziehen in meinen Lenden nimmt mir die Stimme und auch alle Sinne weg. Ich stöhne, stoße mich kräftig und tief in sie hinein und kann es nicht aufhalten. Erlösend überrollt mich der Höhepunkt, lockert meine verkrampften Muskeln, bis meine Beine kraftlos sind und meine Finger beben. Ich lasse Tonys Zopf los, damit sie sich aufrichten kann, doch sie streichelt mich durch das Nachbeben, das meinen Bauch zittern lässt.

Es vergeht sicher eine Minute, bis ich mich in der Verfassung sehe, die Lider zu heben. Ich greife nach ihrer Hand, die auf meiner Hüfte liegt, und ziehe sie hoch, um meinen Mund auf ihren zu drücken. Sie schmeckt nach mir und ist außer Atem.

»Damit hast du deine nächsten drei Fehler schon mal im Voraus beglichen«, sage ich und fühle, wie sich ihr Lächeln in unseren Kuss schleicht. Sie lässt ihren sexy Mund über meine Wange gleiten und reißt spielerisch mit den Lippen an meinem Ohrläppchen.

»Versprochen, nach dem Wochenende stehst du schwer in meiner Schuld.«

Die einzige Straße, die South Padre Island mit dem Festland verbindet, führt zwei Meilen lang direkt über das Wasser. Hunt und ich haben als Teenager manchmal den Spring Break am Strand der Bucht gefeiert, aber es ist Jahre her, dass ich das letzte Mal hier gewesen bin. Ich erinnere mich, dass es mir bei unserem ersten Trip auf die Insel nicht geheuer war, über eine so weite Strecke kein Land unter uns zu wissen. Antonia hingegen wirkt völlig entspannt, aber sie ist auch in einer kleinen Küstenstadt im Osten Spaniens aufgewachsen und hat wohl keine Probleme mit dem offenen Meer.

»Warum habe ich das *Place for Sinners* noch gleich nach Houston gesetzt? Ich hätte mir irgendwo eine Strandlocation suchen sollen«, sagt sie, den Blick verträumt durch das Wagenfenster auf die Wellen gerichtet.

»Es war deine Idee, den Club in Houston aufzumachen?«

»Ja. Was das betrifft, hat mir mein Dad freie Hand gelassen. Er hat sich da ganz auf mein Gespür für den richtigen Ort verlassen«, meint sie. »Wahrscheinlich wollte er mich in falscher Sicherheit wiegen.«

Sie hat sich freiwillig für Houston entschieden? Das ist eine wertvolle Information. Ich hätte nicht gedacht, dass es sie in Hunts, Lucas' oder meine Nähe gezogen hat. Miss Soto ist ein überraschend sentimentaler und nostalgischer Mensch.

Ich nehme ihre Hand und ziehe sie zu mir, um ihre Knöchel zu küssen, bevor ich meine Finger mit ihren verschlinge und auf ihrem Schenkel ablege. »Ich für meinen Teil bin sehr froh, dass du dir keine Strandlocation gesucht hast. Aber falls es dir hier gefällt, können wir Reed bitten, dass er sich nach einer Immobilie für uns umsieht. Ich hätte nichts gegen ein paar Wochen Urlaub am Wasser im Jahr.«

»Also ist Europa tatsächlich gestorben?«

»Ja. Ich habe bereits die nächste Buchung an euch gestoppt, die bald fällig wäre.«

»Also habe ich praktisch dafür gesorgt, dass wir einen Stammgast verlieren?« Sie fragt das mit gespieltem Entsetzen.

Meine Mundwinkel zucken. »Tja, sieh es als Strafe, dass du mich jetzt bis zum Ende aller Tage behalten musst. Dir wird das also nicht noch mal passieren.«

Zehn Minuten später parke ich den *Mercedes* vor einer der beiden Garagen, die zu Reeds Haus gehören. Es steht direkt an der Straße, nicht wie die anderen in der Reihe etwas zurückversetzt, die Fassade ist verklinkert und rückseitig grenzt sein Grundstück an den Strand. Obwohl schon einiges an Distanz dazwischenliegen muss, kann man die Wellen des Meeres schlagen hören.

Ich ziehe die Handbremse an und steige aus, um den Wagen zu umrunden und Tony die Beifahrertür aufzuhalten. Sie lächelt und streift mit ihren Lippen meine, bevor sie ein paar Schritte Richtung Haustür geht und hörbar tief und befreiend einatmet. Die Sonne knallt vom Himmel, es ist sicher noch ein paar Grad heißer als in Houston, aber ein leichter Wind macht die Temperatur angenehm.

»Riechst du das? Es riecht nach Meer.«

»Also gibst du zu, dass es eine gute Idee war, das Wochenende hier zu verbringen?«, frage ich, während ich den Wagen abschließe. Das Gepäck kann warten.

Ich folge ihr zu den beiden Säulen, die den Eingang flankieren, und schiebe den Schlüssel in eine der vorderen Hosentaschen meiner Jeans.

»Jepp. Ich gebe zu, dass es eine gute Idee war.«

Ich lege einen Arm um sie und küsse ihren Haaransatz, als wir gemeinsam zur Tür treten und Antonia läutet.

Veronica & Reed Saint-Clair ist in die goldene Fläche über der Klingel graviert. Ich frage mich, ob die beiden wohl anfangs nur zu zweit miteinander gelebt haben oder diese Margo von Beginn an mit von der Partie war. Ich habe keine Ahnung von Polyamorie, ganz im Gegenteil, ich habe mich bisher schon schwer damit getan, mit nur einer Partnerin eine Beziehung zu führen oder mich in eine Frau zu verlieben, aber genau deshalb hat Saint-Clair meinen vollsten Respekt. Zwei Mädels von Antonias Sorte und man könnte sich nach zwei Wochen die Einweisung in eine Nervenklinik abholen.

»Warum grinst du?«

»Ich dachte gerade nur, dass du die Erfüllung meines Glücks bist und ich kein bisschen mehr bräuchte, um zufrieden zu sein.«

Sie zieht die Augenbrauen hoch und grübelt vermutlich, warum ich so geschwollen daherrede.

Reed öffnet uns in grünen Bermudas und buntem Hemd die Tür. Ich würde darauf wetten, dass ihn die Einwohner von South Padre Island für einen Touristen halten, aber darauf legt er es vermutlich auch an. Saint-Clair ist jemand, dem sein Privatleben heilig ist.

»Kingston«, sagt er, während er mich mit einem Handschlag begrüßt. Eine Sekunde ist seinem Gesicht Verwunderung anzusehen, als sein Blick über Tony gleitet, aber er besinnt sich schnell seiner Manieren. »Antonia. Wie schön, dass ihr es einrichten konntet.« Er hält ihr seine Wange hin und sie haucht einen angedeuteten Kuss darauf.

Ich schiebe Tony vor mir her ins Haus und er fragt mich mittels eines Stirnrunzelns, wie es zu diesem vermeintlich seltsamen Umstand gekommen ist, dass mich Miss Soto begleitet. Ich hatte Giulia keinen Namen genannt und zucke mit den Schultern, als er die Tür hinter uns schließt.

»Sehr beeindruckend«, meint Tony, die im lichtdurchfluteten Eingangsbereich stehen geblieben ist und den Blick umherschweifen lässt. Mehrere Türen gehen von dem rundlich angelegten Entree ab, eine weiße, breite und vor allem stylisch-moderne Wendeltreppe führt ins obere Stockwerk.

»Ich werde Alfie bitten, sich gleich um euer Gepäck zu kümmern«, erklärt Reed, der uns geradeaus durch eine hohe Doppeltür in den beige eingerichteten Wohnbereich führt. Offensichtlich lässt sich Saint-Clair seinen Arsch gern vom Personal nachtragen. »Giulia ist in zwei Minuten bei uns. Wir sind auch erst vor anderthalb Stunden eingetroffen. Sie wollte zunächst auspacken und eine

Dusche nehmen. Möchtet ihr schon mal einen Drink?« Er tritt hinter eine Hausbar aus hellem Holz.

»Mach mir einen Scotch. Antonia?«

»Rotwein«, antwortet sie und durchquert den Raum. Die rückwärtige Wand ist durch bodentiefe Fenster ersetzt worden, hinter denen sich eine gigantische Terrasse mit Pool befindet, und ich kann am Ende des Grundstücks die weißen Sanddünen des Strands ausmachen.

»Du und Antonia Soto?«, fragt Reed leise und nimmt Eiswürfel aus einem Bereiter.

»Ja, sieht so aus«, entgegne ich.

»Interessante Kombination.«

»In jeder Hinsicht«, bestätige ich ihm.

Ich höre Schritte im Eingangsbereich und wende mich der Tür zu, durch die Giulia gerade kommt. Sie hat sich das vom Duschen nasse Haar zu einem Knoten geschlungen, trägt ein weißes kurzes Sommerkleid und ist barfuß. Sie klebt sich ein Lächeln aufs Gesicht, als sie mich sieht, wirft einen neugierigen Blick auf Tony und tritt zu mir an die Hausbar, um mich für eine kurze Umarmung an sich zu ziehen. »Ihr seid schon da«, freut sie sich und fügt flüsternd an, als könnte Reed sie deshalb nicht hören: »Gott sei Dank, ich habe mich vor Nervosität über eine Stunde oben versteckt.« Ich registriere, dass sie das Armband trägt, das Hunt oder Nat ihr von mir zurückgegeben haben müssen.

»Ja, wir sind ziemlich gut durchgekommen. Giulia, darf ich dir Tony vorstellen? Ich glaube, ihr kennt euch noch …« Der Rest des Satzes verkantet sich in meinem Hals, als ich mich zur Seite wende und Antonias Gesichtsausdruck sehe.

Sie starrt Giulia an. Nein, eigentlich stiert sie Giulia an. So, als wolle sie jede Sekunde den Kopf senken, nach vorn stürmen und sie auf den Hörnern aufspießen, die ihr gleich wachsen werden. Ihre Miene ist wie versteinert, das angedeutete Lächeln auf ihren Lippen festgefroren. Sie wirkt wütend, überrumpelt, doch dann blinzelt sie und die blanke Enttäuschung, die sich über all die anderen Empfindungen in ihrem Gesicht legt, versetzt mir einen Stich in der Brust. Ein harter, ziehender Ruck geht durch meinen Körper.

»Willst du mich verarschen, Kingston?«, fragt sie, ohne Giulia aus den Augen zu lassen.

»... offensichtlich kennt ihr euch doch«, ist das Schlauste, was ich über die Lippen bringe. Ich habe keine Ahnung, was zwischen den beiden vorgefallen ist, aber sie scheinen keine Freunde zu sein.

Ich bemerke aus dem Augenwinkel, dass Giulia im Gegensatz zu Tony einfach nur verwirrt aussieht. Sie schüttelt ein bisschen hilflos den Kopf und will ansetzen, etwas zu sagen, aber Antonia lässt sie nicht. Sie hebt gebieterisch die Hand und stürmt in derselben Sekunde an uns vorbei aus dem Raum.

Ich schalte schnell und folge ihr, muss mich allerdings anstrengen, sie einzuholen. Sie steuert die Haustür an und ich schaffe es gerade noch, meine Hand gegen das Türblatt zu drücken, um zu verhindern, dass sie nach draußen flüchten kann.

»Lass mich durch. So wahr mir Gott helfe, ich werde dir sonst sehr wehtun müssen.« Das letzte Wort bricht bei der letzten Silbe weg.

»Würdest du mir bitte erst mal erklären, was los ist?«, frage ich. Ich lege eine Hand in ihren Nacken und will sie dazu bewegen, sich zu mir umzudrehen. Es geht mir schlecht, wenn es ihr schlecht geht, und ich möchte solidarisch sein, muss dafür aber wissen, was in ihr vorgeht.

»Nimm deine Finger von mir. Auf der Stelle.«

Da ist ein bedrohlicher Unterton in ihren Worten, der mich dazu bringt, meine Hand zurückzuziehen. Sie ist wütend auf *mich* und enttäuscht, und allmählich dämmert es mir. Ich habe Hunts Hochzeit zusammen mit Giulia verlassen. Sie hat das gesehen. Sie erinnert sich an sie.

Mist. Ich habe darüber nicht eine Sekunde lang nachgedacht. Ich hätte auch nicht angenommen, dass es ihr etwas ausmacht. Das mit Giulia war, bevor wir miteinander geschlafen haben, und Herrgott, sie ist doch Reeds Verabredung hier.

»Tony ...«

»Nein. Kein Wort. Lass mich sofort aus diesem Haus verschwinden.«

16. KAPITEL

Antonia

Es ist, als hätte man mich in Eiswasser getaucht. Mir ist kalt, obwohl sicher fünfunddreißig Grad herrschen, und mein Herz brennt so sehr, dass ich es bis in meinen Hals fühlen kann.

Kingston hat die Hand von der Tür genommen und ich bin nach draußen gestürzt, laufe planlos den Bürgersteig entlang. Ich werde auf keinen Fall heulen oder mit einem Drama Aufmerksamkeit auf uns ziehen, und bin froh, dass er sich ein paar Schritte hinter mir hält, während er mir folgt.

Wie konnte ich so naiv und dumm sein und glauben, ich und er ... Wie konnte ich davon ausgehen, dass da auch nur der Ansatz einer Chance bestünde, wir hätten so etwas wie eine Zukunft?

Seine Vorstellungen von einer Beziehung und meine gehen weit auseinander. Ich will einen Partner, auf den ich mich verlassen kann, der mich liebt und ... dem *ich* ausreiche. Ich. Ich will genug für jemanden sein. Ich hatte bereits eine Beziehung, in der auf Treue keinen Wert gelegt wurde. Hunter wollte Sex mit anderen, ich habe ihm seinen Willen gegeben. Aber ich werde mich nie wieder auf so etwas einlassen. Ich werde nicht noch einmal zusehen, wie sich der Mann, dem mein Herz gehört, seine Befriedigung an anderer Stelle sucht.

Ich. Will. Genug. Sein.

Aber King ist jemand, der mehr braucht als eine einzige Frau. Herrgott, er konnte sich bisher ja noch nicht mal auf ein Geschlecht festlegen.

Es kommt mir lächerlich vor, dass ich gedacht habe, wir würden ein romantisches Wochenende auf der Insel verbringen, während ihm offensichtlich eine heiße Zeit zu viert vorschwebte. Was hatte er geplant? Einen Vierer? Partnertausch? Ich meine, warum zur Hölle sollte er mich sonst mit einer Frau zusammenführen, die er bereits im Bett hatte? Eine, die Schmuck bei ihm liegen lässt und mit ihm von Hochzeiten verschwindet. Ich habe ihr Armband gesehen, ich ...

Ich kann nicht klar denken. Dieses schreckliche Gefühl in meiner Brust schiebt mir die Kehle zusammen, und ich wünschte, das Loch in meinem Innersten würde mich einfach verschlucken. Dass ich geglaubt habe, er wolle einfach nur mal unter Leuten sein, mit mir und Freunden ... Ich weiß nicht, ob ich ihn oder mich hassen soll. Ich hasse uns beide. Mich für meine Dummheit und ihn, weil er nicht mit offenen Karten gespielt hat.

Er hat zugelassen, dass ich mich ihn verliebe. Er hat dafür gesorgt, dass ich dachte, wir würden eine ernste Beziehung führen. Keine, in denen man sich mit einem anderen Pärchen in schicken Strandhäusern zu Orgien trifft.

Dämlich, Soto. So, so, so dämlich.

»Antonia, kannst du bitte mal stehen bleiben? Wo rennst du denn hin?«, ruft er.

»Geh zurück zu deinen Freunden, Kingston. Ich komme schon klar.«

»Jetzt übertreib doch bitte nicht so. Können wir wie zwei erwachsene Menschen darüber reden?«

Übertreiben? Ich bleibe stehen und fahre herum. »Du bist ein gewaltiges Arschloch, Kingston Everett. Du hast mich unter Vortäuschung falscher Tatsachen dazu überredet, dich hierher zu begleiten. Ich kann nicht fassen, dass ich für dich meine Zukunft im Club aufs Spiel setzen wollte.«

Er verzieht getroffen das Gesicht. Und er wirkt durcheinander. Was bitte ist an meiner Wut nicht zu verstehen?

»Tony, es tut mir leid, dass ich dir nichts von Giulia erzählt habe. Ich habe keine Sekunde daran gedacht, dass es dir etwas ausmachen könnte ...«

»Dass es mir etwas ausmachen könnte, mich ein Wochenende mit einem Flittchen zu vergnügen, mit dem du das schon öfter getan hast? Ich weiß nicht, für wen du mich hältst, King. Aber ich dachte, dass du und ich ... Das hier ist absolut nicht in Ordnung für mich.«

»Ich verstehe nur die Hälfte von dem, was du redest.« Er fährt sich mit einer Hand über das Gesicht. Eine verzweifelte Geste. Dann sieht er mich wie ein verlorener Welpe an. »Zwischen mir und ihr ist nichts mehr. Das musst du mir bitte glauben. Eigentlich war da auch nie etwas. Wir waren einmal im Bett, ich war betrunken, und um ehrlich zu sein, habe ich sie nach Hunts Hochzeit nur mitgenommen, weil ich dir ...«

Ich lasse ihn wieder nicht aussprechen. »Es ist nicht allein deine Schuld. Ich war naiv und dumm, zu glauben, dass wir eine exklusive Beziehung hätten. Allerdings hast du mich das auch glauben gemacht. Wir haben gestern noch herumgealbert. Über genau dieses Thema. Du hast es nicht richtiggestellt.«

»Ich begreife nicht, was du damit sagen willst. Das mit Giulia war vor unserer Zeit, Tony. Das mit uns, dir und mir, *ist* exklusiv.«

»Ach komm schon, ich bin keine Idiotin. Ich kann eins und eins zusammenzählen. Mir ist klar, was du dir von diesem Wochenende versprochen hast. Nur kann ich da leider nicht mitmachen.« Weil ich Gefühle für ihn habe. So starke, intensive Gefühle, die Schmetterlinge durch meinen Bauch flattern lassen sollten, anstatt mich niederzudrücken. Warum passiert mir das immer? Warum verliebe ich mich nur in Männer, die nicht monogam leben können? Und weshalb habe ich aus meiner Beziehung mit Hunter nichts gelernt? Mich ausgerechnet in King zu verknallen ... Er steht nicht nur auf schräge Sachen, sondern ist auch nicht gerade für seine langfristigen Beziehungen bekannt. Wie oft habe ich dabei zugesehen, wie er sich Frauen wie Blanche mit anderen Kerlen geteilt hat? Und trotzdem habe ich gedacht, dass er mich mehr wertschätzen würde. Mich für sich will.

»Zur Hölle noch mal, das ist nicht dein Ernst, oder? Du denkst in eine total falsche Richtung. Ich habe mir exakt dasselbe von diesem Wochenende versprochen wie du.« Er berührt mein Gesicht. Ich lasse zu, dass er mir über die Wange streichelt und fühle erst jetzt, dass sich ein oder zwei Tränen aus meinen Augen gelöst haben.

Er sieht aufrichtig aus. Er sieht aus, als würden ihn meine Worte schockieren und als suche er nach einer Möglichkeit, die Dinge richtigzustellen.

Ich will ihm so gern glauben. Ich will mir das alles nicht nur eingebildet haben. Das Gefühl, ihm vertrauen zu können oder begehrt und respektiert zu werden. Himmel, ich habe ihm die volle Kontrolle über meinen Körper gegeben. Er durfte mich fesseln. Ich will ihm glauben, weil es mich zerreißen würde, wenn ich mich bei einem Mann hätte gehen lassen, der es nicht ernst mit mir meint.

Ich schlucke mehrmals, um den Knoten aus meiner Brust zu

verdrängen, aber er wird stattdessen größer. Mir ist ein bisschen schlecht. Es ist nicht neu, dass mir Gefühle auf den Magen schlagen, und bei meinem Glück werde ich mich vielleicht später irgendwo übergeben.

»Ich will nach Hause«, sage ich. »Vielleicht gibst du mir einfach meine Tasche aus deinem Wagen. Ich kann jemanden anrufen, der mich abholen kommt.« In Gedanken, gehe ich die Menschen durch, die infrage kämen. Martín, Alyssa. Keinen davon könnte ich wirklich anrufen. Ich habe in Houston nicht besonders viele Freunde. Zur Not muss ich halt einen Mietwagen nehmen.

»Tony.« Kingston seufzt. »Ich werde dir bestimmt nicht einfach dein Gepäck aushändigen und dich dir selbst überlassen. Bitte überstürze doch jetzt nichts.«

Selbst wenn ich ihm glauben würde – und ich bin geneigt, das zu tun und schätze, es könnte sein, dass er keine Hintergedanken hatte –, wäre er immer noch ein unsensibler Blödmann, der mich mit einer Frau, mit der er vor mir intim war, in ein Haus sperren wollte. »Ich will wirklich heim, Kingston.«

»Gegenvorschlag: Ich kenne hier ein paar sehr gute Hotels. Lass uns zusammen den Wagen holen und ein Zimmer nehmen, bei einem netten Essen in Ruhe über alles reden und morgen versöhnt nach Houston zurückfahren. Wenn du darauf bestehst, sofort aufzubrechen, okay ... dann tun wir das. Aber wir haben schon fünf Stunden im Auto gesessen. Ich muss die Strecke heute nicht unbedingt noch mal zurücklegen.« Er lässt die Hand von meiner Wange meine Seite hinabgleiten und greift nach meiner.

Ich kann ihm nichts abschlagen. Nicht, wenn er mich so ansieht. Gerade ist er Peter Pan, dessen Kindskopf ihn in eine ziemlich blöde Situation gebracht hat. »Okay, schön. Aber ich werde nicht noch mal in Saint-Clairs Haus gehen.«

»Müssen wir nicht. Wir holen nur schnell das Auto und sind sofort weg.«

Ich nicke und lasse ihn einen Arm um mich legen. Durch meinen Magen schlängelt sich ein Übelkeit erregender Druck und mein Herz tut immer noch weh. Es ist beängstigend, dass er nach gerade mal einem Monat schon die Macht hätte, es zu zerfetzen.

King und ich holen den *Mercedes* und er hält sein Wort, nicht noch mal zu Reed ins Haus zu gehen. Er scheint sich auf der Insel auszukennen, denn er findet auf Anhieb eins der gehobeneren Hotels. Er besorgt problemlos ein Doppelzimmer und trägt unser Gepäck selbst nach oben, anstatt einen Pagen in Anspruch zu nehmen, und wirkt ehrlich erleichtert, als er die Tür des Zimmers hinter uns zudrückt.

»Sprich das nächste Mal mit mir und lauf nicht einfach weg«, bittet er mich.

»Das nächste Mal? So etwas wird mir nie wieder passieren, King.« Ich bin immer noch sauer auf ihn, außerdem hat sich während der Fahrt der Stein in meinem Magen verdreifacht.

»Soll ich mich erkundigen, welche Restaurants in der Gegend das Hotel empfiehlt?«

»Ich habe keinen Hunger.«

»Tony.«

»Nein. Mir ist schlecht. Ich werde mich einfach ...«, ich gehe zu dem kleinen Ledersofa, das im vorderen Bereich des Raums steht, »... hier hinsetzen. Du kannst mir Gesellschaft leisten, aber ich möchte jetzt nicht reden.«

Ich muss diesen Tag erst mal verdauen und mir darüber klarwerden, was das alles für mich bedeutet. Ich weiß nicht, ob ich es fertigbringen würde, ihn wegen dieses Fehlers abzuservieren, obwohl es wahrscheinlich das Beste wäre. Mit so einem Mist und Gefühlschaos musste ich mich nicht herumschlagen, als ich mich allein auf meine Karriere im Club konzentriert habe.

»Alles, was du willst, Prinzessin«, entgegnet er und lässt sich neben mir auf die Couch sinken.

Schweigend starren wir auf den ausgeschalteten, an die Wand montierten Fernsehbildschirm, jeder in seine Gedanken vertieft. Dennoch kann ich nicht verhindern, dass mir seine Nähe guttut. Ich entspanne mich und mit jedem Atemzug lässt auch das flaue Gefühl in meinem Bauch etwas nach.

In irgendeinem Frauenmagazin, das ich vor einer Weile beim Friseur in die Finger bekam, stand ein vierseitiger Artikel über emotionale Intelligenz. Es hieß darin, dass emotional intelligente Menschen ihre Gefühle klar benennen können und die Auslöser dafür kennen. Sie sind empathisch, können ihre eigenen Emotionen und die anderer beeinflussen und treffen sachliche Entscheidungen, da sie es schaffen, Kopf und Herz voneinander zu trennen. Nun ... demnach scheine ich eine emotionale Idiotin zu sein. Ansonsten hätte ich wohl kaum zugelassen, dass mir King dermaßen unter die Haut geht, sondern diesen Gefühlen entgegengesteuert. Ich hätte auf meinen Kopf gehört, die Finger von einem Mitglied des Clubs zu lassen, und mein naives Herz ignoriert. Nur Kingston scheint noch ein bisschen emotional idiotischer zu sein, denn er besitzt nicht einen Hauch Einfühlungsvermögen.

In etwa zehn Minuten sind wir bei mir zu Hause. Wir haben den kompletten Weg von Padre Island zurück nach Baytown kein Wort miteinander gesprochen. Wahrscheinlich ist das gut so, denn die Enttäuschung ist weg, aber ich bin immer noch so wütend, dass ich ihn bestenfalls anschreien könnte. Ich bin inzwischen überzeugt, dass er keine schmutzigen Gedanken hatte, was dieses Wochenende betrifft. Aber das macht die Sache nur unwesentlich besser. Wenn ich eine emotionale Idiotin bin, hat er einen emotionalen Hirnschaden. Man führt doch das Mädchen, das man mag, nicht unvorbereitet mit einem seiner verflossenen Flittchen zusammen?

Ich reibe mir die Schläfe, als wir in mein Viertel einbiegen, und verspüre schon wieder eine sich ausbreitende Flauheit im Magen. Das auf meinen Bauch drückende Gefühl kommt in Wellen und ich befürchte wirklich, dass ich mir, dank seiner abartigen Schwäche für Fast Food-Stände, eine Lebensmittelvergiftung zugezogen habe. An diesem Hotdog gestern war sicher irgendwas verdorben, ich habe mich am Abend sogar übergeben. Es würde King recht geschehen, wenn ich ihm auf den letzten Metern noch das Auto vollreihere. Leider scheint sich mein Körper lieber zusammenzureißen. Die Einfahrt zu meinem Haus taucht vor uns auf, ohne dass ich den Inhalt meines Magens auf seinen Ledersitzen verteile. Na ja, es wäre ohnehin nur Kaffee gewesen.

Ich löse den Gurt, um auszusteigen, sobald er den Wagen anhält, und lege meine Hand schon auf den Griff der Beifahrertür, als ...

Scheiße.

Gewaltige Scheiße.

Ich glaube, mein Herz hört auf, zu schlagen.

Mein Vater steht vor dem Haus. Nein, streng genommen, will er gerade in einen dunkelroten *XJ* einsteigen. Martín hält ihm eine der beiden Fondtüren auf, während der silberne Mietwagen, den er selbst fährt, gleich daneben steht. Beide blicken zu uns, als wir vor dem Carport bremsen.

»Fuck, auch das noch«, höre ich Kingston neben mir murmeln und sehe aus dem Augenwinkel, wie er sich versteift.

Fuck, auch das noch trifft es nicht mal ansatzweise.

Mein Leben ist vorbei. Und das meine ich nicht mit der Dramatik einer Highschool-Schülerin, die gerade von ihren Eltern auf einer Party mit einem Jungen erwischt wurde. Ich meine damit: Meine Zukunft im Familiengeschäft ist erloschen. Jede Chance, irgendwo anders Karriere zu machen ist weg. Dafür wird er sorgen. Meine Angst, dass mein Dad das von mir und King herausfinden könnte, war nicht übertrieben. Er gehört zu den reichsten Männern dieser Welt, er hat die allerbesten Kontakte. Ich werde keinen Fuß mehr auf den Boden bekommen, wenn Luis Soto nicht will, dass ich ihn auch nur mit einem Zeh berühre. Er hat schon das Leben von ganz anderen Leuten ruiniert, von charismatischen Größen und Menschen mit Einfluss. Das Geschäft mit der Sünde bringt ihm nicht nur von tausenden Mitgliedern jedes Jahr Milliarden ein ... Es liefert ihm auch ein Druckmittel, das wie ein Schatten hinter ihm aufragt, auch wenn er eine Drohung, soweit ich weiß, nie ausgesprochen und sich zur Verschwiegenheit verpflichtet hat. Selbst die Puppenspieler tanzen, wenn er an den richtigen Fäden zieht.

Ich ignoriere, dass Kingston versucht, meinen Blick aufzufangen. Ich bin zu sehr damit beschäftigt, nicht doch noch ins Auto zu kotzen. Es wäre definitiv der falsche Moment dafür. Meine Hand zittert, als ich die Tür öffne, und obwohl sich alles in mir sträubt und meine natürlichen Instinkte mich anflehen, Kingston zu bitten, zurückzusetzen und mit Vollgas davonzufahren, erhebe ich mich aus dem Wagen. Blinzelnd. Hinter meiner Stirn rauscht es und vielleicht bricht gleich mein Kreislauf zusammen.

»Dad?«, höre ich mich mit der Stimme eines kleinen Mädchens sagen. »Was machst du hier? Du bist in den Staaten?«

»Antonia.« So hart wie er meinen Namen ausspricht, verstehe ich ihn nicht als Begrüßung. Er klingt eher, als würde er einen

Befehl herausbellen. Der Blick, mit dem er mich aufspießt, ist scharf und spitz, und ich kann fühlen, wie er mir durch alle Organe dringt. »Ich bin aus geschäftlichen Gründen hier. Wir haben etwas zu besprechen.«

Ich sehe zu Martín, der auf den Boden starrt. Sein Gesicht glüht wie das eines elenden Verräters. Keine Ahnung, wie viel er meinem Vater erzählt hat, aber dass er der Grund für sein Auftauchen ist, ist offensichtlich.

Ich ziehe den Schlüssel aus der Tasche meines Jumpsuits, meine Finger verkrampfen sich darum, als ich an ihnen vorbei zur Tür gehe. Ich höre eine Autotür zufallen, aber mein Dad und Martín folgen mir nicht. Dafür schließt sich eine Kofferraumklappe und ich wünsche mir eine Glock, um King auf der Stelle niederzuschießen. Warum kann er seinen Hintern nicht im Wagen lassen und sich von meinem Grundstück entfernen?

»Mister Soto«, begrüßt er meinen Vater selbstbewusst. »Kingston Everett, ich bin ein ...«

»Ich weiß, wer Sie sind«, antwortet mein Vater und will damit sagen: *Ich habe einen Faszikel an Informationen über Sie, der nicht nur belegt, dass Sie ein Mensch sind, der Abstand zu meiner Tochter halten sollte, sondern auch ihre Achillesferse freilegt. Verschwinden Sie, bevor ich Sie tödlich treffe.*

Ich wage es, mich umzudrehen, als ich die Tür aufgeschlossen habe. King steht direkt neben ihm und lässt gerade die Hand sinken, die er meinem Dad angeboten hat. Er hat meinen Koffer aus dem *Mercedes* genommen, und ich kann diese grauenhaften Vibes zwischen ihm und meinem Vater spüren, bevor er mich ansieht und mir mein Gepäck ins Haus tragen will.

»King«, flüstere ich.

»Du musst das hier nicht allein machen. Geh hinein. Wir werden zusammen mit ihm reden.«

Ich strecke einen Arm aus und stütze meine Hand gegen den Rahmen, um ihm den Durchgang zu versperren. Er darf mein Haus nicht betreten. Nicht jetzt. Meine Reaktion hat rein gar nichts mit Selbstsucht zu tun, sondern damit, King zu beschützen. Ich bin sowieso erledigt, aber meinen Vater zu provozieren, würde ihn in Gefahr bringen. King ist das wahrscheinlich nicht bewusst, er hat die Sorgen, die ich wegen meines Vaters hatte, immer belächelt.

Aber Luis Soto weiß wirklich alles über die Mitglieder seines Clubs. Wo und für wen sie arbeiten, wer ihre Familien sind, sogar wann sie ihren letzten verdammten HIV-Test hatten. Meinen Dad würde es zwei Anrufe kosten, die Kanzlei von Kings Vaters zugrunde zu richten und ihm seinen Posten bei der *McVeigh Corporation* zu nehmen. Er kann ihn gesellschaftlich und beruflich töten.

»Ich möchte, dass du gehst, Kingston.«

»Antonia.« Er sagt das wie ein gebrochener Mann. Zärtlich und flehend, ihm das nicht anzutun. Er missversteht meine Zurückweisung, aber ich kann sie ihm *jetzt* auch nicht erklären. Das muss warten.

Ich nehme ihm meinen Koffer aus der Hand und sein Blick versengt mich. Er brennt mich bis auf meine Mauern nieder. Ich hasse es, ihm wehzutun, aber ich würde es noch mehr hassen, wenn mein Vater ihm wehtun würde, deshalb bringe ich all meine Kraft dafür auf, ihn mit dem mir einzig gegebenen Mittel aus der Gefahrenzone zu schaffen. »Entschuldige, Kingston. Aber du glaubst doch nicht, dass ich für dich meine Karriere aufs Spiel setze, nachdem ich sie schon für Hunter nicht aufgegeben habe? Ich meine, ihn habe ich geliebt, während ich dich ... Dieses Wochenende kann ich dir außerdem niemals verzeihen.«

Es bricht mir das Herz, ihn zerbrechen zu sehen. Es ist, als könnte ich zuschauen, wie da etwas in ihm zerreißt. Aber dann wird sein Ausdruck hart und zum ersten Mal ist das eisige Blau in seinen Augen wirklich kalt. »Schönes Leben noch, Tony.«

Mir dreht sich alles und der Übelkeit erregende Druck auf meinen Magen wird schier unerträglich. Ich sehe zu, wie King zu seinem Wagen geht und, ohne sich noch mal umzudrehen, einsteigt.

Irgendwoher nehme ich die Kraft, meinen Koffer ins Haus zu tragen. Mein Vater und Martín kommen mir nach und schließen die Tür hinter sich.

»Bitte, gehen wir ins Wohnzimmer«, sagt mein Dad, als ich mein Gepäck abgestellt habe. So, als wäre das hier sein Haus und er könnte das so einfach bestimmen.

Ich widerspreche nicht und folge ihm, als er den Flur durchquert.

»Ich nehme an, du weißt, worüber ich mit dir reden will?«, fragt er, sobald ich und Martín auf der Couch Platz genommen haben. Er selbst bleibt stehen. Es ist eine seiner Maschen, seine Macht zu demonstrieren. Er steht über der Welt.

Ich schiele zu Martín. »Ich kann es mir denken.«

»Gut. Wir sind uns sicher auch einig, dass wir nicht ins Detail gehen wollen oder du von mir verlangst, meine Entscheidung zu erklären. Also spulen wir doch gleich zu dem Punkt vor, an dem ich dir freudig mitteilen kann, dass mein alter Freund Ezer dir einen Posten als seine persönliche Assistentin in seiner Firma anbietet. Du fängst am Montag in einer Woche an.«

Er macht kurzen Prozess, verkündet gleich sein Urteil. Er nimmt mir nicht nur das *Sinners* weg, sondern verbannt mich gleich ganz aus seinem Geschäft. Wiedereinstieg und zweite Chance unmöglich. Ezer Valle Covas gehört ein Telekommunikationskonzern in meiner Heimat. Ich soll zurück nach Madrid, wo er mich besser unter Kontrolle halten kann.

Warum macht er das? Warum vertraut er mir nicht? Nicht nur in geschäftlicher Hinsicht. Er spricht mir die Fähigkeit ab, gute eigene Entscheidungen zu treffen, beispielsweise wer mich glücklich machen könnte oder wo ich mein Leben verbringe.

»Du kannst mich nicht zwingen, zurück nach Spanien zu gehen.«

»Ich möchte dich gar nicht zwingen, Antonia. Ich möchte dir nur aufzeigen, dass du eine großartige Möglichkeit erhältst, das Gelernte aus deinem Studium anzuwenden, anstatt dich beruflich zu ruinieren, und dir den Rat geben, dass es dumm wäre, sie auszuschlagen. Die amerikanischen Behörden zögern nicht, jemanden des Landes zu verweisen, sobald sein Arbeitsvisum abgelaufen ist. Das weißt du sicherlich. Wenn du darauf warten willst, dass das passiert ... kann ich dich nicht aufhalten. Aber bis dahin wäre der Job bei Ezer vermutlich anderweitig vergeben.«

Nein, er zwingt mich nicht. Er zieht nur Fäden, spielt seine Puppen und tut so, als könnte mich sein täuschend charmantes Drehbuch unterhalten. Ohne meinen Posten im *Sinners* wird mein Arbeitsvisum für die Staaten nicht verlängert werden. Die Behörden werden es nicht in Erwägung ziehen, es mir für einen neuen Job zu geben. Mein Vater kennt hier einige hohe Tiere ... Ich sage ja, es ist nicht mehr als ein Anruf für ihn.

Ich stehe von der Couch auf. Die anschwellende Übelkeit nimmt mir die Stimme und die Fähigkeit, noch einen klaren Gedanken zu fassen. Etwas schäumt in mir hoch und ich schaffe es gerade noch rechtzeitig ins Bad, um die letzten Reste meines Kaffees von heute Morgen loszuwerden.

Ziemlich genau vierundzwanzig Stunden nachdem sich mein Vater und Martín ins Hotel verabschiedet haben, sitze ich auf einer Untersuchungsliege in der Ambulanz des *Methodist Hospitals* und warte auf die leitende Stationsärztin der Allgemeinen. Ich bin nach Houston gefahren, um mich behandeln zu lassen, da ich gehofft hatte, dass ich dieses ziehende Verlangen, irgendwohin zu flüchten, unter Kontrolle bekäme, wenn ich mich eine Weile hinter dem Lenkrad aufhalte. Zum anderen, da mein Name dem Krankenhaus ein Begriff ist, weil die McVeighs hier regelmäßig Forschungsprojekte finanziell unterstützen, und ich dadurch noch bevorzugter behandelt werde, als irgendeine Versicherung auf diesem Planeten es bewerkstelligen könnte. Eigentlich hat sich mein Magen beruhigt, körperlich geht es mir halbwegs gut, aber es ist besser, ich lasse die Sache abklären. Die Vorstellung, in einer Woche über zehn Stunden in einem Flieger zu sitzen und die Hälfte davon auf der Bordtoilette zu verbringen, ist nicht unbedingt rosig.

Großzügigerweise hat Martín angeboten, mein Haus zu kaufen, zum selben Preis, zu dem ich es erworben habe. Natürlich übernimmt er die Leitung des *Sinners*. Mein Vater konnte gar nicht aufhören, ihn für diese überaus freundliche Geste zu loben und sich dafür zu bedanken, dass mein *Ausflug* in die Staaten auf diese Weise wenigstens keine finanziellen Schäden hinterherziehen würde.

Ich weiß nicht, auf wen ich wütender bin. Auf Martín, der mich ausgespielt hat, auf meinen Vater, da er ist, wie er eben ist, oder auf mich, weil ich nicht vorsichtiger war. Mit den Eintrittskarten für dieses Comedy-Event wollte Martín vermutlich nur sicherstellen, dass ich zu Hause bin, wenn mein Vater auftaucht, mich entthront und ihn zum Moralkönig krönt. Er kann sich nicht erst aus Verletzung über meine kurzfristige Absage am Freitag bei ihm gemeldet haben. So schnell wäre mein Dad nicht hier gewesen.

Gott, wie naiv war ich, dass ich ihm abgekauft habe, er wolle, dass sich unser Verhältnis bessert?

Ich fahre mir mit beiden Händen über das Gesicht und zerbreche mir zum hundertsten Mal den Kopf, ob es eine Möglichkeit gibt, Schadensbegrenzung zu betreiben. Aber wie ich es auch drehe und wende, es bleibt dabei, dass ich Luis Soto enttäuscht habe und er einem keine Schlupflöcher lässt, seiner Bestrafung zu entgehen. Wenn ich nicht freiwillig nach Madrid gehe und für diesen Ezer arbeite, wird man mich in ein paar Monaten abschieben. Selbst wenn mein Vater niemanden kennen würde, der wieder wen kennt, der dafür sorgen könnte ... Mein Visum ist nur für meine Arbeit im Zigarrenclub ausgestellt worden. Es würde auf der Kippe stehen, ob ich auch für einen anderen Job in den Staaten bleiben dürfte. Außerdem könnte diese Entscheidung eine Ewigkeit dauern und einen anderen Job müsste ich auch erst mal finden.

So eine Scheiße.

»Miss Soto?«

Ich zucke zusammen, als eine kräftige kleine Frau mit rotblonden Locken im Arztkittel den Behandlungsraum betritt und die Jalousien vor dem Fenster zuzieht. Sie holt mit ihrem Fuß einen Hocker unter dem seitlich stehenden Computertisch hervor, setzt sich drauf und rollt zu mir.

»Ich bin Doktor Shope. Was führt sie heute zu uns?« Sie nimmt das Klemmbrett, das eine Schwester am Fußende meiner Liege abgelegt hat, in die Hand und überfliegt den von mir ausgefüllten Bogen auf Hinweise für Allergien oder dergleichen.

»Eine Lebensmittelvergiftung«, antworte ich, da ich davon ausgehe, dass Doktor Shope keine blutenden Seelen heilt.

»Okay. Sie verspüren also Übelkeit, müssen sich erbrechen ...? Was ist mit ihrem Stuhl? Haben Sie Krämpfe im Magen oder leiden Sie an einem Schwindelgefühl? Kaltschweiß?« Sie bedeutet mir mit einer Bewegung, mich auf der Liege auszustrecken und meine Bluse hochzuschieben.

Ich tue, was sie verlangt, sodass sie mir den Bauch und Unterleib abtasten kann.

»Ich habe mich seit vorgestern Abend mehrmals übergeben. Gerade geht es eigentlich, mir ist nicht übel, aber ... ich habe sehr schlecht geschlafen und fühle mich merkwürdig kraftlos. Ich denke, dass ein verdorbener Hotdog daran schuld sein könnte.« Und während ich das sage, kommt es mir albern vor, dass ich wegen so eines Blödsinns an einem Sonntag ins Krankenhaus gefahren bin. Der Hotdog war bestimmt in Ordnung und ich habe sicher auch keine Lebensmittelvergiftung. Der Streit mit Kingston, die Sache mit meinem Vater ... da muss sich einem ja der Magen umdrehen.

»Ihr Oberbauch fühlt sich angespannt an. Ich werde Ihnen Blut abnehmen und wir machen sicherheitshalber noch einen Ultraschall und ein Röntgenbild, um eine Gastritis oder Verletzung auszuschließen. Vermutlich ist es nur eine Magenverstimmung, aber falls es nicht besser wird, gehen Sie bitte morgen zu Ihrem Hausarzt.«

Das volle Programm für eine Magenverstimmung? Der McVeigh-Clan scheint mehr springen zu lassen, als ich annahm.

»In Ordnung. Wenn Sie das für nötig halten«, sage ich, bemüht um ein Lächeln, und setze mich wieder auf.

Doktor Shope zieht einen Kugelschreiber aus der Brusttasche ihres Kittels und kritzelt etwas auf den Bogen des Klemmbrettes. »Die Möglichkeit einer Schwangerschaft besteht nicht?«

Ihre Frage sackt zäh durch meinen Körper. Wie ein zu süßer Hustensirup. Die Ärztin stellt sie routinemäßig, wahrscheinlich wegen des Röntgens, und ich will genauso routinemäßig mit Nein antworten. Aber das kann ich nicht. Ich kann sie nicht mit NEIN beantworten.

Einen Moment lang kommt es mir so vor, als würde die Decke auf uns herabsinken und die Wände auf mich zukommen. Doch durch einen tiefen Atemzug bekomme ich dieses einengende Gefühl in den Griff.

»Ich kann das nicht komplett ausschließen«, entgegne ich leise.

Sie blickt mich an und beißt auf ihrer Lippe herum. Es kommt vermutlich nicht oft vor, dass ein Patient diese Möglichkeit nicht ausschließt. Die meisten Frauen wissen, ob sie schwanger sein könnten oder nicht. »Sie hatten ungeschützten Sex? Wie lang ist das her?«

»Vier Wochen und einen Tag.« Das muss ich nicht nachrechnen. Vier Wochen war ich Geschäftsführerin des *Sinners*. Vier Wochen hat es gedauert, bis sich mein dummes Herz in King verliebte.

»Anfang der fünften Woche wäre es schwierig, etwas bei einem Ultraschall zu erkennen. Aber ... wir sollten das abklären. Besonders im frühen Stadium einer Schwangerschaft kann es zu gelegentlichen Übelkeitsphasen kommen, ihre Symptome könnten also passen. Wir machen Folgendes ...« Sie fährt mit dem Hocker zu einem niedrigen Schrank und zieht eine große Schublade auf. Mit einem herkömmlichen Schwangerschaftstest in den Fingern rollt sie dann zu mir zurück. »Das ist die schnellste Methode, um an ein relativ sicheres Ergebnis zu kommen.«

Das ist so typisch für mich. *Wir machen ein Geschäft mit der Sünde, wir sündigen nicht.* Mir war nicht klar, dass mein Vater sogar Verbindungen zum großen weisen Mann im Himmel hat, aber das Universum scheint meine Sünde hart zu bestrafen. Wahrscheinlich hat er mit einem Anruf nach oben geregelt, dass ich so richtig eins auf den Deckel kriege.

Doktor Shope erklärt mir überflüssigerweise, wie der Test funktioniert, und ist anschließend so nett, mir zu zeigen, wo ich die Toiletten finde. Ich bekomme nicht wirklich mit, was ich da tue, während ich auf das Stäbchen pinkle. Es ist, als stünde eine betrunkene Version von mir geistesabwesend daneben oder als hätte ich einen absurden, unrealistischen Traum. Aber als ich mit dem benutzten Test auf dem WC-Deckel sitze und die Sekunden wie Minuten vergehen, dringt die Realität langsam zurück in meine Poren.

Ich bin besiegt, liege praktisch kampfunfähig am Boden. Ich brauche nicht abzuwarten, bis das Ergebnis auf dem Kontrollfeld erscheint, denn ich weiß es. Ich weiß einfach, dass King und ich ein Baby gemacht haben.

Und ... es tut weh. Es tut weh, weil ich bald in Madrid sein werde und er in den Staaten lebt. Es tut weh, weil das mit uns gerade mal seit vier Wochen geht und ich absolut nicht bereit dafür bin. Es tut weh, weil ich meinen Dad schon ausrasten sehe, und weil mir klar ist, dass King total einfühlsam und liebenswert reagieren wird, während ich ihn und mich ... die ganze Welt einfach bloß verfluchen will.

Ich habe nach jenem Abend im Jacuzzi keinen einzigen Gedanken mehr daran verschwendet, dass etwas passiert sein könnte. Erst vor ein paar Monaten habe ich das Verhütungsmittel abgesetzt, das ich jahrelang eingenommen hatte, meine Hormone waren seither durcheinander und ich konnte mich nicht darauf verlassen, dass meine Periode zu einem genauen Zeitpunkt kommt. Sie kam mal früher und mal später.

Und jetzt? Ich bin normalerweise ein lösungsorientierter Mensch. Ich lasse mich nicht in Situationen bringen, in denen ich mit dem Rücken an der Wand stehe, aber jetzt ... weiß ich verdammt noch mal nicht, was ich machen soll.

Und dann tue ich einfach das Naheliegende. Ich hole mein Handy aus der Gesäßtasche meiner dunklen Jeans. Mein Vater hat viermal angerufen, er wollte heute Nachmittag gegen vier Uhr vorbeikommen und mit mir und Martín die Einzelheiten wegen dem Verkauf des Hauses besprechen. Aber mit meinem Vater kann ich mich jetzt auf keinen Fall befassen. Ich ignoriere seine Versuche, mich zu erreichen, tippe eine Nachricht und schicke sie ab, noch bevor das Wort *Schwanger* auf dem schmalen Display des Tests erscheint.

Ich: *Erinnerst du dich daran, dass du mir sagtest, wir geraten erst in Panik, wenn es angebracht ist, in Panik zu geraten? Ich schütze, jetzt wäre ein guter Moment. Du kannst anfangen, durchzudrehen.*

17. KAPITEL

Kingston

»... nach der Sache mit Lucas und dieser Itō-Perry war sie nicht unbedingt froh, zu hören, dass Giulia das Wochenende mit dir und Saint-Clair verbringt. Sie ist der Meinung, ich wäre schuld, wenn ihr allmählich die Freundinnen ausgehen, nur weil ich euch nicht unter Kontrolle halte.« Hunter lehnt sich auf meiner Couch zurück.

Er ist unangemeldet vorbeigekommen, ich habe nicht die geringste Lust auf Gesellschaft, aber wenigstens lenkt er mich vom Trübsalblasen ab. Denn darin war ich die letzten vierundzwanzig Stunden ziemlich gut. Ich bin so wütend auf Antonia und den ganzen Soto-Clan, dass ich sogar kurz in Erwägung zog, zu ihrem Vater zu fahren und ihm eine reinzuhauen. Was ich als friedfertiger Mensch natürlich nicht tun werde.

»Weil du uns nicht unter Kontrolle hältst? Das ist ja witzig. Kim Itō-Perry ist ein verlogenes Miststück, das deinen Bruder für etwas verklagen wollte, an dem sie selbst ihren Spaß hatte. Vielleicht sollte deine Frau froh sein, wenn ihr *solche* Freundinnen ausgehen«, entgegne ich, während ich ein Bier öffne, es ihm über den Tisch hinweg reiche und auf dem Sessel zurückrutsche.

Ich kann verstehen, dass es für Natalie eine blöde Situation ist. Kim war ihre Brautjungfer, sie haben sich kennengelernt, als Nat noch am Empfang der McVeigh-Firma arbeitete. Aber nach der Nummer, die sie mit Lucas abgezogen hat und aus der er sich nach meinen schwerfälligen Verhandlungen mit ihren Anwälten freikaufen konnte, ist es ja wohl nicht nur wegen Hunt und Luc richtig, diese Frau in Zukunft zu meiden. »Außerdem kann man Giulia und Kim Itō-Perry nicht vergleichen, genauso wie die ganze Situation. Lucas hat Mist gebaut, indem er sich auf eine Frau einließ, die in einem Abhängigkeitsverhältnis zu ihm stand. Giulia und ich sind irgendwie ... Freunde. Meine Menschenkenntnis dürfte reichen, um behaupten zu können, dass sie niemals solche haarsträubenden Geschichten in die Welt setzen würde.«

»Deine Menschenkenntnis? Ich will ja nichts sagen, King, aber du gehst mit meiner Ex aus. Jeder, dem nicht sofort klar ist, dass

Antonia Soto ein berechnendes Biest ist, sollte Worte wie *Menschenkenntnis* nicht mal in den Mund nehmen.«

»Falsches Thema heute und bitte nenn sie nicht ein berechnendes Biest.« Es macht mir etwas aus, dass er sie dauernd beleidigen muss. Antonia handelt nicht immer aus den richtigen Motiven, aber das macht sie nicht zu einem schlechten Menschen. So weit kann ich denken, obwohl ich stocksauer auf sie bin, weil sie mich mit Absicht verletzt hat. Ich weiß, dass sie mich bewusst treffen wollte, als sie mir an den Kopf warf, dass sie sich *sogar* gegen Hunt entschieden hat und ich mir demnach *erst recht* keine Hoffnungen machen bräuchte. Sie nimmt den leichteren Weg, vermutlich, weil sie den schon ihr ganzes Leben lang geht: den, vor ihrem Vater zu kriechen.

»Das ist noch eine der höflicheren Bezeichnungen, die mir einfallen, wenn ich an sie denke.«

»Dann behalte deine Gedanken in meiner Gegenwart für dich. Ich will mich nicht mit dir streiten, aber ich werde auch nicht zulassen, dass du sie ständig niedermachst. Werde erwachsen und komm über deinen verletzten Stolz hinweg.«

»Scheint, als würdest du bereits unter ihrem Pantoffel stehen. Für so naiv habe ich dich nicht gehalten.«

»Um ehrlich zu sein ... ist das Thema wahrscheinlich gegessen. Aber das bedeutet nicht, dass ich gutheiße, wenn du schlecht über sie redest.«

Er betrachtet mich etwas genauer und ich halte seinem Blick stand. Hunter ist kein besonders feinfühliger Mensch, aber er kennt mich gut. »Willst du darüber reden? Also, nicht, dass ich scharf darauf wäre ... Vielleicht kannst du ihren Namen weglassen und nicht zu sehr ins Detail gehen ... Dann könnte ich es bestimmt ertragen.«

Ich schnaube. »Danke, aber lass mal stecken.«

Ich führe die Flasche an den Mund, wohlwissend, dass er mich immer noch mustert, aber gerade als ich von meinem Bier trinken will, vibriert mein Handy auf dem Wohnzimmertisch. Definitiv eine SMS und da mir außer Antonia kein Mensch eine Kurznachricht schicken würde ... greife ich stattdessen danach.

Antonia: *Erinnerst du dich daran, dass du mir sagtest, wir geraten erst in*

Panik, wenn es angebracht ist, in Panik zu geraten? Ich schätze, jetzt wäre ein guter Moment. Du kannst anfangen, durchzudrehen.

Ich lese die Nachricht dreimal, um sie zu begreifen, und dann noch mal, um sicherzugehen, ob da wirklich steht, was ich denke, gelesen zu haben.

Ich starre das Handydisplay an und warte darauf, dass mein Körper oder mein Verstand dem Inhalt der SMS gehorcht. Dass ich in Panik gerate und anfange, durchzudrehen. Das wäre wahrscheinlich die natürliche Reaktion auf eine solche Hiobsbotschaft, die wohl mein ganzes Leben verändert. Aber es passiert nicht. Ich bin völlig ruhig. Aus irgendeinem Grund geistert mir der Gedanke durch den Kopf, dass es an ein Wunder grenzt, gleich einen Treffer gelandet zu haben. Dann fällt mir ein, dass Antonia wahrscheinlich dabei ist, durchzudrehen, und dass ich etwas dagegen tun sollte.

»Du musst gehen«, sage ich zu Hunt.

»Ich muss was?«

»Ich werfe dich nur ungern raus, aber du musst jetzt verschwinden«, wiederhole ich meine Aufforderung.

Ich stehe vom Sessel auf und drücke auf *Absender anrufen*. Mit einer SMS zu antworten, erscheint mir in dieser Situation falsch. Ich will ihre Stimme hören, um herauszufinden, wie schlimm es um ihre Fassung bestellt ist.

Mailbox. Sie springt sofort an.

Zur Hölle noch mal ... Sie kann mir doch nicht eine solche Nachricht schicken und dann ihr verdammtes Handy ausschalten.

Ich kratze mich am Kinn und versuche erneut, sie zu erreichen – mit demselben Ergebnis. Sie hat ihr Mobiltelefon wirklich ausgestellt.

»Alles in Ordnung?«, will Hunter wissen, der sich noch keinen Millimeter von der Stelle gerührt hat.

»Ja. Aber ... ich muss was erledigen. Zieh die Tür hinter dir zu, wenn du gehst.« Ohne ihn anzusehen, verlasse ich das Wohnzimmer, lange im Flur nach meinen Wagenschlüsseln, die auf der Kommode liegen, und überprüfe, ob der Schlüssel zu ihrem Haus noch am Bund hängt.

»King?«, höre ich ihn mir verwirrt hinterherrufen.

Aber ich antworte nicht. In Gedanken sitze ich bereits im Auto, um mich auf den Weg nach Baytown zu machen.

Es gibt über zweihundert Möglichkeiten, wie unser Zusammentreffen nach ihrer SMS hätte verlaufen können. Zweihundert Situationen, die ich während der Fahrt alle bis ins Detail durchgespielt habe. Ich habe mich darauf gefasst gemacht, dass sie mich beschimpfen und mir die Schuld an diesem *Desaster* geben würde. Ebenso hätte es sein können, dass ich sie völlig aufgelöst vorfinde und sie mir einfach nur in die Arme fällt. Ich habe mir ausgemalt, dass sie mich kühl abweisen oder mir klarmachen wollen würde, dass sie die Sache ohne mich regelt. Aber womit ich definitiv nicht gerechnet habe, sind die ... fünfzehn bulligen Kerle, die in dunklen Anzügen und mit grimmiger Miene zwischen einem halben Dutzend Autos in ihrer Einfahrt stehen, von denen sich zwei mit ihrem Vater unterhalten, während sie die vordere Hausfassade hinaufspähen. Ich entdecke den schmächtigen Latino ein paar Schritte von ihnen entfernt mit dem Handy am Ohr und registriere, dass ihr Wagen nirgendwo steht.

Was geht denn hier vor?

Ich stelle den *Mercedes* direkt hinter dem offenen Tor ab, und mich beschleicht ein seltsames Gefühl. Eins, das mir den Brustkorb zusammenzieht und mir Bilder in den Kopf pflanzt, Antonia könnte etwas Dummes getan haben, wie zum Beispiel sich zu verletzen.

Aber das würde sie nicht machen, oder?

Der Blick, den mir Luis Soto zuwirft, als ich aus dem Wagen steige, ist alles andere als freundlich und übertrifft noch den Killerausdruck, mit dem er mich gestern Mittag gelyncht hat. Er kommt auf mich zu, die beiden Kraftprotze im Schlepptau.

»Wo ist meine Tochter, Mister Everett?«, fragt er in einem Tonfall, der wahrscheinlich jede devot veranlagte Frau im Umkreis von fünfzig Meilen auf die Knie sinken lässt.

Ich schlage die Stirn in Falten. »Wie bitte?«

»Ich will von Ihnen wissen, wo meine Tochter ist.«

»Ich dachte, sie wäre zu Hause«, entgegne ich nicht weniger blaffend. Ich kann es überhaupt nicht leiden, wenn man mich wie einen Straßenhund behandelt, und seine ganze Haltung ist so herablassend angeekelt, dass meine Antwort nicht anders ausgefallen wäre, wenn ich gewusst hätte, wo sich Antonia aufhält. Dass sie offenbar nicht hier ist, trifft mich allerdings und macht mir gleichzeitig Sorgen.

»Zwingen Sie mich nicht, andere Fahnen aufzuziehen. Wir waren für vier Uhr verabredet, aber sie macht weder die Tür auf noch geht sie an ihr Mobiltelefon. Meine Tochter würde mich niemals versetzen, es sei denn, jemand nötigt sie dazu.«

Mit *jemand* meint er wohl mich. Er glaubt, ich würde Antonia von ihm fernhalten? »Vielleicht schockiert Sie, was ich Ihnen jetzt sage, aber Ihre Tochter ist ein erwachsener Mensch, der freie Entscheidungen trifft. Vielleicht hat sie die Verabredung vergessen oder sie hatte keine Lust, sich mit Ihnen zu treffen. Was ich ...«, ich lasse den Blick über das absurde Bild der skurrilen Situation schweifen, »durchaus verstehen könnte.«

Einer der beiden Gorillas beugt sich zu Luis Soto hinab und spricht leise zu ihm. Zu leise, als dass ich mehr als ein paar Fetzen aufschnappen könnte, aber ich höre meinen Namen und – *was?* – meine Adresse heraus.

»Ja, sie sollen sich erst mal wieder zurückziehen, aber in der Nähe bleiben, falls es doch nötig wird«, antwortet Tonys Vater weniger darauf bedacht, mich nichts mitbekommen zu lassen. Er hat Leute zu meiner Wohnung geschickt? Zumindest keimt dieser Verdacht in mir auf. Er blickt sich zum Haus um und fügt an: »Sorgen Sie dafür, dass Ihre Männer die Tür öffnen. Ich werde jetzt reingehen und nachsehen, ob meiner Tochter etwas zugestoßen ist.«

»Stopp«, pfeife ich seinen Leibwächter – oder was auch immer dieser Schrank darstellen soll – zurück, als er sich abwenden will. Ich halte meinen Bund hoch. »Ich besitze einen Schlüssel. Kein Grund, gewaltsam in Antonias Zuhause einzudringen.«

Luis Soto sieht gleich noch ein bisschen wütender aus. »Ihre Männer sollen mir Zutritt verschaffen«, bellt er den Kerl an, um klarzumachen, dass er mich nicht braucht, um seinen Kopf durchzusetzen.

»Dann sehe ich mich leider gezwungen, die Cops zu rufen«, sage ich mit Nachdruck.

Die Show, die er hier abzieht, ist absolut lächerlich. Antonia hat nicht übertrieben. Er ist ein Mann, der schnell und forsch seine Grenzen übertritt, der sich um die Privatsphäre anderer einen Scheiß kümmert und offenbar auch ein Choleriker ist. Es ist viertel nach sechs, Tony hat ihn vor zwei Stunden versetzt. Was veranlasst ihn, gleich überzuschnappen?

»Hören Sie, Mister Everett, ich werde mir kein zweites Mal die Mühe machen, Ihnen das freundlich zu sagen. Halten Sie sich von meiner Tochter fern. Sollte ich gleich dieses Haus betreten und sich herausstellen, dass Sie Antonia ...«

»Habe ich nicht«, unterbreche ich ihn. Keine Ahnung, was genau er sagen wollte, aber dass er vorhatte, mir zu unterstellen, ich hätte Tony irgendetwas Schlimmes angetan, kann ich ihm ansehen. Und dann dämmert mir, dass er sich wirklich Sorgen macht. Er weiß Dinge über mich, die mich in kein gutes Licht stellen. Und nicht nur über mich. Er ist über die Vorlieben aller Kunden seines Clubs im Bilde und manche davon werden mehr als erschreckend auf ihn wirken. Manche *sind* mehr als erschreckend. Vielleicht liegt es gar nicht an mangelndem Respekt seiner Tochter gegenüber, dass er nicht will, dass sie in sein Geschäft einsteigt. Er hat einfach nur Angst um sie. Dass er ein verdammter Multimilliardär ist, was Tony sowieso schon zu einem potenziellen Opfer für einen Haufen Verbrechen macht, wird seine Sorgen noch füttern. »Gehen wir zusammen ins Haus. Nehmen Sie meinetwegen einen Ihrer *Frank Farmer* mit, falls Sie sich nicht trauen, mit mir allein zu sein. Sehen wir nach, ob Tony zu Hause ist. Ich versichere Ihnen, dass ich ebenfalls um ihr Wohlergehen besorgt bin.« Wenn auch aus anderen Gründen, als dem, dass ihr etwas zugestoßen sein könnte. Ich kann es mir zwar nicht vorstellen, aber immerhin besteht die Möglichkeit, dass sie sich eingeigelt hat und bewusst nicht die Tür öffnet. Dass sie Kummer hat, der ihren Kopf fickt, weil wir ein Baby gezeugt haben.

Luis Soto sieht mich misstrauisch an. Es ist nicht besonders angenehm, zu wissen, dass er tausend schmutzige Details aus meinem privatesten Privatleben kennt, und er mir vermutlich niemals richtig wohlgesonnen sein wird. Aber immerhin scheint er ein

Mann mit gesundem Menschenverstand zu sein. Er ruft seine Bluthunde zurück und bedeutet mir, zum Eingang vorzugehen.

Antonia ist es garantiert nicht recht, dass ich den einbehaltenen Schlüssel benutze, um ihren Vater in ihr Haus zu lassen. Aber die Alternative – dass er am hellen Tag die Tür eintreten und das Alarmsystem außer Kraft setzen lässt, um sich Zugang zu verschaffen – dürfte ihr noch saurer aufstoßen. Mein schlechtes Gewissen ist also relativ klein, als ich die Haustür aufsperre, einen Blick auf die Steuerung der Alarmanlage werfe, an der ein Lämpchen grün aufleuchtet.

Luis folgt mir – allein. Wir durchkämmen Zimmer für Zimmer, sehen sogar im Keller nach, aber Antonia ist natürlich nicht da. Es hätte mich auch gewundert, wenn sie diesen Zirkus in ihrer Einfahrt geduldet hätte – angeschlagene Nerven hin oder her.

»Hat einer Ihrer Männer schon im ... *Zigarrenclub* nachgesehen?«, frage ich ihn, als wir fünfzehn Minuten später wieder im Flur stehen.

»Antonia ist nicht länger für den Club tätig«, entgegnet er unterkühlt, aber immerhin antwortet er überhaupt auf meine Frage. »Ist sie bei Ihnen, Mister Everett?«

»Ich sagte schon, dass sie das nicht ist. Ich habe aber auch nichts zu verbergen. Wenn Sie wollen, rufe ich in der Lobby vom Apartmenthaus an, in dem ich ein Penthouse bewohne, und bitte unseren Portier, einen Ihrer Leute reinzulassen.«

»Das wird dann wohl nicht nötig sein«, meint er, nachdem er in jedem Fall kurz überlegt hat.

»Sie bilden Ihr Urteil über mich anhand von Informationen, die zusammengenommen nur einen kleinen Teil von mir darstellen, Mister Soto, und das ist ein Teil, der ab sofort der Vergangenheit angehört. Ihre Tochter bedeutet mir etwas«, versuche ich, wenigstens seine Abneigung gegen mich zu mildern. Ich werde mit dem Mann leben müssen und er mit mir, denn durch die neue Situation, in der Tony und ich uns befinden, ist klar, dass ich mich nicht einfach abschütteln lasse.

»Ich bezweifle, dass meine Meinung auf unerheblichen Kleinigkeiten basiert. Kingston Alexander Everett, geboren am neunundzwanzigsten September neunzehnhundertsiebenundachtzig im *Methodist Hospital* hier in Houston. Sie haben mit meiner Tochter drei Jahre in Princeton studiert, bevor Sie für ein Jura-Aufbauprogramm an die Duke wechselten und es dort in kürzester Zeit schafften, als Jahrgangsbester Ihren Abschluss zu machen. Sie sollten als Juniorpartner in die Kanzlei Ihres Vaters einsteigen, aber nach dem Verkauf Ihres Erbes in Kalifornien schlugen Sie sein Angebot in letzter Sekunde aus und wechseln seither kein Wort mehr mit dem enttäuschten Mann. Sie arbeiten für die *McVeigh Corporation*, konnten dort durch ihre Beziehung zu den beiden Geschäftsteilhabern in einer leitenden Position anfangen, ohne dass sie dafür groß etwas tun mussten. Ich könnte noch mehr Punkte aufführen, zum Beispiel, mit wie vielen Frauen Sie in den vergangenen zwölf Monaten geschlafen haben, aber ich möchte mich nicht in peinlichen Details verlieren oder Sie auf Ihren würdelosen Umgang mit Frauen hinweisen. Ich möchte Ihnen nur sagen, dass ich Sie für einen Mann halte, der sich nicht viel aus Traditionen macht und der die harte Arbeit, die sowohl Ihr Vater in seine Kanzlei als auch Ihre Großeltern in das von Ihnen verhökerte Weingut gesteckt haben, nicht zu schätzen weiß. Sie sind offensichtlich niemand, dem die Familie am Herzen liegt, wenn man bedenkt, dass Ihnen das schlechte Verhältnis zu Ihrem Vater nichts ausmacht, und auch kein Mensch, der Interesse daran hat, für seinen Erfolg zu arbeiten, obwohl das Tempo, in dem Sie einen brillanten Abschluss hinlegten, darauf deutet, dass Sie ein kluger Kopf sind. Vermutlich sogar klug genug, um zu erkennen, dass meine Antonia zu gut für Sie ist, ohne dass ich deutlicher werden müsste.«

»Sie halten mich für einen faulen, respektlosen Macho, dem die Familie nichts bedeutet, der die Arbeit anderer mit Füßen tritt, und für den Ihre Tochter zu schade ist?«, fasse ich entgeistert davon zusammen, wie weit seine Kenntnisse über mich reichen.

»Ich wusste, wir verstehen uns.«

Das ist eine verdammt einseitige Sichtweise. Nachdem der Vater meiner Mom gestorben war, haben sie, ihr Bruder, mein Cousin Dale und ich ein Weingut in Kalifornien geerbt. Weder meine Mutter noch mein Onkel wollten das Geschäft weiterführen, Dale und ich standen beide vor unserem Highschool-Abschluss und waren zu jung, also wurde das Gut an ein Konkurrenzunternehmen verkauft. Zu einer schlappen Summe von fünfeinhalb Milliarden

Dollar. Ich bekam meinen Teil nach Ende des Studiums ausbezahlt und verkrachte mich ordentlich mit meinem Vater, der davon erfuhr. Ihm fehlte nämlich plötzlich das Druckmittel, mich an seine Kanzlei zu binden, in die ich nur widerwillig eingestiegen wäre.

So sehr ich meinen Dad schätze, ihn für seinen Erfolg und seine Ansichten respektiere ... es wäre überhaupt nichts für mich gewesen, für ihn zu arbeiten. Seine Klienten sind Menschen ohne echte Probleme. Leute mit selbstverschuldetem Steuerärger, Scheidungen, bei denen es um jede Menge Schotter geht und bei denen ich mich frage, warum nicht einfach jeder die Hälfte nimmt und trotzdem noch zu viel hat. Ich habe mich zwar während meines Studiums auf Vertragsrecht spezialisiert, aber auch das Straf- und Zivilrecht mitgenommen. In meinem Job bei den McVeighs mache ich mich nicht kaputt und kann mich nebenbei hier und da Fällen widmen, die mich wirklich interessieren. Meist sind das allerdings solche, bei denen nicht besonders viel rumkommt.

Das Verbrechen, seiner Kanzlei einen Korb verpasst zu haben, bestraft mein Vater mit Ignoranz und Verachtung. Die zweite Hochzeit meiner Eltern, die sie durchzogen, nachdem sie sich nach Jahren der Funkstille miteinander versöhnten, hat immerhin dazu geführt, dass er sein Hausverbot gegen mich aufheben musste. Ich darf meine Mutter besuchen und er ist dann meist anwesend. Ich bin also guter Dinge, dass sich unser Verhältnis irgendwann wieder entspannen wird. Es ist nicht so, dass mir meine Familie nichts bedeuten würde.

»Wissen Sie, was das Gute am 21. Jahrhundert ist, Mister Soto? Jeder Mensch hat Selbstbestimmungsrechte. Es ist Tonys Sache, ob sie mich für unwürdig hält oder glaubt, ich fauler Arsch könnte sie glücklich machen. Ich werde mich also nicht von Ihnen einschüchtern lassen. Stattdessen mache ich mich jetzt auf die Suche nach Ihrer Tochter. Wenn ich Sie also bitten dürfte, das Haus mit mir gemeinsam zu verlassen. Immerhin hat *mein* Schlüssel Ihnen den Zutritt verschafft, soweit ich weiß, besitzen Sie keinen, um die Tür abzuschließen.« Garantiert ist es ein Fehler, mich auf ein Wettpinkeln mit dem Mann einzulassen, aber ich werde auch nicht den Schwanz einziehen, nur weil er Luis Soto ist. Ein winzig kleiner gehässiger Teil von mir freut sich sogar auf den Moment, in dem Antonia ihm unter die Nase reibt, dass ich sie geschwängert habe.

Und ja, ich finde das selbst ein bisschen abartig, denn gerade sollte es vor allem darum gehen, Antonia zu finden und erst mal mit ihr zu reden.

Er schenkt mir noch einen mörderischen, arroganten Blick, der selbst Hunters überheblichsten in den Schatten stellt, und folgt dann meiner Aufforderung zur Tür und nach draußen zu gehen.

Ich schließe hinter mir ab, drehe den Schlüssel zweimal herum, um das Alarmsystem zu aktivieren, und ignoriere diese gruseligen Agenten-Verschnitte in der Einfahrt, während ich zu meinem Wagen gehe. Ein dunkler Volvo hängt sich hinter mich, als ich wegfahre, ohne sich die Mühe zu machen, mir wenigstens etwas unauffälliger zu folgen.

Aber ... es interessiert mich auch nicht. Meinetwegen kann Soto einen Hubschrauber über mir kreisen lassen, wenn er meint, mich observieren zu müssen. Ich will einfach nur Antonia finden, und denke scharf nach, wo ich anfangen könnte, nach ihr zu suchen.

Ich fahre am *Place for Sinners* vorbei und frage draußen den Kerl vom Valet-Parking, ob ihr Wagen hinter dem Haus steht. Ich rufe die umliegenden Krankenhäuser an, um sicherzugehen, dass sie keinen Unfall hatte, durch den zufällig herauskam, dass sie mein Baby erwartet. Ich halte in Downtown beim Aquarium und bei Hotels, in denen sie abgestiegen sein könnte, und erst als mir wirklich alle Ideen ausgehen, bewege ich mich nach Hause. Es ist die Suche nach der Nadel im Heuhaufen. Sie hat ihr Handy ausgestellt und will vermutlich nicht mit mir reden. Ich kann nichts weiter tun, als darauf zu warten, dass sie sich meldet, auch wenn mir der Gedanke kein bisschen gefällt.

Es ist dunkel und fast Mitternacht, als ich den *Mercedes* abschließe und durch das Parkhaus zum Aufzug gehe. Ich gebe den Code ein und drücke den Knopf für das Erdgeschoss, um Big B noch zu sagen, dass er sie direkt hochlassen soll, falls sie auftaucht. Doch als die Aufzugtüren auseinandergleiten und mein Blick in die Lobby fällt, sehe ich, dass das nicht nötig ist. Sie ist schon da.

Antonia sitzt in legeren Jeans und Bluse auf einem der Loungesessel im Eingangsbereich. Sie hat ihre flachen Sandalen ausgezogen und massiert sich die Füße. Sie blickt nicht auf, als ich den Fahrstuhl verlasse und Bane bedeute, leise zu sein, der ansetzt, mich darauf aufmerksam zu machen, dass mich jemand erwartet.

»Antonia?«

Sie hebt das Kinn und ihr Blick trifft meinen. Sie sieht müde und erschöpft aus, irgendwie abgekämpft und ihr Gesicht ist blass. Trotzdem zwingt sie sich, mir ein Lächeln zu schenken. Sie schlüpft in ihre Schuhe, streicht sich verhalten über die Schenkel und richtet sich auf, als ich vor ihr stehe.

»Ich wusste nicht, wo ich hinsollte, bei mir ...« Sie schüttelt den Kopf, als könne sie nicht erklären, was bei ihr Zuhause vor sich geht. Oder als hätte sie es selbst nicht verstanden.

Ich ziehe sie in meine Arme und drücke ihr Gesicht an meine Brust. »Ich weiß, ich war bei dir.« Es ist ein gutes Gefühl, zu wissen, dass sie zu mir kommt und Schutz sucht. Sie vertraut mir offenbar, obwohl sie in South Padre Island etwas anderes behauptet hat. »Warum hast du dein Handy ausgestellt? Ich habe mir Sorgen um *euch* gemacht.«

»Mein Vater hat dauernd angerufen, ich wollte nicht mit ihm sprechen. Ich war im Krankenhaus wegen dieser Übelkeit, von der ich dachte, sie käme von diesem ekelhaften Hotdog. Dann stellte sich raus, dass ... na ja, du weißt schon ... Ich wollte nach Hause fahren und musste feststellen, dass mein Dad den Verstand verloren hat. Ich konnte mich aber nicht mit ihm auseinandersetzen. Nicht jetzt. Und deshalb ... Ich weiß, ich war unfair und fies zu dir, ich habe Dinge gesagt, die ich nicht so gemeint habe. Mir ist klar, dass du mir nichts schuldig bist, und ich würde verstehen, wenn du mich fortschickst. Aber ich will gerade nicht allein sein. Kann ich heute Nacht bei dir bleiben, King?«

»Du kannst immer bei mir bleiben. *Mi casa es su casa*, Prinzessin.« Ich hebe ihr Kinn an und küsse ihre Lippen. Es ist ein gutes Zeichen, dass sie es geschehen lässt und meinen Kuss sanft erwidert. *Entschuldigung angenommen*, versuche ich ihr ohne Worte zu sagen. Ihr Mund fühlt sich noch tausendmal weicher an, jetzt, wo ich weiß, dass sie ein Baby von mir erwartet. »Lass uns nach oben fahren.«

Sie kuschelt sich Schutz suchend an mich, als wir zum Fahrstuhl gehen, aber ich halte sie davon ab, sofort einzusteigen.

»Hey, Big B. Ich werde dieser wunderschönen Frau gleich den Code für den Fahrstuhl geben. Sollte sie ihn aber verlegen oder vergessen, will ich, dass Sie ihr zu jeder Zeit Zutritt nach oben gewähren. Ob ich hier bin oder nicht. Und geben Sie das bitte auch an Ihren Kollegen weiter. Antonia Soto hat unbeschränkten Zugang zu meinem Penthouse«, kläre ich Bane auf, der hinter einer schmalen Rezeption auf seine Ablösung wartet.

»Natürlich, Mister Everett«, erwidert er.

Tony lächelt, als ich sie in den Aufzug schiebe. »Danke schön«, flüstert sie, als er sich in Bewegung setzt und wir nach oben fahren. »Ich verdiene überhaupt nicht, dass du nett zu mir bist. Du solltest mich lieber ein bisschen anbrüllen.«

»Rede keinen Quatsch. Lass uns den Tag gestern einfach vergessen. Er war so beschissen, dass ich nie wieder an ihn denken will.«

»Hast du meine Nachricht bekommen?«, will sie wissen.

»Ich sagte doch schon, ich habe mir Sorgen um *euch* gemacht.«

»Ah«, macht sie, als würde sie erst jetzt begreifen, was ich damit gemeint habe.

Es entsteht ein seltsamer Moment der Stille. Keiner von uns scheint zu wissen, was er sagen soll. Es gibt so viele Dinge, die ich äußern könnte, beispielsweise, dass wir das schon auf die Reihe kriegen werden. Aber so lang sie mir nicht mitteilt, wie sie darüber denkt, könnte jedes Wort das Falsche sein.

»Gibt es irgendeinen Wunsch, den ich dir erfüllen kann?«, frage ich sie, als wir auf der Penthouse-Etage aussteigen, und ich gebe denselben Code, der für den Aufzug gilt, noch mal in das Feld der Steuerung neben der Wohnungstür ein. Hunter hat sie verlässlich hinter sich zugezogen. »Hast du Hunger? Willst du ins Badezimmer oder brauchst du frische Sachen?« In irgendeinem der Vierundzwanzigstunden-Stores ließe sich bestimmt etwas auftreiben, das den Ansprüchen von Miss Soto gerecht wird. Sie muss eine ganze Weile im Eingangsbereich auf mich gewartet haben.

»Ich brauche nichts. Du kannst mir später ein T-Shirt von dir zum Schlafen geben.«

»Was immer du willst.« Ich schalte das Licht im Flur ein, lege die Wagenschlüssel auf die Kommode und ziehe Tony mit in die Küche, um eine Flasche Wasser aus dem Kühlschrank zu holen. Sie lässt mich los, damit ich zwei Gläser aus dem Schrank über der Spüle nehmen kann. Als ich mich ihr wieder zuwende, hat sie sich gegen die Anrichte gelehnt.

Sie lächelt matt. Die letzten zwei Tage haben sie mitgenommen und zum größten Teil war ich Idiot daran schuld. Es war unsensibel, sie mit Giulia zusammenzubringen, es war noch unsensibler, mich mit ihr zu streiten. Und ich hätte sie nicht wegen ihres Vaters unter Druck setzen dürfen. Nicht zu vergessen, diese kleine lebendige Sache, die in ihrem Bauch wächst. Daran bin ich zu mindestens fünfzig Prozent beteiligt.

»Er hat die Leitung des *Sinners* Martín übertragen und mir einen Job als Sekretärin in einem Telekommunikationskonzern besorgt. In ... Madrid«, sagt sie. Ihr mattes Lächeln wird breiter und wirkt plötzlich aufgesetzt.

Ich stelle die Gläser und die Wasserflasche auf die Spüle. »Er hat dir einen Job in Madrid besorgt?«

»Ja, und es wäre besser für mich, den Job anzunehmen.«

Sie will zurück nach Europa? Das ist ... hart. Ich kann nicht glauben, dass sie mir das nach ihrer SMS heute Nachmittag einfach so vor die Füße wirft. Und noch weniger will ich glauben, dass Luis Soto ein dermaßen riesiges Arschloch ist, das ihr grundlos die Leitung des Clubs entzieht. »Ich weiß nicht, was ich dazu sagen soll, Antonia.«

Sie senkt den Blick und befeuchtet die Lippen, bevor sie sich das Haar aus dem Gesicht streift und auf mich zukommt. Sie greift nach meiner Hand und legt meinen Arm um sich. »Es ist nicht so, dass er mir eine Wahl lassen würde, King.«

»Das ist lächerlich, Tony. Schieb bitte nicht deinen Vater vor. Damit, dass er dich aus dem Geschäft wirft, verliert er auch sein Druckmittel. Er kann dich nicht zwingen, wenn du das nicht willst.«

»Doch, um genau zu sein, kann er das. Ich habe ein Arbeitsvisum. Mein Aufenthalt hier wurde genehmigt, um für seine Zigarrenclub-Kette zu arbeiten. Ich bin erst seit ein paar Wochen in den Staaten. Wenn ich den Job jetzt los bin, ist es eine Frage der Zeit, bis man mich nach Hause schicken wird.«

Ihre Aufenthaltsgenehmigung ist begrenzt? »So ein Bullshit. Du musst dir nur in angemessener Zeit eine neue Arbeit suchen.«

»Es besteht keine Garantie, dass man mir das Aufenthaltsrecht auch für einen anderen Job ausstellen würde. Außerdem ist mein Dad ein Mann mit Kontakten. Für ihn wäre es ein Kinderspiel ...«

»Nein. Mach ihn jetzt bitte nicht zu einem Gott. Luis Soto ist auch nur ein Mensch. Keine Ahnung, wie er es geschafft hat, dich neunundzwanzig Jahre etwas anderes glauben zu lassen, aber ich versichere dir, er ist nicht allmächtig.«

»Du kennst ihn nicht.«

»Lass uns ins Wohnzimmer gehen«, bitte ich sie, weil ich dieses Gespräch nicht stehend in der Küche führen will.

Sie nickt und folgt mir, als ich die zuvor abgestellten Gläser und Wasserflasche durch den Flur trage. Tony macht das Licht an, da ich beide Hände voll habe. Als ich auf die Couch gesunken bin, ziehe ich sie in meine Arme, damit sie es sich bequem machen kann. Sie streift ihre Schuhe ab und legt die Füße hoch, ihr Gesicht auf meinen Schoß gebettet.

»Willst du zurück nach Spanien?«, frage ich. »Du kannst ehrlich zu mir sein.« Wenn der Club alles war, weswegen sie hier sein wollte, dann muss ich das wissen. Es würde unsere Situation noch komplizierter machen, aber ich könnte sie wohl nicht davon abhalten, zu gehen.

»Nein. Da ist nichts, was mich nach Madrid zurückziehen würde. Er wird mir nur keine Wahl lassen, King.«

»Ich sagte schon, dein Vater ist auch nur ein Mensch. Er hat nicht die Macht, dafür zu sorgen, dass man dir deine Aufenthaltsgenehmigung entzieht.«

»Woher willst du das wissen?«

»Weil nicht nur dein Vater Kontakte hat, Tony. Und weil du eine Bereicherung für unser Land wärst. Du hast hier schon jahrelang studiert. Aber wenn du Angst hast, gibt es Mittel und Wege, das Verfahren für eine dauerhafte Genehmigung zu beschleunigen. Wir stellen einen Antrag auf eine Resident-Card der Gruppe EB-5. Das ist die für Investoren. Also für Arbeitgeber. Du machst einfach ein Geschäft auf, sorgst für mindestens zehn Arbeitsplätze und wirst damit unentbehrlich.«

»Das klingt so einfach, wenn du das sagst. Ohne die Unterstützung meines Vaters ist meine finanzielle Situation ... Alles lief immer über das Geschäft, King. Mein Haus? Eigentum des *Pleasure Clubs*. Es wird übrigens bald verkauft. Meine Kreditkarte? Eine Firmenkreditkarte.«

»Mach dich nicht von ihm abhängig. Du bist eine kluge Frau mit einem Hochschulabschluss. Du kannst tun, was immer du tun willst, und wenn es bloß am nötigen Kleingeld hapert ... Ich glaube, darüber müssen wir nicht reden.«

»Ich kann doch nicht ...«

»Wir bekommen ein Baby, Antonia.« Ich werde sicher nicht zulassen, dass man die Mutter meines Kindes aus dem Land schickt. Nicht, dass ich ernsthaft glauben würde, es könnte passieren, aber auch der Familie Everett pinkelt keiner so schnell ans Bein. Mein Vater mag vielleicht den Rest seines Lebens enttäuscht von mir sein, aber das bedeutet nicht, dass ich mich nicht auf ihn verlassen könnte. Seine Kanzlei vertritt namenhafte Persönlichkeiten aus Texas und über die Staatsgrenze hinaus Klienten mit Einfluss.

Sie atmet durch, und ich streiche ihr über das Haar und Gesicht. Ich spüre, dass wir am Punkt unseres Gesprächs angelangt sind, der ihr Angst macht. Es ist aber auch der wichtigste.

»Es tut mir ehrlich leid, dass es so weit gekommen ist. Ich habe uns in eine grauenhafte Situation gebracht«, flüstert sie, als würde sie sich die Schuld daran allein geben, nicht aufgepasst zu haben.

Ich lasse meine Hand über ihren Arm wandern und schiebe sie ihr unter die Bluse, um eine Hand auf ihren Bauch zu legen und mit dem Daumen ihre Haut zu streicheln. »Es gibt viele Dinge auf der Welt, die sich als grauenhaft bezeichnen lassen. Kriege, Krankheiten, Hungersnöte ... Aber ein Baby gehört nicht dazu, Tony. Babys sind nicht grauenhaft. Eigentlich sind sie ganz süß.«

Sie dreht den Kopf zur Seite, um zu mir aufzublicken. »Spinner, du weißt, wie ich das meinte.«

»Nein, weiß ich nicht. Ich kann keine Gedanken lesen.«

Sie rollt sich auf den Rücken. »Die Situation macht mir Angst. Ich glaube nicht, dass ich bereit dazu bin. Das mit uns geht erst ein paar Wochen und du kannst nicht behaupten, diese ... Beziehung ... wäre stabil.«

»Wir kriegen das schon auf die Reihe. Der Zeitpunkt hätte besser gewählt sein können, klar. Aber um ehrlich zu sein, gibt es für mich beängstigendere Dinge, als mit der schönsten Frau der Welt ein Baby gemacht zu haben. Wir sind keine Fremden. Wir kennen uns seit zehn Jahren.«

Sie lächelt, greift meinen Arm und schmiegt ihr Gesicht daran. »Mit der schönsten Frau der Welt?«

»Mhm.«

»Also bist du dafür, es zu behalten?«

Das ist eine Fangfrage, da sie noch nicht klar geäußert hat, was sie denkt. Ich will sie nicht beeinflussen oder ihr das Gefühl geben, sie müsste mir zustimmen. »Ich stehe hinter dir, egal, wie du dich entscheidest. Am Ende ist es dein Körper und du hast das letzte Wort. Aber wenn meine Meinung hierbei auch etwas zählt, und sie sollte etwas zählen, dann ja. Ich wäre in jedem Fall dafür, es zu behalten.« Ich will sie nicht verschrecken und drücke mich deshalb vorsichtig aus.

»Ich habe mir nie Gedanken gemacht, ob ich überhaupt Kinder will. Bisher hatte ich ja nicht mal eine anständige Beziehung.«

»Wir müssen diese Entscheidung nicht heute Nacht treffen. Schlaf darüber. Denk darüber nach«, versuche ich ihr den Druck zu nehmen. Das Wochenende war hart, es ist viel passiert und die Schwangerschaft ist noch ganz frisch.

Sie schließt die Augen und dreht sich wieder auf die Seite.

Ich streichle sanft ihren Bauch, während wir schweigen. Die Vorstellung, vielleicht schon bald eine kleine Familie zu haben, fühlt sich erschreckend gut an. Das mit ihr und mir fühlt sich richtig an. Antonia ist eine Frau, mit der es niemals langweilig wird. Sie ist genau die Art Mensch, die ich brauche, und ich bin überzeugt, dass das mit uns hinhauen könnte.

»Hast du mit meinem Vater gesprochen, als du bei mir warst?«, offenbart sie mir, worüber sie nachdenkt.

»Ja. Er nannte mich einen faulen Arsch, der keinen Respekt vor der Familie oder der Arbeit anderer hat, und sagte, ich würde unterhalb deiner Würde liegen.«

Ihre Lippen zucken. »Solche Worte würde er niemals in den Mund nehmen.«

»Er hat sich kultivierter ausgedrückt, aber unterm Strich kam das dabei raus.«

»Tut mir leid, dass er dich beleidigt hat.«

»Ihr seid euch ähnlich«, sage ich.

»Mein Dad und ich?«

»Ja. Er ist wie du, nur noch ein bisschen verrückter. Was waren das für gruselige Leute, die er da um sich geschart hatte?«

»Das war seine Leibgarde«, erwidert sie.

»Er hat über ein Dutzend Bodyguards?« Vielleicht leidet der

Mann unter Wahnvorstellungen und verwechselt sich fälschlicherweise mit dem Präsidenten.

»Ja, obwohl sie nicht bloß als Personenschutz engagiert wurden. Sie ... Ich weiß nicht, wie ich das erklären soll, ohne dass du glaubst, du würdest gerade der Tochter eines Mafiabarons den Bauch kraulen.«

»Ich schätze, ich verstehe, was du sagen willst. Du brauchst das nicht näher ausführen.«

»Glaubst du, du kannst in der Firma einen Tag freinehmen?«, will sie wissen.

»Ist so gut wie erledigt, wenn du das willst.«

»Ich möchte nicht allein ins Haus fahren. Er wird so wütend sein, weil ich ihn gestern versetzt habe und dann die ganze Nacht untergetaucht bin.«

»Er weiß, dass du bei mir bist.«

»Du hast ihm das gesagt?«

»Nein, das war unnötig. Mir ist ein Wagen gefolgt, und wenn man bedenkt, dass er eigentlich vorhatte, jemanden in meine Wohnung einbrechen zu lassen ... Zu schade, dass er das nicht gemacht hat. An Big B kommt so schnell keiner vorbei. Der Kerl war neunzehn Jahre lang bei den Marines.«

»Mein Vater regelt Dinge nicht mit Gewalt. Er regelt sie mit Geld«, meint sie.

»Nein, er regelt sie dadurch, Menschen einzuschüchtern. Aber da beißt er bei mir auf Granit. Ich habe keine Angst vor Luis Soto, und du brauchst die auch nicht zu haben. Auf seine ganz verquere Art will er dich eigentlich nur beschützen. Du darfst ihm nicht so viel Macht über dich geben, sonst glaubt er, dass er sich auf dem richtigen Weg befindet.«

»Ich werde es versuchen. Später. Jetzt will ich nur noch ins Bett und wenn du nichts dagegen hast, mich an dich kuscheln und einschlafen.«

Ich ziehe meine Hand unter ihrer Bluse hervor. »Leg die Arme um meinen Hals.«

Sie dreht sich um und blickt fragend zu mir auf.

»Nun mach schon.«

Sie kommt meiner Bitte nach und ich schiebe einen Arm unter ihre Beine, um mit ihr zusammen aufzustehen.

»Kingston!«, ruft sie aus. »Ich kann laufen, du musst mich nicht tragen.«

»Ich weiß, aber auf diese Weise können wir schon mal mit dem Kuscheln anfangen.«

18. KAPITEL

Antonia

Ich habe Kingston gebeten, mich zum Hotel meines Vaters zu bringen und sein Angebot ausgeschlagen, zuerst bei mir zu Hause vorbeizusehen. Ich will mich nicht vorher umziehen und ich brauche auch nicht noch Zeit, mir meine Worte zurechtzulegen. Ich weiß sehr genau, was ich meinem Dad sagen werde.

Erstaunlicherweise habe ich wunderbar geschlafen und bin auch erst um neun Uhr aus den Federn gekrochen. Seit dem Moment, als ich die Augen aufschlug, sehe ich außerdem klar. Viel klarer, als ich überhaupt schon mal gesehen habe. Meine Gedanken und Gefühle sind nicht länger ein Chaos.

Ich werde meinem Vater mitteilen, dass ich mich nicht länger von ihm unter Druck setzen lasse. Denn King hat recht, er hat einen viel zu großen Einfluss auf mein Leben. Ich war abhängig von ihm, emotional gesehen und beruflich, und mir ist bewusst geworden, dass es so nicht weitergehen kann. Es geht jetzt nicht mehr nur um mich. Es geht auch um King und dieses winzige heranwachsende Lebewesen in meinem Bauch.

Ich lege eine Hand auf meinen Unterleib, als der Fahrstuhl des *St. Regis* anhält, und atme durch, bevor ich auf den Flur hinaustrete. Ich habe King gebeten, mich zu begleiten, aber sich im Hintergrund zu halten. Er scheint zu spüren, dass ich ein bisschen Freiraum brauche, denn er hat kein Wort mehr verloren, seit wir vor dem Hotel aus dem Wagen gestiegen sind. Er ist einfach nur da, wie mein großer beschützender Schatten.

Vielleicht ist es verrückt, aber ich habe Hoffnung, dass wir es wirklich auf die Reihe kriegen könnten, eine richtige kleine Familie zu werden. Es stimmt, wenn er sagt, dass wir keine Fremden sind und uns seit zehn Jahren kennen. Wir brauchen beide noch Übung darin, eine Beziehung zu führen, besonders ich muss lernen, ihm mehr Vertrauen zu schenken, und wir werden uns beide anstrengen müssen ... doch dann stehen die Chancen gar nicht so übel. Für eine winzige Sekunde kam mir gestern der Gedanke, dass auch die Möglichkeit bestünde, das Baby wegmachen zu lassen. Allerdings ...

könnte ich das nicht mit meinem Gewissen vereinbaren. Meine Mom hatte zwei Fehlgeburten, als sie versuchte, meinem Dad einen Sohn zu schenken, und es hat sie beide Male fast umgebracht, das Kind zu verlieren. Man spielt nicht mit dem Leben. Außerdem muss ich zugeben, dass King wahrscheinlich ein guter Dad sein wird. Einer, der mit unserem Engelchen Minigolf im Wohnzimmer spielt, ihm oder ihr mit Respekt begegnet, Hotdogs kauft, während ich schimpfe, und er tausend Witze über meinen Essensgeschmack reißt. Er wird meine tausend Fehler kompensieren und ich Schadensbegrenzung beim Blödsinnmachen betreiben.

Ich blicke ihn an, und er schenkt mir ein Mut zusprechendes Lächeln, bevor ich die weiße Tür anpeile, vor der zwei Leibwächter aus seiner Crew stehen. Sie erkennen mich und nicken mir zu, als ich zwischen sie trete und mit – zugegeben – nun doch etwas zittrigen Fingern anklopfe.

»Sag mir, dass wir das alles auf die Reihe kriegen«, bitte ich King flüsternd, da ich fühle, dass er direkt hinter mir steht. Ich könnte das hier nicht ohne ihn machen. Seine Unterstützung hilft mir, darüberzustehen, dass mein Vater das nie getan hat. Seine Nähe gibt mir Vertrauen in mich selbst. Er legt mir eine große warme Hand in den Nacken – eine inzwischen schon sehr vertraute Geste. »Wir kriegen das auf die Reihe, Tony. Du und ich ... das wird großartig.«

Ich lasse die Worte durch mich fließen und wiederhole sie in Gedanken wie ein Mantra. *Das wird großartig. Das wird großartig.* Zur Hölle, es muss großartig werden, wir sind es dem Sprössling in meinem Bauch schuldig, dass es wunderbar wird. Ich bin in Kingston verliebt und er in mich. Wir erwarten ein Baby und Babys sind nichts Grauenhaftes. Auch wenn mich der Gedanke nervös macht. Ich werde mich daran gewöhnen. Noch habe ich ein paar Monate Zeit, die Angst zu verlieren.

Mein Vater öffnet die Tür. Es scheint ihn nicht zu überraschen, mich zu sehen, oder dass ich King dabeihabe. Er weiß, dass wir die Nacht zusammen verbracht haben und somit ist ihm auch klar, dass ich ihn gestern Abend bewusst versetzt und gemieden habe.

»Antonia«, begrüßt er mich, während er King ignoriert. Sein Blick ist streng, sein Anzug sitzt wie immer korrekt an Ort und Stelle. Es ist schwer, sich nicht sofort von seiner Präsenz einschüchtern zu lassen, aber ich lasse dem Gefühl keine Chance, an meine Oberfläche zu brechen.

»Wir müssen reden.«

»In der Tat, das müssen wir.« Er gibt die Tür frei und wirkt so selbstsicher, dass es mir glatt jede Sicherheit nehmen würde, wenn ich nicht wüsste, dass King hinter mir steht. Er ist da. Er und ich, notfalls gegen den Rest der Welt. *Es wird großartig.*

Ich betrete die Suite und vergewissere mich, dass mein Dad ihm nicht die Tür vor der Nase zuschlägt.

Der Wohnbereich ist mit einem hellen Teppich ausgelegt. Trotz der Temperaturen lodert im künstlichen Kamin ein ebenso künstliches Feuer, und ich warte nicht auf die Aufforderung, mich auf eins der cremefarbenen Sofas zu setzen. Ich tue es einfach und bedeute Kingston mit einem Blick, sich zu mir zu gesellen.

»Ich habe mir große Sorgen um dich gemacht, Antonia«, beginnt mein Vater kühl. Er bleibt wie immer vor der Sitzgruppe stehen. »Du wusstet, wo ich die Nacht verbracht habe. Deine Leute haben ihn schließlich verfolgt.«

»Und du glaubst, dieser Umstand hätte mich beruhigt?« Sein verächtlicher Blick streift über Kingston.

»Ich bin nur hier, um dir zu sagen, dass ich das Jobangebot deines Freundes ausschlagen werde. Ich ziehe nicht zurück nach Madrid, sondern bleibe in den Staaten.«

Er lächelt, und ich hasse es, denn meistens tut er das aufgesetzt. »Sei nicht albern, Antonia.«

»Ich bin nicht albern. Ich bin ein erwachsener Mensch und kann selbst entscheiden, wo ich wohnen oder mit wem ich zusammen sein möchte. Du hast mich aus dem Club geworfen. Damit kann ich leben. Ich wollte zwar nie etwas anderes machen, aber ich bin sicher, dass ich etwas finden werde, was mir ebenso am Herzen liegt. Und genauso sicher weiß ich, dass ich mich nicht mehr von dir herumschubsen lasse. Ich habe einen guten Job gemacht. Du willst das sicher nicht zugeben, aber du weißt es auch so. Ich habe ein absolut allen Standards entsprechendes Etablissement aufgemacht, die Eröffnung war ein Erfolg, die Leute kommen wieder und wir konnten neue Kunden gewinnen. Allerdings scheint das alles nichts zu zählen. Entweder, weil du mich noch nie für voll genommen hast, oder wegen – deiner Ansicht nach – eines Fehlers.« Ich nehme Kingstons Hand, der still und ruhig neben mir sitzt. »Übrigens wird dieser Fehler in acht Monaten Früchte tragen.«

»Du bekommst ein Baby?«, fragt er, sichtlich um Fassung bemüht.

»*Wir* bekommen ein Baby.«

»Antonia ...« Er seufzt. »Das ist kein Problem, das sich nicht aus der Welt schaffen lässt.«

»Es gibt kein Problem, das man aus der Welt schaffen müsste«, mischt sich Kingston ein. Seine Finger haben sich bei den letzten Worten meines Dads fester um meine Hand geschlossen.

»Im Augenblick spreche ich mit meiner Tochter, Mister Everett. Zu Ihnen komme ich noch.«

»Es gibt kein Problem, das man aus der Welt schaffen müsste«, wiederhole ich ihn. »Ich habe eine sehr lange Zeit versucht, es dir recht zu machen. Aber das ist offensichtlich nicht möglich. Du stellst irgendwelche Clubregeln über mein persönliches Glück, du hältst mich für schwach und unfähig, ein Geschäft zu führen. Ich habe es satt, gegen Windmühlen zu kämpfen. Ich kapituliere. Du kannst dir den *Pleasure Club* in die Haare schmieren. Du kannst ihn auch meinetwegen Martin überschreiben. Du kannst von deinem hohen Ross auf die ganze Welt herabsehen. Ich bin fertig damit. Es tut mir leid, denn du bist mein Dad und ich liebe dich. Aber die Wahrheit ist ... der einzige Mensch in diesem Raum, der mir nicht guttut und nicht gut für mich ist, bist du.«

Meine Brust schmerzt, als ich mich aufrichte und ihm keine Gelegenheit gebe, noch etwas zu sagen. Ich laufe auf weichen Knien direkt zur Tür und stelle dann fest, dass King mir nicht gefolgt ist. Er ist vom Sofa aufgestanden und hat sich vor meinem Vater aufgebaut.

»Ihre Tochter ist ein wunderbarer Mensch und eine starke Frau, Mister Soto. Sie sollten stolz auf sie sein. Und ich gebe Ihnen recht, dass ich vielleicht unterhalb ihrer Würde liege, aber das hat sie nicht davon abgehalten, sich in mich zu verlieben. Ich habe ein Leben lang Zeit, mir ihre Zuneigung zu verdienen. Aber Sie sind gerade dabei, sie zu verlieren. Ich möchte wirklich nicht der Grund für einen Familienstreit sein, deshalb sage ich Ihnen: Sollten Sie irgendwann einsehen, einen Fehler gemacht zu haben, stehen

Ihnen unsere Türen offen. Aber wenn sie noch mal versuchen, der Mutter meines Kindes zu drohen, zum Beispiel mit ... der Ausweisung aus diesem Land ... dann wird mein fauler Arsch sehr ungemütlich werden.«

Ich bekomme kaum Luft. Ich weiß nicht, ob ich bedrückt sein soll, weil ich gerade das Verhältnis zu meinem Vater zerbrochen habe, oder glücklich, weil dieser beeindruckende Mann so sehr hinter mir steht. Mir ist ein bisschen schwindelig, als ich auf den Flur trete und ich bin froh, als King seine Hand in meine schiebt, damit ich mich irgendwo festhalten kann.

»Antonia«, ruft mir mein Vater nach.

Ich blinzle und schlucke hart, dann ein weiteres Mal. Es sieht Luis Soto nicht ähnlich, jemandem nachzulaufen, nicht mal mir – seiner Tochter. Aber ich höre Schritte hinter mir und bleibe stehen, um mich umzudrehen.

»Ich erwarte dich morgen um zwanzig Uhr hier im Hotelrestaurant.«

»Ich ...«

»Ich meine, ich erwarte euch.« Er sieht widerwillig zu Kingston. »Wir werden gemeinsam überlegen, ob es sinnvoll ist, wenn du das *Place for Sinners* weiterführst, wo du doch sehr wahrscheinlich in ein paar Monaten für längere Zeit ausfallen wirst. Außerdem sollten wir über Eheverträge sprechen. Ich werde Doktor Russell, unseren Anwalt, bitten, sich zu uns zu gesellen.«

Ich bin nicht sicher, ob ich ihn richtig verstanden habe. »Du hast mich aus dem Club geworfen. Schon vergessen?«

»Und eigentlich wollte ich dir sagen, dass ich diese Entscheidung überdacht habe, aber du hast mich ja nicht zu Wort kommen lassen.«

Was sagt man dazu? Ich bin in jedem Fall sprachlos.

»Wir werden um acht Uhr hier sein«, antwortet Kingston an meiner Stelle, ein winziges Lächeln im Gesicht. »Allerdings ... brauchen Sie Ihren Anwalt nicht bemühen. Das Thema Eheverträge ist noch nicht aktuell.«

»Sie haben meine Tochter geschwängert, Mister Everett. Ich denke, selbst Sie sollten genug Anstand und Ehre besitzen, darüber nachzudenken, ihr einen Ring anzustecken.«

»Dad«, entfährt es mir entsetzt. Das ist so typisch für ihn mit all seinen konservativen Ansichten.

»Alles zu seiner Zeit, Luis. Jetzt gehen Ihre Tochter und ich erst mal frühstücken.« King bleibt völlig gelassen. Er nickt meinem Vater zu und führt mich dann zielstrebig zum Aufzug.

Meine Gedanken fahren Karussell. Ist das gerade wirklich passiert? Ist mein Dad einen kleinen Schritt auf mich zugekommen? Ich stehe neben mir, als King mich in den Aufzug schiebt und mein Kinn mit zwei Fingern anhebt.

»Er zieht es in Erwägung, mir die Leitung des Clubs wiederzugeben. Er wollte seine Entscheidung zurücknehmen und ich habe einfach darauflosgepoltert«, flüstere ich ungläubig.

»Er hat das gerade erst entschieden.«

»Aber er hat gesagt ...«

»Dein Vater ist ein kluger Mann. Er weiß, wann er verloren hat. Du hast nur nie versucht, gegen ihn zu gewinnen.«

Ich lächle, weil es sich aus seinem Mund immer so anhört, als wäre ich meinem Dad ebenbürtig. Als wäre ich genauso kühn und geschäftsmäßig, genauso gefuchst und intelligent. Es ist schön, dass er das mit aller Überzeugung glaubt, denn auf diese Weise fühle ich mich ... respektiert. Ich fühle mich wertgeschätzt. »Danke.«

»Wofür?«

»Dafür, dass du an mich glaubst.« Das hat noch nie jemand gemacht. Nicht so, wie Kingston.

»Ich danke dir«, gibt er zurück.

»Wofür?«, stelle ich die Gegenfrage.

»Hierfür.« Er senkt seine Lippen auf meine.

Gott, sein weicher Mund ist wirklich perfekt. Er bringt das Karussell in meinem Kopf zum Stehen, schickt mir ein warmes Gefühl in den Bauch und sorgt dafür, dass mein verwirrtes Herz leuchtet. Ich glaube, ich könnte seine Lippen bis in alle Ewigkeit küssen. Nur seine.

King legt mir eine Hand auf den Bauch, während seine Zunge meine umspielt. Sein Mund streichelt meinen und seine Finger liebkosen meinen Unterleib.

Es *wird* großartig, denke ich.

Weil ER großartig ist.

Und weil es sich für eine großartige Sache immer lohnt, zu kämpfen.

EPILOG

Antonia

4 Monate später …

»Das ist wie Kino, oder?« Ich drücke Kings Hand, mit der er meine festhält.

»Ja, der beste Film aller Zeiten. Er wird sicher für die Oscars nominiert.«

Doktor Tindell, meine Gynäkologin, führt lächelnd den Kopf des 4D-Ultraschall-Geräts über die kühle Gleitmasse auf meinem bereits deutlich gewölbten Bauch. Die Bilder auf dem Monitor sind lebensecht. Es ist alles zu sehen; das hübsche Gesicht unseres Kleinen, die feinen Gesichtszüge, die winzigen Finger. Er wächst und gedeiht prächtig, und ich würde behaupten, er schlägt nach Kingston. Er ist jetzt neunundzwanzig Zentimeter groß, was ein bisschen über der Norm liegt. Und ja, es ist ein Junge. Eine Nachricht, die besser nicht so schnell zu meinem Dad durchsickern sollte, ansonsten schreibt er wahrscheinlich gleich sein Testament und setzt unseren Frosch als Erben ein, bevor er das erste Mal gequakt hat.

Ich hatte Sorge, ob die Sache mit King und mir funktioniert. Wir hatten einen schwierigen Start, sind beide keine Profis, was ernste Beziehungen angeht, und dass wir direkt einen kleinen Unfall produziert haben, war für mich mehr als beängstigend. Aber inzwischen glaube ich es nicht nur, sondern bin überzeugt davon, dass wir das hinbekommen können. Nicht nur mit dem Baby. Auch das mit uns. Zumindest sehe ich uns als Familie, wenn ich drei Jahre in die Zukunft denke. Ich sehe eine Mom und einen Dad, die sich und ihren Schützling lieben, zusammen beim Abendessen sitzen oder im Garten spielen. Und ja, mein Garten ist jetzt *unser* Garten, denn King ist vor zwei Wochen zu mir nach Baytown gezogen. Heißes, kribbelndes Glück kitzelt in meinen Venen, wenn ich mir diese Vorstellungen in den Kopf rufe.

»Da, siehst du? Er bewegt sich. Ich glaube, er will später Fußballspieler werden.« King deutet hoch zum Monitor, auf dem wir verfolgen können, wie unser Frosch strampelt. Wie er die Hände öffnet und wieder zu Fäusten ballt.

Es ist spannend, unser Baby zu beobachten, und es ist mindestens so faszinierend, Kings Gesicht dabei zu betrachten. Sein hübscher Mund lächelt praktisch vierundzwanzig Stunden am Tag, aber gerade glitzern seine stahlblauen Augen, als hätte jemand der britischen Königskrone den mittigen Diamanten gestohlen, geteilt und in seine Pupillen gesetzt. Ich hoffe ehrlich, unser Kleiner erbt seine Augenfarbe. Und seine Hartnäckigkeit. Und seinen Charme. Meinetwegen kann er ein originalgetreues Abbild seines Dads werden. Dann wäre er das schönste und liebenswerteste Baby auf der Welt und wir hätten der Menschheit einen Gefallen getan.

»Ich spüre neuerdings, wenn er sich bewegt. Ein Flattern, als würde ein kleiner Vogel in mir mit seinen Flügeln schlagen. Das war das Gefühl, das mir ein bisschen Sorgen gemacht hat.« Ich habe es vor ein paar Tagen zum ersten Mal wahrgenommen, als ich ruhig auf dem Sofa lag, und befürchtet, dass vielleicht etwas nicht in Ordnung wäre.

»Es besteht kein Grund zur Beunruhigung, Miss Soto. Der kleine Mann hat einen kräftigen Herzschlag und entwickelt sich gut. Er ist einfach nur sehr agil«, erklärt Doktor Tindell.

»Es war abzusehen, dass er ein Unruhestifter wird. Seine Mom ist auch sehr temperamentvoll«, witzelt King.

Ich ziehe meine Hand aus seiner und gebe ihm einen Klaps auf den Unterarm. »Sei nicht so frech. Ich bin sicher, Doktor Tindell ist scharfsinnig genug, um zu erkennen, dass er seine Unarten von dir hat.«

Meine Ärztin lächelt und zwinkert mir zu, als wir einen Blick wechseln. »Soll ich Ihnen ein paar Bilder aus den Aufnahmen auf eine CD brennen und ausdrucken?«

»Unbedingt«, sagen King und ich praktisch aus einem Mund.

Drei Minuten später schaltet Doktor Tindell den Monitor aus und will mir mit einer Lage Zellstofftüchern den Bauch abwischen. Kingston nimmt sie ihr aus der Hand. »Ich mache das schon.«

»Wir könnten langsam anfangen, uns einen Namen zu überlegen«, sage ich, als sie uns allein gelassen hat.

King reibt mir sanft und liebevoll die Gleitflüssigkeit vom Körper. »Ich dachte, es ist schon beschlossene Sache, dass wir ihn

Archer nennen?«

»Was? Auf keinen Fall werden wir ihn Archer nennen.« Das ist so ziemlich der letzte Name, den ich mir für unseren Frosch vorstelle. Ich würde ständig an diese grauenhaft schlechte Zeichentrickserie denken, die nachts öfter mal lief, wenn ich wegen meiner anfänglichen Übelkeitsattacken nicht schlafen konnte. King hat mit mir gelitten und ist ebenso aufgestanden, wenn ich mich übergeben musste, und dann haben wir auf dem Sofa gelegen und uns diesen Mist angesehen.

»Ich mag den Namen.«

»Dann werden wir uns vielleicht doch noch zusätzlich einen Hund anschaffen müssen. Den kannst du meinetwegen Archer taufen, aber unseren Junior werden wir nur über meine Leiche so nennen. Archer Soto-Everett. Die Kosten für die vielen Therapiestunden, die er bräuchte, um das wegzustecken, würden selbst uns in den Ruin treiben.«

King küsst lachend meinen Bauch, bevor er mir das Shirt darüberzieht. »Ich habe noch vier Monate Zeit, dich zu überzeugen.«

»Das wird niemals passieren, King.«

»Das habe ich schon mal aus deinem Mund gehört und sieh an, wo wir jetzt ein knappes halbes Jahr später stehen.« Er wirft das Papier in einen Eimer und lehnt sich zu mir, um seine Lippen auf meine zu drücken – in erster Line vermutlich, damit ich die Klappe halte. Er schafft es nach wie vor, mit seinem seidenweichen Mund meinen Verstand auszuknipsen. Ich kann nicht denken, wenn er mich küsst. Ich kann nicht atmen, wenn er mich berührt. Es fühlt sich an, als würden nur noch er und ich auf der Welt existieren, wenn ich seine Hände und Lippen auf mir fühle. Die letzten Wochen reagiere ich sogar noch empfindlicher auf ihn. Vielleicht sind das die Schwangerschaftshormone.

»Bist du müde oder fahren wir noch im Supermarkt vorbei? Ich würde heute Abend gern wie ein echter Vorstadt-Spießer den Grill anwerfen«, brummt er, ohne wirklich aufzuhören, mich zu küssen.

»Nicht müde«, murmle ich zurück, obwohl ich dafür bin, gleich nach Hause zu fahren, wenn mich seine Küsse derartig reizen. Ich hätte nichts dagegen, heute schon sehr früh ins Bett zu gehen.

Er gleitet mit seinen Lippen über meinen Mundwinkel zu meiner Wange, bevor er sich aufrichtet und mir seine Hand hinhält.

Ich ziehe mich an ihm hoch, schwinge die Beine von der Untersuchungsliege und hebe die weite Leinenhose über meine Hüften, sobald ich mich hingestellt habe.

King legt seine Arme um mich und holt mich nah an sich ran. »Geht es dir gut? Bist du glücklich?«

Seine Frage beantwortet mein Herz damit, schneller zu klopfen. »Ja, ich bin glücklich. Und wahnsinnig verliebt.«

»Tony, kannst du die Tür öffnen?«, ruft King mir von der Terrasse aus zu.

Er hat wie ein echter Vorstadt-Spießer – was auch immer für Klischees noch erfüllt werden müssen, um sich einen solchen Titel zu verdienen – den Grill angezündet und einen Haufen Burger, Würstchen und Spareribs nach draußen geschleppt. Ich habe ihn im Supermarkt gefragt, wer das ganze Zeug, das er in den Wagen einlud, verdrücken soll, und die lächerliche Antwort erhalten, dass ich doch für zwei essen müsse. Mich beschlich allerdings sofort der Verdacht, dass er jemanden zum Essen eingeladen hat, was er vehement abstritt. Aber offensichtlich habe ich mich nicht geirrt, sonst hätte es wohl kaum gerade geklingelt.

Ich lege die Frauenzeitschrift auf den Wohnzimmertisch – laut King tun Schwangere nichts anders, als zu faulenzen – und erhebe mich vom Sofa. Anstatt gleich zur Tür zu gehen, mache ich allerdings einen Abstecher auf die Terrasse.

Kingston steht am Grill, den er zwei Meter neben dem Sonnenschirm aufgebaut hat. Mit der Zange in der Hand und der knallgrünen Schürze sieht er einfach nur albern aus, und ich verbeiße mir ein Lachen, als ich hinter ihn trete, die Arme um ihn schlinge und mich auf die Zehenspitzen stelle um seinen Nacken zu küssen. Ich glaube, ich werde ihn später dazu nötigen müssen, den Rest seiner Kleidung abzulegen. Mir fallen da ein, zwei unterhaltsame Spielchen ein, die diese Schürze beinhalten.

»Du kannst mir sagen, wenn wir Gäste erwarten und einladen, wen du willst, wann du willst. Das hier ist jetzt auch dein Zuhause, Honey«, sage ich, weil ich nicht verstehe, warum er mich im

Supermarkt angeschwindelt hat. Ich will, dass er sich wohlfühlt und dass unsere Beziehung hinhaut. Er braucht meine Erlaubnis nicht, um Besuch für ein Barbecue zu empfangen.

»Ich glaube, diese Diskussion führen wir besser, nachdem du die Tür geöffnet und unsere Gäste hereingelassen hast. Es könnte sein, dass du die Sache in zwei Minuten ein kleines bisschen anders siehst«, gesteht er und besitzt den Anstand, sich zerknirscht anzuhören.

Mist.

Ich versuche, mir nicht anmerken zu lassen, dass mir seine Antwort einen Schreck verpasst. Ich bin keine Idiotin und ahne, wen er zum Abendessen herbestellt hat. Warum sollte er sonst so herumdrucksen?

Wir haben das Thema bisher vermieden, aber es war klar, dass ich mich damit auseinandersetzen muss. Hunter und King sind Freunde. *Dicke* Freunde. Ich habe mir geschworen, mich nicht zwischen die beiden zu stellen, und gewusst, dass es früher oder später dazu kommen würde, dass Hunt bei seinem Freund vorbeisieht. Ich wäre allerdings gern darauf vorbereitet gewesen.

»Bist du verrückt? Wie kannst du mich so ins kalte Wasser werfen?«, schimpfe ich und lasse ihn los.

Er dreht sich vom Grill weg. »Du wärst nur den ganzen Tag mit Kopfschmerzen herumgelaufen, wenn ich es dir gesagt hätte. Das wäre weder gut für dich, noch für Archer gewesen.«

»Er heißt nicht Archer«, stoße ich sofort aus, und Kingston schenkt mir ein Grinsen.

Himmel, er ist unmöglich und so geschickt darin, von unangenehmen Themen abzulenken. Eigentlich sollte ich ihm das nicht durchgehen lassen, aber es ist einfach viel zu schwer, böse auf ihn zu werden. Richtig milde stimmt mich sein Scherz allerdings auch nicht.

»Mal sehen, wie gut es für uns beide ist, wenn mich der Kerl auf die Palme bringt. Sollte er sich danebenbenehmen ...«

»Wird er nicht. Er hat geschworen, mal nicht den Arsch raushängen zu lassen. Gib ihm eine Chance, okay?«

Ich blicke in Kings Augen. Das eisige Blau darin bringt mich widersprüchlicherweise immer zum Schmelzen. Ich kann ihm nichts abschlagen, vor allem, da ich weiß, dass er mir auch nichts abschlagen würde. Wenn ich darauf bestünde, würde er Hunt sofort wieder wegschicken. Aber ... vielleicht ist das auch die Gelegenheit, mit der Vergangenheit reinen Tisch zu machen. King gibt es nun mal nicht ohne Hunter und es gibt ihn ab sofort auch nicht mehr ohne mich. Wir müssen uns also zwangsläufig zusammenraufen, und vielleicht passiert das besser früher als später.

»Schön. Ich öffne ihm die Tür, aber es ist dein Job, uns beide den ganzen Abend so zu unterhalten, dass wir keine Chance haben, uns an die Gurgel zu gehen.«

»Klingt, als wäre es ein Kinderspiel, das hinzubekommen«, meint er ironisch.

Ich küsse flüchtig seinen Mund. »Du machst das schon, Krieger.«

Mein Magen flattert, als ich zurück ins Haus gehe, und ausnahmsweise ist daran mal nicht das Baby schuld. Ich bin nicht in der Stimmung, zu streiten, und die letzten Jahre haben Hunter und ich bei jeder Begegnung nichts anderes getan. Mit Ausnahme des kurzen Zusammentreffens auf seiner Hochzeit, aber dem hat seine Frau auch entgegengewirkt.

Ich straffe mich, mache mich auf den schlimmsten Abend seit Langem gefasst, öffne die Tür und ...

... werde von Herzlichkeit erschlagen. Herzlichkeit in Form eines blonden Temperamentbündels, das sich zu seinem Mann umdreht und ihm eine riesige Schüssel Salat in die Hand drückt. »Halt mal«, meint Nic... *Natalie* zu Hunt, bevor sie auf ganz mysteriöse Art ihre Stimme verstellt, als würde sie annehmen, man müsste mit Schwangeren wie mit einem Kindergartenkind reden.

»Hallo, werdende Mama, danke für die Einladung«, quietscht sie und zieht mich in ihre Arme.

Ich bin so überrumpelt, dass ich ihre Umarmung reflexartig erwidere. Allerdings drückt sie mich nur für eine Sekunde, dann sinkt sie vor mir in die Hocke und spricht – *hat sie einen Knall?* – mit meinem Bauch. »Hallo, du Baby da drin. Du kannst mich schon hören, was?« Sie sieht zu mir auf, um sich meine Bestätigung zu holen. »Er kann mich schon hören, oder?«

»Ja, ich schätze, schon.«

Sie wendet sich wieder unserem Frosch, beziehungsweise meinem Unterleib zu, und brabbelt irgendeinen schrägen Schwachsinn daher.

Ich verdränge die Frage aus meinem Kopf, was wohl die Nachbarn der umliegenden Häuser denken, wenn sich eine erwachsene Frau an der Tür vor mir hinhockt und mit meiner mittleren Körperpartie herumalbert. Hunters Blick trifft auf meinen und er wirkt – *was, ernsthaft?* – amüsiert.

»Vielleicht kannst du dich drinnen weiter zum Affen machen, Nat. Ich glaube, Tony fehlt der Sinn für deinen Humor, und ich sehe, dass sie sich Sorgen macht, jemand könnte gleich einen Krankenwagen herbestellen und dich einweisen lassen.«

»Um ehrlich zu sein, dachte ich nur, was für ein ausgleichender Unterschied sie zu dir ist«, behaupte ich, obwohl er voll ins Schwarze trifft. Er braucht nicht wissen, wie gut er darin ist, meine Gedanken zu lesen.

Natalie richtet sich auf und schiebt sich die offenen Haare aus dem Gesicht. »Ich habe gehört, dass es gut ist, wenn man viel mit ihnen spricht. So bekommen sie keine Langeweile. Ich ähm ... bin nicht verrückt.«

»Ich will ja nichts sagen, Mädchen, aber du hast Hunter McVeigh geheiratet. Das ist an Verrücktheit nicht zu übertreffen«, scherze ich, obwohl der Witz meine ehrliche Meinung vertritt.

Sie grinst. »Okay, erwischt. Ich kann dir da nicht widersprechen.«

Hunt zwickt ihr in den Hintern, und sie nimmt ihm mit einem strengen Blick die Salatschüssel wieder ab. Die beiden treten ein, als ich ihnen die Tür aufhalte, und Natalie läuft sofort durch den Flur aufs Wohnzimmer zu. Als würde sie den Weg zur Terrasse kennen.

Halt. Kennt sie den Weg? Vielleicht hat King sie heimlich zu Besuch gehabt, während ich bei der Arbeit im Club war.

»Ich bringe das schon mal nach draußen und warte bei King auf euch zwei. Und denk daran, Baby. Wir haben das geübt«, ruft sie. Hunter hingegen bleibt neben mir stehen.

Das ist ein unangenehmer Moment. Nur Hunt und ich, niemand, der im Ernstfall den Puffer spielen könnte. Er sieht zu, wie ich die Tür schließe und lässt seinen Blick auf mir liegen, als ich mich ihm zuwende.

Sie haben das geübt? Schön, ich bin auf nichts von dem vorbereitet. Wenigstens scheint es, als hätte die leicht verrückte Natalie ihren Mann gut im Griff. Drei Minuten und er hat mir noch keine Beleidigung an den Kopf geworfen. Das ist ein neuer Rekord.

»Bringen wir es schnell hinter uns?«, will er wissen, ohne mein Gesicht aus den Augen zu lassen. Ich kann seinen Ton und seine Stimme nicht deuten.

»Den Abend? Klar, wenn es das ist, was du willst. Aber für King sollten wir uns wenigstens eine Stunde oder so zusammenreißen.«

Er stößt den Atem aus, als müsste er sich zu dem nächsten Schritt überwinden, und greift mir dann unerwartet in den Nacken. Er zieht mich an sich ran und drückt meinen Kopf an seine Schulter. »Ich meinte den Moment, wenn ich dir sage, dass du das auf keinen Fall vermasseln darfst und ich dir in den Hintern trete, wenn du King wehtust. Außerdem hat mich Nat gezwungen, noch anzufügen, dass ich mich für euch freue. Also, Job erledigt. Ich freue mich für euch.«

»Wow, sie musste dich dazu zwingen ...«

»Es dir zu sagen. Sie hat mich nicht gezwungen, mich zu freuen. Ich fand nur, dass du das nicht unbedingt wissen bräuchtest.«

Ich will ehrlich nicht weinen. Ich bin keins dieser Mädchen, das in einem sentimentalen Moment in Tränen zerfließt. Aber ich spüre, wie sich welche unter meinen Wimpern sammeln. Dass er das sagt, tut gut zu hören und ist unwahrscheinlich wichtig für mich. In erster Linie wegen Kingston, weil es für ihn wichtig ist. Und weil es sich toll anfühlt, nach Jahren einen schweren Ballast loszuwerden. Ich trage sowieso schon genug Zeug mit mir rum, beispielsweise das schwierige Verhältnis zu meinem Vater oder die Tatsache, dass ich weiterhin im Club arbeiten will. Auch wenn King groß und stark ist, darf er auf keinen Fall irgendwann das Gefühl bekommen, er könnte mich und mein Gepäck nicht mehr tragen.

»Ich werde ihm nicht wehtun. Ich liebe ihn«, flüstere ich erstickt. Ich habe King das noch nicht gesagt, nur immer wieder betont, wie verliebt ich bin. Aber *verliebt* drückt nicht aus, wozu sich meine Gefühle in dem vergangenen halben Jahr entwickelt haben.

»Wie könnte man King auch nicht lieben?«

»Ich weiß.«

Hunt streicht mir über den Rücken. »Sag mal, Soto? Weinst du gerade?«

»Ich glaube, ich reagiere allergisch auf dein Waschpulver.«

Er lacht. »Ja, tun wir mal so, als würde ich dir das glauben.«

Er lässt mich los, und ich wische mir mit dem Saum meines Shirts die Augen trocken, bevor ich ihm über den Flur ins Wohnzimmer folge. Natalie steht bei Kingston am Grill und beobachtet, wie er gerade das Fleisch wendet, als wir die Terrasse betreten. Sie hat ihren Salat auf den zusammengeschobenen Tischen unter dem Sonnenschirm abgestellt.

»Hey, sie sind unversehrt und an einem Stück. Keine ausgekratzten Augen«, meint mein hübscher Märchenprinz in seiner albernen Schürze.

Wir gesellen uns zu ihnen, Hunters Blick fällt auf den Rost und er verzieht ein bisschen angewidert das Gesicht, bevor er mich ansieht. *Bist du sicher, dass man das essen kann?*, fragt er mich mittels Gedankenübertragung. Er ist nicht gerade der *Yeay-wir-kaufen-totes-Tier-in-einem-Supermarkt-und-hauen-es-auf-den-Grill*-Typ und ... ich bin das auch nicht. Aber King war so begeistert von der Idee, ein typisches Barbecue zu genießen, dass ich mit keiner Silbe angedeutet habe, mir wären ein paar Garnelenspieße aus dem Feinkosthandel lieber gewesen.

»Willst du deinem Junior schon im Mutterleib eine Koronararterienverstopfung bescheren oder was hat es mit diesem viertklassigen Rinderabfall auf sich?«, spricht Hunter aus, was ich auch schon gedacht habe.

»Wir können auch dich auf den Grill legen, ich bin sicher, Snobfleisch ist viel gesünder«, kontert Kingston.

Der Abend verläuft viel entspannter und lustiger, als ich je zu träumen gewagt hätte. Ich sitze auf Kings Schoß, während er mich mit viertklassigem Rinderabfall vollstopft und die ganze Zeit über meinen Bauch streichelt. Er scheint das nicht mal zu merken. Ich lehne mich an seine breite, starke Brust und registriere, dass sein Herz im selben Takt wie meins klopft. Wir albern mit den anderen herum, Hunt hat ungewohnt gute Laune und er und ich sind erstaunlich oft einer Meinung, Natalie erwähnt mehr als einmal, dass es offenbar eine schlechte Idee war, uns miteinander zu versöhnen, da man zwei so blasierte Menschen auf einen Schlag nur schwer ertragen könnte. Wir lachen viel, die Zeit vergeht rasend schnell, und es ist weit nach Mitternacht, als sich die beiden verabschieden und ich die Haustür ins Schloss drücke.

»Ich dachte schon, sie wollen gar nicht mehr verschwinden.« King schlingt einen Arm um mich und haucht mir von hinten einen Kuss auf das Ohr.

»Der Abend war doch ganz nett.«

»Ja, aber er wäre noch viel netter gewesen, wenn sie sich ein oder zwei Stunden früher verdrückt hätten.« Er stützt sein Kinn auf meine Schulter und zieht mein Shirt langsam nach oben, legt Zentimeter um Zentimeter meinen Babybauch frei. »Du und ich, Sex auf der Couch. Sofort.«

»Ah, daher weht der Wind. Du hast Probleme, deine Libido zu kontrollieren. Vielleicht sollten wir nicht jedes Mal nach dem Essen miteinander schlafen, wenn dich jetzt schon ein Stück Hack triggert. Klassische Konditionierung, würde Pawlow sagen.«

Er beißt mir in den Hals und drückt sich von hinten an mich, streichelt den weichen Bund meiner Leinenhosen entlang. »Es ist einfach so heiß, zu wissen, dass ich für diese Rundung verantwortlich bin. Ich glaube, das macht mich mehr an als irgendwas jemals zuvor. Ich werde dir von jetzt an jedes Jahr ein Baby machen müssen. Einfach, weil es so scharf ist, dich schwanger zu sehen.«

»Hör auf damit, du jagst mir Angst ...«, setze ich lachend an, aber er schiebt seine Finger vorwarnungslos in meine Hose und gleitet mir zwischen die Beine. Ich ziehe den Atem scharf ein, weil er mir sofort wahnsinnig gute Gefühle schenkt und ein heißes Ziehen von meinen Rippen aus weiter nach unten blitzt.

Wie macht er das nur? Binnen einer Sekunde und mit nur einer Berührung mein Verlangen zu entfachen? Ich bin bis jetzt noch nicht dahintergekommen.

»Warum Angst? Das ist das Natürlichste der Welt, eine ganz gewöhnliche Reaktion«, flüstert er an meiner Wange. King dreht uns um und schiebt mich vor sich her ins Wohnzimmer – nicht, ohne mich dabei weiter zwischen den Schenkeln zu streicheln. Er hat längst spitzbekommen, dass ich bereits auf seine Finger reagiere, feucht und bereit für ihn werde.

»Ich bezweifle, dass es in der männlichen Natur liegt, ein bereits geschwängertes Weibchen zu besteigen«, ärgere ich ihn trotzdem, um wenigstens ein kleines bisschen meiner Widerspenstigkeit zu behalten. Er hat sich in eine Frau mit spitzen Nägeln verliebt, und ich zerkratze ihm nur zu gern den Rücken.

Er zieht seine Hand aus meiner Hose, packt mich und hebt mich hoch. Ich kreische, albern und total verliebt – in ihn, aber auch in seine Spielerein. Doch als er mich auf dem Sofa ablegt, über mich kommt und behutsam vorgeht, um mich und *Archer* nicht zu zerdrücken, hat das überhaupt nichts Albernes oder Verspieltes an sich. Es ist zuckersüß und auf beschützende Weise sexy.

»Ich liebe dich«, flüstere ich. Ich kann diese drei Worte nicht länger zurückhalten. Er soll wissen, wie es um meine Gefühle bestellt ist. Dass mir noch nie etwas ernster war und ich alles dafür geben werde, damit die Sache mit uns dreien funktioniert.

»Wird auch Zeit, dass du das erkennst«, sagt er und küsst meine Lippen. So sinnlich und zart, dass mir das Herz stehen bleibt. Seine Finger flüstern meine Seiten entlang, er hebt mich vorsichtig an und streift mir das Shirt über den Kopf.

Wow, er kennt und reizt all meine empfindlichen Stellen. Wie meine Halsbeuge, die Innenseiten meiner Arme, die Stelle hinter meinem Ohr. Als ich schon ganz benommen und atemlos von seinen über meinen Körper gleitenden Händen und seiner neckenden Zunge bin, küsst er sich mit geöffneten Lippen über meinen Hals zu meinem Mund zurück und fesselt meinen Blick an seinen. »Ich liebe dich übrigens auch.«

UNDERGROUND KINGS: KENTON
von Aurora Rose Reynolds

ISBN-Paperback: 978-3-903130-34-0
ISBN-EPUB: 978-3-903130-35-7

Kenton Mayson ist nicht gerade begeistert, als er der draufgängerischen Autumn Freeman Schutz in seinem Haus gewähren soll. Die sexy Stripperin wurde Zeugin eines fünffachen Mordes und muss nun untertauchen, bis der Fall geklärt und der Auftragskiller von ihrer Spur abgekommen ist.

Während Kenton versucht, seine Meinung über Frauen im Allgemeinen und Autumn im Speziellen zu überdenken, hat er alle Hände voll zu tun, den süßen Hintern seines Schützlings zu retten. Aber nicht nur Autumn schwebt in Gefahr, auch sein Herz, denn die Anziehungskraft dieser besonderen Frau stellt alles Bisherige in den Schatten. Dabei muss Kenton bald auf die harte Tour lernen, dass der Schein manchmal trügt ...